Katja Brandis

Der Ruf des Smaragdgartens

Zu diesem Buch

Das Finale der großen Fantasy-Saga um die junge Abenteurerin Rena: Einer der sonst so friedlichen Storchenmenschen hat das Ratsmitglied Ennobar ermordet, eine der wichtigsten Persönlichkeiten Dareshs. Die Gilden glauben an eine Verschwörung, und bald werden die scheuen Halbmenschen überall im Land gejagt und getötet. Rena und ihre Gefährtin, die Schwertkämpferin Alix, müssen den Mord aufklären, bevor ein Krieg zwischen den Völkern ausbricht. Ihre Mission führt sie in einen undurchdringlichen Dschungel, ins Unterwasserreich der Krötenmenschen und schließlich zum geheimnisvollen Smaragdgarten. Und dort wird Rena mit einer neuen Gefahr konfrontiert: Gibt es unter ihren Verbündeten einen Verräter? Mit diesem Band löst die junge deutsche Autorin Katja Brandis die letzten Rätsel ihres Zyklus »Kampf um Daresh«.

Katja Brandis, geboren 1970, studierte Germanistik und Anglistik. Schon als Kind schrieb sie Geschichten, die in fernen Welten spielen. Jahrelang gehörte sie dem Frankfurter Schriftstellerkreis an, der das Entstehen ihres ersten Daresh-Romans, »Der Verrat der Feuer-Gilde«, begleitete. 2004 erschien der zweite Band: »Der Prophet des Phönix«. Katja Brandis lebt und arbeitet als Journalistin und Autorin in München.

Katja Brandis

Der Ruf des Smaragdgartens

KAMPF UM DARESH 3

Piper München Zürich

Von Katja Brandis liegen in der Serie Piper vor:
Der Verrat der Feuer-Gilde. Kampf um Daresh 1 (6535)
Der Prophet des Phönix. Kampf um Daresh 2 (6572)
Der Ruf des Smaragdgartens. Kampf um Daresh 3 (6607)

Für Edith

FSC

Dieses Taschenbuch wurde auf FSC-zertifiziertem Papier gedruckt. FSC (Forest Stewardship Council) ist eine nichtstaatliche, gemeinnützige Organisation, die sich für eine ökologische und sozialverantwortliche Nutzung der Wälder unserer Erde einsetzt (vgl. Logo auf der Umschlagrückseite).

Ungekürzte Taschenbuchausgabe
Piper Verlag GmbH, München
August 2006

Umschlagkonzept: Büro Hamburg
Umschlaggestaltung: Nele Schütz Design, München
Umschlagabbildung: Mark Harrison via Agentur Schlück GmbH
Autorenfoto: Sylvia Englert
Satz: Ueberreuter Print, Wien
Papier: Munken Print von Arctic Paper Munkedals AB, Schweden
Druck und Bindung: Clausen & Bosse, Leck
Printed in Germany
ISBN-13: 978-3-492-26607-9
ISBN-10: 3-492-26607-X

www.piper.de

I

Lixantha

Prolog

Er war gerne bei Nacht draußen. Wie alle Menschen der Erd-Gilde sah er gut im Dunkeln, und das schwache Licht der Sterne reichte aus um den Pfad zu erkennen. Aber langsam wurde ihm mulmig zumute. Sie waren schon eine ganze Weile unterwegs und noch immer wusste er nicht, was genau ihr Ziel war. Rechts von sich spürte er eine Luftbewegung. Sein Begleiter hielt sich mit kräftigen Flügelschlägen neben ihm in der Schwebe. Er wirkte nervös. Auch das war seltsam.

»Wurzelfraß und Blattfäule, warum sagst du mir nicht einfach, was du mir zeigen willst, Ii'beru«, sagte der Mann. »Dann komme ich morgen früh noch mal her und schaue es mir in Ruhe an.«

Die hohe, pfeifende Stimme des Storchenmenschen. Er bemühte sich Daresi zu sprechen. »Niiiiemals, nur heute siiiehst du es, heute.«

»Na, dann ist es hoffentlich so wichtig, wie du sagst.« Der Mann entschied, in zehn mal zehn Atemzügen umzukehren. Er hätte seinem Instinkt vertrauen und in der Burg bleiben sollen. Doch was tun gegen die Neugier?

Du hättest wenigstens ein paar Farak-Alit mitnehmen können, schalt er sich. Ihn und die anderen Ratsmitglieder zu beschützen war schließlich ihre Aufgabe. Besonders ihn. Jeder wusste, dass er, einer der wichtigsten Menschen auf Daresh, nie eine Waffe trug.

Er kannte diesen Pfad. Es war der Weg zum südlichen Gipfel. Eine trostlose Gegend, besonders für einen Erd-Menschen. Dort war nichts, keine einzige lebende Pflanze, nur nackter Fels. Vielleicht hat die Sippe des Storchenmenschen ein Nest dort, eine Zuflucht für schwere Zeiten, dachte er. Es kann ja sein, dass einer seiner Brüder etwas Wichtiges beobachtet hat und dorthin geflüchtet ist. Einen kurzen Moment lang war er stolz darauf, dass der Halbmensch ausgerechnet zu ihm gekommen war. Ihm vertraute und sonst keinem. Doch nach wenigen Atemzügen verwarf er auch diese Idee, so wie er schon hundert andere verworfen hatte. Er musste sich einfach überraschen lassen.

Sie kamen an eine Biegung. Immer schmaler wurde der Pfad, er lief nun an einer Felswand entlang. Rechts davon der Abgrund. Er versuchte nicht hinzuschauen. Konzentrierte sich darauf, einen Fuß vor den anderen zu setzen. Gab schließlich auf und presste sich einen Moment gegen den rauen, feuchtkalten Felsen. Schloss die Augen. Atmete tief durch. Nein, dachte er. Das reicht. Es ist zu viel verlangt.

Täuschte er sich oder rief jemand seinen Namen – eine menschliche Stimme? Waren ihm ein paar Soldaten gefolgt? Er öffnete die Augen und sah den Schein von Fackeln. Jemand kam den Weg herauf, Männer in der Uniform der Wache. Genau zur rechten Zeit. Er entspannte sich wieder.

Der Halbmensch kam näher. Er landete auf dem schmalen Sims neben ihm, seine Federn streiften den Mann. Was war nur los mit diesem Kerl? Wieso zögerte er jetzt, blickte ihn fast Hilfe suchend an? Der Storchenmensch setzte an etwas zu sagen. Schien sich dann zu entscheiden. Seine pfeifende Stimme rief *»Seraf'tolai!«*, und der Mann spürte einen Stoß. Er war zu überrascht um Widerstand zu leisten, um sich an den Fels zu klammern. Sein Körper kippte, zog ihn hinunter ins Nichts. Einen furchtbaren Moment lang wusste er, dass er gleich sterben würde.

Dann war die Welt nur noch Luft, die an ihm zerrte, das Hämmern seines Herzens, explodierende Dunkelheit.

Unerwarteter Besuch

Relvo war ein kleines Dorf mitten im Grasmeer, das sich sanft wogend um die Siedlungen erstreckte. Still war es hier nie, denn die Halme – drei Menschenlängen hoch – rauschten ohne Unterlass im Wind. Ein paar hundert Menschen der Luft-Gilde lebten in Hütten aus geflochtenen Halmen, in denen es immer ein wenig nach trockenem Gras, Sonne und Lehmstaub roch. Neben jeder Hütte surrte ein Windrad mit den Farben des Bewohners. Auch Rena hatte ihr eigenes Farbmuster bekommen, als sie damals mit Rowan hierher gezogen war. Rowan war fort. Doch Rena mochte das Dorf und war geblieben, obwohl sie das einzige Mitglied der Erd-Gilde in der Gegend war. Nur ganz selten sehnte sich Rena noch nach ihrer Heimat, dem Weißen Wald, zurück.

Sogar einer ihrer Freunde, der junge Iltismensch Cchrlanho, hatte sich hier mit seinem Weibchen angesiedelt, weil er gerne in Renas Nähe war. Mühsam hatte sich Cchrlanho im teils trockenen, teils sumpfigen Boden um das Dorf herum einen Bau gegraben und ihn sogar von innen mit bunten getrockneten Pflanzen dekoriert. Rena ging oft zu ihm, um sich mit ihm zu unterhalten und mit den Welpen zu spielen.

»Stark und frech sind sie, frech, genau wie ich früher«, sagte Cchrlanho stolz, während die Kleinen auf ihm herumkletterten. Sie waren ein paar Monate alt und hatten schon das typische braun- und beigefarbene Fell aller Iltismenschen.

»Aber einer deiner Söhne kaut dir gerade das Ohr ab – es sieht zumindest so aus«, gab Rena zu bedenken.

»Stark und frech«, wiederholte Cchrlanho und schüttelte sich einmal. Der Welpe, der sich an seinem Ohr zu schaffen gemacht hatte, kollerte zu Boden. Sein zartes Kindergesicht leuchtete vor Vergnügen. »Cchrena, magst du etwas von unserem Fang?«, fragte sein Vater. »Drei fette Vögel, gestern, lecker, sehr lecker!«

»Aber nur, wenn du dafür ein paar von meinen selbst gezogenen Ranken nimmst«, lachte Rena, die sich wie alle ihre Gildenbrüder von Pflanzen ernährte.

Ihr machte es auch Spaß, an der Storchenmensch-Kolonie des Dorfes vorbeizugehen. Den normalen Bewohnern von Relvo gönnten die gefiederten Halbmenschen kaum einen Blick. Doch sobald sie Rena sahen, strahlten sie und winkten. »Gegrüßt seist du!«, sagten sie in ihrer Sprache, die Rena als einziger Mensch auf Daresh verstand. »Möge die Luft dich tragen!«

Oft flatterten einige von ihren Nestern herunter, um einen kleinen Plausch mit ihr zu halten. Rena hörte ihnen gerne zu. Sie erzählten sich lange Geschichten und spotteten über die Dinge, die sie im Dorf beobachteten.

Die Körper der Storchenmenschen waren menschlich, wenn auch dünn und zerbrechlich wie Skelette. Kopf und Nacken waren mit kurzem weichem Gefieder bedeckt, aus ihren Armen und Unterschenkeln wuchsen schwarzweiß gemusterte Federkiele. Es sah prächtig aus, wenn die Storchenmenschen mit ihren großen Schwingen über die Siedlungen glitten.

Ja, es lebte sich gut im Grasmeer.

Doch dann kam der Tag, an dem die Halbmenschen das Dorf verließen. Als Rena aufstand und gähnend vor ihre Grashütte trat, sah sie gerade noch, wie die letzten beiden Storchenmenschen ihre Schwingen ausbreiteten und sich bereitmachten zum Wegfliegen. Verdutzt sah Rena zu, wie sie sich duckten und mit gewaltigen Flügelschlägen in die Luft katapultierten.

»He, wo wollt ihr hin?«, rief sie ihnen zu. Doch diesmal gaben sie keine Antwort. Ihre Gesichter waren grimmig und verschlossen.

»Verstehst *du* das?«, fragte Rena ihre Helferin Marja, ein Mädchen aus dem Dorf. Sie gehörte zur Luft-Gilde, die mit den Storchenmenschen verbündet war.

Doch das Mädchen zuckte nur ratlos die Schultern. »Sie haben nicht gesagt, wo sie hinfliegen. Es ist seltsam. Niemand kann es sich erklären. Auch die Katzen- und Iltismenschen sind verschwunden.«

»Was?!«

Rena eilte nach draußen, zu Cchrlanhos Bau am Rande des Dorfes. Tatsächlich – keiner der Iltismenschen war zu sehen. »Cchrlanho, ich bin's!«, rief Rena und spähte in den Bau hinunter, der verlassen in der Sonne lag. Staubteilchen flirrten in der Luft, die hier ein bisschen nach Raubtier und ranzigem Fell roch. Keine Antwort.

Verblüfft setzte sich Rena auf den staubigen Boden. Wo war er? Er konnte nicht auf der Jagd sein, noch nie waren er und sein Weibchen gleichzeitig weg gewesen. Und es sah so aus, als hätten sie auch ihre Welpen mitgenommen. Was konnte passiert sein? Und wieso hatte ihr Freund nichts gesagt?

Langsam ging Rena zu ihrer Hütte zurück. Obwohl es früh am Tag war, hatte sie schon Gäste. Zu Anfang war es ihr peinlich gewesen, dass Leute aus weitem Umkreis zu ihr kamen, damit sie sie beriet oder einen Streit schlichtete. Seit sie zu allen Gildenräten gereist und sie zum Frieden überredet hatte, war sie eine bekannte Vermittlerin – und niemand störte es, dass sie erst achtzehn Winter alt war.

Heute warteten zwei junge Leute, eine Frau mit Kind …

… und eine Gestalt, in einen dunkelblauen Umhang gehüllt, die Kapuze über das Gesicht gezogen. Rena runzelte die Stirn. Wer konnte denn das sein? Sah nicht so aus wie ein Mensch der Luft-Gilde.

»Kann ich Euch helfen?«, fragte Rena den Fremden.

Die Gestalt nickte und schlurfte ohne ein Wort in ihr Besuchszimmer hinüber. So langsam wurde dieser Fremde Rena unheimlich. Er ließ sich einen Becher Cayoral einschenken, nickte einen kurzen Dank und sah sich gründlich in ihrer Hütte um.

Rena wurde unruhig. »Wer seid Ihr? Habt Ihr es nötig, Euch zu verbergen?«

Als Antwort warf der Mann die Kapuze nach hinten und zum Vorschein kamen kurz geschorenes graues Haar und lustige stahlblaue Augen, die von Fältchen umgeben waren. »Ich dachte, ich tarne mich ein bisschen … man weiß ja nie, wie die Leute der Luft-Gilde auf Fischköpfe wie mich reagieren …«

Rena erkannte ihren alten Freund aus der Wasser-Gilde sofort. Obwohl fast ein Jahr vergangen war, seit sie ihn zuletzt gesehen hatte, und er sich seither einen Bart hatte wachsen lassen. Wilde Freude durchschoss sie. »Dagua!«, rief sie und umarmte ihn.

Dagua ke Vanamee war Mitglied im Rat der vier Gilden und lebte in der Felsenburg, dem Herrschaftszentrum Dareshs. Kennen gelernt hatte sie ihn, als er mit ihr und ihren Freunden Alix und Rowan durch die Provinzen gereist war.

»Wie hast du mich gefunden?«, fragte Rena.

Dagua lächelte. »Wir wissen schon lange, dass du hier bist. Es wird dich wahrscheinlich nicht überraschen, dass die Regentin dich beobachten lässt. Sie hasst dich noch immer.«

»Ja, ich habe ihre Spitzel im Dorf gesehen.«

Seit ein paar Wintern – seit Renas Reise zu den Gildenräten – hatte die Regentin nicht mehr die alleinige Macht, der neue Rat der vier Gilden nahm gleichberechtigt an der Regierung teil. Seither war das Leben auf Daresh leichter geworden, und ruhiger.

»Was machst du hier?«, erkundigte sich Rena. »Rat gefällig?«

»Ja, bitte«, sagte Dagua munter und machte es sich in der Mitte des Graszimmers gemütlich. Rena ließ sich ihm gegenüber im Schneidersitz auf den graugrünen, nach Heu duftenden Matten nieder. Sie merkte, wie Daguas Augen nach Rowan suchten, ihrem ehemaligen Gefährten. »Wir sind nicht mehr zusammen«, erklärte Rena und hoffte, dass er ihrer Stimme die Traurigkeit nicht anmerkte. »Er lebt jetzt in einem Dorf im Süden. Ich habe gehört, dass er einen Handelsposten übernommen hat und mit seiner neuen Partnerin ein Kind hat.«

»Schade, dass es mit euch nicht geklappt hat. Ich mochte Rowan. Wie lebt es sich allein?«

»Ganz gut«, sagte Rena und wechselte schnell das Thema, damit er ihr nicht anmerkte, wie weh es immer noch tat. »Was gibt's Neues aus der Felsenburg?«

»Nichts Gutes. Und ich fürchte, dass du die Einzige bist, die uns helfen kann.«

»Im Ernst? Was ist denn passiert?«

»Ich weiß nicht, ob du schon davon gehört hast. Ennobar ist ermordet worden.«

»Ermordet?! O nein.« Rena spürte Tränen in ihre Augen drängen. Ennobar, ihr Mentor! Tot! Er war der Hauptvermittler der Regentin gewesen, einer der einflussreichsten und beliebtesten Männer auf Daresh. Obwohl er arrogant und kühl sein konnte, hatte das Volk ihn geliebt, weil er immer ein offenes Ohr für Sorgen und Probleme hatte. Nie hatte er vergessen, was Recht und Unrecht war. »Wer hat ihn getötet? Was ist passiert?«

Daguas Augen waren auf einmal hart. »Er ist von der Flanke des Alestair-Berges gestoßen worden. Du kennst sicher den Gipfel südlich der Felsenburg. Der ist verdammt hoch. Er hat es nicht überlebt. Aber das ist nicht mal das Schlimmste.« Dagua seufzte. »Das Schlimmste ist, dass es ein Storchenmensch getan hat.«

»Nein!« Rena starrte ihn an. »Ein Storchenmensch? Das kann doch nicht sein. Sie sind völlig friedlich. Es gibt Tausende von ihnen hier und nie ist etwas passiert.«

Rena erinnerte sich plötzlich, dass alle Halbmenschen gestern das Dorf verlassen hatten – konnte das etwas mit Ennobars Tod zu tun haben?

»Der Täter ist sofort gefangen genommen worden. Leider. Drei Tage später war er tot, weil er jede Nahrung verweigert hat. Der Idiot von einem Kommandanten hatte keine Ahnung davon, dass Storchenmenschen die Gefangenschaft nicht aushalten …«

»Moment«, sagte Rena und schlich sich auf bloßen Füßen zu dem Vorhang, der zu ihren anderen Zimmern führte. Ohne Vorwarnung riss sie ihn beiseite. Vier Dörfler, die sich dahinter gedrängt hatten, kamen zum Vorschein. Es waren die Leute, die eben noch im Empfangszimmer gesessen hatten. Schuldbewusst blickten sie Rena an.

»Würdet ihr bitte morgen wiederkommen?«, sagte Rena streng und die vier nickten und schlichen sich davon.

»Alle Menschen der Luft-Gilde sind furchtbar neugierig«, meinte Rena und setzte sich wieder zu ihrem alten Freund. »Jetzt wird sich die Nachricht in allen Dörfern verbreiten.«

»Das geschieht sowieso schon.« Daguas Gesicht war ernst. »Na ja, jedenfalls hat der Storchenmensch, ein Mann namens Ii'beru, nur ein einziges Wort gesagt. *Seraf'tolai.* Oder so ähnlich. Danach hat er geschwiegen bis zum Schluss. Weißt du, was das Wort bedeuten könnte?«

»Nie gehört«, musste Rena zugeben. »Man kann es nicht einfach übersetzen, es ist so was wie eine Formel, glaube ich. Weiß auch keiner von der Luft-Gilde, was das heißt?«

»Nein. So genau kennt niemand die Storchenmenschen. Und fragen kann man sie jetzt nicht mehr. Sie haben sich davongemacht, die meisten sind – von der Felsenburg aus gesehen – nach Osten geflogen, soweit ich gehört habe. Richtung Lixantha-Dschungel. Dort bekommt sie keiner so leicht raus.«

Rena runzelte die Stirn. »Wieso sind sie geflohen? Du hast mir noch nicht alles erzählt.«

Dagua seufzte. »Die Menschen sind wütend, wollen Rache für Ennobars Tod. Einige Nester sind schon von aufgebrachten Dörflern überfallen und zerstört worden. Mehr als ein Dutzend Halbmenschen sind tot. Gelyncht.«

Schockiert blickte Rena ihn an. »O nein!«

»Die Leute drehen durch, weil sie Angst haben«, meinte Dagua. »Wenn die Halbmenschen sich entschließen würden mit den Menschen abzurechnen, dann hätten wir keine Chance.« Rena nickte. Sie dachte an die scharfen Fangzähne und die gedankenschnellen Reaktionen der Iltismenschen, den muskulösen Leib der Natternmenschen, mit dem sie ihre Beute erdrosselten, und an die scharfen Geweihe der Hirschmenschen.

»Du musst herausfinden, was geschehen ist, warum Ennobar sterben musste«, sagte Dagua leise. »Die Halbmenschen verehren dich. Du verstehst als einziger Mensch ihre Sprache, seit du die *Quelle* berührt hast. Vielleicht reden sie mit dir. Wir haben schon eine Menge versucht. Glaub mir, ich wäre nicht gekommen, wenn wir nicht bereits alle anderen Möglichkeiten ausgeschöpft hätten. Hilf uns diesen Mord aufzuklären!«

Die *Quelle* war ein Stein mit eigenartigen Kräften, den die Regentin unter ihrer Kontrolle gehabt hatte. Vor zweieinhalb Wintern, bei ihrer ersten Audienz in der Burg, hatte sich Rena – damals noch ein Lehrmädchen im Weißen Wald – davongeschlichen, um sich das geheimnisvolle Ding selbst anzuschauen. Die *Quelle* hatte Rena ganz neue Fähigkeiten geschenkt. Aber Rena hatte auch ihr bisheriges Leben aufgeben und aus dem Dorf fliehen müssen. Denn die Regentin hatte schnell herausgefunden, wer ihren kostbaren Stein angefasst hatte.

Rena zögerte. »Ich war noch nie im Lixantha-Dschungel. Es soll ziemlich übel dort sein. Die Geschichten, die man über ihn hört, sind unheimlich.«

»Ja, ich weiß. Ich habe selbst mehr als genug gehört und fürchte sogar, dass viele davon wahr sind. Es ist, soweit ich weiß, schon ein paar Winter her, dass sich ein Mensch freiwillig da hineingewagt hat.«

»... und von denen sind längst nicht alle zurückgekommen!«

Dagua nickte. »Es ist viel verlangt, ich weiß.«

»Bist du sicher, dass die Halbmenschen da drin sind?«

»Sie sind alle Richtung Dschungel gezogen. Das kann kein Zufall sein.« Dagua seufzte und nahm einen Schluck von seinem Cayoral. »Niemand verlangt von dir, dass du alleine gehst. Willst du ein paar Soldaten als Begleiter? Die Regentin würde sicher ein paar Farak-Alit aus ihrer Elitetruppe dafür zur Verfügung stellen. Ich habe selbst ein paar dabei, plus ein halbes Dutzend Diener. Sie warten vor dem Dorf.«

Rena schüttelte den Kopf. »Ich mag mich nicht bedienen lassen und mit Soldaten konnte ich noch nie viel anfangen.«

»Hm, habe ich mir fast gedacht. Aber ich habe noch

eine Idee. Vielleicht kann ich Alix überreden mit dir zu kommen. Wahrscheinlich wird es ihr sogar gefallen, sich diesen eigenartigen Dschungel von innen anzusehen.«

Rena horchte auf. Wie hätte sie Alix vergessen können, ihre temperamentvolle Freundin aus der Feuer-Gilde, eine der besten Schwertkämpferinnen Dareshs? »Weißt du denn, wo sie gerade ist? Der letzte Brief, den ich von ihr habe, ist einen Monat alt. Sie steckt irgendwo im Norden von Tassos.«

»Mehr weiß ich auch nicht. Aber wir werden sie finden und fragen. Wenn sie bereit ist mitzumachen, schicken wir sie direkt zum Dschungel.«

Doch Rena wollte sich nicht zu einer Entscheidung zwingen lassen und wechselte das Thema. »Bleibst du bis morgen? Kann ich dir einen Schlafplatz anbieten?«

»Ja, das wäre nett.« Dagua lächelte. »Meinen morschen Knochen bekommt es nicht mehr so gut, wenn ich draußen auf dem Boden schlafe.«

Während Marja losrannte, um Betten für Daguas Gefolgsleute zu organisieren, holte Rena aus dem kleinen Anbau der Hütte ein paar zusätzliche Matten und klopfte sie aus. Staub schwebte auf, es roch nach Erde und Sonne. Rena beschattete die Augen mit der Hand und blickte hinüber zu der Storchenmensch-Kolonie am Rand des Dorfes. Es war so ungewohnt, die Nester verlassen zu sehen. Die Halbmenschen hatten schnell reagiert.

Rena musste sich zwingen das Gefühl drohenden Unheils abzuschütteln.

In dieser Nacht schlief Rena schlecht. Sie lag lange wach und dachte an ihre Zeit in der Felsenburg und daran, wie sie damals ein paar Tage lang bei den Iltismenschen gelebt hatte, wie sie ihre Verbündeten und Freunde geworden waren. Damals hatten sie Rena beim Kampf gegen die Regentin das Leben gerettet – mehr als ein Mal. Es wäre schrecklich, wenn sie nun wieder gejagt werden würden wie Freiwild. Wie damals, als die Regentin noch allein regiert hatte. Und Cchrlanho – durfte sie ihm und seinen Welpen jetzt wirklich die Hilfe verweigern, ihn im Stich lassen? Auch die Storchenmenschen des Dorfes waren ihr ans Herz gewachsen. Aber der Dschungel, dieser seltsame und unheimliche Ort! Ihr graute davor. Andererseits war es vielleicht Zeit, dass sie mal wieder aus dem Dorf herauskam. Hier erinnerte sie alles an Rowan …

Am nächsten Tag packte sie im Morgengrauen eine Umhängetasche, zog ihre leichten Sandalen und eine neue Tunika an. Zuletzt schnallte sie langsam, fast ehrfüchtig ihr Schwert um. Das Schwert, das Alix ihr geschmiedet hatte. Sie hatte es seit Monaten nicht getragen. Alix! Plötzlich konnte Rena es kaum erwarten, die Schmiedin wiederzusehen.

Dagua lächelte, als er ihre Vorbereitungen sah. »Du hast dich entschieden?«

»Hoffen wir mal, dass Lixantha mich auch wieder ausspuckt«, sagte Rena und seufzte.

Ihre Helferin blickte sie beunruhigt an. »Bis wann wirst du unterwegs sein?«

»Keine Ahnung«, sagte Rena. »Aber ich brauche trotzdem deine Dienste. Pass für mich auf die Hütte auf, sag den Leuten, dass ich zurückkomme. Irgendwann. Frieden den Gilden, Marja!«

Der Dschungel

Es war angenehm, durchs Grasmeer zu reisen, wenn man sich auskannte. Rena wanderte die Pfade entlang, die gerade breit genug für einen einzelnen Menschen waren. Ihre Füße bewegten sich fast von alleine, tappten durch den pudrigen, hellen Staub. Das Rauschen der hohen Halme schluckte das Geräusch ihrer Schritte. Es roch nach trockenem Gras und dem zähen Matsch, auf dem die Halme wuchsen.

Dann und wann durchquerte sie ein Dorf und hielt kurz an um Proviant und Wasser zu erhandeln. Ein Schluck um ihre staubige Kehle anzufeuchten, dann weiter Richtung Lixantha. Nach Norden, immer weiter nach Norden. Sie wusste, dass Spitzel der Regentin ihr auf den Fersen waren, ihr im Abstand von zwei Baumlängen folgten. Sollen sie doch, dachte Rena trotzig und ignorierte sie. Im Moment waren es zwei Männer der Luft-Gilde, der eine muskulös und mit gepflegten welligen Haaren, der andere ein bisschen kurz geraten.

Nach acht Tagen lag das Grasmeer hinter ihr und Rena übernachtete auf einer kahlen Ebene. Es war neblig und kühl. Schadenfroh beobachtete sie, wie die beiden Spitzel über die Kälte und den harten Boden murrten und ächzten. Rena selbst grub sich nach der Art der Erd-Leute einen flachen Tunnel, kroch hinein und dichtete ihn mit trockenem Gras ab, damit es drinnen gemütlich warm wurde.

Als sie am nächsten Morgen aus ihrem Schlaftunnel kroch und sich die Krümel aus den Augen rieb, stellte sie zufrieden fest, dass sich der Nebel gelichtet hatte. Als sie nach Norden blickte, schlug ihr Herz schneller. Diese dunkle Wand am Horizont – konnte er das sein, der Dschungel?

Als der erste Mond am Himmel stand und der Tag sich dem Ende zuneigte, war sie nahe genug um mehr erkennen zu können. Wie ein normaler Wald wirkte Lixantha nicht. Er war ständig in Bewegung, wimmelnd und schlängelnd, ächzend und sich zum Himmel streckend, ein atmendes Gewirr von Blättern und Stämmen. Man konnte nicht weiter als ein paar Schritte in ihn hineinblicken. Grün, Orange, Violett – auch die Farben waren ungewohnt. Der Wald schien sie mit vielen Augen zu beobachten und die Haut zwischen Renas Schulterblättern zog sich zusammen.

Sie blickte zu den Spitzeln hinüber und musste grinsen. Die beiden zögerten, wirkten unsicher. Wahrscheinlich überlegten sie, ob sie ihr wirklich in den Dschungel folgen sollten. Rena konnte sich denken, was in ihren Köpfen vorging: Konnte ihre Herrin wirklich befehlen, dass sie sich in diesen schaurigen Wald begaben, der vermutlich bis zum Rand mit gefährlichen Wesen gefüllt war?!

»Na, fällt euch schon die Rinde ab?«, brüllte Rena ihnen zu. Die brauchten ja nicht zu wissen, dass ihr auch nicht wohl zumute war beim Gedanken, durch diesen Dschungel zu reisen.

Aber so weit war sie ja längst noch nicht. Jetzt musste sie erst mal reinkommen. Hier wirkte der Wald wie eine Mauer, so dicht waren die Pflanzen miteinander verwoben. Dahinter – nur unheimliche grüne Dunkelheit. Rena sah noch einmal zu den beiden Spitzeln, die mit verlorenen Blicken in einer Baumlänge Entfernung standen, und kroch in den Dschungel wie in einen ihrer vertrauten Erdtunnel. Drin!

Es war deutlich wärmer hier. Rena sog die Luft ein, die süßlich-würzig roch, und musste husten. Doch nach ein paar Atemzügen hatte sie sich an den Geruch gewöhnt.

Also los, dachte sie und kämpfte sich voran. Federnd gab der Boden unter ihren Füßen nach. Sie blickte über die Schulter zurück. Obwohl sie erst wenige Schritte gegangen war, konnte sie die Ebene und die Sonne nicht mehr erkennen. Ab jetzt hieß es, blind in die Richtung zu stolpern, die sie für vorwärts hielt.

Verdammte Lianen! Rena war zierlich und gelenkig genug, um sich zwischen ihnen hindurchwinden zu können, aber die Dinger schienen sich immer enger um sie zu winden, sie absichtlich zu Fall bringen zu wollen. Dass sie sich nicht täuschte, merkte Rena, als sie fühlte, wie eine Ranke sich langsam, aber mit eiserner Kraft um ihr Handgelenk wand. *Der Wald zog sich um sie zusammen!*

Raus!, dachte Rena, plötzlich in Panik wie ein wildes Tier. Sie kratzte sich die Fingernägel blutig, um die Ranke wieder von ihrem Arm zu zerren. Es glückte ihr mit letzter Kraft. Ihr war schwindelig von dem seltsamen Geruch, der hier herrschte. Der Wald schwankte vor ihren Augen. Sie fressen Fleisch, dachte Rena. Wattig wälzte sich der Gedanke durch ihr Gehirn. Irgendwie schaffte sie es, zurückzustolpern und sich durch die grüne Mauer nach draußen zu schieben. Erschöpft und schwer atmend ließ sie sich ein paar Menschenlängen vom Dschungel entfernt ins Gras fallen. Verblüfft beobachteten sie die beiden Spitzel, die sich nicht von der Stelle gerührt hatten.

Tja, und was jetzt? Sie hatte es Dagua versprochen, dass sie mit den Halbmenschen sprechen würde. Dass sie helfen würde, diesen schrecklichen Mord aufzuklären.

Scheiße!, dachte Rena und starrte den Dschungel feindselig an. Angeblich haben es die Halbmenschen doch auch geschafft, da reinzukommen, ohne sofort verdaut zu werden! Sie entschied sich, erst einmal am Rand von Lixantha entlangzuwandern. Vielleicht fand sie ja eine

Stelle, die sich besser eignete als diese hier. Oder sogar einen Pfad.

Sie fand mehr als das. Als es dämmerte und sie gerade daran dachte, sich einen Schlafplatz zu suchen, stieß Rena zu ihrer Überraschung ganz in der Nähe des Waldes auf ein halbes Dutzend Erdhäuser. Jemand lebte hier, so nah am Dschungel! Und nicht nur irgendjemand, sondern Menschen der Erd-Gilde! Doch nur aus einem der Häuser stieg Rauch auf, die anderen schienen unbewohnt. Was war hier geschehen?

Rena entschied sich um Gastrecht zu bitten. Da sie auch der Erd-Gilde angehörte, durfte sie erwarten, dass sie willkommen geheißen würde. Zögernd klopfte sie an die Tür des bewohnten Erdhauses. Sie musste lange warten, bis etwas geschah. Dann wurde die Tür ganz plötzlich aufgerissen. Vor Rena stand ein breitschultriger, bärtiger Erdgilden-Meister in eigenartiger Kleidung. Ein kleines graues Tier mit Schlappohren hockte auf einer seiner Schultern und blickte Rena genauso erstaunt und missmutig an wie sein Besitzer. Über seiner anderen Schulter hing eine Art Fell mit einem kleinen Köpfchen.

»Friede den Gilden«, sagte Rena eingeschüchtert. Doch auf die höfliche Erwiderung »... und Wohlstand ganz Daresh« wartete sie vergebens.

»Habt Ihr Euch verirrt?«, knurrte der Mann. »Ihr solltet schleunigst von hier verschwinden, wisst Ihr denn nicht, dass das da vorne der Lixantha-Dschungel ist?«

»Doch – da will ich ja gerade hin«, gab Rena zu und bekam ein ungläubiges Schnauben zur Antwort. »Äh, könnte ich vielleicht bei Euch um Gastrecht bitten?«

»Wenn's sein muss«, schallte es zurück. Der Hüne drehte sich um und stapfte ins Innere. Er ließ die Tür offen, wohl damit Rena nachkommen konnte. Rena kämpfte mit sich.

War dieser Kerl einfach nur grauenhaft unhöflich oder war er gefährlich? Wollte sie wirklich hier übernachten? Aber wenn nicht hier, dann musste sie draußen ihr Lager aufschlagen, nah bei diesen Fleisch fressenden Pflanzen.

In diesem Moment hörte sie die helle Stimme eines Jungen aus dem Haus dringen. Ein Kind – hier?!

Neugierig trat Rena über die Schwelle und schloss die Tür hinter sich.

Hilfreich und tödlich

Im Inneren war es warm, im Ofen prasselte ein Feuer. Rena fand die beiden Bewohner des Hauses beim Essen. Der Mann blickte nicht auf, als sie hereinkam, und löffelte mürrisch seine Suppe hinunter ohne Rena etwas davon anzubieten. Doch der schlaksige Junge mit dunkelblondem Lockenkopf, der neben ihm saß, drehte sich um und beobachtete Rena aus hellen Augen fasziniert. Schließlich traute er sich zu fragen: »Was machst du denn hier? Wer bist du?«

»Ich heiße Rena, komme gerade aus der Provinz Nerada und bin auf der Durchreise«, sagte Rena. Mit knurrendem Magen blickte sie auf die Suppe, die sehr angenehm roch. Der Junge sah ihren Blick und sprang auf um einen dritten Teller zu holen. Dankbar lächelte Rena ihn an. »Wie heißt du?«

»Kerrik. Ich bin schon fast elf Winter alt!«

»Aha«, sagte Rena und glotzte. Im wilden Bart des Mannes bewegte sich doch tatsächlich etwas! Eine Maus! Das winzige Tierchen kletterte fröhlich zwischen den Barthaaren umher und fraß Reste der letzten Mahlzeiten, die darin hängen geblieben waren.

Erst nach einer Weile schaffte es Rena, sich wieder auf die Unterhaltung zu konzentrieren. »Lebt ihr beiden ganz allein hier?«, fragte sie.

»Ja, die anderen sind alle weggezogen – Mama auch, mit dem Mann, der nebenan gewohnt hat«, erzählte Kerrik. »Sie mochten den Dschungel nich und fanden es nich gut, dass er wächst und wächst und immer näher kommt.«

Der Mann warf seinem Sohn einen düsteren Blick zu, verbot ihm aber nicht weiterzusprechen. Während Kerrik davon erzählte, wie lustig es gewesen war, als die anderen Kinder noch hier gewohnt hatten, musterte Rena ihre seltsamen Gastgeber verstohlen. Was war das wohl für ein Tier, das dem Mann auf der Schulter hockte? Und auch ihre Kleidung sah eigenartig aus, sie war nicht wie üblich aus gewebtem Stoff oder Leder, sondern wirkte eher wie ein Fell. Wie ein orange-grau geflecktes Fell, komplett mit Pfoten und Kopf.

»Hast du denn keine Angst vor dem Dschungel?«, fragte Rena. »Ich wäre heute Morgen fast von Lianen gefesselt und gefressen worden. Obwohl ich erst am Waldrand war.«

»Ach wo, nein! Der Dschungel ist toll«, erzählte Kerrik. »Ich bin gern dort. Aber man muss auch mächtig aufpassen. Du bist wahrscheinlich in eine Kolonie von Gurma-Pflanzen geraten, die mögen Fleisch.«

»Der Kleine hat Recht, man muss aufpassen«, grunzte der Mann. »Ein paar Leute aus dem Dorf sind im Dschungel getötet worden. Idioten. Sie haben alles falsch gemacht. Aber die anderen hatten danach natürlich Angst. Also sind sie weggezogen.«

Rena konnte sich nicht auf das konzentrieren, was er sagte. Das Köpfchen an der Kleidung des Jungen hatte eben die Augen geöffnet und gähnte.

»Was beim Erdgeist ist das?!«, entfuhr es Rena.

Kerrik lachte begeistert. »Das ist eine Pelegrina. Ein Tier aus dem Dschungel. Es schlingt sich um dich und wärmt sich an dir. Nach ein paar Tagen fliegt es weg und du suchst dir ein frisches. Ist richtig praktisch. Früher haben wir auch andere Sachen angezogen, aber nich mehr, seit die anderen Leute weg sind.«

»Ihr zieht Tiere an?!« Rena wusste, dass sie gerade unhöflich war, doch sie schaffte es nicht, sich zurückzuhalten.

Abrupt stand der Mann auf. Er deutete auf einen Stapel Decken in einer Ecke der Hütte. »Dort könnt Ihr schlafen. Wir gehen früh zu Bett. Wohin zieht Ihr morgen weiter?«

»Ich muss wirklich in den Dschungel, *tanu,* Gildenbruder – wie ich's schon erwähnt habe.« Rena beschloss mit offenen Karten zu spielen. Schließlich war der Mann trotz seiner schlechten Manieren ein Erd-Mensch. »Viele Halbmenschen haben sich dorthin geflüchtet und ich muss sie finden.«

»Ja, wir haben ganz viele vorbeikommen sehen, alle mögliche Arten«, nickte Kerrik. »Ganz komisch!«

»Könnt ihr mir sagen, worauf ich achten muss, damit mir in diesem Wald nichts passiert?«, bat Rena. Sie ahnte, dass ein paar gute Tipps von diesen eigenartigen Menschen den Unterschied zwischen Leben und Tod ausmachen konnten.

Mit einem seltsamen Blick starrte der Mann sie an. »Der Dschungel kann gut zu Euch sein. Ihr müsst ihn nur lassen. Das ist die eine Regel. Die andere ist: In Lixantha ist nichts, was es zu sein scheint.«

Rena nickte. Sie war enttäuscht. Ein paar genauere Hinweise hatte sie schon erwartet. Zum Beispiel was für Raubtiere es gab, wo man Wasser fand und welche Pflanzen essbar waren.

»Es ist nich gut, dass du alleine in den Dschungel gehst.«

Kerrik blickte sie besorgt an. »Aber ich könnte ja mit dir gehen und dir alles zeigen! Ach bitte, Pa, lass mich ein Stück mit ihr gehen!«

»Kommt nicht in Frage.«

»Bitte! Sonst ist sie bald tot, und alle sagen wieder, dass der Dschungel böse ist, und das stimmt doch gar nich.«

»Na gut. Aber nur den ersten Tag. Dann kommst du sofort zurück.« Beim Sprechen kraulte der Mann das graue, schlappohrige Tier, das mit kleinen Greifhänden sein Ohr umklammerte.

Rena bedankte sich höflich. Sie überlegte, wie wohl die beiden Spitzel der Regentin klarkommen würden. Sie hatten ja keinen Führer wie Kerrik. Hoffentlich waren sie so klug, rechtzeitig kehrtzumachen.

»... aber sie braucht einen Vorkoster«, sagte der Mann. Kerrik bemerkte Renas fragenden Blick und sah, dass sein Vater keinerlei Anstalten machte, darauf einzugehen. Er sprang auf, lief nach draußen und kam mit einem zweiten schlappohrigen Tier und zwei Händen voll Grünzeug zurück. »Schau zu!«, sagte er zu Rena und gab dem Tier ein Blatt aus der einen Hand zu essen. Mit sichtlichem Wohlbehagen verspeiste es das Futter und seine Ohren spitzten sich. Ganz anders bei einem Stängel aus Kerriks anderer Hand. Mit zuckender Nase und missbilligendem Ausdruck im kleinen Gesichtchen stieß es das Stück zurück.

»Es mag genau das, was Menschen auch mögen«, erklärte Kerrik. »Es frisst nichts, was für uns giftig ist.«

Rena begriff sofort. »Das ist ja toll! Es hilft einem, in einer fremden Umgebung mit vielen unbekannten Pflanzen zu überleben.«

»Nicht nur das«, grunzte der Hausherr. »Seht Ihr, der Lixantha-Dschungel verändert sich ständig. Das merkt man schon, wenn man ein paar Tage nicht da war. Dann findet man ganz andere Pflanzen vor. Und die, die man kannte, haben schon neue Eigenschaften. Ohne Vorkoster seid Ihr verloren. Also passt gut auf Euren auf. Er kostet übrigens zehn Tarba. Zahlbar sofort.«

»Oh«, sagte Rena und begann in ihrem Reisegepäck zu kramen. Zehn Tarba! Das war geradezu ruinös teuer – ein gutes Dhatla bekam man schon für fünfzig Tarba –, aber sie sah ein, dass sie dieses Vieh haben musste. Und sie hatte reichlich Geld dabei und zusätzlich einen kleinen Lederbeutel mit Wasserdiamanten, von dem niemand etwas zu wissen brauchte. Als Abgesandte des Rates hatte sie unbegrenzte Mittel zur Verfügung.

Der Mann steckte die Münzen ein, wuchtete sich aus seinem Stuhl hoch, löschte das Feuer mit einer Kanne Wasser und verschwand in einem Nebenraum. Gehorsam folgte ihm Kerrik. »Wir gehen jetzt zu Bett«, erklärte er. »Gleich wenn die Sonne aufgeht, ziehen wir los, ja?«

»Ist gut«, sagte Rena und inspizierte vorsichtig ihren Schlafplatz. Zum Glück bewegte sich dort nichts. Es waren ganz normale, schmuddelige Filzdecken. Komplett angekleidet rollte sie sich darin ein. In diesem Haus zog sie sich ganz bestimmt nicht aus.

Es dauerte lange, bis sie es schaffte, einzuschlafen. Zu viel ging ihr durch den Kopf. Und ein eigenartig schlürfendes, schabendes Geräusch vom Dach her ließ sie immer wieder beunruhigt lauschen. Rena entschied, dass sie gar nicht wissen wollte, was sich dort tummelte.

Eine kleine Hand rüttelte Rena wach. »Kommst du?«

Waschen? Frühstücken? Konnte sie vergessen. Kerrik zog schon ungeduldig an ihrer Tunika und auch der Vorkoster war bereit zum Aufbruch. Geschickt hangelte er sich an Rena hoch und platzierte seinen kleinen fetten

Hintern auf ihrer Schulter. Der Hausherr war nirgends in Sicht, also konnte sie sich ihren halbherzigen Dank für die Übernachtung sparen.

Es waren nur ein paar Baumlängen bis zum Rand des Dschungels. Ihre Verfolger waren nirgends zu sehen. Sie hatten aufgegeben. Was wahrscheinlich besser für sie war.

Renas Herz pochte, als sie eintauchte in das grüne Zwielicht des Waldes. Zwischen den Zehen ihrer Sandalen kroch die Feuchtigkeit hoch. Es roch stickig, nach Wachstum und Verwesung, aber auch pfeffrig. Rings um sie wucherten riesige grün-violette Sträucher, Bäume mit vielen grün-pelzigen Blättern, Blüten, die ihren Bewegungen folgten wie lebende Wesen und trichterförmige rötliche Pflanzen, die auf Beute zu warten schienen.

Kerrik ging wachsam voran. Seine nackten Füße machten kein Geräusch auf dem schmalen Pfad. Er war unbewaffnet – bis auf eine Steinschleuder.

»Wer hat die Pfade angelegt? Ihr?«, wunderte sich Rena.

Kerrik schüttelte den Kopf. »Das war ein Dozer. Ein Raubtier. Sie sehen und hören furchtbar schlecht und sind viel zu plump um richtig zu jagen. Deshalb legen sie diese Pfade an und verlassen sich darauf, dass etwas vorbeikommt, das sie fressen können.«

»Ja, aber …«

»Keine Sorge, jetzt ist es noch zu kalt für sie. Sie mögen es, wenn es heiß ist, so ab Mittag, dann müssen wir ihnen aus dem Weg bleiben.«

Rena war mulmig zumute. Sie hielt sich dicht hinter ihrem kleinen Führer. »Hast du manchmal Angst, wenn du hier unterwegs bist?«

»Ja, schon«, gab Kerrik nach einigem Zögern zu. »Vor Rotfüßigen Münks inzwischen nich mehr und vor Fringos auch nich, mit denen bekommt man keinen Ärger, wenn man sich von ihren Nestern und Vorratshöhlen fernhält. Aber vor den Salisars. Die haben Quebar und Olleo erwischt, die waren so alt wie ich. Sogar meinen Pa hätten die beinahe mal gefressen.«

»Wie sehen Salisars denn aus?«

»Ziemlich groß und grün. Richtig fies eben. Sie sind schwer zu sehen und unheimlich schnell.«

»Jagen sie auch zu einer bestimmten Tageszeit?« Rena tastete nach ihrem Schwert und blickte sich beunruhigt um. Sie wünschte, Kerrik hätte die Biester besser beschreiben können. Groß und grün war nämlich das meiste hier.

»Nein. Sie sind immer unterwegs. Aber am liebsten jagen sie auf Lichtungen. Da muss man besonders aufpassen.«

Schon bald sahen sie den ersten toten Halbmenschen. Es war ein Iltis. Renas Herz klopfte heftig, als sie neben dem fliegenumsummten Körper in die Hocke ging und ihn umdrehte. Doch es war nicht Cchrlanho, sondern ein Fremder. Der Iltismensch hatte eigenartige Wunden am Rücken, war offensichtlich einem der Lixantha-Raubtiere zum Opfer gefallen. »Sieht so aus, als wäre der Dschungel auch für die Halbmenschen ganz schön gefährlich«, meinte Rena traurig. Mit ihrer Flucht nach Lixantha hatten sie also nur ein Übel gegen das andere eingetauscht. Sie hoffte, dass es Cchrlanho und seinen Welpen gut ging.

»Wo musst du eigentlich hin, in eine bestimmte Richtung?«, fragte Kerrik.

»Ich muss die Storchenmenschen finden – eine bestimmte Gruppe von ihnen«, sagte Rena. »Sie müssen mir ein paar wichtige Fragen beantworten. Sehr wichtige! Wie groß ist eigentlich der Dschungel?«

»Etwa zehn Tagereisen. Aber ich wette, die sind nich so weit geflogen. Ich hab gesehen, wo sich welche niedergelassen haben. Versuchen wir's mal da.«

Mittags rasteten sie am Rand des Weges und aßen ein paar Blätter aus Renas Reiseproviant. »Was hat dein Vater eigentlich damit gemeint, dass der Dschungel einem helfen kann?«, fragte Rena. »Meinte er so was wie die Pelegrinas?«

»Wart mal«, sagte Kerrik und verschwand im Wald. Ein paar Atemzüge später kam er verschmitzt grinsend wieder zum Vorschein. In seiner hohlen Hand saßen ein Dutzend grünbraune Insekten mit großen Mäulern. »Das sind Raspler. Nimm ein paar in die Hand und setz dir ein paar auf den Kopf!«

»Ja, und jetzt?«, fragte Rena, aber dann spürte sie schon ein Kribbeln an den Fingernägeln. Die nagten ihre Nägel ab – und schmatzten auch noch dabei! Und das seltsame Kitzeln am Kopf rührte, wie sie schnell feststellte, daher, dass ein paar der Raspler sich über ihre Haare hergemacht hatten und sie von den Spitzen her verspeisten.

»Wenn die Haare so kurz sind, wie du sie haben willst, nimmst du sie einfach runter«, meinte Kerrik. »Du darfst nur kein Nickerchen machen, wenn Raspler in der Nähe sind. Die fressen dich kahl, während du schläfst!«

»Aha«, sagte Rena. Wieso hatte sie eigentlich für diesen Vorkoster zehn Tarba bezahlt? Da hoppelte gerade eine Gruppe von ihnen vorbei.

»Na ja, und solche Tiere gibt's noch ganz viele – Tiere, die dir helfen und dafür etwas von dir bekommen«, meinte Kerrik.

Beim Erdgeist, die Blätter aus ihrem Proviant waren vielleicht zäh! So richtig frisch war das Zeug eben nicht mehr. Rena kaute darauf herum und es schmeckte ihr immer weniger. »Ich glaube, ich werde meinen Vorkoster mal ausprobieren«, sagte sie, zog sich die Raspler herunter und schlenderte zu einem Baum hinüber, der köstlich riechende orangerote Früchte trug. Sie streckte die Hand aus, um eine davon zu pflücken …

»Nicht!«, rief Kerrik.

Zu spät. Die Frucht war schon in Renas Hand geplatzt und hatte sie über und über mit klebrigem orangerotem Schleim bespritzt. Kerrik lag im Gras und hielt sich den Bauch vor Lachen.

Angeekelt wischte sich Rena den Glibber aus dem Gesicht und schaute an ihrer Tunika hinunter. »Hm, ich fürchte, ich muss auch auf Pelegrinas umsteigen. Und mir langsam den Spruch von deinem Vater merken, dass hier nichts ist, wie es scheint.«

Kurze Zeit später hatte Kerrik ein Pelegrina-Tier aufgetrieben und es überredet, ihnen Gesellschaft zu leisten. Es setzte sich auf Renas Rücken und schlang die pelzigen Flügel von hinten um sie – sie waren so groß, dass sie Rena komplett einhüllten. Seidig weich fühlte ihre Innenseite sich an, hier und da konnte Rena die biegsamen Knochen der Flügel spüren. Es kitzelte ein bisschen auf dem Rücken, wenn die Pelegrina sich bewegte, aber sonst war sie sehr angenehm zu tragen. Mit spitzen Fingern rollte Rena ihre klebrige Tunika in ein großes Blatt und verstaute sie in ihrer Tasche. Währenddessen leckte sich ihr Vorkoster verdrossen sauber.

Es war inzwischen brütend warm geworden im Dschungel. »Puh, ist das heiß«, sagte Rena. »Wärmen will sich die Pelegrina wohl kaum an mir, oder? Aber was hat sie dann davon?«

»Sie mögen auch das Salz im Schweiß«, erklärte Kerrik.

»Na, dann guten Appetit«, sagte Rena zu ihrer Bekleidung.

Am Nachmittag kamen sie nicht mehr so gut voran. Die Dozer-Wege durften sie nicht mehr benutzen, das war zu gefährlich – hinter jedem Gebüsch konnte ein hungriges, halbblindes Wesen lauern, das auf vorbeilaufende kulinarische Höhepunkte aus war. Also mussten sie sich quer durch den Dschungel kämpfen, was so anstrengend war, dass Rena immer öfter um eine Pause bat. Und irgendwann ging es einfach nicht mehr weiter. Sie standen vor einem schmalen Tal, das nur von kurzem Gras, Büschen und ein paar struppigen Baumgruppen bewachsen war, und blickten hinüber zur anderen Seite des Waldes.

Kerrik runzelte die Stirn, während er die Augen über die Ebene schweifen ließ. »Das ist nicht gut«, sagte er. »So was mögen Salisars.«

»Ausweichen wird schwer«, seufzte Rena. Auf der einen Seite war ein Fluss, auf der anderen Seite die Flanke eines Berges.

Ein leiser Ruf brachte sie dazu, den Kopf zu heben. Was sie sah, ließ ihr Herz schneller schlagen. Vier Storchenmenschen, drei Erwachsene und ein Kind, das noch sein schwarzes Jugendgefieder hatte, segelten an der Flanke des Berges entlang und ließen sich in den Bäumen nordwärts des Tales nieder. Schon verhallten ihre Rufe in der Ferne.

»Vielleicht können die mir sagen, wo ich die Sippe finde, die ich suche!« Rena war aufgeregt. Sie hängte sich ihre Tasche über die Schulter. »Ich muss da hin – Salisars hin oder her. Besser, du kommst nicht weiter mit. Ich will nicht, dass dir etwas passiert.« Sie konnte nicht zulassen, dass dieses Kind ihretwegen in Gefahr geriet.

»Blödsinn.« Kerrik klang ängstlich und trotzig zugleich. »Du kennst dich hier nich aus. Ich muss dir noch ein paar Sachen zeigen, sonst kommst du nich weit.«

Rena blickte auf ihn hinunter und überlegte. Natürlich hatte der Kleine Recht. Sie und nicht er war hier das Kind.

Allein würde sie durch den Dschungel stolpern wie ein Neugeborenes und ein halbes Dutzend eigenartiger Raubtierarten durften sich zu dieser leichten Beute beglückwünschen.

»Komm schon, gehn wir«, sagte Kerrik und lief voneweg.

Kaum dreihundert Schritt weit waren sie gekommen, als sie ein Rascheln im Gebüsch rechts von ihnen hörten. Ein eigenartiges Rascheln, als würde etwas Großes Zweige einfach abknicken. Angstvoll drehte sich Kerrik um, beobachtete ihre Umgebung. Dann schien er etwas zu sehen, seine Augen weiteten sich. »Da ist einer im Gebüsch«, sagte er. »Renn! Lauf weg!«

Sie drehten sich um und sprinteten auf den Wald zu. Renas Lunge brannte von der Anstrengung, ihre Beine schmerzten. Doch die Angst trieb sie voran. Ein paar Atemzüge lang sah es so aus, als wären sie entkommen.

Bis sie feststellten, dass die Salisars ihnen einen Schritt voraus waren. Drei hohe, schmale Gestalten traten aus dem Waldrand hervor, auf den sie zuliefen. Kerrik und sie mussten vorhin direkt an ihnen vorbeigegangen sein ohne sie zu sehen! Entsetzt starrte Rena die Wesen an, die ihnen gerade den Weg abschnitten. Sie waren doppelt so groß wie ein Mensch und hatten grüne schlanke Körper, einen kleinen dreieckigen Kopf mit zwei Facettenaugen und lange Scherenarme. Im Wald waren sie sicher nahezu unsichtbar, perfekt getarnt.

Schneller, als ein Mensch laufen konnte, glitten ein vierter, ein fünfter und ein sechster Salisar von der Ebene zu ihnen herüber. Eingekreist!

Einen Moment lang verharrten die Salisars, bewegten nur die Köpfe, wie um ihre Beute in Augenschein zu nehmen. Rena verhielt sich still. Ob es wohl etwas brachte, sich hinzulegen und tot zu stellen? Sie blickte zu Kerrik hinüber um zu sehen, wie sich der Junge verhielt. Er schwitzte vor Angst, seine Augen waren wild. Sehr, sehr langsam hob er seine Schleuder und legte einen Stein ein. »Wenn man sie am Kopf trifft, dann geben sie manchmal auf, falls sie nicht sehr hungrig sind«, flüsterte er. Doch er wusste genauso gut wie Rena, dass er nicht mit sechs Salisars auf einmal fertig werden konnte.

»Sind sie stark gepanzert?«, flüsterte Rena zurück und begann vorsichtig ihre Waffe zu ziehen. »Kann man sie mit dem Schwert verletzen?«

Kerrik nickte leicht. Er blickte hinüber zum Waldrand, der fünfzig Schritt entfernt war. Unendlich weit weg. Denn dazwischen lagen die scharfen Scherenklauen der Salisars.

Der Gesang der Wälder

Wahrscheinlich trennen sie einem erst den Kopf ab, dachte Rena, und dann zerstückeln sie einen in mundgerechte Bissen. Ihr war schlecht. Warum nur hatte sie ihr gemütliches Dorf im Grasmeer verlassen? Dieser verfluchte Lixantha-Dschungel! Er war nicht gut zu einem, er war tödlich! Warum hatte sie sich auf diese blödsinnige Reise überhaupt eingelassen?

»Wurzelfraß und Blattfäule!«, brüllte sie die Salisars an. Überrascht zuckten die schlanken grünen Raubtiere zusammen – und gingen zum Angriff über. Mit einem entsetzten Krächzen machte sich die Pelegrina, die Rena trug, aus dem Staub und ließ sie im dünnen Unterkleid stehen.

Rena duckte sich unter dem Hieb eines Scherenarms, riss ihr Schwert heraus und verpasste dem Salisar einen

Schlag gegen das Bein. Getroffen! Aus der Wunde suppte gelbliches Blut. Doppelt so wütend wie vorher stürzte sich das Tier auf sie. Rena rollte sich unter ihm hinweg und griff es mit dem Mut der Verzweiflung von hinten an. Ihr Schlag durchtrennte dem Salisar das Rückgrat und er stürzte zu einem Knäuel Beine und Klauen zusammen.

Ein brennender Schmerz durchzuckte Rena und trieb ihr die Tränen in die Augen. Sie schrie auf, wirbelte herum. Ein anderer Salisar hatte sie quer über die Hüfte erwischt! Ihr Blut tropfte ins Gras. Beim Erdgeist, tat das weh!

Schon zischten die Scheren wieder heran. Gerade noch rechtzeitig schaffte es Rena, das Schwert hochzureißen und dem Tier eine Klaue zu zerschmettern. Der Salisar stieß einen Schrei aus, der wie das Geräusch einer rostigen Türangel klang, und wich zurück – dafür erwischte ein zweites Tier Rena am Arm. Ausgerechnet ihrem Schwertarm! Scheiße, Scheiße, Scheiße! Rena nahm die Waffe in die andere Hand und spürte sofort, wie falsch sich das anfühlte, wie ungeschickt ihre Schläge wurden.

Ein paar Schritte weiter stürzte ein Salisar zu Boden und blieb liegen. Rena hörte Kerriks Triumphgeheul. Anscheinend hatte er es tatsächlich geschafft, eins der Biester mit der Schleuder zu erlegen. Aber das nützte nicht viel! Noch vier übrig!

Zwei Salisars attackierten sie von rechts und links, fast gedankenschnell kamen die Angriffe. Nur noch ein paar Atemzüge, dann ist es aus, dachte Rena verzweifelt. Im letzten Moment parierte sie mit dem Schwert einen Angriff von der Seite und rollte nach vorn ab um sich aus der Zange zu befreien. Erschrocken klammerte sich der Vorkoster mit allen vier Pfoten an ihr fest.

Der Trick klappte. Dumpf wunderte sich Rena darüber, dass die Salisars darauf hereingefallen waren. Dann begriff sie, dass die riesigen Insekten gerade anderes zu tun hatten. Sie hörte das hohe Pfeifen eines Schwerts, sprang auf.

Zwei Menschen hatten sich den Salisars entgegengestellt. Rena erkannte sie sofort und ihr Herz machte einen Sprung. Eine hoch gewachsene Frau mit kupferfarbenem Haar, ein sehniger dunkelhaariger Mann – Alix und ihr Freund Tavian! Rena war nach Jubeln zumute. Es war ihr nur peinlich, dass sie ihnen nicht helfen konnte; ihr Arm und der Schnitt an der Hüfte schmerzten fast unerträglich.

Ein harter Kampf begann. Die beiden Menschen brauchten all ihre Kraft und Schnelligkeit, um mit den grünen Raubtieren fertig zu werden. Doch schließlich lagen zwei der Salisars tot am Boden, die anderen beiden flohen in den Wald zurück. Aufgeregt hüpfte Kerrik auf und ab und blickte zu den Neuankömmlingen hinüber. »Haste gesehen, wie ich den fertig gemacht habe? Haste das gesehen?«, rief er Rena zu. »Mit nichts als 'ner Schleuder! Das hat bestimmt noch keiner geschafft!«

Rena hörte nicht zu. Sie presste den blutenden Arm an den Körper und hinkte ihrer alten Freundin aus der Feuer-Gilde entgegen; der Frau, mit der zusammen sie so viel erlebt hatte. Äußerlich hatte sich Alix im letzten Jahr nicht verändert, sie war noch immer schlank und durchtrainiert, ihr langes Haar schimmerte in der Sonne und sie trug wie meistens eins ihrer eleganten Leinenkleider. Ein paar neue Falten im Gesicht vielleicht, wenn sie lachte so wie jetzt. Doch sie strahlte eine Lebendigkeit aus, eine Freude am Leben, die ihr früher oft gefehlt hatte. Sicher Tavians Verdienst, dachte Rena.

Sie umarmten sich herzlich. »Bist du schlimm verletzt?«, fragte Alix besorgt. »Das waren vielleicht Biester, Rostfraß und Asche!«

»Es tut jedenfalls scheußlich weh«, sagte Rena und versuchte den rechten Arm zu heben. Es ging nicht besonders gut. Ihre Verletzungen sahen aus wie von einem riesigen Messer verursacht, so scharf waren die Klauen der Salisars gewesen. Blut rann auf den Boden. Bei dem Anblick wurde Rena schwindelig.

»Gut, dass du so laut geflucht hast – sonst hätten wir uns nicht so beeilt und wären vielleicht zu spät gekommen«, sagte Tavian, wischte sich den Schweiß ab und steckte sein berühmtes gebogenes Schwert mit den auf die Klinge gravierten Gedichten weg.

»Hol mal das Verbandszeug raus, Tavi«, sagte Alix und breitete ihren Umgang auf den Boden, damit Rena sich darauf legen konnte. »Sieht ja doch ziemlich übel aus. Der Muskel ist beschädigt, das müssen wir nähen.«

»Nein, nein, nein«, mischte sich Kerrik ein. »Bringt sie zurück in den Wald, dort muss sie sich hinlegen!«

Alix und Tavian blickten ihn mit gerunzelter Stirn an. Doch Rena hatte längst gelernt dem Urteil des Jungen zu vertrauen. Sie schleppte sich auf den Waldrand zu. Kerrik zeigte ihr, wohin sie sich legen sollte. Dann befahl er ihnen zu warten und still zu sein. »Was soll jetzt passieren – soll der Erdgeist sie persönlich zu sich holen?«, spottete Alix, doch dann schwieg auch sie.

Und tatsächlich. Nach ein paar Atemzügen krochen von allen Seiten kleine Wesen heran, ihre langen spitzen Schnauzen zuckten. Rena zwang sich still zu liegen, als die Tiere von allen Seiten an ihr hochkletterten. Etwas kitzelte – und nach und nach ließ der Schmerz in ihren Wunden nach, war nicht mehr scharf und stechend, sondern nur noch dumpf.

»Sie wittern das Blut«, erklärte Kerrik flüsternd. »Sie lecken es ab und dabei heilt ihre Spucke die Wunde.«

Verblüfft beobachteten Alix und Tavian, was geschah.

Kerrik hielt währenddessen Wache und sah sich aufmerksam nach Raubtieren um. Es war schon fast dunkel, als die Heiltierchen die Behandlung endlich abgeschlossen hatten. Rena stand auf und hüllte sich in den Umhang, den Alix ihr gegeben hatte, ein edles Stück aus schwarzer Kirwani-Wolle.

»Der Muskel ist wieder in Ordnung«, staunte Alix. »Kannst du gehen?«

»Geht wieder.« Rena blickte fasziniert an sich hinab. Nur noch zwei schmale helle Narben erinnerten an ihre Begegnung mit den Salisars. »Glück gehabt – eine ganze Menge sogar!«

Die Sonne ging schnell unter, und da nur der kleine erste Mond am Himmel stand, war die Nacht tintig schwarz. Um sie herum schien der Dschungel wie ein lebendes Wesen zu atmen. Überall raschelte es und man konnte nur raten, was dort durch das Gebüsch schlich.

Der Gesang begann kurz nach Einbruch der Dämmerung. Es fing als dunkles, rhythmisches Summen an, das von überall her zu kommen schien, und ging dann in eine Folge hoher, fremdartiger Töne über. Ganz langsam schälte sich eine Melodie heraus, die von verschiedenen Stimmen getragen und in immer neuen Variationen wiederholt wurde. Rena, Alix und Tavian lauschten andächtig.

»Welche Tiere machen das?«, fragte Rena. »Es klingt wie ein Gesang aus tausend Kehlen …«

Kerrik zuckte die Schultern. »Ich weiß nich. Es hat erst vor einer Woche angefangen. Wahrscheinlich sind es die Halbmenschen.«

»Es klingt wunderschön«, meinte Alix leise.

Tavian wollte eine Fackel anzünden, doch Kerrik sagte: »Lass *mich!*«, und verschwand im Wald. Jetzt war er wieder in seinem Element. Er kam mit einem halben Dutzend

Leuchttierchen und einem übellaunigen, rot gefleckten Reptil zurück. Das Tierchen war nur so lang wie eine Hand. »Ich zeige euch lieber, wie es bei uns gemacht wird«, sagte Kerrik ernsthaft. »Dann lernt ihr kennen, was es hier so gibt. Morgen früh muss ich ja wieder zurück, hat Pa gesagt.«

»He, das ist ja ein Tass!«, lachte Alix. »Erinnerst du dich, Rena, die gibt's in Tassos zuhauf – nur ein paar Nummern größer.«

Rena erinnert sich gut an die Feuer spuckenden Reptilien. Vorsichtshalber trat sie einen Schritt zurück, als Kerrik das Tierchen am Genick packte und es zu kitzeln begann. Wütend fauchte es und eine Flammenzunge leckte über den Holzstoß. Ein paar Atemzüge später flackerte ein Lagerfeuer am Waldrand.

Alix schlug sich auf die Schenkel. »Toll! Ich wäre nie auf die Idee gekommen, es so anzustellen!«

»Wieso auch. Ihr könnt's ja auch ohne fremde Hilfe«, meinte Rena. Jede Gilde auf Daresh hatte ihre eigenen Fähigkeiten: Menschen der Feuer-Gilde konnten Metalle spüren und, indem sie eine Formel murmelten, Feuer entzünden; Mitglieder der Erd-Gilde fühlten die Aura der Bäume; die Menschen der Luft-Gilde konnten Wind und Wetter beeinflussen.

Als Rena ihre Freunde und Kerrik ansah, war sie froh, dass zumindest zwischen den Menschen auf Daresh Frieden herrschte. Noch vor zwei Wintern wäre es fast undenkbar gewesen, dass Angehörige verschiedener Gilden so friedlich und fröhlich zusammensaßen. Inzwischen hatten ernste Fehden Seltenheitswert. Und so war Kerrik zwar ein wenig eingeschüchtert von den beiden Menschen der Feuer-Gilde, aber er hatte keinen Grund mehr, wegzurennen, so schnell ihn seine Beine trugen.

Kerrik bereitete ein schmackhaftes Ragout aus Dschungelfrüchten und Wurzeln zu. Rena war erstaunt, dass er so gut kochen konnte. Der Vorkoster schnüffelte begeistert, als er das Essen roch. Er hüpfte auf Renas Schulter herum und zog an ihrem Ohr, bis sie ihm ein paar Löffel davon gab. »Gewöhn dir gleich wieder ab, mich so zu zwicken«, zischte Rena ihm zu. »Du wirst schon genug zu fressen kriegen, keine Sorge!«

Während sie aßen, brachten sie sich erst einmal auf den neusten Stand.

»Wie geht's Alena?« Rena war neugierig. »Und wie ist das so, ein Kind zu haben? Passt eigentlich gar nicht zu dir …«

Alix grinste. »Na ja, zum Teil ist es ziemlich scheußlich. Erst musst du dauernd kotzen, dann wirst du kugelrund und zum Schluss tut's ordentlich weh. Aber dann habe ich sie gesehen, die kleine Alena, und dachte: Na gut, das war es doch wert.«

»Sie ist ein richtiger Wildfang, sie wird bestimmt mal eine gute Kämpferin«, sagte Tavian stolz.

»Wundert mich nicht – bei solchen Eltern«, lachte Rena. Sowohl Alix als auch Tavian waren Waffenschmiede und exzellente Schwertkämpfer, beide waren in ihrer Gilde Meister vierten Grades. Da sie sich ebenbürtig waren, hätten sie sich bei ihrer ersten Begegnung beinahe getötet – damals war Tavian noch die rechte Hand des Propheten des Phönix gewesen. In der entscheidenden Schlacht hatte der Kämpfer-Dichter sich, da er sich in Alix verliebt hatte, auf ihre Seite gestellt und ihnen zum Sieg verholfen.

»Wir haben sie zu einer Amme gegeben«, erzählte Alix. »Erst wollten wir sie nicht alleine lassen, aber ehrlich gesagt war ich froh, auch mal wieder rauszukommen und den Gesang der Schwerter zu hören. Zu Hause hocken ist nun mal nichts für mich, was, Tavian?«

»Du warst unerträglich – wie ein gefangenes Raubtier«,

gab Tavian lächelnd zu. »Du hättest mal sehen soll, Rena, wie schnell sie Ja gesagt hat, als Daguas Bote vorbeikam und fragte, ob wir helfen könnten!«

»Einen halben Atemzug habe ich gebraucht! Jetzt erzähl aber mal, was dir in letzter Zeit so passiert ist, Rena. Wir haben lange genug über uns gequatscht.«

Rena berichtete von der Trennung von Rowan und ihrer neuen Heimat im Grasmeer. Als sie erzählte, dass die Leute zu ihr kamen um sie um Rat zu fragen, schaute Kerrik interessiert drein. Langsam schien er zu begreifen, wen er da eigentlich durch den Dschungel geführt hatte. »Du bist Rena ke Alaak, die Frau, die den Frieden zwischen den Gilden gebracht hat?«, fragte er schüchtern. »Wieso hast du das nicht gesagt! Dann hätte mein Pa dir den Vorkoster bestimmt geschenkt!«

Rena winkte ab und fragte ihre beiden Freunde: »Wie habt ihr mich im Dschungel so schnell aufgespürt?«

»Das war leicht. Wir haben uns ein Dhatla gekauft, sind bis zum Rand des Dschungels gestapft und haben dort zwei frustrierte Spitzel der Regentin vorgefunden«, lachte Alix. »Bei diesem Erdhaus haben wir deine Spur aufgenommen und sind dir dann gefolgt. Ist ja praktisch, dass so gute Pfade durch den Dschungel führen.«

Kerrik und Rena sahen sich an und verzogen das Gesicht. »Da wärt ihr ja beinahe ein schmackhaftes Abendessen geworden«, meinte Rena und erzählte von den Dozern.

»Dieser Dschungel ist mir sowieso ziemlich unheimlich«, gab Alix zu. »Freiwillig wäre ich diesem verdammten Lixantha nie näher gekommen als eine halbe Tagereise. Glaubst du, dass uns das hier wirklich weiterbringt, dass du herausfinden kannst, warum die Halbmenschen Ennobar getötet haben?«

Rena nickte. »Ich muss mit der Sippe sprechen, zu der dieser Ii'beru gehört hat; herausbekommen, was für einen Charakter er hatte, Anhaltspunkte finden.«

»Vielleicht war er einfach verrückt«, sagte Tavian. »Kommt geistige Verwirrung bei Halbmenschen nicht vor?«

»Nicht dass ich wüsste.« Rena runzelte die Stirn. »Außerdem würde es nicht passen. Es war, soweit mir Dagua erzählt hat, ein ganz gezielter Mord.«

Alix seufzte. »Ennobar war ein feiner Kerl. Ich habe ihm nie vergessen, dass er sich damals so für uns eingesetzt hat, als wir die Regentin zum Frieden gezwungen haben. Bei vielen anderen in der Felsenburg hätte ich gesagt: Gute Idee, Jungs, um den ist es nicht schade! Aber Ennobar?«

»Deshalb müssen wir ja herausfinden, was dahinter steckt«, meinte Rena. »Vielleicht hatten die Halbmenschen einen guten Grund für das, was sie getan haben.«

Alix' und Tavians Blicke sagten deutlich, dass sie Rena für naiv hielten. Auch Vertrauen hatte seine Grenzen.

»Hoffentlich ist es ein verdammt guter Grund«, meinte Tavian ruhig. »In ganz Daresh werden Halbmenschen gejagt wie Tiere. In Tassos ist es nicht so schlimm wie in Nerada, bei der Luft-Gilde, aber wir haben auch ein paar üble Szenen miterlebt.«

»Hoffentlich kommen wir überhaupt an die Storchenmenschen heran«, sagte Alix. »Tausende von Halbmenschen müssen sich hier im Dschungel verstecken. Aber wenn die nicht gefunden werden wollen, können wir uns die Füße platt laufen, ohne dass wir einen aus der Nähe sehen!«

»Ich glaube, wir haben die Halbmenschen unterschätzt – weil sie unterschätzt werden wollten«, sagte Tavian. »Sie haben eine Menge Geheimnisse. Und wahrscheinlich werden wir keins von ihnen ergründen.«

Sie schliefen kaum in dieser Nacht; zu viel gab es zu erzählen. Staunend hörte Kerrik zu, als sie vom Kampf gegen den Propheten des Phönix sprachen, vom Rat der Gilden in der Felsenburg, von ihren Reisen durch alle vier Provinzen Dareshs. Tavian berichtete von seiner Mission, möglichst viele ehemalige Anhänger des Propheten davon zu überzeugen, was für ein gefährlicher Wahnsinniger Cano in Wirklichkeit gewesen war. »Manche glauben mir. Aber es ist schwer. Der Prophet steckt tief in ihren Köpfen. Manchmal ist mir fast schon unheimlich, wie sie ihn verteidigen – gegen alle Vernunft.«

Schließlich fielen Kerrik einfach die Augen zu. Wenig später rollte auch Rena sich in ihre Decken, um noch ein bisschen zu schlafen. Es war wunderbar, wie sicher man sich fühlen konnte, wenn Alix und Tavian in der Nähe waren. Und doch war es auch ein bisschen schmerzlich, wie die beiden alte Zeiten zurückbrachten – wie eine unsichtbare Präsenz schien Rowan über ihnen zu schweben, der Mann, den sie einmal geliebt hatte.

Am nächsten Morgen verabschiedete sich Kerrik in aller Frühe. Als Rena ihm dankte, scharrte er verlegen mit den Füßen. »War mir, äh, ein Spaß, nee, ein Vergnügen.«

»Halt, warte mal.« Rena kramte in ihrem Beutel und holte einen Wasserdiamanten heraus. Diese Juwelen bildeten sich nur in wenigen Gegenden und nur dann, wenn die Monde eine ganz bestimmte Konstellation hatten. Dann konnte es geschehen, dass gewöhnliches Wasser fest wurde und diese Form nicht wieder verlor. Solche Wasserdiamanten wurden als Schmuck und Tauschgut verwendet. »Hier. Der gehört dir. Zeig ihn nicht deinem Vater, damit er ihn dir nicht wegnimmt, in Ordnung?«

Kerriks Augen wurden groß, fasziniert drehte er das Juwel in den Fingern. Es schimmerte wie ein Stück Mondlicht. Dann drehte er sich um und rannte davon.

»Warum hast du ihm etwas so Wertvolles geschenkt?«, fragte Alix. »Hier im Dschungel kann er doch sowieso nichts damit anfangen.«

Rena zuckte die Schultern. »Immerhin hat er sich für mich ganz schön in Gefahr gebracht.«

»Und mir wäre wohler, er wäre noch da«, seufzte die Schmiedin. »Jetzt müssen wir uns alleine durch den Dschungel schlagen. Durch den mit Abstand eigenartigsten Wald, den es auf Daresh gibt. Zum Glück ist es wenigstens für einen guten Zweck.«

Kontakt!

Nach und nach heizte sich der Dschungel auf wie ein riesiger Ofen. Und je wärmer es wurde, desto schneller wuchsen die Pflanzen. Man konnte zusehen und zuhören, wie sie mit einem leisen knisternden Geräusch in die Höhe krochen, gierig hinaufstrebten. Abwechselnd mussten Alix und Tavian die Führung übernehmen um den Pfad freizuhacken. Es roch nach dem frischem Pflanzensaft, der aus den zerschnittenen Stängeln sickerte, und auch ein bisschen nach überreifen Früchten.

Sie platschten durch einen flachen Flusslauf, der von Schwärmen kleiner gelber Käfer bevölkert war. Weich und seidig quoll der Matsch des Dschungelbodens zwischen Renas Zehen hervor. Ab und zu schallte der Ruf eines fremden Wesens durch den Dschungel. Tavian hob wachsam den Kopf.

Sie fanden noch einen toten Hirschmenschen und die Reste eines Krötenmenschen. Traurig blickte Rena auf ihre Körper hinab. Wie viele Flüchtlinge dem Dschungel wohl schon zum Opfer gefallen waren? Sie hatten ja niemanden wie Kerrik.

Ein halbes Dutzend Pelegrinas flappten um sie herum und boten übereifrig ihre Dienste an. Dankbar nahm Rena den geliehenen Umhang ab, ließ sich umhüllen und verscheuchte dann die restlichen Bewerber. »Ist dir das nicht zu heiß mit dem Viech?«, fragte Alix kopfschüttelnd.

»Doch«, sagte Rena. »Aber ich habe keine Lust, weiter im Unterkleid umherzulaufen. Hoffen wir mal, dass dieses hier nicht so schreckhaft ist.«

Alix schob ein paar grün-violette Blätter beiseite und spähte durch das Gebüsch. Fasziniert blieb sie stehen. »He, kommt mal her! Das müsst ihr sehen!«

Leise kamen Rena und Tavian heran und kauerten sich neben Alix. Was sie sahen, war wirklich eigenartig: Drei schwarze Vierbeiner mit roten Pfoten, die in die Luft hüpften, als hätten sie Sprungfedern in den Beinen. Dabei vollführten sie die wildesten Verrenkungen. Sie sprangen übereinander, als jonglierten sie mit ihren eigenen Körpern, und hechelten dabei fröhlich.

»Die spielen«, wisperte Alix und musste lachen, als einem der Wesen nach einem Salto die Landung misslang. Schwungvoll kollerte es durchs Gras. »Bestimmt Jungtiere.«

»Leise, sonst stören wir sie!« Tavian legte den Finger an die Lippen.

Doch Rena konnte nicht mitlächeln. Sie hatte das Gefühl, dass hier etwas nicht in Ordnung war. Hatte Kerrik sie nicht vor irgendwelchen rotfüßigen Tieren gewarnt?

»Nein, es sind keine Jungtiere und wahrscheinlich spielen sie auch nicht«, sagte sie. »In Lixantha ist nie das Offensichtliche wahr.«

Alix runzelte die Stirn. »Aber was sollen die Viecher da denn sonst machen?«

»Zum Beispiel uns ablenken«, sagte Rena und riss das Schwert heraus. Gerade noch rechtzeitig. Denn aus den Büschen fuhren zwei weitere rotfüßige Wesen mit wildem Knurren auf sie los. Alix und Tavian wirbelten herum, zogen fluchend ihre Waffen. Nun stürzten sich auch die drei »spielenden« Tiere auf sie. Sie sahen gar nicht mehr drollig aus, ihre langen Fangzähne blitzten. Pflanzenstücke flogen durch die Gegend, als Rena und ihre Freunde auf die Rotfüßler eindroschen und das Gebüsch dabei in Fetzen ging. Mit so wilder Gegenwehr hatten die Wesen anscheinend nicht gerechnet. Eins nach dem anderen machte sich jaulend aus dem Staub.

Unter den zerfetzten Büschen kam ein anderes Tier zum Vorschein, das im Gebüsch versteckt gesessen hatte: ein Storchenmensch, der noch sein schwarzes Jugendgefieder trug. Verschreckt kauerte er sich unter ihren Blicken zusammen und versuchte durch den Dschungel davonzukriechen. Sein glattes, kindliches Gesicht war blass und Blut sickerte aus seiner Schulter.

»Scheiße, Alix, du hast ihn versehentlich erwischt!« Vorsichtig ging Rena hinter dem jungen Halbmenschen her.

»Tut mir Leid! Es ging alles so verdammt schnell – und er sah genauso groß und schwarz aus wie die anderen Biester …«

»Bleib doch stehen – es war keine Absicht!«, rief Rena dem Storchenmenschen zu und hoffte, dass er sie überhaupt verstand.

»Damiit iiihr miiich an eiiiinem Baum aufhängeeen könnt?!«, krächzte der Storchenmensch in schlechtem Daresi und presste die Hand auf seine Wunde. In seinen Augen stand Panik. *»Barbaren seid ihr, Barbaren!«*, schrie er in seiner Sprache.

»Wir sind keine Barbaren, wir sind nicht wie die anderen«, versicherte Rena. »Es tut uns Leid! Bleib doch da ... wir wollen doch nur mit euch Kontakt aufnehmen, euch helfen ...«

Aber nun hatte der Storchenmensch eine Stelle gefunden, an der der Wald ein wenig lichter war. Er streckte die Schwingen aus, nahm Anlauf und warf sich in die Luft. Einen Atemzug später war er verschwunden.

»Wenigstens konnte er noch fliegen«, sagte Tavian und seufzte.

»Oh, verdammte Blattfäule.« Rena ließ sich auf den Boden fallen und stützte den Kopf in die Hände. »Wir haben eins ihrer Jungen verletzt. Das verzeihen sie uns nie! Er wird erzählen, wir hätten ihn angegriffen. Und kein einziger Storchenmensch in diesem verdammten Dschungel wird mit uns sprechen.«

Alix und Tavian blickten betreten drein. »Und was machen wir jetzt?«

Rena zuckte die Schultern. »Weiter nach Norden. Ein paar Tage lang möchte ich's noch versuchen.« Beim Gedanken daran, den ganzen langen Weg zurückzureisen ohne das Geringste erreicht zu haben, wurde ihr ganz flau. Natürlich konnten die Halbmenschen nicht wissen, dass sie nur ihretwegen den Weg in den Lixantha-Dschungel gewagt hatte; dass sie ihnen helfen wollte – helfen musste!

Doch sie erlebten eine Überraschung. Tavian bemerkte als Erster, dass sie nicht mehr allein waren.

»Über den Bäumen fliegt ein Storchenmensch – er kreist direkt über uns«, sagte er. »Sieht so aus, als wollten sie uns im Auge behalten.«

»Ist ja auch nicht schwer, wir sind bestimmt die einzigen Menschen im Dschungel.« Rena blickte nach oben und kniff die Augen zusammen. Ja, jetzt sah sie ihn auch, den Schatten über dem Blätterdach.

»Glaubst du, sie wollen uns angreifen? Weil wir ihr Junges verletzt haben?«

»Vielleicht«, sagte Rena beklommen. »Bisher dachte ich ja, dass sie absolut friedlich sind ...«

»Wer einmal tötet, kann wieder töten«, sagte Tavian ruhig. Sie sah die widerstreitenden Gefühle in seinem Gesicht und wusste, dass er damit nicht nur die Storchenmenschen meinte. Er fühlt sich noch immer schuldig wegen seiner Zeit mit dem Propheten, erkannte Rena.

»Ach, Blödsinn. Wir müssen es einfach riskieren. Lasst uns in offeneres Gelände gehen, wo sie besser landen können.« Rena ging voraus, Alix und Tavian bildeten die Nachhut. Kurz darauf kamen sie zu einer Lichtung, die mit stacheligem gelbem Gras bewachsen war. Rena verzog das Gesicht. »Kerrik hat gesagt, dass die Salisars solches Gelände lieben. Aber das Risiko müssen wir jetzt eingehen.«

Sie ließen sich auf dem Gras nieder. Lange mussten sie nicht warten. Drei Storchenmenschen – kräftige Männer – flogen heran und ließen sich eine Baumlänge von ihnen entfernt nieder. Sie kreuzten die gefiederten Arme vor der Brust, sodass die schwarz-weißen Schwingen ihren mageren Körper förmlich einhüllten, und blickten den drei Menschen ausdruckslos entgegen.

Rena stand hastig auf. Ihr Herz schlug schnell. Jetzt war der Moment endlich gekommen, auf den sie gewartet hatte. Sie streckte die Hände aus und drehte die offenen Handflächen nach oben – das alte Signal für Frieden. »Ich danke euch, dass ihr gekommen seid!«

Die Storchenmenschen verzogen keine Miene. Rena machte einen Schritt nach vorne, dann noch einen. Noch immer keine Reaktion. Bis Rena hörte, dass auch Alix und Tavian aufgestanden waren und ihr folgten. Sofort verdüsterte sich der Ausdruck der Storchenmenschen, langsam zogen sie sich zurück.

»Sie vertrauen euch nicht«, meinte Rena. »Bleibt lieber zurück. Ich mache das schon.«

Eigentlich, so überlegte sie, war es kein Wunder, dass die Halbmenschen ihre beiden Freunde nicht zu nahe kommen lassen wollten – sie gehörten der kriegerischen Feuer-Gilde an und schon an ihrer Haltung sah man, dass sie erfahrene Schwertkämpfer waren. Rena dagegen war kleiner und wirkte längst nicht so bedrohlich. Außerdem waren die Menschen der Erd-Gilde als friedlich bekannt.

»Wir sind gekommen um euch zu helfen.« Wieder ein Schritt nach vorne und noch einer. Jetzt lag nur noch eine halbe Baumlänge zwischen Rena und den Storchenmenschen. »Euch ist Böses widerfahren in den Dörfern, die Menschen haben Schreckliches getan.«

»Drei der unsrigen sind tot, drei«, sagte der Mann, der in der Mitte stand, in seiner Sprache. Gespannt schien er auf ihre Reaktion zu warten.

Jetzt wusste Rena immerhin, dass er Daresi verstand. »Das tut mir Leid«, sagte sie. »Es war gut, dass ihr in den Dschungel geflohen seid.«

Als der Halbmensch ihre Worte hörte, nickte er zufrieden. Ein kurzes Kommando, dann erhoben sich alle drei in die Luft. Mit schnellen Flügelschlägen rauschten sie direkt auf Rena zu.

»Achtung, Rena ...!«, brüllte Alix.

Rena duckte sich und schützte den Kopf mit den Armen. Sie spürte, wie sie von zwei Paar Krallenfüßen gepackt und hochgehoben wurde. Dann verlor sie den Boden unter den Füßen und einen Atemzug später schrumpfte die Lichtung zu einem Fleck und die Wipfel zu Punkten unter ihr zusammen. Sie wagte nicht sich zu wehren und kniff die Augen zusammen um nichts mehr zu sehen. Ihr war schon jetzt furchtbar schwindelig. Wie alle Menschen der Erd-Gilde hatte sie Höhenangst. Auch dem Vorkoster war das Ganze nicht geheuer, er klammerte sich zu Tode erschrocken an ihrer Schulter fest.

Zum Glück war es nur ein kurzer Flug. Die Storchenmenschen brachten Rena zu einem kaum bewaldeten Hügel und setzen sie dort behutsam ab. Rena rieb sich die schmerzenden Schultern. Der Storchenmensch, der vorhin auf der Lichtung den Befehl geführt hatte, landete neben ihr und strich sich mit der Hand das Gefieder glatt. »Verzeih«, sagte er und strahlte sie plötzlich an. »Wir mussten sichergehen, das mussten wir. Als unser Kundschafter meldete, dass er eine Frau getroffen hat, die unsere Sprache versteht, die vielleicht die *Frau der tausend Zungen* sein könnte, wollten wir es zuerst nicht glauben! Es ist eine Ehre! Was machst du an diesem Ort?«

Rena war erleichtert. »Ich suche die Gruppe, zu der Ii'beru gehört. Ii'beru, der den Mord begangen hat. Meine Aufgabe ist, herauszufinden, wie das geschehen konnte.«

Die Freude in den Augen des Storchenmenschen verwandelte sich in tiefe Traurigkeit. »Du meinst Ii'kipos Sippe. Sie ist im Osten des Dschungels – die Menschen nennen es Arcosantis-Tal«, sagte er leise. »Soll ich dich hinbringen?«

»Ja«, bat Rena. »Aber vorher muss ich noch einmal mit meinen Freunden reden.« Ihr fiel wieder ein, was im Dschungel geschehen war. »Entschuldigt, dass wir euren Kundschafter verletzt haben!«

»Er hat schon gesagt, dass es ein Versehen war, ein Versehen.«

Alix und Tavian brauchten eine ganze Weile, bis sie sich durch den dichten Urwald zu Rena durchgeschlagen hatten. Schließlich trafen sie sich am Rand der Hügelkuppe, misstrauisch beäugt von den Storchenmenschen.

»Die Jungs akzeptieren niemanden außer dir«, sagte Alix und Rena hörte ihr die Enttäuschung an. »Ich fürchte, wir können dir hier gar nicht helfen.«

»Das stimmt.« Rena nagte an ihrer Unterlippe. »Ich muss allein versuchen ihr Vertrauen zu gewinnen.«

»Mir geht immer wieder durch den Kopf, was du gestern gesagt hast«, meinte Tavian nachdenklich. »Du weißt schon, dass dieser Storchenmensch – wie hieß er noch mal? – vielleicht einen guten Grund hatte, ihn zu töten. Vielleicht wissen wir nicht genug über Ennobar. Vielleicht lohnt es sich, mehr über ihn herauszufinden.«

Rena nickte. »Auf jeden Fall. Ihr könntet versuchen in der Felsenburg etwas in Erfahrung zu bringen.«

»Wir könnten mit dem Dhatla relativ schnell da sein – fünf Tagereisen, mehr nicht«, überlegte Alix mit einem Seitenblick auf Tavian. Rena wusste, was dieser Blick bedeutete. Zuletzt waren sie in der Felsenburg gewesen, als der Prophet des Phönix und seine engsten Anhänger – darunter auch Tavian – für den tödlichen Angriff auf die Burg verurteilt worden waren. Wie würde er damit zurechtkommen, dass sie nun womöglich an diesen Ort zurückkehrten?

»Tut mit Leid, dass ihr jetzt ganz umsonst nach Lixantha gekommen seid …«, sagte Rena.

Alix grinste. »Nee, nicht umsonst. Immerhin konnten wir ein paar Salisars von dir weghauen.«

Sie umarmten sich fest zum Abschied. Alix nahm ihren

schwarzen Umhang ab und drückte ihn ihr in die Hand. »Nachts kann's kalt werden. Viel Glück!«

Dann wandten sich ihre Freunde um und verschwanden zwischen den Bäumen.

Rena hockte sich wieder zu den Storchenmenschen. In ihrem Inneren war ein leeres, hohles Gefühl. Kaum hatte sie Alix endlich wiedergesehen, mussten sie schon getrennte Wege gehen. Sie schaffte es nicht mehr, sich darüber zu freuen, dass sie endlich Kontakt zu den Storchenmenschen aufgenommen hatte.

Kurz darauf setzten ihre neuen Freunde sie bei Ii'kipos Sippe ab. Sie lebte auf einem knapp fünfzig Armlängen großen, gerodeten Platz um einen Baumriesen. Rena legte den Kopf in den Nacken. Ganz oben konnte sie ein paar Nester erkennen, breite, mit Laub gepolsterte Plattformen in Astgabeln, auf denen zwei Menschen bequem übernachten konnten. Gar keine schlechte Idee, dachte sie. Das schützt sie vor vielen Dschungelwesen.

Halb hatte Rena erwartet, dass sie hier ebenso freundlich empfangen werden würde wie von den anderen Storchenmenschen. Doch Ii'kipo nickte nur, als sie sich höflich verbeugte und vorstellte. Er war schon alt, sein Gefieder hatte nicht mehr das schimmernde Schwarz-Weiß der jüngeren Storchenmenschen, sondern sah schon ein bisschen ausgebleicht aus. Sein Gesicht wirkte eingefallen und ungesund. »Ach ja, Rena ke Alaak. Man hat miiir gesagt, dass Iiihr nach uns gefragt habt«, begrüßte er sie in fast perfektem Daresi.

Vollkommen auf Distanz, dachte Rena verblüfft. Sie hatte noch nie erlebt, dass ein Halbmensch sie mit dem steifen »Ihr« angesprochen hätte. Dieser Ii'kipo redete wie ein Mensch!

»Es ist mir eine Ehre, dass ich Euch besuchen darf«, erwiderte sie ebenso formell-höflich. »Wird es möglich sein, dass ich ein paar Tage bleibe?«

»Nun gut«, sagte Ii'kipo. »Ich sehe, dass Iihr ein Schwert habt, ein Schwert. Das wiiird nützlich sein um gefährliche Tiere abzuwehren, wenn meiine Leute auf Futtersuche gehen. Wir hatten Probleme mit grünen Scherenwesen und anderen.«

»Natürlich, das mache ich gerne«, versicherte Rena, obwohl sie sehr daran zweifelte, dass sie gegen Salisars viel ausrichten konnte. »Woher kommt Eure Sippe? Ihr wart vorher noch nie im Dschungel, oder?«

»Nein, der Dschungel iist uns genauso fremd wie Euch. Eine gute Zuflucht iist er eigentlich nicht, dafür iist er zu gefährlich. Aber es trauen sich nur weniige Menschen her. Wir haben im Weiißen Wald gelebt, iin Freundschaft mit einem Dorf.«

Das war es also, dachte Rena. Hätte ich mir ja denken können, dass die Sippe viel mit Menschen zu tun gehabt hat. »Ihr könnt ruhig eure Sprache sprechen – ich verstehe euch«, sagte sie.

»Das weiiß ich.« Wieder in Daresi. Sturkopf, dachte Rena.

Auch die anderen Storchenmenschen der Sippe waren seltsam zurückhaltend. Einige hatten sich auf dem Boden eingefunden und saßen im Schneidersitz herum, die gefiederten Arme nach hinten abgespreizt. Sie wirkten scheu und misstrauisch. Andere waren gleich in den Nestern geblieben, die sie sich hoch oben in dem zottigen Urwaldriesen gebaut hatten. Wahrscheinlich stehen sie noch unter Schock, dachte Rena, und mögen im Moment mit Menschen gar nichts zu tun haben. Sie fühlte, wie sie beim Gedanken an das, was sie schaffen musste, beinahe der Mut verließ.

Höhenangst

Rena dankte Ii'kipo und ging hinüber zu den anderen Storchenmenschen. Sofort verstummten die leisen Unterhaltungen. Rena spürte, dass man sie beobachtete. Sie setzte sich an den Rand der Gruppe, nahm ihr Messer und ein Stück Holz, an dem sie gerade arbeitete, aus der Tasche. Es war eine kleine Skulptur, der Kopf eines Iltismenschen. Sie versuchte Cchrlanhos Gesichtszüge zu treffen und war bis jetzt ganz zufrieden mit dem Ergebnis. Noch immer genoss sie es, mit Holz zu arbeiten, obwohl sie ihre Lehre nach dem Zwischenfall mit der *Quelle* hatte abbrechen müssen und daher noch keinen Meistergrad besaß. Rena musste sich das Lachen verkneifen, als sie merkte, dass die Storchenmenschen immer neugieriger wurden. Schließlich wagte ein Jugendlicher sie zu fragen: »Was machst du da, was?«, fragte er in seiner Sprache.

»Ich mache ein Bild aus Holz, Schnitzen nennen wir das«, antwortete Rena in Daresi. »Es soll einem Freund von mir, einem Iltismenschen, ähnlich sehen.«

»Ach so«, sagte der junge Storchenmensch. »Ii'hato macht so was Ähnliches, nur mit Gras und Blättern. Jedes Mal, wenn wir irgendwo lagern, jedes Mal.« Er deutete auf einen gefiederten Mann, der am anderen Rand der Gruppe saß. Als er sah, dass sie über ihn sprachen, nickte er freundlich und lächelte schüchtern. Er war Rena auf Anhieb sympathisch.

»Wie heißt du eigentlich?«

Stolz strich der junge Storchenmensch über seine schwarzen Federn, rückte sie ohne hinzusehen mit der Hand zurecht. »Ii'nino! Und du bist die Frau der tausend Zungen.«

»Nenn mich einfach Rena. Das passt besser.« Sie streckte ihm die Zunge heraus und deutete darauf, um zu zeigen, dass sie nur eine Zunge hatte. »Ich weiß, es soll einfach nur bedeuten, dass ich viele Sprachen kann. Aber es klingt, als wäre ich eine Art Monster.«

Ii'nino nickte, stand auf und stolzierte davon. Ein paar Atemzüge später beobachtete sie ihn dabei, wie er ein Mädchen an den Beinfedern zog und »Mauserflügel, Mauserflügel!« stichelte. Beleidigt schubste ihn das Mädchen weg. »Hau ab, du Federzecke!«

Nach und nach verloren die anderen Mitglieder der Sippe das Interesse an der fremden Menschenfrau und die Unterhaltungen kamen wieder in Gang. Doch jedes Mal, wenn Rena von ihrer Schnitzerei aufblickte, bemerkte sie neugierige Blicke. Sie merkte sich, von wem sie kamen. Eine junge Frau mit ungewöhnlich hellen Augen, die ihre Umgebung mit einer Geschichte unterhielt und dabei geduldig die Körner von einem Stapel Grashalme streifte. »Ist Ii'lia immer noch nicht zurück?«, fragte sie. »Hat jemand sie gesehen?«

»Sie ist irgendwo am Rand der Berge«, entgegnete jemand. »Was ist, willst du sie ablösen?«

»Ii'lia genießt es, auf den warmen Aufwinden zu segeln. Stundenlang macht sie das! Deshalb hält sie oft für uns Ausschau, oft«, erklärte die junge Frau, die Geschichtenerzählerin. »Sie teilt sich das Nest mit Ii'kipo.«

»Einfach so durch die warme Luft segeln – das fühlt sich bestimmt gut an.«

»Das tut es. Würdest du es gerne tun, gerne?«

Rena freute sich, dass die Frau sie duzte. »Ja und nein. Ich habe Höhenangst. Alle Menschen meiner Gilde haben sie, wir leben ja normalerweise unterirdisch.«

»Angst vor Höhen!« Die Frau lachte ungläubig. »Dass es so etwas gibt! Ich bin übrigens Ii'miri.«

Rena hatte Hunger. Sie überlegte, ob sie einfach aufstehen und sich im Dschungel etwas zu essen suchen sollte. Aber vielleicht war das auch furchtbar unhöflich. Schließlich entschied sie es zu riskieren. Sie ging ein paar Schritte in den Wald hinein, brach ein paar hellgrüne, appetitlich aussehende Blätter ab und reichte sie dem Vorkoster. Mit einem verächtlichen Grunzen stieß er sie mit der Pfote weg. »Ja, ja, schon klar«, sagte Rena. »Wie wär's damit?« Sie reichte ihm eine dunkelblaue Frucht, die sie von einem Strauch in der Nähe gepflückt hatte. Gnädig nibbelte der Vorkoster daran. »Oder damit?« Sie brach ein paar junge Sprossen von einer Liane ab. Und diesmal stellten sich die Öhrchen steil auf, die Sprossen wurden Rena aus der Hand gerissen. »Danke für den Tipp«, sagte Rena und pflückte alle Lianen in der Nähe leer.

Ein leises Pfeifen ließ sie aufhorchen. Sie sah sich um und entdeckte einen kleinen Jungen mit noch kaum entwickeltem Gefieder, der in einem Lianengewirr saß wie in einem Nest. Er pfiff vor sich hin und beachtete sie nicht, obwohl sie fast auf ihn getreten war. Was machte der denn hier, so weit weg von den anderen?

Noch erstaunter war Rena, als sie sich den Jungen genauer ansah. Er war dick. Rena hatte nicht gewusst, dass Storchenmenschen überhaupt fett werden konnten. Aber eins war klar: Fliegen konnte er so nicht. Wahrscheinlich würde er es nicht mal schaffen, abzuheben.

Ii'miri blickte erstaunt drein, als Rena mit den Sprossen zurückkam, und probierte ein paar davon. Als Rena ihr erklärte, was es mit dem Vorkoster auf sich hatte, war sie begeistert. »Das ist genau, was wir brauchen, genau das!«, rief sie und musterte das Tier, das auf Renas Schulter saß – und Rena selbst –, mit neuem Respekt. Rena sagte, dass sie den Vorkoster gerne auch in den Dienst der Sippe stellen würde, und gab dann ihrer Neugier nach. »Wer ist eigentlich der dicke Kleine? Er sitzt da hinten und pfeift.«

»Ach, das ist der arme Ii'ruki.« Die Storchenfrau seufzte. »Seit seine Mutter abgestürzt ist, will er nicht mehr fliegen. Er ist eine Last für die ganze Sippe, eine Last. Obwohl er schon acht ist, müssen wir ihn immer noch durch die Gegend tragen, wenn wir irgendwohin fliegen.«

»Na ja, immerhin kann er laufen«, meinte Rena. Sie überlegte, wie sie das heikle Thema ansprechen sollte, das sie hierher geführt hatte. Den Mord. Eigentlich war der Moment jetzt gar nicht so schlecht. »Kanntest du eigentlich Ii'beru?«

Was für eine blöde Frage, schalt sie sich sofort. Natürlich hatte sie Ii'beru gekannt, schließlich gehörten sie zur gleichen Sippe. Und so groß war die Gruppe anscheinend nicht. Bisher zählte Rena fünf Erwachsene, zwei Jugendliche und ein Kind. Es erstaunte sie, dass nicht noch mehr Kinder da waren. Wahrscheinlich hockten sie oben in den Nestern.

»Ich habe ihn gekannt, das habe ich.« Die Fröhlichkeit war aus Ii'miris Stimme verschwunden. Auf einmal war ihr Gesicht wachsam. »Wir haben uns ein Nest geteilt.«

»Oh«, sagte Rena. »Wie war er so? Ich meine, was für eine Persönlichkeit hatte er?«

»Er war wunderbar. Er war der Beste von uns. Er war stark und stolz und schön.«

Rena seufzte innerlich. Wahrscheinlich hätte sie nicht gerade Ii'miri fragen sollen. Natürlich sah ihn seine Partnerin dreimal so toll, wie er in Wirklichkeit gewesen war. Ii'miri schien zu spüren, was Rena dachte. »Ich lüge nicht! Er war etwa so alt wie ich, hatte ein wunderbares Gefieder und hat viel gelächelt. Mutig war er. Er fliegt jetzt bestimmt mit den Wolkenseglern.«

Rena starrte sie an. Bisher hatte sie gedacht, dass der Täter ein Außenseiter gewesen oder dass er das zumindest durch seine Tat geworden war. Das Ganze wurde immer rätselhafter.

Als es zu dämmern begann, sammelte Rena Holz für ein Feuer. Die Storchenmenschen beobachteten sie stirnrunzelnd. Es dauerte lange, bis es Rena schließlich gelang, ein Tass aufzuspüren. »Hab ich dich!« Sie warf sich auf das Tier und packte es vorsichtig. »Kannst ja gleich wieder abhauen. Aber erst musst du mir ein Feuer anmachen.«

Doch als das Tass eine Flammenzunge über das Holz schickte, erklangen aus der Gruppe der Storchenmenschen ärgerliche Ausrufe. Keine drei Atemzüge später kam Ii'kipo mit strenger Miene herübergestelzt. »Ihr müsst das sofort ausmachen, sofort. Das ist ein Fressfeuer, ein Nestfresser, und wir können so etwas hier nicht dulden!«

»Oh, tut mir Leid. Ich wusste nicht …« Verwirrt warf Rena Erde über die Flammen. Das kleine Tass suchte sein Heil in der Flucht und schlängelte sich in den Dschungel zurück. Rena wurde klar, dass die Storchenmenschen kein Feuer verwendeten, es sogar hassten, weil sie es nicht beherrschen konnten.

Niedergeschlagen starrte Rena auf ihren Holzstapel. Was nun? Kein Lagerfeuer? Dann gab es nichts, was Raubtiere abschrecken konnte! Und obwohl sie sicher sehr viel besser als ihre neuen Freunde im Dunkeln sah, war ihr nicht wohl bei dem Gedanken, die Nacht im Dschungel bei völliger Dunkelheit zu verbringen. Zu allem Übel ließen die Storchenmenschen sie jetzt auch noch allein. Einer nach dem anderen streckte seine Flügel und flatterte hoch zu seinem Schlafplatz zwischen den Ästen. Niemand bot an Rena hochzutragen in eines der Nester. Würde sie als Einzige am Boden zurückbleiben müssen?

Schließlich gab sie auf und ging zu Ii'kipo, der noch nicht in den Schlafbaum hochgeflogen war. Seinem Gesichtsausdruck sah man an, dass er nicht gerade bester Laune war. Hatte Ii'miri ihm erzählt, dass die Fremde versucht hatte sie auszufragen?

Höflich verbeugte Rena sich. »Ii'kipo, ich fürchte, dass es gefährlich für mich sein könnte, hier unten zu bleiben. Was schlagt Ihr vor?«

»Das niedrigste Nest ist frei – Ihr könnt es benutzen«, sagte Ii'kipo knapp. »Wenn Ihr es schafft, hochzuklettern.«

Rena wurde klar, dass das ein Test war. Schaffte sie es nicht einmal, das niedrigste Nest zu erreichen – es befand sich gut sechs Menschenlängen über dem Boden –, dann würde die Sippe sie nicht akzeptieren. Dann war sie nicht fähig mit den Storchenmenschen zu leben. Sie konnte nicht erwarten, dass die Mitglieder sie ständig durch die Gegend hievten. Eine solche Belastung würde Ii'kipo nicht dulden.

Rena schaute hoch zum Nest und seufzte.

Der Stamm war schrecklich glatt. Mit beiden Händen tastete sie nach Vertiefungen in der Rinde des Baumriesen. Nach einer Weile fand sie welche und zog sich vorsichtig daran hoch. Sie krallte ihre Fingerspitzen und Zehen in die Ritzen, die sie gefunden hatte, presste sich platt an den Stamm und spürte schon jetzt Panik in sich aufsteigen. Obwohl sie gerade mal zwei Armlängen über dem Boden war. Denk einfach nicht drüber nach, befahl sie sich, kroch wieder ein Stück nach oben und vermied nach unten zu schauen. Inzwischen war es stockdunkel.

Da, ein Ast! Rena packte ihn und erlaubte sich einen Moment Verschnaufpause. Jetzt war sie schon über die Reichweite eines Salisars hinaus. Das war ein gutes Gefühl.

Es schien unendlich lange zu dauern, bis sie das Nest

erreicht hatte. Erschöpft, aber mit einem triumphierenden Lächeln kroch Rena auf die Plattform aus Ästen. Sie machte es sich so bequem, wie es auf den rohen Ästen ging. Hoffentlich wälze ich mich im Schlaf nicht zu sehr herum, sonst stürze ich in die Tiefe, dachte sie besorgt. Gleich morgen muss ich mir ein Seil flechten, damit ich mich nachts festbinden kann.

Alix und Tavian sind bestimmt schon wieder am Rand des Dschungels angelangt, überlegte Rena und fühlte sich unendlich einsam. Jetzt kamen auch die Gedanken an Rowan wieder, sie ließen sich so schwer verbannen. Es war seltsam, sich vorzustellen, dass er jetzt eine andere liebte und nicht mehr an sie, an Rena, dachte …

Rena wickelte sich fester in Alix' Umhang und horchte auf das Rascheln, das aus einem der anderen Nester erklang, auf den fremdartigen Gesang aus den Tiefen des Waldes, auf das Schnauben und Knistern aus dem Dschungel unter ihr. Ganz langsam glitt sie in den Schlaf hinüber.

Als sie am nächsten Morgen erwachte, stellte sie fest, dass sie nicht alleine auf der Plattform lag. Neben ihr kauerte ein schwarzes Federbündel, das sich bei näherem Hinsehen als der fette, kleine Storchenmensch herausstellte. Rena hatte schon wieder vergessen, wie er hieß; es war schwer, sich die vielen Namen zu merken. Ob er sich in dieser Nacht genauso allein gefühlt hatte wie sie?

»Guten Morgen«, sagte Rena und das Federbündel regte sich. Skeptisch blickte der Storchenmensch sie aus dunklen Augen an, den Kopf etwas schräg gelegt. Er hatte ein kindliches pausbäckiges Gesicht, seine Kopffedern waren flaumiger als die der Erwachsenen. Rena fragte ihn: »Wie war's im Traumland?«

Keine Antwort. Rena zuckte die Schultern und begann

sich den Schlafbaum hinunterzuhangeln. Sie brauchte nicht ganz so lange dafür wie für den Aufstieg, aber der Kleine überholte sie trotzdem mit Leichtigkeit. Er lächelte in sich hinein, als er an ihr vorbeikletterte. Rena gönnte ihm den Erfolg.

Die anderen Storchenmenschen waren schon längst wach. Zwei der Männer waren damit beschäftigt, Grassamen zu ernten. Rena erkannte unter ihnen den Künstler, der ihr gestern zugelächelt hatte. Ii'hato. Unauffällig schob sie sich zu ihm hinüber, bis sie neben ihm arbeitete. Jetzt sah sie, dass er einen Schmuck aus geflochtenen, verschiedenfarbigen Gräsern um den Hals trug.

Eine Zeit lang redeten sie über den Dschungel, das Wetter und die Holz- und Steinskulpturen, die manche Menschen schufen. Dann konnte Rena sich nicht länger zurückhalten. Sie fragte: »Sag mal, ist es schon mal vorgekommen, dass einer von euch einen anderen geschlagen hat?«

Ii'hato war nicht dumm. Er begriff sofort, worauf sie hinauswollte. Die Bewegungen, mit denen er die Grasähren durch die Hand gleiten ließ, wirkten auf einmal eckig »Schlagen? Nein, das kommt nicht vor, nein. Obwohl die Jungen probieren, wie weit sie gehen können. Sie kabbeln sich ständig.«

Er blickte hoch. Rena folgte seinem Blick und lächelte. Über ihnen übten Ii'nino und das Storchenmädchen Flugakrobatik, überschlugen sich in der Luft, schossen im Sturzflug herunter und fingen sich im letzten Moment mit gewaltigen Flügelschlägen ab.

»Verstehe ich irgendwie«, scherzte Rena. »Mit so viel Federn an den Händen kann man sich eben nicht gut eine Ohrfeige geben.«

Ii'hato lachte gezwungen und Rena tat ihre taktlose Bemerkung sofort Leid. »Entschuldige. Für mich ist es eben nur sehr seltsam, wie ihr lebt. So wie ich für euch seltsam bin.«

»Ich verstehe.« Ii'hato nickte. Er hatte sein Lächeln wiedergefunden. »Könnt ihr das – einander verletzen?«

»Die Erd-Gilde ist sehr friedliebend. Aber wir können es, ja. Wir verteidigen uns auch, wenn es nötig ist.« Rena deutete auf das Schwert an ihrer Seite. »Urteile nicht danach. Eigentlich dürfen Menschen meiner Gilde keine solchen Waffen tragen.«

Nachdenklich arbeitete Ii'hato weiter. »Auch wir verteidigen uns. Nach außen: Indem wir Scheinangriffe fliegen, alle zugleich. Oder wenn die Gefahr groß ist, werfen wir manchmal auch Steine. Aber selten. Nach innen: Wer von uns gegen die Drei Regeln verstößt, der muss die Sippe verlassen, die Sippe, und stirbt meist bald darauf.«

Völlig gewaltlos waren sie also doch nicht. Eine wichtige Entdeckung. Aber Steinewerfen ist etwas anderes als ein Mord, überlegte Rena und fragte: »Was für Regeln denn?«

»Kein Storchenmensch soll einem anderen schaden. Kein Storchenmensch soll einem anderen die Hilfe verweigern, die er braucht. Und kein Storchenmensch soll einem anderen zur Last fallen, zur Last. Das sind die Drei Regeln.«

Ein hartes Leben – und harte Gesetze, dachte Rena. Sie war froh, dass sie es gestern geschafft hatte, aus eigener Kraft ins Nest zu klettern.

»Hm. Das widerspricht sich«, sagte sie. »Was ist mit einem von euch, der Hilfe braucht? Ihr müsst ihm helfen, doch gleichzeitig darf er euch nicht zur Last fallen.«

»Er wird das Wohl der Sippe über sein eigenes stellen und uns verlassen, wenn der Westwind weht, der Westwind. Oder freiwillig auf Hilfe verzichten.«

Nun ernteten sie wieder. Ii'hato hatte sich etwas entspannt. Doch Rena war nun noch nachdenklicher als zuvor. *Kein Storchenmensch soll einem anderen schaden*, hatte er gesagt. Keinem anderen *Wesen* oder nur keinem anderen *Storchenmenschen*? Das war ein wichtiger Unterschied, den sie unbedingt ausloten musste. »Wie habt ihr davon erfahren, was Ii'beru getan hat?«, fragte sie vorsichtig.

»Einer unserer Brüder hat davon erfahren, einer der Brüder. Er hat uns die Kunde gebracht. Wir wollten erst nicht glauben, was er sagte, zu graustürmig war es.«

Rena nickte. »Konntet ihr es nicht glauben, weil Ii'beru der Beste von euch war?«

»Nein. Gerade weil es Ii'beru getan haben sollte, wussten wir, dass es die Wahrheit sein musste. Wir *wollten* es nicht glauben, weil noch nie ein unsriger einen der eurigen ermordet hat.«

Über diesen seltsamen Satz brütete Rena den Rest des Tages nach. Sie hatte das Gefühl, dass sich darin eine Antwort auf das Rätsel verbarg. Aber sie kam nicht darauf, was Ii'hatos Worte bedeuteten. Und so brannte die Frage weiter in ihr, brachte sie um den Schlaf. *Warum? Warum nur hatte Ii'beru getötet?* Mit eisiger Gewissheit wurde ihr klar, was geschehen würde, wenn sie die Antwort nicht fand. Dann würden viele ihrer neuen Freunde hier in Lixantha sterben.

Zurück in der Felsenburg

Es war später Nachmittag, als sie die Felsenburg erreichten. Im Sommer war es in dieser Gegend oft neblig; auch jetzt steckte der größte Teil des Alestair-Gebirges, aus dem die Burg herausgemeißelt worden war, in tief hängenden Wolken. Es waren wenig mehr als das gewaltige Haupttor und die untersten Fenster in der Flanke des Berges zu erkennen.

Alix zügelte ihr Dhatla und glitt von seinem Rücken auf die Erde. Als Tavian das Reisegepäck abgeladen hatte, tätschelte sie den keilförmigen Kopf ihres Reittiers und befahl ihm im Weißen Wald zu bleiben, bis es ihren Ruf hörte. Mit gemächlichen Schritten wanderte das Reptil davon und Alix konnte spüren, wie die Erde bei jedem Tritt seiner Säulenbeine erzitterte. Trotz ihrer Größe waren Dhatlas schreckhaft – wenn etwas ihnen Angst einjagte, gruben sie sich innerhalb von wenigen Atemzügen ein. Mitsamt Reiter und Gepäck, wenn man nicht rechtzeitig absprang.

»Hoffentlich amüsiert es sich gut im Weißen Wald, wir haben es ganz schön gehetzt«, sagte Alix munter. Doch heute schien es unmöglich, Tavian ein Lächeln zu entlocken. Sie gab es auf und klopfte an das Haupttor. »Alix ke Tassos. Der Rat erwartet mich.«

Als sie durch den Hof gingen, mussten sie an einigen Wachen und Farak-Alit vorbei. Sie starrten Tavian an, hatten ihn offensichtlich sofort erkannt. Alix drehte sich zu ihm um und sah ihn einen Moment lang wie zum ersten Mal. Mit seinem kantigen Gesicht, der gebrochenen Nase und den eigenartig gold gefleckten Augen war er nicht gerade eine Schönheit. Doch die meisten Menschen erinnerten sich an ihn und mochten seinen geraden, offenen Blick.

Nun, die Farak-Alit mochten ihn nicht. Und sie machten kein Hehl aus ihrer Abneigung. Wahrscheinlich konnten sie nicht glauben, dass sich ein ehemaliger Anhänger des Propheten hierher traute. Zwei Winter waren seit dem furchtbaren Angriff auf die Burg vergangen, doch die Elitetruppe der Regentin hatte ein langes Gedächtnis.

Alix spürte, wie unwohl sich ihr Freund in seiner Haut fühlte.

Als sie zu den Gemächern des Rats kamen, war der unangenehme Auftakt ihres Besuchs schnell vergessen. Mit echter Herzlichkeit gingen ihnen Dagua und Aron, der Delegierte der Feuer-Gilde, entgegen. Ein Fremder war bei ihnen, seinen kostbaren Roben nach ein Mitglied des Rates; er trug ein Amulett der Luft-Gilde.

»Willkommen, schöne Frau!« Dagua lächelte verschmitzt. »Wunderbar, dass ihr beide da seid! Hattet ihr eine gute Reise?«

Alix grinste zurück. Nicht mal die Tatsache, dass ihr höchst tödlicher Geliebter neben ihr stand, konnte den alten Schwerenöter ganz im Zaum halten. »Ganz erstklassig. Der kleine Abstecher in den Dschungel war wunderbar für den Kreislauf. Unter anderem haben wir vier grüne Viecher erledigt, die ausgesehen haben wie eine besonders bösartige Form der gewöhnlichen Gartenbohne.«

»Hat Rena es geschafft, mit den Storchenmenschen Kontakt aufzunehmen?«, fragte Aron. Er war wie immer in Schwarz gekleidet und blickte melancholisch drein, seine hageren Züge schienen sich nicht zum Lächeln zu eignen.

»Zumindest sah es sehr danach aus, als wir umgekehrt sind. Ich muss zugeben, ich bewundere sie. Ihre Schwertkampftechnik ist immer noch genauso scheußlich, aber ich kenne niemanden sonst, der sich so in eine völlig fremde Kultur einfügen kann.«

»Erstaunlich«, sagte der Mann der Luft-Gilde bewundernd. »Dann haben wir vielleicht eine Chance, herauszufinden, warum dieser Storchenmensch den armen Ennobar umgebracht hat.«

»Ist auch meine Meinung – das Problem wird da draußen gelöst werden, nicht von hier aus.« Alix musterte ihn, schätzte ihn ab. Intelligentes, angenehmes Gesicht, gepflegte dunkle Haare und zu viel Fett auf den Hüften; ein Mann, der gerne gut lebte. Und diese Schuhe! Spitz und in fünf Farben bestickt. Der Mann bemerkte ihren Blick, lächelte und verbeugte sich leicht. »Entschuldigt, dass ich mich nicht vorgestellt habe. Corvus ke Nerada. Ich bin neu im Rat der vier Gilden. Als ich gehört habe, dass ein Sitz im Rat frei ist, habe ich mich sofort zur Wahl gestellt – es war ein alter Traum von mir, in der Felsenburg Dienst zu tun.«

Seit der Prophet des Phönix die Burg eingenommen hatte, waren reichlich Plätze im Rat frei; viele Delegierte hatten seinen Angriff nicht überlebt.

Sie wandten sich wieder Dagua zu. »Was hat sich in letzter Zeit getan? Hat es noch mehr Angriffe gegen die Halbmenschen gegeben?«

Daguas gutmütiges Gesicht verdüsterte sich. »Ja, allerdings. Eine Gruppe von Hirschmenschen wurde mit Knüppeln aus ihrem angestammten Wald vertrieben und drei Iltismenschen sind durch Pfeile verletzt worden. Einer ist tot, die anderen sind nun auch auf dem Weg zum Lixantha-Dschungel.« Er seufzte. »Aber das ist noch nicht das Schlimmste. Hier sitzt ein Iltismensch im Verlies, der früher in der Felsenburg gearbeitet hat. Er wollte fliehen, als er von den Angriffen auf die Halbmenschen gehört hat. Leider hat sich ihm dabei ein Diener in den Weg gestellt; natürlich ist er gebissen worden.«

»O nein. Was werden sie mit dem armen Kerl machen?«

»Die Regentin will, dass er exekutiert wird. Ich habe schon fast alles versucht. Aber auch einige Ratsmitglieder sind dafür, den Iltis töten zu lassen.« Dagua seufzte. »Was für Idioten!«

»Immerhin – man könnte damit demonstrieren, dass die Menschen Angriffe der Halbmenschen hart bestrafen«, meinte Corvus. Er hatte eine sanfte, selbstsichere Stimme. »Zwei solcher Zwischenfälle in so kurzer Zeit – stellt euch doch mal vor, was geschehen würde, wenn wir den Iltismenschen ohne Strafe laufen ließen!«

»Gar nichts würde geschehen«, sagte Tavian sachlich. »Aber falls der Iltismensch tatsächlich hingerichtet wird, dann haben wir ein Problem. Die Sache wird sich in Windeseile unter den Halbmenschen herumsprechen. Dann werden wir nichts mehr von ihnen erfahren. Sie werden nicht mal mehr mit Rena sprechen. Bevor wir's uns versehen, haben wir einen Guerillakrieg.«

»... und wenn wir nicht herausbekommen, warum der Mord begangen worden ist, kann sich so ein Fall wiederholen«, ergänzte Alix und fügte mit einem unschuldigen Blick hinzu: »Vielleicht ist das nächste Mal jemand von der Luft-Gilde dran ...?«

»Würdet Ihr mich bitte entschuldigen«, sagte Corvus kühl, drehte sich um und schritt den Gang hinunter zu den Sälen des Rates.

»Das hättest du nicht tun sollen«, sagte Aron zu Alix. »Ihr habt schon genug Feinde hier in der Burg.«

»Hm, stimmt. Ich fürchte, eine gute Diplomatin war ich noch nie.«

»Es ist nicht deine Schuld – Corvus verträgt Kritik nicht gut«, meinte Dagua. »Doch ansonsten ist er ein Gewinn für uns. Er ist noch jung, war aber im Hohen Rat seiner Gilde und hat ein paar sehr sinnvolle Gesetze durchgefochten.«

Alix hörte kaum zu, sie dachte längst über andere Dinge nach. »Dagua, könntest du einfädeln, dass wir wenigstens kurz mit dem Iltismenschen sprechen dürfen?«

»Geht in Ordnung. Aber posaunt es nicht herum. Die Regentin braucht nichts davon zu wissen.«

Auf dem Weg zum Verlies kamen sie an einigen anderen Räumen des Rates vorbei und Alix und Tavian lernten noch eine der neuen Delegierten der Wasser-Gilde kennen. Ujuna war eine Frau von Ende zwanzig mit langen, dunklen Haaren, die ihr offen über den Rücken fielen. Ihr blasses, ovales Gesicht war von einer Schönheit, die Alix den Atem verschlug.

Der Name Ujuna kam Alix bekannt vor. »Wart Ihr nicht Hohe Meisterin Eurer Gilde? Ich glaube, Rena hat Euch mal erwähnt ...«

Ein Lächeln trat auf Ujunas Gesicht. »Ja, sie war damals bei uns. Wir haben miteinander gewettet. Leider habe ich verloren und noch keine Gelegenheit gefunden, sie um Revanche zu bitten.«

Nun erinnerte sich Alix an das, was Rena erzählt hatte. Damals waren sie auf ihrer Friedensmission in Vanamee, der Provinz der Wasser-Gilde, gewesen und hatten die Residenz gesucht, von der aus die Gilde regiert wurde. Sie hatten sie tief in einem eigenartigen silbernen See gefunden – und Ujana war es gewesen, mit der Rena hatte verhandeln müssen. Alix verfluchte ihr löchriges Gedächtnis. War es gut oder schlecht gewesen, was Rena über diese Frau erzählt hatte?

»Na, was hältst du von ihr?«, fragte sie Tavian, als sie mit Dagua zum Verlies hinuntergingen.

»Sie ist eine faszinierende Frau«, sagte er und lächelte, als er sah, dass das Alix nicht gerade gefiel. »Tut mir Leid, wenn es nicht das ist, was du hören wolltest.«

»Das Schlimme an dir ist, dass man wirklich eine ehrliche Meinung bekommt, wenn man dich etwas fragt.« Alix seufzte mit gespieltem Bedauern.

Tavian blieb ernst. »Ich meinte damit nicht einfach, dass sie schön ist. Das ist offensichtlich. Ich meinte damit, dass du selbst schuld bist, wenn du sie unterschätzt.«

»Welche Position nimmt sie ein?«, fragte Alix Dagua. »Kurz: Für uns oder gegen uns?«

»Das ist gar nicht so leicht zu beantworten. Sie wartet ab, bildet sich noch eine Meinung, glaube ich. Ich wünschte, du würdest die Leute nicht so schwarz-weiß sehen!«

Alix grinste. »Ach, lass mir doch meine Vorurteile. Ohne sie fühle ich mich ganz nackt.«

Es wurde stetig kühler, je tiefer sie kamen. Alix nahm sich zwei Fackeln aus einer Vorratsnische im Gang; sie würden sie dort unten brauchen. Immer häufiger begegneten sie Wachen. Doch sobald sie Dagua sahen, winkten sie die kleine Gruppe vorbei – und bekamen große Augen, wenn sie Tavian bemerkten.

»Sag mal, Dag, an wen sollte man sich wenden, wenn man mehr über Ennobar wissen möchte?«, fragte Alix. »Natürlich kannte ich ihn, aber er war ja viele Winter lang der Vermittler der Regentin, bevor wir ihn kennen gelernt haben.«

»In den letzten Jahren war er mit Aron sehr vertraut. Dann gibt es noch einen Vermittler, der ihn schon lange kennt, und seinen Bediensteten in der Burg. Die haben wir alle schon befragt.«

»Mit Aron?« Erstaunt hob Alix die Augenbrauen. Es gab schon seltsame Freundschaften. Sie hätte nicht gedacht, dass sich ausgerechnet der korrekte Ennobar und der düstere Aron gut verstehen würden. Sie gehörten nicht mal derselben Gilde an. »Tja, da haben wir schon unseren Plan für morgen … wir werden noch mal mit ihnen sprechen.«

Als sie sich zu Tavian umwandte, der hinter ihnen ging, stellte sie erstaunt fest, dass in den Augen ihres Freundes die Wut loderte und er sich nur mühsam beherrschte. Alix erschrak. »Tavi! Was ist?«

»Ich hätte nicht mitkommen sollen zur Felsenburg«, sagte er. »Es war ein Fehler.«

»Rostfraß und Asche, sag doch einfach, was los ist!«

Tavian seufzte. »Die Soldaten wissen genau, dass sie vor euch nicht zeigen dürfen, was sie von mir halten. Aber sobald ihr vorbei seid, machen sie Zeichen. Nicht gerade schmeichelhafte.«

»Ach verdammt. Diese Mistkerle!«

»Es tut mir Leid, Tavian. Ich werde sie zurechtweisen lassen«, sagte Dagua und Alix war ihm dankbar dafür. Seit sie ihm berichtet hatten, wie der Kampf gegen den Propheten des Phönix ohne Tavians mutiges Eingreifen ausgegangen wäre, behandelte er ihn genauso freundlich wie jeden anderen in der Burg.

»Ihr könnt nichts dafür, Dagua. Lasst uns weitergehen. Vergessen wir es einfach.«

Endlich kamen sie zum Verlies. Es waren dunkle, feuchte Gewölbe, von denen manche vergittert waren. Andere waren zugemauert – zu Zeiten der letzten Regentin war es groß in Mode gewesen, sich auf diese Weise unliebsamer Zeitgenossen zu entledigen. Tolle Methode, dachte Alix angewidert. Man schichtet einfach Stein auf Stein und ignoriert die Schreie. Irgendwann verhungert derjenige und man ist das Problem los.

Es roch muffig hier und an den Wänden wuchsen durch die Feuchtigkeit Pilze und Schwämme, die im Dunkeln schwach bläulich leuchteten. Ein paar wenige Leuchttierchen spendeten Licht, der größte Teil des Verlieses war in Schatten getaucht. Alix musste ihr helles Kleid eine Handbreit hochziehen, damit es nicht schmutzig wurde. Hier gab es keine künstlerischen Reliefs an den Wänden wie in den anderen Teilen der Burg.

»So, hier sind wir«, sagte Dagua.

Alix nahm eine der Fackeln und ließ sie mit einer gemurmelten Formel auflodern. Als sie die Zelle und ihren Insassen sah, erschrak sie. Und wusste sofort: Diesmal steckten sie alle wirklich in Schwierigkeiten.

Als Rena zum zweiten Mal über Ii'ruki stolperte, wusste sie sofort, dass es Absicht gewesen war. Niemand lag einfach so an einem Ort herum, an dem jeder, der vorbeikam, über einen fiel. Doch sie sprach es nicht an. »Habe ich dir wehgetan?«

»Ja. Aber du hast mir keine Feder abgeknickt, keine Feder, also macht es nichts.« Seine Stimme klang schüchtern, doch man hörte auch heraus, dass er sich über seine eigene Großmütigkeit freute.

»Du darfst mir bei Gelegenheit auch mal eine verpassen«, bot Rena grinsend an und dachte: Soso, der Kleine redet ja doch mit mir.

»Wo gehst du hin, wo?« Interessiert musterte Ii'ruki den schlappohrigen Vorkoster auf ihrer Schulter. Das Tier ignorierte ihn und kaute mit hochmütigem Blick an einer Wurzel, die es in der Nähe des Lagers ausfindig gemacht hatte.

»In den Dschungel. Der Meister persönlich hat mich gebeten herauszufinden, welche Dinge hier im Umkreis essbar sind und welche nicht. Magst du mitkommen, Ii'ruki?«

Zu Renas Erstaunen nickte Ii'ruki. »Aber nur, wenn du mich Ruki nennst. So will ich heißen.«

»Klar. Wenn dir das lieber ist ...«

Der Kleine ist auf einer ganz schön schrägen Spur, dachte Rena. Wenn er so weitermacht, ist es nur noch eine Frage der Zeit, bis jemand ihm nahe legt, sein Glück anderswo zu suchen und aus der Sippe zu verschwinden.

Anscheinend gefiel es Ruki, mit jemandem unterwegs zu sein, der nur zwei Beine hatte. Im Gegensatz zu den anderen Mitgliedern der Sippe konnte Rena nicht einfach wegfliegen und ihn am Boden zurücklassen.

Sie tauchten ein in den Dschungel und schon nach wenigen Schritten war vom Lager und vom Schlafbaum nichts mehr zu sehen. Es roch würzig, die Luft war schwülwarm. Renas Haut kribbelte in einer Mischung aus Erwartung und Furcht. Behutsam setzte sie einen Fuß vor den anderen, versuchte so leise wie möglich zu sein, damit sie keine Tiere auf sich aufmerksam machten. Sie hoffte, dass sie nicht so tief in den Dschungel hineinmussten – und wünschte es sich gleichzeitig doch. Es sah so aus, als würde Letzteres in Erfüllung gehen. Bisher hatte der Vorkoster noch nichts gefunden, was ihm schmeckte. Alle paar Schritte hielt Rena an und gab ihm ein Blatt, das Stück einer Liane, einen Zweig. Übellaunig pfefferte das kleine Tier die Proben zurück in den Dschungel.

»Na, Kleiner, dir schmeckt ja heute überhaupt nichts«, seufzte Rena. »Hilft aber nichts. Wir müssen so viel suchen wie nötig.« Ii'miri hatte ihr erzählt, weshalb die Futtersuche gerade jetzt so wichtig war: In wenigen Wochen würde die Sippe in die Mauser kommen. Das hieß, sie würden ihre Schwungfedern verlieren und eine ganze Weile nicht fliegen können. In einer gefährlichen Gegend wie dieser würden sie die gesamte Mauser über auf dem Schlafbaum bleiben und von ihren Vorräten leben müssen.

»Da!«, schrie Ruki plötzlich und wich zurück. »Da ist was, da! Auf dem Pfad!«

Tatsächlich, sie wurden beobachtet. Von einem fetten Tier mit hellbraunem, kurzen Fell und einem breiten Grinsemaul. Es sah freundlich aus und nicht so, als wollte es sie angreifen. Im Gegenteil, jetzt watschelte es davon und sah über die Schulter zurück. So als wollte es sicher sein, dass sie den Pfad verließen und ihm folgten.

Ruki und Rena sahen sich an. »Warum eigentlich nicht?«, sagte Rena. Wovor hatte sie eigentlich Angst? Sie war schließlich bewaffnet!

Sie tasteten sich zwischen den Lanzenbäumen hindurch und folgten dem Tier. Es ließ sich Zeit, sodass sie ohne Mühe hinterherkamen. Erst als sie vor einem riesigen Baum mit tief zerfurchter Rinde und tellerförmigen Blättern standen, war es auf einmal verschwunden.

»Komisch ist das, komisch«, sagte Ruki und hüpfte umher. »Wo ist es?«

»Hat sich's wahrscheinlich anders überlegt«, sagte Rena, näherte sich dem Baum und legte die Hände auf die Rinde um seine Aura zu erspüren. Sie zog die Augenbrauen hoch. »Hm, der lebt ja kaum noch. Ist wahrscheinlich ausgehöhlt worden.« Sie stellte sich auf die Zehenspitzen und sah, dass ein Stück weiter oben eine Öffnung war. »Kommst du da dran?«

»Ja!« Ruki zog sich mit biegsamen Fingern an der Rinde hoch, seine Füße schabten am Stamm. Doch dann bedeutete ihm Rena mit einer Geste, besser noch einen Moment zu warten. Im Inneren des Baumes rumorte es seltsam. Was konnte *das* sein? Es wurde mit jedem Moment lauter.

Vielleicht war es doch besser, sie machten sich aus dem Staub. Schritt für Schritt ging Rena rückwärts und tastete nach Rukis Hand, damit er ihr nicht verloren ging. Das Rumoren wurde lauter – und dann quoll eine Schar violetter kleiner Tierchen mit bösartigem Blick und Reißzähnen aus dem Inneren des Baumes. Immer mehr kletterten aus dem Loch und sprangen auf sie zu.

Rena und Ruki drehten sich um und rannten. Nach ein paar Menschenlängen warf Rena einen Blick zurück – und stellte fest, dass das fette Tier halb in den ausgehöhlten Baum geklettert war und dort mit Genuss einen hellgrünen Brei in sich hineinschlang. Während *sie* von den fiesen kleinen Wesen gehetzt wurden!

Die violetten Beißer gaben die Verfolgung bald auf. Keuchend kamen Rena und Ruki zum Stehen. Plötzlich musste Rena lachen. »Dieses raffinierte Biest! Es hat uns reingelegt. Und die Kleinen – das müssen Fringos gewesen sein. Kerrik hat gesagt, man soll sich von ihren Vorratshöhlen fern halten.«

»Fiese, feine Fringos.« Der Klang schien Ruki zu gefallen. »Die sahen nicht nett aus.«

Bei ihrer Flucht waren sie blind in den Wald gelaufen. Nun umgaben sie niedrige Bäume mit stickig riechenden orangefarbenen Blüten. Staunend sah sich Rena um. Warum hüpfte der Vorkoster auf ihrer Schulter auf und ab? Etwa wegen der Bäume?

»Hier, friss und werd glücklich«, sagte Rena und pflückte eine der handtellergroßen Blüten. Das Ding versuchte sie in die Hand zu beißen und Rena riss es kurzerhand mitten entzwei. Auf ihrer Schulter schlug der Vorkoster einen Salto und grabschte ihr ein paar Blütenreste aus der Hand. »Na, wenn du meinst …«, sagte Rena und steckte den Rest selbst in den Mund. Köstlich! Die Blütenblätter zergingen auf der Zunge und schmeckten gleichzeitig fruchtig-süß und ein bisschen scharf.

»Leckerlecker!«, schrie Ruki und machte kurzen Prozess mit einem halben Dutzend Blüten. Er konnte sich wohl immer noch nicht zu einer Diät entscheiden.

Als sie vollgefressen und faul im Gras lagen, die Sammeltaschen randvoll, meinte Rena: »Hätte ich gar nicht gedacht, dass der Dschungel so toll sein kann.« Sie setzte sich einen Raspler auf die Zehennägel und sah zu, wie er sie eifrig abnagte. »Fast schade, dass ich irgendwann zurückmuss.«

»Oh.« Ruki blickte enttäuscht drein. »Wann denn?«

»Weiß ich noch nicht. Vor der Mauser jedenfalls. Tut mir Leid, doch ich kann mir nicht vorstellen, ein paar Wochen lang mit den anderen auf so einem Baum zu hocken.«

»Das ist nicht so schlimm. Aber es juckt ziemlich«, meinte Ruki. »Diesen Winter kriege ich wahrscheinlich ein richtiges Gefieder, ein richtiges.«

»Sag mal – wieso bist du eigentlich dick?«, fragte Rena vorsichtig. »Hast du keine Lust, zu fliegen?« Taktvoll war das nicht. Aber wenn sie immer taktvoll war, war sie auch in zwei Wochen noch so schlau wie vorher.

»Ich will nicht fliegen! Nie, nie, nie!«

»Schon in Ordnung«, sagte Rena schnell.

Es war mühsam, zurückzufinden, weil die Pfade schon wieder von schnell wuchernden Pflanzen überdeckt waren. Doch einen Menschen der Erd-Gilde schreckte so etwas nicht. Rena orientierte sich an der Sonne und an dem, was sich von ihren eigenen Fußspuren noch erkennen ließ, und brachte sie sicher zum Lager zurück.

Als sie eintrafen, sah Rena, dass Ii'miri mal wieder dabei war, eine Geschichte zu erzählen. Schnell legte sie ihre Tasche beiseite und setzte sich dazu. Aber sie hörte nur noch den Schlusssatz. »... da ließ die Sonne Ii'jal neue Federn wachsen – doch sie waren nicht mehr schwarz, sondern schwarz-weiß wie Tag und Nacht. Und seither, zur Erinnerung daran, wechseln wir in jedem Sommer die Federn.«

Als die anderen Storchenmenschen verschwunden waren, blieb Rena sitzen, und auch Ruki schien keine Lust zu haben, wieder an die Arbeit zu gehen. »Schade, dass wir die Geschichte verpasst haben«, sagte Rena und entschied sich direkt auf den Punkt zu kommen. »Sag mal, Ii'miri – was bedeutet eigentlich *Seraf'tolai?*«

Die Miene der Storchenfrau gefror. »Sprich das nie wieder aus. Es ist Frevel, wenn ein Mensch es sagt. Woher kennst du es? Ii'beru hat das gesagt, nicht wahr?«

Rena nickte, betroffen von der heftigen Reaktion, die sie ausgelöst hatte. Jedes Mal wenn sie etwas fragte, machte sie sich gnadenlos unbeliebt! »Aber was bedeuten die Worte? Es ist wichtig.«

»Ich darf es dir nicht sagen.« Ii'miris Gesicht war rot vor Aufregung. »Die Menschen wissen schon viel zu viel über uns, zu viel. Mit jedem Stück Wissen, das sie aufschnappen, wird es gefährlicher für unser Volk. Das hat sich einmal zu oft gezeigt.«

Sie stand auf, breitete die Flügel aus und flog hoch in eins der Nester des Schlafbaums.

Rena seufzte. Jetzt hatte sie die nette Geschichtenerzählerin auch noch vergrätzt. Sie hatte sich ihre Mission nicht so schwierig vorgestellt. Dass sie die Frau der tausend Zungen war, zählte hier überhaupt nicht, diese Sippe vertraute im Gegensatz zu den anderen Storchenmenschen nichts und niemandem. Jetzt war sie schon mehrere Tage hier und noch nicht viel weiter als am Anfang!

Als Ruki sich neben ihr rührte, zuckte Rena zusammen. Sie hatte den kleinen Storchenmenschen ganz vergessen. Er musste alles mitbekommen haben. Doch anscheinend interessierte es ihn nicht besonders. »Das war lustig heute«, sagte er. »Gehen wir morgen wieder in den Wald?«

»Weiß ich noch nicht.« Plötzlich hatte Rena es satt, den ganzen Tag freundlich zu sein, sich anzupassen und sich zum Dank anschnauzen zu lassen, wenn sie mal eine Frage stellte. »Ich glaube, ich klettere schon hoch zum Nest. Ich will ein bisschen alleine sein.«

»Du kennst das auch?« Rukis Gesicht war verklärt. »Ich kenne das. Ich werde dich nicht stören, das werde ich nicht.«

Er hielt Wort. Erst als Rena mitten in der Nacht von einem seltsamen Geräusch aus dem Dschungel aufwachte, stellte sie fest, dass Ruki wieder mit ihr auf der Plattform lag und sich an sie geschmiegt hatte.

Schwarzfeder

Alix traute ihren Augen nicht. Sie hielt die Fackel in ihrer Hand hoch, hoffte, dass sie sich täuschte. Doch sie hatte richtig gesehen. Es war Cchrapka. Einer der Iltismenschen, die sie aus ihrer Zeit in der Burg kannte. Er war ein *Caristan,* das Oberhaupt eines Clans. Wussten die denn nicht, wer er war? Wenigstens Dagua hätte wissen müssen, dass sie ihn nie hätten gefangen nehmen dürfen!

»Verdammt, wie konntet ihr nur!«, zischte Alix ihren menschlichen Begleiter an, obwohl sie wusste, dass Dagua von allen Menschen in der Burg am allerwenigsten für diesen Schlamassel verantwortlich war. »Ihr habt eine ihrer wichtigsten Persönlichkeiten eingekerkert. Das ist in etwa so, als hätten die Hirschmenschen einen Hohen Rat der Erd-Gilde als Geisel genommen! Und jetzt wollt ihr ihn auch noch hinrichten! Rostfraß, wer auch immer dafür gestimmt hat, muss einen Verstand von der Größe einer Rillza-Nuss besitzen.«

Dagua seufzte tief. »Wem sagst du das, schöne Frau.«

»Das einzig Vernünftige wäre, ihn sofort freizulassen«, sagte Tavian.

»Cchrapka – ich bin's«, rief Alix leise. Schwerfällig hinkte der Iltismensch zum Gitter, sah mit dunklen Augen misstrauisch zu ihr hoch. Wie alle Wesen seiner Art war er nicht besonders groß und ging ihr gerade mal bis zur Schulter.

Seine pelzigen Ohren wandten sich hin und her, versuchten jedes Geräusch aufzufangen. Dreck verkrustete sein braun- und cremefarbenes Fell, und selbst in dem schlechten Licht sah Alix, dass er jämmerlich dünn war. Der Feuergeist wusste, was sie ihm hier für einen Fraß gaben!

Alix entschied sich für einen förmlichen Ton. Der Respekt würde dem Caristan gut tun. »Es scheint ein höchst unglücklicher Vorfall gewesen zu sein, der Euch hierher gebracht hat, Cchrapka. Meine Gilde entschuldigt sich dafür, was Euch angetan wurde.«

Der Iltismensch knurrte etwas in seiner Sprache. Besonders höflich klang es nicht.

»Wir versuchen Euch hier herauszuholen«, versprach Alix und fühlte sich wütend und furchtbar hilflos zugleich.

Eine der Wachen trat vor. »Entschuldigt, Meisterin, aber das Vieh spricht kein Daresi.«

»Blödsinn!« Alix funkelte ihn an. »Ich habe mich schon oft mit ihm unterhalten.«

»Das ist in der Tat richtig, in der Tat.« Verblüfft wandte sich die Wache um, denn die Stimme – die perfektes Daresi sprach – war aus der Zelle gedrungen. Mit einem triumphierenden Grinsen wandte sich Alix wieder dem Iltismenschen zu.

»Ich wünschte, es wäre alles anders gekommen«, sagte er leise. »Und ich habe Angst um meine Brüder, Angst. Sie sind in den Dschungel geflohen, nicht wahr, Feuer-Frau?«

Alix war bewegt. Sicher wusste Cchrapka, dass er hingerichtet werden sollte, doch Sorgen machte er sich nur um die Mitglieder seines Clans. »Soweit ich weiß schon. Aber auch Rena ist dort und versucht mit den Storchenmenschen zu sprechen. Sie wird herausfinden, was geschehen ist.«

»Die Frau der tausend Zungen?« Das Gesicht des Iltismenschen erhellte sich ein wenig. »Aber sie ist am falschen Ort! Nicht im Dschungel liegt die Antwort, sondern im Land der Seen!«

»Wieso das?« Verdattert blickte Alix zu Dagua hinüber, zog fragend die Augenbrauen hoch. Wenn das stimmte, dann war Rena vielleicht ganz umsonst das Risiko eingegangen, sich nach Lixantha zu wagen. »Hat die Wasser-Gilde etwas mit der ganzen Sache zu tun?«

»Das weiß ich nicht. Doch sie muss zum Land der Seen, zu unseren Brüdern, die dort leben.«

»Den Krötenmenschen? Aber wieso?«

»Was tut ihr hier?« Die Stimme schnitt durch den Raum, hallte an den gewölbten Decken des Verlieses wider. Flink huschte der Iltismensch in die Tiefen seiner Zelle zurück.

Ein schmaler uniformierter Mann trat auf sie zu; seine Abzeichen wiesen ihn als Kapitän der Wache aus. Wieder einer der neuen Leute, dachte Alix angewidert. Angeheuert als Ersatz für diejenigen, die's beim Angriff des Propheten erwischt hat …

Als der Offizier Dagua sah, stutzte er kurz. Doch dann hob sich sein Kinn wieder. »Die Regentin hat anordnen lassen, dass ab heute niemand mehr das Verlies betreten darf. Auch Ratsmitglieder nicht. Wisst Ihr das nicht, Meister Dagua?«

Ab heute? Das ist absurd, dachte Alix verblüfft. Oder geht es etwa um mich – hat sie erfahren, dass ich in der Burg bin? Aber was für einen Grund hat sie, mich zu fürchten?

Auch Dagua konnte barsch sein, wenn er wollte. »Ich vertrete den Rat und der Rat hat auf Daresh keine geringeren Befugnisse als die Regentin. Es liegt also nicht in ihrer Macht, solche Befehle zu erteilen.«

Spürbar vorsichtiger erwiderte der Offizier: »Ich habe nicht die Absicht, mit Euch über Befugnisse zu streiten.«

»Dann lasst es sein«, knurrte Dagua. Er drehte sich um und winkte ihnen ihm zu folgen. Enttäuscht warf Alix einen Blick zurück, wünschte sich, sie hätte den Caristan noch ein paar Dinge fragen können. Er weiß etwas, dachte sie. Etwas, das vielleicht wichtig sein könnte.

»Ihr müsst ihn freilassen«, drängte Alix ihren alten Freund hartnäckig. »Kannst du nicht irgendetwas tun?«

Dagua seufzte. »Ich werde eine Ratssitzung einberufen und die Frage dort noch einmal besprechen lassen. Vielleicht entscheiden sie sich anders, wenn sie erfahren, dass er ein Caristan ist.«

»Und was noch?«

»Was meinst du mit noch? Ich bin kein Magier, beim Brackwasser!«

»Denk dran – wenn Cchrapka stirbt, werden wir nie etwas über den Mord erfahren. Und wenn wir Pech haben, werden wir den Rest unseres Lebens von Halbmenschen gejagt, sobald wir die Nase aus der Burg stecken. Wann soll die Hinrichtung stattfinden?«

»In drei Tagen.«

Alix erschrak. Drei Tage! Das war nicht viel. Gut, dass sie schon heute in der Burg eingetroffen waren. Dem Feuergeist sei Dank, es war noch nicht zu spät.

In einem der Hauptgänge der Burg verabschiedete sie sich von Dagua. Obwohl sie den Alten sehr mochte, war sie froh endlich allein mit Tavian sprechen zu können. Sein Gesicht verriet nichts von dem, was er dachte, und er hatte unten im Verlies wenig gesagt.

»Was hältst du von der ganzen Sache?«, fragte ihn Alix. »Alles reichlich seltsam, was?«

»Vielleicht solltest du mit der Regentin direkt sprechen«,

sagte Tavian nachdenklich. »Und sie fragen, warum sie nicht will, dass jemand das Verlies betritt. Das kommt mir eigentlich am verdächtigsten vor.«

»Es ist alles andere als leicht, eine Audienz bei ihr zu bekommen. Aber ich versuch's, klar.« Alix sah ihn an. »Ich hätte auch noch eine andere Idee. Wie wäre es, wenn ich den armen Kerl heimlich da rausholen würde? Ich kenne da ein paar Geheimgänge aus der Zeit, als wir gegen den Propheten gekämpft haben.«

Tavian grinste schief. »Ach, so habt ihr uns damals überlistet, mit Geheimgängen ...«

»Hm, ja, ich meine mich erinnern zu können, dass es auch einen gibt, der zum Verlies führt. Er beginnt witzigerweise im kleinen Speisesaal. Vielleicht sind damals alle Verwalter in Ungnade gefallen, die beim Essen geschmatzt haben. Für die hieß es dann: Ab nach unten!«

»Ich bin dafür, die Ratssitzung abzuwarten. Wenn die Mitglieder für die Hinrichtung stimmen, bin ich dabei.«

»Nein, du bist nicht dabei«, sagte Alix entschieden. »Du hast doch gemerkt, wie die Farak-Alit darauf lauern, dass du irgendeinen Fehler machst. Beim geringsten Zwischenfall, an dem du beteiligt bist, bekommst du ein kostenloses Geleit in die Eiswüste von Socorro! Nein, du wirst, während ich mich zum Verlies durchwühle, ganz unschuldig in den Archiven der Burg Nachforschungen anstellen. So, dass jeder dich dabei sieht.«

»Aber dann hast *du* kein Alibi.« Tavian amüsierte sich sichtlich darüber, dass sie ihm vorschreiben wollte, was er zu tun hatte.

»Das ist nicht lustig. Nein, ich habe kein Alibi. Aber ich als ehemaliges Ratsmitglied kann das riskieren. Du nicht.«

»Ich werde darüber nachdenken.«

Sturschädel!, dachte Alix. Hoffentlich hat Alena *das*

nicht geerbt! Doch wahrscheinlich dachte Tavian gerade das Gleiche …

Als sie zurück in ihren Gemächern waren, ließ Alix sich einen Wühler bringen. Das kleine Tier wand sich in ihrer Hand, war offensichtlich lange nicht mehr draußen gewesen und lechzte danach, wieder einmal eine Nachricht überbringen zu dürfen. Alix holte ein Stück Schreibkohle und kritzelte eine kurze Nachricht an Rena auf ein frisches Blatt. Ihre Freundin musste so schnell wie möglich erfahren, dass die Lösung des Rätsels möglicherweise in Vanamee, dem Seenland im Westen Dareshs, lag. Es war nur ein vager Hinweis. Aber etwas Besseres hatten sie und Tavian nun mal nicht zu bieten. Und sie fand, es war gar nicht so wenig, dafür dass sie erst einen Tag lang in der Felsenburg waren.

In dieser Nacht lag Alix noch lange wach, starrte in die Dunkelheit und lauschte auf Tavians Atem. Alena war immer in ihren Gedanken. Alix dachte darüber nach, wie es wäre, sich von ihrem Nomadenleben zu verabschieden. Zum ersten Mal erschreckte sie dieser Gedanke nicht. Ganz aufgeben natürlich nicht, sie brauchte die Aufregung, das Neue. Aber es wäre schön, einen Ort zu haben, an den sie zurückkehren konnte. Wo sie, Tavi und Alena leben konnten. Eine eigene Schmiede zu haben statt jedes Mal Gastrecht beanspruchen zu müssen. In jedem Winter drei oder vier wirklich gute Waffen zu schmieden sollte eigentlich genügen; es gab genug reiche Leute auf Daresh, die das Schwert einer Meisterin vierten Grades in Gold aufwogen.

Ja, es war ein guter Plan. Sie würde Alena aufwachsen sehen, sie alles lehren, was sie wusste, ihr alles beibringen. Der Gedanke war wie ein goldener Schmetterlingsflügel, ein Hauch von Glück. Mit einem Lächeln schlief Alix ein.

Natürlich gingen Rena und Ruki am nächsten Tag wieder in den Dschungel. Der kleine Storchenmensch trottete voraus. Vorsichtig drückten sie sich um eine Lichtung herum, auf der ein paar plumpe Tiere, haarlos und zweimal so groß wie ein Mensch, die Rinde einiger Bäume abnagten. Ein paar Atemzüge später bemerkten sie Rena und ihren Begleiter, senkten die Schnauzen zwischen die Vorderbeine und rollten sich zu Bällen zusammen. Es war ein so komischer Anblick, dass Rena und Ruki sich vor Lachen den Bauch hielten.

Sie ruhten sich bei einem kleinen Teich aus, den sie mitten im Dschungel gefunden hatten. Es war eigentlich mehr eine schlammige Pfütze und dennoch wimmelten darin viele winzige silbrige Fischchen umher. Stirnrunzelnd warf sich Rena am Rand der Pfütze auf den Bauch und blickte ins Wasser. Wo hatte sie solche Fischchen schon einmal gesehen?

Unablässig schossen die Fische umher, bildeten komplizierte Muster, wie Rena verblüfft bemerkte. Einen Atemzug lang blickten Rena und Ruki sogar auf eine Wiedergabe ihrer eigenen Gesichter. Dann wimmelten die Fischen wieder durcheinander, formten neue Bilder.

»Jetzt weiß ich's!«, Rena blickte auf. »Das sind Memo-Fische! Solche hat der alte Archivar auch. Auf der Gedächtnisinsel in Vanamee. Wahrscheinlich hat er sie aus dem Dschungel geholt und gelehrt die Muster zu bilden, die er von ihnen verlangte.«

Sie erzählte Ruki, was sie auf ihrer großen Reise durch die Provinzen erlebt hatte und was sie dem alten Archivar verdankte. Er hütete das Gedächtnis von Daresh, sammelte alle Geschichten, die ihm zugetragen wurden – und rief sie mit Hilfe der Fischchen wieder ab.

Rena fühlte sich wie verzaubert, als sie weitergingen.

Es war schön, in dieser fremden Welt etwas Vertrautes zu finden.

Flügelschläge über ihren Köpfen, das Geräusch großer Schwingen. »Ah, ich glaube, da kommen ein paar von deinen Verwandten«, sagte Rena. Kurz darauf erkannte sie die beiden Jugendlichen, Ii'nino und das Mädchen.

Die Bäume standen hier etwas weniger dicht und mit einem geschickten Manöver schafften die beiden jungen Storchenmenschen die Landung. Ein paar Meter von Rena entfernt hockten sie sich auf einen Ast, knufften sich und stießen ab und zu ein pfeifendes Kichern aus.

»Hallo!«, sagte Rena. »Wer hat euch geschickt?«

»Ii'lia«, gab das Mädchen zu. »Wir sollen nicht ständig Unsinn machen, Unsinn, sondern dir beim Pflücken helfen.«

»Gute Idee«, sagte Rena – und erstarrte. Da war etwas im Gebüsch, ein grünes Etwas. Sie hatte es nur durch Zufall entdeckt. Auf den ersten Blick sah es aus wie die anderen Bäume. Aber wenn man den Blick daran entlanggleiten ließ, dann erkannte man die Scherenarme und den Kopf mit den ausdruckslosen Facettenaugen. Der Salisar stand so still wie eine Pflanze. Er hatte nicht gemerkt, dass sie seine Tarnung durchschaut hatte.

»Kannst du überhaupt pflücken, Mauserfeder? Du frisst wahrscheinlich mehr auf, als du sammelst!« Ii'ninos Stimme.

»Das musst *du* gerade sagen! Mama hat gemeint …«

Ganz langsam und vorsichtig wandte Rena den Kopf, sah sich nach anderen Salisars um. Wenn man genau hinschaute, bemerkte man sie. Aber man musste einen Blick dafür haben. Kerrik hätte sie wahrscheinlich sofort gesehen. Rena zählte drei. Der eine war so nah, dass er sie und Ruki in ein paar Atemzügen erreichen konnte. Wahrscheinlich warteten die Biester darauf, dass auch die beiden anderen Storchenmenschen in Reichweite ihrer Scheren kamen – dann brauchten sie sie einfach nur noch vom Ast herunterzupflücken.

»Rena? Ist etwas graustürmig für dich?« Endlich. Ruki hatte bemerkt, dass etwas nicht in Ordnung war.

»Drei Salisars sind ganz nah bei uns. Die gefährlichen grünen Dinger.«

»Oh, Federknick«, sagte Ii'nino und blickte alarmiert. »Du hast Recht. Einen sehe ich, einen. Wir können wegfliegen, aber was ist mit euch?«

»Da drüben ist ein großhoher Baum, da drüben«, flüsterte Ruki. »Da könnte ich raufklettern. Ich bin ziemlich schnell. Aber du?«

»Ich habe das Schwert«, sagte Rena, die sich keine Illusionen über ihre Kletterkünste machte. Doch sie wusste, dass die Waffe jetzt nicht besonders nützlich war. Die drei Salisars würden sie in Streifen schneiden, bevor sie das Ding ziehen konnte. Diesmal sah es düster für sie aus. Und keine Alix war in der Nähe um sie rauszuhauen.

»Könnt ihr sie hochheben?« Wenn Ruki aufgeregt war, klang seine Stimme noch höher als sonst.

Ii'nino weinte beinahe. »Ich glaube nicht, dass wir stark genug sind, stark genug! Aber wir können es versuchen!«

Auch Rena war skeptisch. Die jungen Storchenmenschen hatten längst nicht die Kraft der beiden ausgewachsenen Männer, die sie beim ersten Kontakt durch die Luft befördert hatten. Aber was gab es für eine andere Chance?

»Ich lenke sie ab, dann probiert ihr es«, entschied Ruki – und flitzte los. Er war tatsächlich schnell. Er witschte durch den Dschungel, dass die Pflanzen nur so schwankten. Eine Klaue zerteilte die Luft über seinem Rücken, grüne Stelzenbeine eilten ihm nach. Doch der Dschungel war hier zu dicht für die Salisars, sie verhedderten sich im

Gestrüpp. Drei Atemzüge später saß Ruki sicher auf einem hohen Ast und krähte herab: »Möge der Wind euch hinwegfegen und eure Nester zerblasen!«

Alle drei Salisars hatte sich ablenken lassen. Doch zwei von ihnen gaben die Jagd schon nach wenigen Schritten auf, lauerten auf fettere Beute. Eine Beute, die sich ebenfalls anschickte nach oben zu entschwinden. Die beiden jungen Storchenmenschen hatten Rena mit ihren Klauenfüßen unter den Achseln gepackt. Ihre Flügelschläge wirbelten altes Laub auf, als sie mit aller Kraft versuchten an Höhe zu gewinnen. Rena spürte, wie sie sich anstrengten, fast die Flügel ausrenkten dabei. Doch sie schafften es mit der Last gerade mal, eine Menschenlänge in die Höhe zu steigen. Dann zwei. Noch viel zu wenig! Renas Herz raste, als sie den heranstakenden Salisars auf Augenhöhe entgegenblickte. »Höher, höher!«, schrie sie. »Die kommen immer noch an mich ran!«

»Es geht nicht!«, brüllte Ii'nino zurück.

Rena zog die Beine an, versuchte verzweifelt sie aus der Reichweite der Scherenklauen zu bringen. Sie baumelte jetzt direkt über einem der Salisars – wenn er hoch genug schlug, konnte das Biest ihr die Füße weghauen. Doch es schien zu zögern. Vielleicht war es nicht gewohnt nach oben zu greifen. Sein erster Hieb ging daneben.

Handlänge für Handlänge stiegen sie hoch. Allmählich beruhigte sich Renas Puls. Es sah so aus, als wäre sie noch einmal davongekommen. Doch dann spürte sie, dass sie wieder sank. Die Kraft ihrer beiden Helfer ließ nach! Mit neu erwachtem Interesse blickten die Salisars ihr entgegen. Sie brauchten nur noch zu warten und sie in Empfang zu nehmen.

»Bringt sie hierher, hierher!«, hörte sie Rukis Stimme. Die jungen Storchenmenschen wechselten den Kurs, steuerten den Baum an, auf den sich der Kleine gerettet hatte. Rena wusste, dass sie nur einen Versuch hatte. Wenn die beiden sie losließen, musste sie den Baum packen und sich daran festhalten.

Die narbige Rinde kam näher … noch näher … ein Ast raste Rena entgegen. Sie klammerte sich daran fest, wickelte sich förmlich darum. Dann fühlte sie Rukis kleine Hände, die sie näher an den Stamm zogen. Rena kroch in eine sichere Position und setzte sich bequemer hin. Auch die beiden Jugendlichen hatten sich auf den Ast gesetzt. Ihre Gesichter waren rot wie eine Dschungelfrucht und sie atmeten schwer.

»Danke«, sagte Rena und schaute hinunter auf die grünen Raubtiere Lixanthas. Die Salisars schienen zu wissen, wann sie geschlagen waren. Gemeinsam drehten sie um und stakten davon.

»Puh, das ging ja sogar – du bist nicht so schwer wie Schwarzfeder!«, sagte Ii'nino, der schon wieder munter war. Das Mädchen warf ihm einen entsetzten Blick zu und der junge Storchenmensch verstummte verlegen. Rena wurde neugierig. Was verschwiegen sie ihr diesmal?

»Wer ist Schwarzfeder?«, fragte sie.

»Ach niemand«, sagte Ii'nino. »Was ist, wollen wir wieder heim?«

»Fliegt ruhig voraus, ich komme nach.«

Sie zögerten Rena allein zu lassen und Rena liebte sie dafür. Diese Regel, dass man sich gegenseitig helfen sollte, war schon eine tolle Sache. Aber sie glaubte nicht, dass die Salisars wiederkommen würden.

Was es wohl mit Schwarzfeder auf sich hatte? Konnte es sein, dass er – oder sie – ein Mensch war? Es war ja üblich, dass jeder Mensch bei den Halbmenschen einen Spitznamen bekam. Hatte schon mal ein Mensch bei ihnen gelebt und hatten sie mit ihm schlechte Erfahrungen gemacht? Vielleicht war die Sippe deshalb so misstrauisch.

Als die beiden Storchenmenschen verschwunden waren, fragte sie Ruki: »Weißt *du*, wer Schwarzfeder ist?«

Ruki schüttelte den Kopf und sein dünnes Kopfgefieder sträubte sich. »Damals war ich noch nicht bei der Sippe. Und sie reden auch nicht darüber, was damals passiert ist. Es ist *kiirup* – tabu.«

»Bei euch ist alles tabu! Verdammt, ich kann euch nicht helfen, wenn ihr mir nichts sagt!« Langsam wurde Rena ernsthaft sauer. Vielleicht sollte sie zurückkehren ins Grasmeer. Oder sie half Alix bei ihren Nachforschungen in der Felsenburg. Das machte mehr Sinn, als hierzubleiben und sich ständig anlügen zu lassen.

»Ja, man wird ausgestoßen, wenn man etwas verrät, ausgestoßen«, sagte Ruki. »Ii'kipo hat allen eingeschärft darüber zu schweigen. Auch dir dürfen wir nichts sagen.« Der kleine Storchenmensch blickte trotzig drein. »Aber mir ist es egal, wenn ich nicht mehr zur Sippe gehören darf. Ich mag dich mehr als die. Willst du wissen, was *Seraf'tolai* bedeutet? Ich sage es dir.«

Rena starrte ihn an. Das kann ich nicht machen, dachte sie. Es ist niederträchtig, eines ihrer Jungen auszuhorchen. Die anderen werden denken, dass ich absichtlich mit ihm Freundschaft geschlossen habe, um etwas aus ihm herauszukriegen.

Es ist nicht anständig. Es ist gemein. Es ist verwerflich.

»Ja, ich will es wissen«, sagte Rena.

Hier drinnen, im Inneren des Berges, verriet nichts, dass draußen Nacht war. Doch Alix kannte den Rhythmus, nach dem das Leben in der Burg ablief, und wusste, dass sie für ihren Befreiungsversuch die große Mahlzeit abwarten musste. Wenn der Speisesaal leer und das Geschirr abgewaschen war, würden sich die Diener der ersten Schicht erschöpft in ihren Räumen ausruhen. Bis die zweite Schicht antrat, hatte sie die Chance, durch den Geheimgang zum Verlies, zu Cchrapka, hinunterzukriechen. Dann musste sie nur noch warten, bis Wachwechsel war – und blitzschnell handeln.

Bis dahin war etwas Zeit. Alix wollte sie nutzen, unter vier Augen mit Aron zu reden, und Tavian hatte sich entschieden einen Blick ins Archiv zu werfen. Dort waren Ennobars Papiere nach seinem Tod hingebracht worden.

In Arons Gemächern häuften sich die Schriftrollen, sie lagen nicht nur auf dem Tisch, sondern stapelten sich auf dem Boden und auf den wunderschönen schmiedeeisernen Stühlen. Auf Teppiche hatte Aron keinen Wert gelegt, der Boden der Räume bestand aus dem gleichen dunkelgrauen Stein wie der Rest der Felsenburg. Es roch nach zerstoßenen Kräutern.

Als Alix eintrat und sich verbeugte, saß der Feuergilden-Meister wie so oft mit geschlossenen Augen an seiner Bass-Zeruda und zupfte eine Melodie. Alix konnte die tiefen, vibrierenden Töne im ganzen Körper spüren. Das mannshohe Instrument war aus wertvollem Nachtholz geschnitzt, seine fließenden Formen waren pure Schönheit. An der Wand lehnte Arons Schwert mit den aufwändigen Einlegearbeiten aus Caradium. Alix fühlte die Aura des

Schwerts quer durch den Raum; wie die meisten Menschen der Feuer-Gilde konnte sie Metalle spüren.

Natürlich hatte Aron längst bemerkt, dass er Besuch hatte, doch er nahm sich die Zeit, die Melodie zu beenden, bevor er die Augen öffnete. Ruckartig, fast ein wenig verlegen stand er auf, warf ein schwarzes Seidentuch über das Instrument und stelzte hinüber zu der kleinen Sitzgruppe neben dem Eingang.

»Entschuldige, dass ich dich störe, *tanu*«, sagte Alix und nahm unaufgefordert Platz. Sie kannte Aron lange genug um sich solche Freiheiten erlauben zu können. »Aber ich habe gehofft von dir mehr über Ennobar zu erfahren.«

Arons Ausdruck wurde noch eine Spur düsterer. »Du kanntest ihn ja selbst. Hat nicht mal ein Messer getragen, der Schwachkopf. Ein Mensch der Feuer-Gilde hätte sich nie von einem Storchenmenschen erledigen lassen. Sie haben ja kaum Kraft, die Gefiederten.«

Die raue Schale konnte Alix nicht täuschen. Je trauriger Aron war, desto lauter polterte er. »Ihr habt euch ganz gut verstanden, oder?«

»Er war ein außergewöhnlicher Mensch. Er liebte Musik und hat gerne meiner Zeruda zugehört. Manchmal haben wir über die Geschichte Dareshs gesprochen, über die Ereignisse in den Provinzen oder darüber, wohin sich Daresh entwickelt. Dafür hat er sich schon interessiert, als er noch ein Junge war, der im Weißen Wald lernte, wie man Dhatlas züchtet.«

Nichts davon hatte Alix gewusst. Es war eine gute Idee gewesen, zuallererst mit Aron zu reden. »Und – was war seine Meinung? Wohin bewegt sich Daresh?«

»Nicht immer in die richtige Richtung.« Auf Arons Stirn zogen Gewitterwolken auf. »Ich habe keine Ahnung, wieso sich die Stimmung wieder gegen die Halbmenschen gewendet hat. Das kann nicht nur mit dem Mord zu tun haben. Inzwischen denken sie im Rat sogar darüber nach, ihnen die Bürgerrechte wieder abzuerkennen.«

»Oje …«

»Und überall zirkulieren Gerüchte, ständig müssen wir etwas richtig stellen. Von einer Verschwörung der Halbmenschen gegen die Menschen ist die Rede, von blutigen Morden an Menschen, die wir angeblich vertuscht haben sollen um die Iltisse zu schützen …«

»Klingt nach zu viel Fantasie«, sagte Alix ärgerlich. »Glaubst du, dass Ennobar etwas getan – oder etwas geplant – hat, das die Halbmenschen gegen ihn aufgebracht haben könnte?«

»Ich weiß es nicht, *tani.*« Aron verschränkte die Arme vor der Brust. »Ich weiß nur, dass er bedrückt wirkte. Schon vor dem Mord. Etwas machte ihm Sorgen.«

»Und er hat nie erwähnt, was es ist?«

»Nein. Es kann viele Gründe gehabt haben. Vor seinem Tod hatte er immer wieder lange Unterredungen mit der Regentin. Ja, sehr hartnäckig war er.«

»Na ja, das ist …«

»Aber es muss nichts Politisches gewesen sein, was in ihm vorging. Er hat ein paarmal darüber gesprochen, dass er sich einsam fühle und darüber nachdenke, in den Dörfern des Weißen Waldes eine Partnerin zu suchen. Kinder zu zeugen.«

»Klingt nach einer kleinen Lebenskrise.« Alix wurde nicht schlau aus dem, was sie erfuhr. Der Gedanke, dass eine Liebesgeschichte hinter alldem stecken könnte, erschien aberwitzig. Ennobars Gespräche mit der Regentin fand sie weniger ungewöhnlich. Schließlich war er ihr wichtigster Vermittler gewesen, quasi ihre Stimme. Alix hoffte, dass sie bald die Erlaubnis zu der Audienz bekam.

»Was hielt er eigentlich von den Neuen im Rat? Von Ujuna zum Beispiel, dieser Frau aus der Wasser-Gilde?«

»Ich glaube, halb bewunderte er sie, halb war er vor ihr auf der Hut.«

Alix zog die Augenbrauen hoch. Tavian hatte fast das Gleiche gesagt.

Doch Aron schien nicht über Ujuna reden zu wollen. »Weißt du, was mich an Ennobar am meisten beeindruckt hat? Er war einer der wenigen Menschen, die Macht nicht verderben kann. Obwohl er hier in der Felsenburg eine der wichtigsten Positionen überhaupt hatte, wäre er jederzeit bereit gewesen sie zu räumen, wenn es zum Wohl Dareshs gewesen wäre. Kaum zu glauben, nicht wahr?«

»Dadurch unterscheidet er sich leider von den meisten anderen Menschen«, sagte Alix und seufzte. »Die meisten wollen Macht, und zwar möglichst viel und möglichst schnell. Ist mir schleierhaft warum. Meist bedeutet es nur ziemlich viel Arbeit, jede Menge Ärger und schlaflose Nächte.«

»Soso.« Aron blickte amüsiert drein. »Also bist du auch eine von denen, die das Spiel nicht mitspielen wollen.«

»Es interessiert mich nicht besonders«, sagte Alix. Sie fühlte sich unwohl. So ging es ihr jedes Mal, wenn sie in den Dunstkreis von Macht und Intrigen kam, der die Felsenburg umgab. Selbst Aron, den sie schätzte, war offensichtlich einer, der dabei nur allzu gerne mitmischte.

Was Alix im Moment viel mehr interessierte als berühmt und einflussreich zu werden, war, wie es Alena ging und ob die Amme sie auch richtig fütterte, so wie sie es ihr aufgetragen hatten. Und wie sie in diesem verdammten Berg jemanden finden sollte, der für ein richtig schönes, schweißtreibendes Übungsgefecht taugte und einspringen konnte, wenn Tavian gerade anderes zu tun hatte.

»Bitte sagt mir, wenn ihr beiden etwas herausgefunden habt. Es ist wichtig, dass wir diese Sache aufklären.« Aron stand auf und suchte ein paar Pergamentrollen zusammen. »Entschuldige mich. Ich muss zu einer Sitzung des Rates.«

Alix erinnerte sich. Es war die Sitzung, in der Dagua noch einmal das Schicksal von Cchrapka ansprechen wollte. »Wirst du dafür stimmen, dass sie den Iltismenschen verschonen?«

»Natürlich. Schließlich sind die Caristani mit uns verbündet.«

Alix hatte nicht vor, auf diese Entscheidung zu warten. Jetzt war es Zeit, ein paar Tatsachen zu schaffen. Sie machte sich auf den Weg zum großen Speisesaal. Wie sie erwartet hatte, war er leer – selbst die Diener hatten sich zurückgezogen, um sich aus den Resten ein Mahl zusammenzustellen. Alix schnupperte. Dem Geruch nach hatte es irgendeinen Grillbraten und gebackene Pfeilwurzeln gegeben.

Ihre Schritte echoten auf dem Felsboden, als sie den Saal umrundete. Fünf … sechs … sieben … hinter der siebten Säule vom Eingang aus, da musste er sein, der Zugang zum Tunnel. Er war exzellent durch eine Wandverzierung getarnt und es gab sicher nicht allzu viele Leute in der Burg, die den Gang kannten.

Jetzt musste sie schnell sein, damit niemand sie hier überraschte. Alix ließ sich auf die Knie nieder und drückte mit der flachen Hand gegen das stilisierte Emblem des ersten Mondes. Mit einem leisen Klicken entriegelte sich die geheime Tür und glitt nach innen weg. Zum Vorschein kam ein Gang, der nur hüfthoch war. Alix stöhnte. So hatte sie das gar nicht in Erinnerung gehabt. Das Ding konnte man nur entlangkriechen wie ein Soldat nach mehr als fünf Portionen Beljas. Sie würde sich die Kleider ruinieren und die Knie aufschürfen. Aber was soll's, dachte Alix, es muss sein. Los geht's!

Sie schob sich in den engen Gang. Nur gut, dass niemand sah, wie würdelos sie hier durch den Dreck robbte. Das untere Drittel ihres langen Haares fegte den Boden, ihr Schwert schleifte auf der Erde, verkeilte sich alle paar Atemzüge irgendwo und verschaffte ihr ein paar neue blaue Flecken an den Oberschenkeln. Außerdem stank es hier. Wahrscheinlich ein totes Nagetier, das irgendwo in einer Ecke vor sich hin gammelte. Du bist ganz schön verweichlicht, schalt sich Alix. Seit wann interessiert dich, wie es irgendwo riecht, wenn du jemandem das verdammte Leben retten kannst?

Es war dunkel wie im Bauch eines Dhatlas. Alix freute sich darauf, in den größeren Teil des Ganges zu kommen. Sie wusste, dass er sich nach einem Stück weitete, sodass man aufrecht stehen konnte. Dort würde sie auch die kleine Fackel anzünden, die sie mitgebracht hatte.

Und dann war es auch schon so weit. Vor ihr schien der enge Gang zu Ende zu sein, sie fühlte es an den Luftströmungen und hörte es an den Geräuschen, die auf einmal mehr hallten. Alix kroch die letzten Menschenlängen und wischte sich schon zum zehnten Mal ärgerlich das Haar aus dem Gesicht. Wieso hatte sie nicht daran gedacht, es zurückzubinden?

Sie prallte gegen etwas Weiches, Warmes. Sie tastete es vorsichtig ab und begriff fast sofort, was es war. Beine, und zwar lebendige!

Da stand jemand vor ihr!

»Rostfraß und Asche!«, sagte Alix.

Der kleine Storchenmensch sah Rena schüchtern an. »*Seraf'tolai* bedeutet für den … den Me'ru. Herrscher oder

Herrscherin würdet ihr sagen. Man sagt es, wenn man etwas vollbringt, was befohlen wurde oder was dem Me'ru dient.«

Rena bemühte sich ruhig zu bleiben. »Heißt das, dass dieser … Herrscher Ii'beru befohlen hat Ennobar zu töten?«

Entsetzt schlug Ruki mit den Flügeln. »Nein, nein, nein! So was würde der Me'ru nicht tun. Ich glaube, es hat etwas mit Schwarzfeder zu tun, Schwarzfeder. Mehr weiß ich auch nicht.«

Schweigend machten sie sich auf den Rückweg zum Schlafbaum der Sippe. In Renas Kopf wirbelten die Gedanken umher, ließen sich kaum noch ordnen. Ein Herrscher? Rena hatte noch nie auch nur das leiseste Gerücht gehört, dass es so jemanden gab! Jede Halbmenschenart hatte ihre Oberhäupter, aber ansonsten kümmerten sich die einzelnen Gruppen um ihre eigenen Angelegenheiten. Niemand regierte sie. Hatten die Menschen bis jetzt geglaubt. Wer war dieser geheimnisvolle Me'ru? Und gab es überhaupt eine Möglichkeit, das jemals herauszufinden oder mit ihm zu sprechen? Was genau hatte er mit dem Mord zu tun? Hatte er die Halbmenschen auf irgendeine Art aufgehetzt? So viele Fragen, so wenige Antworten. Immerhin war jetzt klar, warum die Halbmenschen entsetzt waren, wenn ein Mensch die Worte *Seraf'tolai* in den Mund nahm. Der Me'ru war jemand, der nur ihnen gehörte.

»Weißt du, wo der Me'ru lebt?«, fragte Rena ihren kleinen Freund möglichst beiläufig.

»In Vanamee glaube ich, im Seenland«, sagte Ruki. Er wirkte eingeschüchtert davon, dass Rena so heftig auf seine Enthüllung reagiert hatte. Doch das hielt ihn nicht davon ab, noch mehr zu erzählen. »Aber nur unsere Brüder, die eine Sippe führen, wissen wo. Es wird weitergegeben von Vater zu Kind.«

Eins war sicher: Aus Ii'kipo würde Rena nie herausbekommen, wo der Herrscher der Halbmenschen sich versteckte. Der alte Storchenmensch würde höchstens froh sein, wenn sie seine Leute endlich in Ruhe ließ. Rena dachte: Ich muss es akzeptieren, dass ich hier an meine Grenzen gekommen bin. Mehr werden sie mir nicht sagen. Es ist Zeit, weiterzuziehen.

Kurz bevor sie die Lichtung mit dem Schlafbaum erreichten, wandte sich Rena dem kleinen Storchenmenschen zu. »Ich werde euch verlassen müssen. So schnell wie möglich. Ich muss ins Seenland reisen. Noch vor der Mauser. Verstehst du das?«

Ruki nickte. »Ja. Ins Seenland. Das ist gut, gut ist das.«

Rena war erstaunt und ein bisschen beleidigt, dass er anscheinend gar nicht traurig war, sie gehen zu sehen. So konnte man sich täuschen! Wahrscheinlich hatten die Storchenmenschen einen anderen Begriff von Freundschaft. Hoffentlich hatten sie wenigstens nichts dagegen, wenn man seine Gefühle zeigte. Denn Rena war drauf und dran, genau das zu tun.

»Ich werde dich vermissen«, sagte Rena und spürte einen Kloß im Hals. »Dich und den Dschungel und deine Leute. Es war eine gute Zeit hier.«

»Gut, eine gute Zeit mit dir«, echote Ruki großmütig und kreuzte die speckigen Arme vor der Brust. »Es wird mir gefallen im Seenland.«

Moment mal! Verdutzt blickte Rena den kleinen Storchenmenschen an. »Nein, nein. Das hast du falsch verstanden. *Ich* reise weg.«

»Ich komme mit!« Ruki blickte sie begeistert an. Doch sein fröhlicher Gesichtsausdruck zerschmolz, als er merkte, dass der Vorschlag bei Rena nicht auf spontane Zustimmung stieß. »Bitte! Das hier sind nicht meine Leute. Es ist graustürmig hier, graustürmig!«

»Na klar sind das deine Leute.« Rena suchte nach Worten. »Ich bin ein Mensch, weißt du, und du bist ein Storchenmensch und …« Ach verdammt, jetzt redete sie schon genau den gleichen Mist wie die Leute aus den Dörfern! Aber sie hatte wirklich keine Lust, bei der anstrengenden Reise durchs Seenland einen kleinen Storchenmenschen am Hals zu haben. So gerne sie Ruki auch hatte.

»Du magst mich nicht mehr! Ich hätte es dir nicht sagen dürfen – du weißt schon was!«

Ruki feuerte sein letztes und stärkstes Argument auf sie ab. »Sie werden mich ausstoßen. Wenn sie hören, was ich dir erzählt habe. Ausstoßen werden sie mich. Und dann bin ich tot.«

Darauf gab es nicht mehr viel zu sagen. Rena gestand sich ein, dass Ruki trotz seiner jungen Jahre ein Meister der Erpressung war. Zehn mal zehn Atemzüge später stand sie vor Ii'kipo, erklärte ihm, dass sie gehen musste, und fragte, ob Ruki mitkommen durfte. Wie sie erwartet hatte, war er über beides begeistert.

»Geht nur, geht«, sagte er und lächelte sogar. »Danke für Eure Hilfe beii der Vorratssuche. Wir werden Euch in Eriinnerung behalten, das werden wiir.«

Der Abschied von Ii'miri, der Geschichtenerzählerin, Ii'hato, dem Künstler, und den beiden jungen Storchenmenschen war herzlicher. »Willst du wirklich nicht über die Mauser bleiben?«, fragte Ii'miri enttäuscht. »Es gibt noch so viele Geschichten zu erzählen, so viele.«

Rena schüttelte den Kopf. »Ich hätte sie gerne gehört. Aber ich kann nicht bleiben.«

»Ich glaube, es war gut, dass du hier warst«, sagte Ii'hato langsam. »Nicht alle Menschen sind so, wie … man es hört.«

Hatte er »Schwarzfeder« sagen wollen? Rena sehnte sich nach einem einzigen offenen Gespräch ohne düster-klebrige Verbote und Geheimnisse. Und wusste doch, dass dieser einfache Wunsch hier nicht in Erfüllung gehen konnte.

»Danke noch mal für die Rettung«, sagte Rena zu den beiden Jugendlichen, die verlegen lächelnd an ihren Armfedern herumfummelten. »Nehmt euch in Acht vor den Salisars …«

Aufgeregt suchte Ii'hato einen Halsschmuck aus bunten Gräsern hervor, den er gerade geflochten hatte, und schenkte ihn ihr. Er blickte sie voll Sorge an. »Bitte hilf uns, bitte. Sonst müssen wir und alle unsere Brüder ewig in diesem furchtbaren Dschungel bleiben, ewig.«

»Ich tue, was ich kann.« Rena hatte Mitleid mit den Storchenmenschen. Es war schade, dass sie wahrscheinlich nie erfahren würden, was für ein reicher Ort Lixantha war. Sie hassten den Dschungel, wollten zurück in ihren Weißen Wald, und damit Schluss.

»Wirst du sicher ins Seenland finden, Rena ke Alaak, und können wir dir helfen, können wir das?«

»Ihr könntet. Ich muss dringend eine Nachricht zur Felsenburg schicken und habe keinen Wühler, der sie transportieren könnte«, sagte Rena zögernd. Sie wusste, dass das eine große Bitte war. Schon seit Wochen war kein Halbmensch mehr in dieser Gegend gewesen, erst recht niemand aus dieser unglücklichen Sippe. Und jetzt musste sie darauf hoffen, dass einer ihrer neuen Freunde den Mut fand, eine Nachricht zur Burg zu bringen. Zu allem Überfluss kurz vor der Mauser.

Ii'miri stand auf, einen entschlossenen Zug um den Mund. »Ich werde fliegen, ich werde es.«

Dankbar machte sich Rena sofort daran, ein Nachricht an Alix und Dagua auf ein helles Blatt zu kritzeln. Ihre Freunde mussten erfahren, dass es jemanden namens Schwarzfeder gab, dass die Halbmenschen eine Art Herrscher hatten, der vielleicht der Schlüssel zu allem war, und dass sie nach Vanamee reiste. Und dass das alles geheim war. Rena konnte nur hoffen, Ii'miri würde die Nachricht nicht öffnen. Wenn einer der Halbmenschen erfuhr, dass sie das Geheimnis kannte, war Rena in ernsten Schwierigkeiten.

Mit kräftigen Flügelschlägen hob Ii'miri ab, der Luftzug wirbelte Renas Haare durcheinander. Ein paar Atemzüge später war die Storchenfrau nur noch ein dunkler Punkt am Horizont.

Mit einem letzten Blick auf den Schlafbaum und seine gefiederten Bewohner machte sich Rena auf den Weg, tauchte ein in den dampfenden, atmenden Dschungel. Rukis leise hüpfenden Schritte hinter ihr verrieten, dass er guter Laune war.

Sie waren unterwegs.

Alix kroch rückwärts in den Tunnel zurück, so schnell sie es schaffte. Natürlich verkeilte sich das Schwert, sodass sie weder vor noch zurück konnte. Sie steckte fest. Und musste einfach darauf warten, was dieser Jemand vorhatte.

»Keine Panik«, sagte eine vertraute Stimme. »Ich bin's.«

Alix hielt inne, kroch dann wieder vorwärts. »Tavian, das war eine ganz schön miese Überraschung. Tu das nie wieder. Und was machst du überhaupt hier?«

»Dir helfen.«

»Das merke ich! Beinahe hätte mein Herz ausgesetzt! Dann hättest du sehen können, wie du mich wieder aus dem Tunnel rausgekriegt hättest!«

Es war nicht lustig, mit Tavians Beinen zu diskutieren. Alix bekam ihr Schwert frei, kroch in den hohen Teil des Ganges und richtete sich auf. Wütend klopfte sie sich den Staub ab.

»Jetzt mal ernsthaft, Alix, was du vorhast, ist gefährlich. Ich komme mit.«

»Rostfraß, die Diskussion hatten wir doch schon mal. Und ich kann mich ziemlich genau erinnern, worauf wir uns geeinigt hatten.«

Endlich ließ Tavian eine Fackel aufflammen, sodass sie sich ins Gesicht sehen konnten. Seine goldgefleckten Augen schimmerten im Licht der Flamme. »Ich bin selbst für mein Leben verantwortlich«, sagte er gefährlich ruhig. »Ich habe entschieden, das Risiko einzugehen und mitzukommen.«

Wenn Tavian diesen Ton anschlug, dann wusste Alix, dass sie besser nicht mehr mit ihm diskutierte. Aber sie liebte diesen Kerl. Sie wollte nicht, dass er die Burg für immer verlassen musste oder doch noch in die Eiswüste von Socorro verbannt wurde. Und das würde unweigerlich geschehen, wenn jemand erfuhr, dass er mitgeholfen hatte einen Gefangenen zu befreien.

Sie kämpfte einen Moment lang mit sich, zuckte dann die Schultern. Trotz allem hatte er Recht: Es war sein Leben. »Dann komm. Wenn mich nicht alles täuscht, ist es nicht mehr lange hin bis zum Wachwechsel.«

Der Weg verzweigte sich ein paarmal, aber Alix erinnerte sich, wo es zum Verlies ging. Schließlich endete der Tunnel vor einer großen Steinplatte. Alix signalisierte ihrem Freund leise zu sein – direkt hinter dieser Platte konnte eine Wache stehen. Schweigend warteten sie ab. Alix presste das Ohr gegen den Stein, lauschte angespannt. Sie konnte zwei Männer miteinander sprechen hören, sicher waren es Soldaten. Dann war es still. War das jetzt der Wachwechsel? Es gab nur eine Möglichkeit, das festzustellen.

Alix nickte Tavian zu und gemeinsam rückten sie die schwere Platte beiseite. Flink huschte Alix nach draußen. Der Gang war leer. Sie nickte und Tavian folgte ihr. Ein Fingerdruck auf einen geheimen Hebelpunkt ließ die Platte wieder an ihren Platz rotieren und verbarg den Eingang zum Tunnel.

Es war gut, dass sie gestern schon einmal hier gewesen waren. Nur zu leicht verlor man sich in diesem Labyrinth, das selbst hier in den Tiefen der Burg unübersichtlich war. Dreimal mussten sie Wachen ausweichen, dann standen sie im Verlies und lauschten nervös auf jedes Geräusch. Wortlos verständigten sie sich, glitten hinüber zu den Zellen, in denen die neusten Gefangenen waren. *Da vorne*, deutete Alix und Tavian nickte.

Sie erreichten die Zelle des Caristans. Alix spähte hinein, wünschte sich, sie könnte so gut in der Dunkelheit sehen wie die Menschen der Erd-Gilde. Sie riskierte einen leisen Ruf. Doch nichts rührte sich in der Dunkelheit. Mit gerunzelter Stirn sah Tavian sie an: *Was ist jetzt?*

Alix antwortete mit einem ratlosen Blick. *Ich glaube, er ist nicht da.*

Sie ahnte Schreckliches. Schnell lief sie die Reihen der Zellen entlang; bei den zugemauerten untersuchte sie, ob der Mörtel frisch war. Doch überall war er alt und eingetrocknet.

Vielleicht haben sie ihn weggebracht, dachte Alix beunruhigt. Ob sie geahnt haben, dass wir versuchen würden ihn zu befreien? Oder ist etwas Furchtbares geschehen ...?

Zwei Wachen patrouillierten durch den Gang, ihre Schritte hallten in den alten Gewölben wider. Tavian und Alix schreckten auf, blickten sich an: *Weg hier!*

Wieder hatten sie Glück. Niemand sah sie, als sie in den Geheimgang zurückkrochen. Völlig verdreckt kamen sie im Speisesaal wieder zum Vorschein, nahmen sich nicht mal die Zeit, sich abzuklopfen.

»Wir müssen zum Rat!«, sagte Alix. »Schnell!«

Sie rannten die Stufen zu den Sitzungsräumen hoch und niemand wagte es, sie aufzuhalten oder anzusprechen. Einen Diener, der sich nicht schnell genug aus dem Weg rettete, fegte Alix einfach zur Seite. Sie fanden Dagua, Aron und ein paar andere Delegierte vor einem der Versammlungssäle. In kleinen Grüppchen standen sie herum, manche erregt diskutierend, manche in bedrücktem Schweigen. Alix wusste sofort, dass ihre düstere Vorahnung berechtigt gewesen war. Irgendetwas war geschehen.

Dagua war nirgends in Sicht und so gingen sie direkt zu Aron, der mit den anderen Delegierten der Feuer-Gilde zusammenstand.

»Wo ist Cchrapka?«, schleuderte ihm Alix entgegen. »Im Verlies ist er nicht mehr!«

»Er ist tot«, sagte Aron und blickte an ihr vorbei in die Ferne. »Sie haben ihn gestern schon exekutiert. Direkt nachdem ihr bei ihm wart.«

Der Schock durchfuhr Alix wie eine eisige Lanze. Cchrapka – tot? »Aber wieso ... er sollte doch erst in drei Tagen ...! Wer hat das befohlen ...?«

»Wir haben es selbst eben erst erfahren«, sagte Aron. »Dagua ist gerade bei der Regentin um förmlichen Protest einzulegen.«

Förmlichen Protest? Die Wut und Trauer in Alix brachen in einem freudlosen Lachen aus ihr heraus.

»Damit sind wir gescheitert«, sagte Tavian ruhig.

»Ja«, sagte Alix stumpf. Sie wusste, dass Daresh eine schlimme Zeit bevorstand. Und doch weigerte sich ein Teil von ihr gegen jede Vernunft die Hoffnung aufzugeben.

Noch war Rena dort draußen.

II

SEENLAND

Es war ungewohnt, wieder einen Reisegefährten zu haben. Mit trippelnden Schritten trottete Ruki mal hinter, mal vor Rena her, grub die langen Zehen in die Erde und schlenkerte mit den gefiederten Armen, die allmählich etwas gerupft aussahen. Die Mauser hatte begonnen.

Sie kamen flott voran und verließen den Dschungel schon nach zwei Tagen. »In Tassos kaufen wir uns ein Dhatla«, kündigte Rena an. »Sonst brauchen wir ewig bis nach Vanamee! Das ist praktisch am entgegengesetzten Ende von Daresh.«

»Tassos, Brassos, Kassos!«, sang Ruki. »Was ist das, was?«

Oje. Rena wurde klar, dass der kleine Storchenmensch nicht im Entferntesten wusste, worauf er sich eingelassen hatte. »Das ist die Provinz der Feuer-Gilde. Eine ganz schön raue Gegend. Und danach kommen wir nach Vanamee. Da gibt's vor allem eine Menge Wasser. Glaub mir, du wirst dir bald wünschen, über all das drüberfliegen zu können.«

Ruki stoppte mitten in der Bewegung. »Versprich mir, dass du mich nie zwingen wirst fliegen zu lernen! Versprich mir das, versprich es mir!«

»Ja, ja, ist schon gut – mach ich nicht«, versicherte Rena erschrocken.

Obwohl Ruki die Nase über die Blätter rümpfte, die Rena als Reiseproviant eingepackt hatte, aß er sie. Und er blieb munter – zumindest bis sie zum Phönixwald kamen, dem Tor nach Tassos. Als er die Bäume sah, die ganz von selbst in Flammen aufgingen, kauerte er sich auf dem Boden zusammen. »Das brennt!«, stellte er vorwurfsvoll fest.

Rena musste grinsen. »Nee, das tut nur so. Los, komm, wir müssen weiter.«

Es war ein Glück, dass Alix Rena gezeigt hatte, wie man einen reifen Phönixbaum erkannte. Kurz bevor ein Baum zündete, glänzten seine Blätter schwer und ölig. Vorsichtig schlichen Rena und Ruki um die Bäume herum und erschraken jedes Mal, wenn einer von ihnen in einer Feuerwolke explodierte.

Nach einem halben Tag hatten sie den Wald durchquert und kamen in die erste Siedlung nach der Grenze. Sie war wenig mehr als ein Dorf, das aus drei Handelsposten, ein paar Schmieden und einem halben Dutzend Erzminen bestand. Rena fragte sich so lange durch, bis sie einen Händler fand, der ein Dhatla zu verkaufen hatte. Es war ein mageres, ältliches Tier mit tief gefurchter Haut, aber besser als nichts. Rena opferte zwei Wasserdiamanten und stieg auf.

Mit Riesenschritten trug das Dhatla sie über die verbrannte Erde von Tassos und hielt gelegentlich an, um an ein paar Dornenbüschen zu naschen. Ruki turnte auf dem Rücken ihres Reittiers herum und pfiff: »Ich werde den Me'ru sehen! Ich werde den Me'ru sehen!« Natürlich kullerte er hinunter, als ihr Dhatla sich wieder in Bewegung setzte. Schnell gab Rena das Halten-Signal, bevor der Kleine in Grund und Boden gestampft wurde. »Blattfäule, kannst du dich nicht festhalten? Und ich kann dir nicht garantieren, dass wir den Me'ru sehen. Dazu müssen wir ihn erst mal finden!«

»Ja, ja.« Ruki kletterte geschickt wieder hoch zu ihr.

Was wohl in der Felsenburg vorging? Rena machte sich allmählich Sorgen. Waren die Wühler vielleicht durch den Dschungel nicht zu ihr durchgedrungen – oder warum schrieben ihre Freunde nicht? Wahrscheinlich wartet in Vanamee eine Nachricht auf mich, beruhigte sie sich.

Rena war erleichtert, als sie Tassos endlich hinter sich

hatten. Sie erreichten eine flache Hügelkette, die ein Dhatla, das erst einmal in Schwung war, nicht bremsen konnte. Dahinter – die Wasser von Vanamee, die sie bisher nur ein einziges Mal gesehen hatte, vor drei Wintern auf ihrer großen Reise durch die Provinzen. Im Sonnenlicht blausilbern schimmernd lagen die Seen vor ihnen, getupft mit felsigen oder bewaldeten Inseln. Es gab hier so viele Seen, dass sie ineinander übergingen, zum Teil zu einer einzigen Wasserfläche verschmolzen. Es war ein Anblick, bei dem Rena ganz leicht und frei zumute wurde. Ein frischer, kühler Wind wehte vom Wasser herauf.

Rena spähte hinab. »Diese Seen müssen wir überqueren.« Fragte sich nur womit. Dhatlas waren heikel, was Wasser anging. Manche bekamen schon Panikattacken, wenn sie nur durch einen Bach waten mussten. Außerdem war Rena gerade eingefallen, dass sie schon seit vielen Wintern nicht mehr geschwommen war. »Kannst du eigentlich schwimmen, Ruki?«

»Was ist Schwimmen?«

»Schon gut«, sagte Rena und seufzte. Sie blickte noch einmal hinab auf die Seenlandschaft. Und diesmal runzelte sie die Stirn. Irgendetwas stimmte nicht. Irgendetwas war *falsch* hier. Es war nur ein vages Gefühl, aber es nagte an ihr. »Sag mal, Ruki – fällt dir was auf?«

Verständnislos blickte der fette, kleine Storchenmensch sie an.

»Na gut, war nur ein Versuch.« Rena war nicht ganz wohl zumute, als sie von ihrem Dhatla abstiegen. Sollte sie das Tier wirklich wegschicken und sich hinunterwagen zum Wasser? Oder sollte sie lieber weiterreiten und Vanamee an einer anderen Stelle betreten? Sie hatte in den letzten Wintern gelernt, ihren von der Berührung der *Quelle* geschärften Instinkten zu vertrauen.

Ruki hatte einen schmalen Trampelpfad gefunden, der zum See führte. »Schau mal, Rena, schau! Hier können wir runter!«, pfiff er und hüpfte den Hügel hinunter ohne auf sie zu warten.

»Komm zurück!«, schrie Rena. Doch der kleine Storchenmensch war schon im Gebüsch verschwunden, hörte sie wahrscheinlich nicht mehr. Nach langen Minuten der Stille wusste Rena, dass sie keine Wahl mehr hatte. Die Entscheidung war gefallen. Sie lud ihr Gepäck vom Rücken des Dhatlas und gab dem Tier mit einem Klaps auf die riesige keilförmige Schnauze zu verstehen, dass es eine Weile frei umherstreifen durfte. Dann nahm sie ihre Tasche und folgte ihrem Freund den Hügel hinunter.

Das Problem mit dem Schwimmen löste sich von selbst. Am Rand des ersten Sees waren ein Dutzend Kanus vertäut, alle mit der Plakette »Eigentum des Rates« versehen.

»Das soll wohl heißen, dass jeder sie benutzen darf«, unkte Rena. »In so ein Ding würde ein Ratsmitglied nämlich nie steigen!« Die meisten Kanus wirkten morsch, viele waren voll gelaufen und sahen nicht mehr fahrtüchtig aus. Eins war sogar komplett untergegangen, man konnte seine Umrisse durch das klare Wasser erkennen.

Rena suchte sich das Kanu aus, das den besten Eindruck machte, und schöpfte das Wasser heraus, das handhoch darin stand. Dann stieg sie in das schwankende Gefährt und versuchte es festzuhalten, während Ruki hineinsprang. Das feuchte Holz roch muffig, und dort, wo Wasser es bedeckt hatte, war es glitschig-grün vor Algen. Rau lag das alte Paddel in Renas Hand, als sie das Kanu mühsam vom Ufer wegmanövrierte und in einem ungeschickten Zickzackkurs in die Seenlandschaft hinausfuhr. Ruki lehnte sich in der Zwischenzeit über die Bordwand und ließ seine Hand durch das kühle, klare Wasser ziehen. »Da ist ein Fisch!«, pfiff er und hängte sich halb über die Bordwand. »Kann man den essen, kann man das?«

In diesem Moment geschah es. Um sie herum wirbelte das Wasser auf, schäumte plötzlich weiß. Ein Dutzend gelbgrüne Gestalten katapultierten sich vom Seeboden herauf, Gestalten wie aus einem Albtraum. Groß und dunkel krallten sie sich an die Bordwände des Kanus, versuchten hineinzukriechen zu ihnen. Rena schrie auf. Das Kanu kippelte, wurde herumgeworfen wie ein welkes Blatt im Wind. Innerhalb eines Atemzugs schlug es voll Wasser, drohte zu sinken. Rena bemühte sich verzweifelt die Balance zu halten. Instinktiv versuchte Ruki aufzuflattern, natürlich erfolglos.

Rena tastete nach ihrem Schwert. Zu spät! Sechs, sieben glitschige Pfoten packten sie, wollten sie hinunterreißen in die Tiefe. Rena klammerte sich an die morschen Sitzbretter, versuchte die Füße irgendwo zu verkeilen. Doch das Sitzbrett gab nach und die unheimlichen Wesen waren stark. Lautlos und entschlossen zerrten sie Rena zum See, dorthin, wo es tief war. Und nun begann das Kanu heftiger denn je zu wackeln. Sie wollen das Boot umkippen!, erkannte Rena und stieß einen gellenden Schrei aus. Sie merkte, dass das Geräusch die Wesen zusammenzucken ließ. Sie mochten keinen Lärm! Na, den konnten sie haben! Rena legte noch eine Tonlage zu und Ruki kreischte mit, was seine Lungen hergaben.

Genauso plötzlich, wie sie gekommen waren, verschwanden die Wesen, tauchten zurück unter die Wasseroberfläche und glitten davon wie Schatten. Langsam glättete sich die Wasseroberfläche, das Kanu schaukelte nur noch sanft. Schwer atmend sank Rena auf den Boden des Kanus. Sie hörte, wie Ruki erschrocken mit sich selbst plapperte. Langsam beruhigte sich ihr Puls.

Das waren Krötenmenschen, dachte Rena mit eisiger Klarheit. Die friedlichste, schüchternste Halbmenschenart überhaupt. Verstört fragte sie sich, wie das sein konnte. Waren die Halbmenschen wirklich verrückt geworden, griffen sie jetzt wahllos Menschen an? War der Mord an Ennobar nur der Anfang gewesen …?

Endlich traute sie sich über die Bordwand zu spähen, ins klare Wasser zu blicken. Und wusste, warum ihr etwas seltsam und verdächtig vorgekommen war, als sie von den Grenzhügeln aus auf die Seen hinuntergeblickt hatte. Die Krötenmenschen hatten auf dem Boden der Seen gewartet, nicht weit vom Ufer entfernt. Durch das klare Wasser hatte sie die großen dunklen Flecken bemerkt – ihre Körper.

Etwas zittrig richtete sich Rena auf. Ihre Tunika war völlig durchweicht und stank nach Algen und Kröte. Aber das war ein geringer Preis dafür, dass sie noch am Leben waren. Rena schaffte es, Ruki anzulächeln. »Ganz schöner Schreck, was? Ich hoffe, die kommen nicht zurück.« Am liebsten wäre sie auf dem schnellsten Weg zum Ufer zurückgerudert. Doch sie beherrschte sich. Das ging nicht, sie mussten weiter! »Alles in Ordnung mit dir?«

Ruki nickte. Er hatte sich mit seinem verbliebenen Gefieder aufgeplustert wie ein Federkissen und hockte am Bug, die langzehigen Füße an der Bordwand festgekrallt. »Brüder waren das, Brüder«, sagte er entgeistert.

»Ja. Ich fürchte, es waren wirklich Halbmenschen. Vielleicht hätten sie mich nicht angegriffen, wenn sie gewusst hätten, wer ich bin. Oder wenn sie früh genug gemerkt hätten, dass ein Halbmensch an Bord ist. Aber egal – wir haben ja Glück gehabt.«

»Na ja«, sagte Ruki und hielt anklagend einen durchnässten Flügel hoch.

»Das trocknet wieder«, sagte Rena und wrang ihre Tunika aus, so gut es ging.

Obwohl sich ihre Arme durch den Schreck so weich anfühlten wie Brei, paddelte Rena weiter. Der Rhythmus war beruhigend. Rechts eintauchen, links eintauchen. Rechts, links. Schon bald hatte das Kanu wieder Fahrt aufgenommen.

Rena hatte Recht gehabt. Die intensive Sonne brachte ihre Kleidung erst zum Dampfen, dann zum Trocknen. Nach einer Stunde fühlten sie sich besser, langsam kehrten ihre Lebensgeister zurück. Das Kanu wurde von einer leichten Strömung nach rechts getrieben und Rena folgte ihr und steuerte nach Norden. Dort, zwischen zwei Felsen, schien ein Durchgang zu den nächsten Seen zu sein.

Auf einem dieser Felsen saß mit hinter dem Kopf verschränkten Armen ein junger Mann mit kurzem, verstrubbeltem dunklem Haar. Er hatte es sich im Schatten eines Steinblocks bequem gemacht. Rena grüßte ihn und musterte ihn neugierig – schließlich war der Kerl der erste Mensch, den sie in Vanamee trafen.

»Ist der von der Wasser-Gilde, ist er das?«, fragte Ruki neugierig.

»Ja – und genau deshalb werde ich es mir verkneifen, ihn nach dem Weg zu fragen«, sagte Rena trocken. »Das letzte Mal, als ich diesen Fehler gemacht habe, bin ich in einem ausgesprochen unwirtlichen Sumpf gelandet. Sie sind ein bisschen seltsam, die von der Wasser-Gilde.« Sie überlegte, ob sie den Fremden nach den Krötenmenschen fragen sollte, ihm berichten sollte, was passiert war, entschied sich aber dagegen.

Ohne Begeisterung sah Rena, dass sie direkt an dem Mann vorbeipaddeln würden. Und dass das Wasser hier etwas schneller floss und an den Felsen vorbeiströmte. Er würde ihr Näherkommen in Ruhe beobachten können. Wahrscheinlich blamierte sie sich mit ihrer schlechten Paddeltechnik furchtbar.

Rena seufzte. »Also – los geht's!«

Ihre Befürchtungen bestätigten sich schnell. Schon ein paar Armlängen weiter reagierte sie zu spät; mit einem hässlichen Geräusch schrappte der Bug des Kanus an einem Felsen entlang. Rena versuchte sich mit dem Paddel daran abzustoßen, bewirkte aber nur, dass sich das Kanu quer legte. Ruki klammerte sich kreischend an der Bordwand fest.

»Schrei nicht rum, hilf lieber!«, knurrte Rena ihn an und verlagerte ihr Gewicht auf die andere Seite. Etwa zwei mal zehn Atemzüge lang manövrierte sie verbissen, bis sie das Boot wieder flott hatte. Interessiert beobachtete der Mann ihre Bemühungen.

Als sie nach einer Baumlänge wieder in ruhigeres Wasser kam, ließ sie das Paddel sinken, um ihren schmerzenden Armen eine Pause zu gönnen. Sie blickte sich um, so unauffällig es ging. Der Mann war noch da. Gerade eben legte er die Hände an den Mund und brüllte ihnen »Schöne Grüße von Daaaguaaa!« hinterher.

Verblüfft ließ Rena das Paddel sinken. Der Kerl wusste, wer sie war? Und nicht nur das, er wusste, wer Dagua war?! Vielleicht hatte er sogar eine Nachricht von ihm oder aus der Felsenburg! Endlich! Sie hatte so lange nichts von ihren Freunden gehört.

Ihr wurde klar, dass sie den ganzen Weg zurückpaddeln musste, wenn sie mit ihm sprechen wollte. Und zwar gegen den Strom! Sie stieß einen Fluch aus, der sich auf die Beschaffenheit von madenzerfressenem Holz bezog, und wendete. Als sie schließlich wieder an dem Felsen angelangt war und das Kanu in ruhigeres Wasser dahinter driften ließ, war sie völlig durchgeschwitzt.

Der Fremde stand auf. Er war kleiner, als Rena gedacht hatte, feingliedrig und schlank. Als sie zu ihm auf den Felsen geklettert waren, blickte Rena in ein gut geschnittenes Gesicht mit verschmitzten, dunklen Augen. Wie alt mochte er sein? Drei- oder vierundzwanzig Winter, schätzte Rena. Sie kannte die Insignien der Wasser-Gilde nicht gut genug um zu erkennen, was für einen Beruf oder Rang er hatte. Er war in eine Art eng anliegenden-schwarzen Anzug gekleidet, der bis auf Hände, Füße und Kopf den ganzen Körper bedeckte. Schuhe trug er keine. »Friede den Gilden«, sagte der Mann lächelnd

»... und Wohlstand ganz Daresh.« Rena war danach zumute, ihren Ärger rauszulassen. »Wurzelfraß und Blattfäule, hättet Ihr das mit dem Gruß nicht früher sagen können? Ich brauche meine Energie noch für andere Dinge, als diesen verdammten Fluss dreimal hoch- und runterzupaddeln!«

»Zum Beispiel dafür, neue Schimpfwörter zu lernen«, erklärte der Fremde ernsthaft. »Wie wär's mit *gequirlte Schnepfengalle* oder *beim Brackwasser?* Das sagt man hier in der Gegend.«

»Ja, klingt gut!«, wütete Rena und musste dann doch lachen. »Was hättet Ihr gemacht, wenn ich nicht umgekehrt wäre?«

»Ich wäre Euch nachgeschwommen«, sagte der Mann und grinste. »Schließlich sitze ich schon seit einer ganzen Weile hier und warte auf Euch.«

Rena war verblüfft. »Auf mich? Aber woher wusstet Ihr, dass ich hier entlangkommen würde?«

»Das war einfach. Jede Menge Freunde, die mir erzählen, was sie sehen«, antwortete der Mann und stieß einen leisen Triller aus. Eine grün schimmernde Libelle, die so groß war wie Renas Hand, schwebte heran und ließ sich neben ihm nieder. Ein paar Atemzüge später trafen zwei Salamander ein. Sie robbten mit einem leisen schabenden Geräusch über den Stein und versuchten dem Fremden auf den Schoß zu krabbeln. Als Nächster kam ein Vogel, dessen Gefieder in Gelb- und Grüntönen glänzte. Er setzte sich dem Mann mitten auf den Kopf und zupfte zärtlich an seinen Haaren.

»He, lass das!«, sagte der Fremde, aber er lachte dabei, freute sich wie ein Kind.

Dieses Lachen, dieses Bild grub sich tief in Renas Herz. Einen Moment lang fühlte sie sich diesem Mann sehr nah, obwohl sie nicht einmal wusste, wie er hieß. Sie saß ganz still, um die Tiere nicht zu verscheuchen, und beobachtete ihn, seine behutsamen Bewegungen. Genoss seine Freude.

Ruki brach schließlich den Bann. »Wiie erzählen sie diir, was siie sehen, wiie?«, fragte er in Daresi, damit der Mann ihn verstand. Die Tiere zuckten zusammen und hasteten in die nächste Felsspalte, den nächsten Teich zurück. Nur die Libelle blieb und schwebte mit ruckhaften Bewegungen um sie herum.

Der Fremde blickte ihnen nach und wandte sich dann Ruki zu. »Wie sie mir etwas erzählen? Nicht in Worten, in Bewegungen eher, in Blicken. Ich weiß es einfach.«

Das musste so ähnlich sein wie die Aura der Bäume zu spüren. »Ich glaube, ich weiß, was Ihr meint«, sagte Rena und fühlte eine große Wärme für ihn. Sie wollte endlich wissen, wer er war. »Wie ist Euer Name?«

»Tjeri ke Vanamee. Meine Eltern behaupten, sie hätten mich nach einer Fischart benannt. Ich habe immer gehofft, dass sie nicht wirklich so herzlos waren.«

Rena lachte. »Ist es wenigstens ein hübscher Fisch? Oder schmeckt er gut?«

»Jedenfalls sieht er mir nicht ähnlich ...«

Mit großen Augen beobachtete der fette, kleine Storchenmensch den Mann. Seine Kopffedern hatten sich gesträubt. Was war mit ihm los?, wunderte sich Rena. Machte er sich Sorgen? Oder war er immer so scheu bei Fremden? Und wieso bei ihm, diesem ganz besonderen Menschen?

»Übrigens: Dagua hat mich beauftragt Euch sicher durchs Seenland zu führen. Ich bin ein Agent der Wasser-Gilde«, sagte Tjeri und deutete eine scherzhafte Verbeugung an. »Es ist mir ein Vergnügen, Euch zu Diensten zu sein.«

Rena war begeistert. Ein Führer bedeutete, dass sie viel besser vorankommen und den Me'ru – und damit die Lösung des Rätsels – wahrscheinlich deutlich schneller finden würden. Und es war ja nicht irgendein Führer. Sondern er. Der Gedanke, dass sie und Tjeri zusammen reisen würden, sandte kleine warme Fühler durch ihren ganzen Körper. »Das ist toll! Aber eigentlich hätten wir dich ein bisschen früher gebrauchen können. Vorhin sind wir von Krötenmenschen angegriffen worden. Sie haben versucht uns ins Wasser zu ziehen. Hast du meinen Schrei nicht gehört?«

Zu spät fiel ihr auf, dass sie ihn einfach so geduzt hatte. Aber er schien nichts dagegen zu haben.

»Ach, du warst das. Nein, ich war da gerade unter Wasser. Meine Freunde haben mir davon erzählt, dass es einen Aufruhr gab. Als ihr weitergepaddelt seid, habe ich angenommen, dass mit euch alles in Ordnung ist.« Tjeris Miene verdüsterte sich. »Du meinst das ernst, oder? Waren es wirklich Krötenmenschen?«

»Absolut.« Rena verzog das Gesicht. »Ich habe sie genau gesehen. Sie waren sehr viel näher, als uns lieb war.«

»Das ist schlimm. Ich wüsste gerne, was sie dazu gebracht hat. Bestimmt war ihnen das Ganze nachher furchtbar peinlich.«

»Nützt uns das was?!«

»Nur die Ruhe«, sagte Tjeri und Rena tat es Leid, dass sie so gereizt reagiert hatte. »Solange ich bei euch bin, wird so etwas auf jeden Fall nicht mehr vorkommen. Die Krötenmenschen kennen mich.«

Rena war skeptisch. Ennobar hatte die Storchenmenschen auch gut gekannt. Aber im Moment interessierte sie etwas anderes viel mehr. »Hast du eine Nachricht von Dagua?«

»Ich soll dir ausrichten, ihm und Alix geht es gut, und er fragt an, ob ihr eure Erlebnisse im Lixantha-Dschungel gut überstanden habt ...«

Ganz schön nichts sagend! Gar nichts darüber, was sie bisher herausgefunden hatten? Rena war ein bisschen enttäuscht. Aber sie wollte es sich nicht anmerken lassen. Sie bedankte sich und fragte: »Sag mal, wo kann man hier in der Gegend lagern? Wir sind schon ein ganzes Stück gereist und ziemlich müde, was Ruki?«

Schüchtern nickte Ruki.

»Na, Schnabelsperre?«, fragte Tjeri. »Sag mal, kannst du eigentlich fliegen? Die meisten Storchenmenschen sind ja eher Knochengestelle ...«

Ruki sah aus, als würde er den Wassergilden-Mann jeden Moment anspucken. Rena lächelte ihm beruhigend zu. Der Kleine würde sich an ihren neuen Begleiter gewöhnen müssen.

»Das mit einem Lagerplatz wird nicht so leicht«, erklärte Tjeri. »Ich schlafe meist auf dem Wasser. Solltet ihr auch machen.«

Ratlos musterte Rena ihr Kanu. »Ja, aber ... wir haben

nur dieses Ding hier. Das ist zu klein für drei. Hast du auch ein Boot?«

»Brauche ich nicht. Bis es dunkel wird, können wir noch auf dem Felsen bleiben. Aber dann müssen wir raus aufs offene Wasser.« Tjeri blickte gut gelaunt über die schimmernde Wasserlandschaft hinaus, die sich bis zum Horizont dehnte. »Stellt euch besser gleich drauf ein: Wir werden den Fuß in nächster Zeit nicht mehr oft aufs Festland setzen. Problem für euch?«

»Nein, nein«, versicherte Rena eilig. »Jedenfalls wenn uns die Kröten in Ruhe lassen.« Morgen war noch genug Zeit, ihm zu sagen, dass Ruki nicht schwimmen konnte.

»Er sieht selber aus wie eine Kröte in dem schwarzen Ding«, tönte Ruki in seiner Sprache. Er konnte ja sicher sein, dass niemand außer Rena ihn verstand.

Tjeri erkundigte sich nicht, was Ruki gesagt hatte. Vielleicht konnte er sich denken, dass es etwas Freches gewesen war.

Schöne Lügen

Ein Tag war vergangen, alle drei Monde Dareshs waren auf- und wieder untergegangen und langsam hatte Alix das Gefühl, wieder klar denken zu können. Es schien sich kaum etwas verändert zu haben durch den Tod des Caristans, hier in der Felsenburg ging das Leben weiter wie gewöhnlich. Tavian vergrub sich im Archiv und ging Ennobars Akten durch. Im Gegensatz zu Alix konnte er dafür die Geduld aufbringen. »Wann machst *du* weiter?«, fragte er sie.

»Glaubst du, dass es noch einen Sinn hat?«

»Die Alix, die ich kenne, gibt nicht so leicht auf«, sagte er nur und lächelte. Zehn mal zehn Atemzüge später war Alix wieder in den Gängen der Burg unterwegs. Ihr erster Gang führte zu einem der Vermittler der Regentin, Ennobars ehemaligem Untergebenen. Er hatte ein blasses, längliches Gesicht, rötliche Haare und eine Unmenge von Sommersprossen. Er lächelte, als er sie erkannte. Sie hatten früher öfter miteinander zu tun gehabt und er gehörte so wie sie zu den Feuer-Leuten. »Friede den Gilden! Wie geht's dir, *tani?*«

»Und Wohlstand ganz Daresh«, erwiderte Alix die Formel automatisch. »Schlecht geht's mir, *tanu.* Im Moment geht irgendwie alles schief. Kennst du das, Rötling?«

»Aber sicher, Kupferkopf. Was gibt's?«

»Ich brauche eine Audienz bei der Regentin. Kannst du das arrangieren?«

Mit zusammengekniffenen Augen blickte er sie an und rieb sich die Nase. »Könnte etwas schwierig werden im Moment ... sie ist nicht gerade bester Laune ...«

»Na klar ist es schwierig. Aber es ist auch sehr wichtig. Oder ist sie so wütend, dass sie dich für so eine Frage zu einem Fleischklops verarbeiten würde? Das möchte ich natürlich nicht.«

»Nein, nein, so schlimm ist es nicht. In Ordnung. Für dich probier ich's.«

Auf dem Rückweg nahm Alix eine Abkürzung durch einen der Gänge im oberen Teil der Burg. Er lag nah an der Außenflanke und es fiel sogar natürliches Licht aus den schmalen, hohen Fenstern herein und zeichnete breite, helle Striche auf den Boden. Draußen schien die Sonne und aus dem Weißen Wald unter ihnen stieg ein Geruch nach frischem Laub auf. Die Blätter streuten das Licht wie Millionen kleiner Silberplättchen.

»Ah, unsere Waffenschmiedin!«

Alix blickte auf und erkannte Ujuna, die Hohe Meisterin der Wasser-Gilde. Gute Gelegenheit, dachte Alix. Die hätte ich mir sowieso noch vornehmen müssen. Als hätten sie es verabredet, gingen sie nebeneinander weiter.

»Wie gefällt es Euch im Rat?«, fragte Alix und wich einigen Verwaltern aus, die ihnen mit Schriftrollen beladen entgegenkamen. Sie musterten Ujuna bewundernd von oben bis unten, während sie vorbeigingen. Ujuna tat, als bemerke sie es nicht.

»Es ist nicht viel anders als im Hohen Rat meiner Gilde – aber ungewohnt ist es, dass man Menschen so vieler Gilden begegnet«, sagte Ujuna. »Euch ist es bestimmt auch so gegangen, oder? Am Anfang?«

»Klar, es war ganz schön seltsam.« Alix konnte sich nicht konzentrieren. Gerade kamen zwei Wachsoldaten an ihnen vorbei. Als sie Ujuna sahen, glotzten sie ganz ungeniert. Es sah so aus, als hätten sie gute Lust, ihr hinterherzupfeifen. Doch das wagten sie bei einem Mitglied des Rates nicht.

So langsam ging das Ganze Alix an die Nieren. Sie war selbst keine Vogelscheuche, aber jetzt machte es den Eindruck, als bemerkten die Kerle sie neben der Ratsfrau gar nicht. Und das, obwohl ihr Haar hier in der Sonne schimmerte wie flüssiges Feuer. Neben Ujuna kam sie sich allmählich wie ein junges Dhatla vor, plump und raubeinig.

»Ja, das kenne ich«, sagte Ujuna. Alix hatte Mühe, den Faden wiederzufinden. Worum ging es gerade? Ach ja, um Menschen anderer Gilden. »Es fällt mir auch schwer, die Halbmenschen wirklich als Ebenbürtige zu begreifen. Die Krötenmenschen, mit denen wir in Vanamee zu tun haben, sind scheu und gerade noch als Diener zu gebrauchen. Ich glaube nicht, dass sie sonderlich intelligent sind.

Wie sind die Iltismenschen so? Mit denen seid ihr Feuer-Leute ja verbündet, oder?«

»Sie sind schnell, klug und gefährlich.« Alix konnte ihren Stolz auf ihre Bündnisbrüder nicht verhehlen. »Aber natürlich sind sie auch anders, ganz anders als Menschen; es bringt gar nichts, sie mit uns vergleichen zu wollen … Wie habt Ihr eigentlich im Rat gestimmt? In der Angelegenheit mit dem gefangenen Caristan?«

»Wisst Ihr nicht, dass die Abstimmungen geheim sind?« Ujuna lächelte.

»Und? Muss mich das interessieren?«

»Nun gut. Ich habe gegen seinen Tod gestimmt. Wir im Seenland haben keine besondere Angst vor den Halbmenschen, auch jetzt nicht. Die paar Iltis-, Hirsch- und Natternmenschen, die es bei uns gibt, bekommen wir problemlos unter Kontrolle, und die Kröten sind wie gesagt harmlos. Außer in der Paarungszeit, und bei uns weiß jedes Kind, dass man sich dann von ihnen fern halten sollte.«

»Was meint Ihr zu der Tat, die der Storchenmensch begangen haben soll?«

»Begangen haben soll? Er *hat* sie begangen. Ein paar Wachen, die Ennobar nachgegangen sind, haben das Ganze beobachtet.«

»Also gut, er war's. Aber warum hat er es getan? Habt Ihr Ennobar eigentlich gekannt?«

»Ja, er war sehr freundlich und hat mir geholfen mich in der Burg zurechtzufinden.« Ujuna strich sich die langen dunklen Haare zurück. »Ich habe mit ihm gewettet, dass ich es schon nach einem Monat nicht mehr nötig haben würde, ihn um Rat zu fragen. Natürlich habe ich gewonnen.«

Plötzlich spürte Alix, dass Ujuna ihr nicht die Wahrheit sagte. Manchmal konnte sie das fühlen. Aber wieso hatte die Wassergilden-Frau es nötig, zu lügen? War sie Ennobar in Wirklichkeit ein Dorn im Auge gewesen? Oder war er wie so viele andere ihrem Charme verfallen? Aber er hatte gesagt, dass er sich im Weißen Wald nach einer Frau umsehen wollte. Das bedeutete, dass Ennobar – der ursprünglich zu den Erd-Leuten gehört hatte und für die Regentin seiner Gilde hatte abschwören müssen – vorhatte, sich eine Partnerin seiner eigenen Gilde zu suchen.

Das muss ich unbedingt klären, dachte Alix. »Glückwunsch – Ihr gewinnt oft bei Wetten, habe ich gehört«, sagte sie mit einem honigsüßen Lächeln. Den nächsten Soldaten, der vorbeikam, bedachte sie mit einem so düster-feindseligen Blick, dass der arme Mann vorbeihastete ohne auch nur auf Ujuna zu achten.

Alix' nächste Station waren die Räume von Ennobars persönlichem Diener Falu. Er war gut zehn Winter älter als Alix und hatte schon vielen Hauptvermittlern der Regentin gedient. Jetzt wartete er darauf, dass er einen neuen Posten zugewiesen bekam. Würdig, fast ein wenig hochmütig blickte er ihr entgegen.

»Ennobar war voll des Lobes über Euch«, sagte Alix um ihn ein wenig aufzulockern.

Falu nickte herablassend. »Für ihn zu arbeiten war angenehm. Er war immer höflich. Nie laut oder vulgär wie die Mitglieder anderer Gilden.«

»Ah so.« Alix gab ihm ihren Raubvogelblick und wartete, bis er einen Teil seiner Selbstsicherheit eingebüßt hatte. Sie musste zugeben, dass er gute Nerven hatte. Anderen schlotterten nach dieser kleinen Warnung die Knie. »War er in letzter Zeit … vor seinem Tod … irgendwie anders?«

»Äh, sehr vorsichtig war er. Er verschloss seine, äh, Räume. Das tat er sonst nie. Er versteckte sein Tagebuch.

Ich habe es noch immer nicht gefunden. Und er bat mich alles zu kosten, was er zu sich nehmen wollte.«

»Also hatte er Angst.«

»Ich glaube schon.« Falu beeilte sich ihrer Frage zuvorzukommen. »Nein, er hat nicht erwähnt, wen er fürchtete. Die Halbmenschen jedenfalls nicht. Sie waren bei ihm jederzeit willkommen und wandten sich mit ihren Sorgen an ihn.«

»Hm. War irgendjemand sonst oft bei ihm?«

»Viele der Ratsmitglieder natürlich. Meister Dagua. Meister Aron. Ach ja, dann natürlich die Neuen von der Luft-Gilde, Corvus und Edoras. Wusstet Ihr eigentlich, dass Corvus zweihundert Paar Schuhe besitzt?«

»Faszinierend. Und Ujuna von der Wasser-Gilde? War die auch hier?«

Falu setzte wieder seinen hochmütigen Blick auf und murmelte etwas von Privatangelegenheiten. Alix wurde neugierig. »Er ist tot, verdammt noch mal. Er hat kein Recht mehr darauf, Privatangelegenheiten zu haben.«

»Es war so: Wenn der Herr sie sprechen wollte, ging er zu ihr«, sagte Falu schnell und schluckte.

So, so, dachte Alix. Alle anderen konnte er herzitieren. Nur Ujuna nicht. »Hat sie ihm etwas bedeutet?«

»Mag sein. Ich weiß es nicht. Ich habe sie nie zusammen gesehen.«

»Vielen Dank für die freundlichen Auskünfte«, sagte Alix, schenkte ihm zum Abschied ausnahmsweise ein nettes Lächeln und kehrte in ihre Räume zurück. Unruhig ging sie umher, versuchte in den Informationen, die sie bis jetzt gesammelt hatte, ein Muster zu erkennen. Vergeblich. Und warum war eigentlich Tavian noch nicht da? Hockte er immer noch über diesem staubigen Haufen beschriebener Baumrinde, den sie Archiv nannten?!

In diesem Moment klopfte es. Ungehalten blickte Alix zur Tür.

Es war eine Dienerin. Sie hielt zwei Nachrichten in der Hand. Als Alix die erste gelesen hatte, knüllte sie sie zusammen und pfefferte sie gegen die Wand. Natürlich hatte es mit der Audienz nicht geklappt. Aber das hieß nicht, dass die Regentin sie jetzt los war. Sie würde so lange Anträge stellen, bis das grässliche Weib auf dem Thron mit ihr sprach, einfach um Ruhe zu haben.

Alix ließ sich in einen der großen Armstühle fallen um die zweite Nachricht zu lesen. Sie war kurz.

Bin auf etwas Interessantes gestoßen. Kommst du bitte ins Archiv? T.

Alix spürte, wie die Hoffnung wieder in ihr keimte. Sie katapultierte sich aus dem Stuhl heraus und ging mit langen Schritten zur Tür.

Tjeri, Rena und Ruki machten es sich auf den Felsen der kleinen Insel bequem, so gut es ging. Der glatte hellgraue Stein war noch warm von der Sonne. In ein paar Mulden wuchsen kleine Grasbüschel.

»Wobei kann ich euch überhaupt helfen – wonach sucht ihr in Vanamee?«, erkundigte sich Tjeri. »Es bringt ja nichts, einfach so in Richtung Horizont zu schwimmen.«

»Ich versuche zusammen mit ein paar Leuten herauszufinden, wieso Ennobar sterben musste. Du hast sicher gehört, was passiert ist.« Rena seufzte. Es war schon erstaunlich, wie der Tod eines einzelnen Menschen ganz Daresh in Aufruhr stürzen konnte! »Eigentlich wollen wir Kontakt zu den Krötenmenschen aufnehmen. Sie könnten etwas wissen, was für uns wichtig ist.«

Der Wassergilden-Mann blickte entsetzt drein. »Meinst du das ernst? Nach dem, was euch passiert ist? Ich hätte eher gedacht, dass du einen Schreikrampf bekommst, wenn du noch mal ein gelb-grünes Gesicht aus dem See auftauchen siehst. – Außerdem bin ich nicht sicher, ob sich das machen lässt, so wie sie im Moment sind.«

»Vielleicht war das mit dem Angriff ein Missverständnis«, sagte Rena lahm. Sie hatte den Glauben an die Halbmenschen noch längst nicht aufgegeben. »Sie werden einen Grund gehabt haben.«

»Das fürchte ich auch. Deshalb würde ich vorschlagen, dass wir als Erstes nach Uskali schwimmen. Das ist ein Ort hier in der Nähe, dort können wir Neuigkeiten bekommen. Was wollt ihr überhaupt von den Kröten wissen?«

Rena und Ruki sahen sich an. Nein, das mit dem Me'ru durfte niemand erfahren. Es waren schon viel zu viele Menschen eingeweiht. Und es war ein Geheimnis, das nicht ihnen gehörte. Also schüttelte Rena den Kopf. »Es tut mir Leid. Aber das können wir dir nicht sagen.«

Tjeri zog die Augenbrauen hoch. »Nicht einmal einem Agenten des Rates?«

Rena schüttelte den Kopf.

»Aber wie soll ich euch helfen, wenn ich nicht mal weiß, was ihr sucht?«

Doch Rena konnte stur sein. »Bring uns zu den Krötenmenschen – das würde uns schon sehr weiterhelfen.« Um ihn von dem Geheimnis abzulenken, aber auch weil sie es gerne wissen wollte, fragte sie: »Wie lange arbeitest du eigentlich schon für den Hohen Rat der Wasser-Gilde?«

»Ach, seit fünf Jahren schon.« Tjeri neckte die grün schimmernde Libelle, die ihn umschwirrte, indem er tat, als wollte er sie ergreifen. Jetzt erst bemerkte Rena, dass ihm der linke Ringfinger fast ganz fehlte. »Vorher war ich ein Sucher – jemand, der durch die Gegend streift und Menschen, Dinge und manchmal auch Träume findet, die andere verloren geglaubt haben. Wahrscheinlich sind … ist der Rat dadurch auf mich aufmerksam geworden.«

Klingt, als sei er genau der Richtige für uns, dachte Rena zufrieden. »Für dich war es leicht, du hattest ja deine Späher.«

»Na ja, man muss trotzdem wissen, was man tut – ich habe beim Großen Udiko gelernt. Musste ihn ganz schön nerven, bis er mich endlich als Lehrling genommen hat.« Tjeri beobachtete, wie die Libelle sich auf seinen Zeigefinger setzte, und pustete sie sanft an. Sie hob nur kurz ab und setzte sich dann wieder. Es schien ein Spiel zwischen den beiden zu sein.

»Was für Aufträge hast du so für den Rat erledigt? Darfst du darüber reden?«

»Nein. Tut mir Leid.« Er lächelte entschuldigend. »Nur über das, was ich als Sucher gemacht habe.«

»Schon in Ordnung. Warst du nur in Vanamee unterwegs oder in ganz Daresh? Bist du oft in der Felsenburg gewesen?«

Von einem Atemzug zum nächsten veränderte sich Tjeris Gesicht. Es schien härter, kühler. »Ich war in allen Provinzen und auch in der Felsenburg«, sagte er kurz.

Rena spürte, dass er nicht darüber reden wollte, und drängte ihn nicht weiter. Sie bekam auch keine Gelegenheit dazu. Denn jetzt begann Tjeri sie auszufragen. Obwohl er, wie sie schnell merkte, schon eine ganze Menge über sie wusste. Trotzdem dauerte es bis zum frühen Abend, bis ihm die Fragen ausgingen, vor allem weil das Thema Lixantha ihn faszinierte. Schluss war erst, als es zu dämmern begann und der Himmel sich in ein zartes Orange färbte.

»Wir sollten bald aufs Wasser raus.« Tjeri blickte beunruhigt zum Himmel. »Wer in dieser Jahreszeit nachts auf festem Boden ist, der hat nichts zu lachen.«

»Wiiieso?«, pfiff Ruki. Na also, der Kleine spricht wieder mit ihm, dachte Rena, erschöpft vom vielen Reden.

»Tja, da wo du jetzt sitzt, schwärmen in der Nacht ein paar hundert Stinger herum. Tagsüber schlafen sie.« Tjeri wühlte in der Erde und brachte ein Insekt zum Vorschein, das etwa halb so lang war wie sein kleiner Finger. Statt Zähnen hatte es kleine Scheren am Kopf, mit denen es jetzt zu beißen versuchte. Geschickt wich Tjeri aus und die Scheren schnappten mit einem leisen Klicken ins Leere. »Und nachts haben die alle richtig Hunger.«

»Wie – ein Tier, das dich nicht mag?«, zog ihn Rena auf.

»Das gibt's.« Tjeri krauste die Nase, sah sie an und grinste. »Habe ihnen aber auch nie meine Freundschaft angeboten. Stinger können dich wahrscheinlich zu Tode lieben.«

»Von mir kannst du Federzecken haben, Federzecken, die mögen dich bestimmt«, bot Ruki großmütig in seiner Sprache an. Rena war froh, dass Tjeri seine frechen Bemerkungen nicht verstand.

»So, jetzt aber los!«, meinte ihr Sucher.

In diesem Moment kroch ein kleines rot-schwarz geflecktes Reptil zielstrebig auf Rena zu. Verblüfft bemerkte sie, dass das Tier eine silberne Hülse am Hals trug. »Oh, eine Nachricht! Verwendet ihr in Vanamee keine Wühler?«

»Die würden ersaufen, bevor sie ein Viertel des Weges geschafft hätten.«

Rena entrollte die Nachricht. Sie war von Alix. Als sie las, was ihre Freundin geschrieben hatte, sog sie scharf die Luft ein. »Ich weiß, warum sich die Krötenmenschen so seltsam benehmen. Die Leute der Regentin haben einen Caristan der Iltismenschen hingerichtet. Das hat sich natürlich herumgesprochen. Jetzt sind wir Menschen für sie Feinde.«

Schockiert blickte Tjeri sie an. »Sie haben einen *tanu* töten lassen? O nein.«

Ein paar Atemzüge lang schwiegen sie alle. *Tanu*, Gildenbruder, hatte Tjeri den Iltismenschen genannt. Rena wunderte sich. Sie hatte nie jemanden so von den Halbmenschen sprechen hören. Selbst sie tat es nicht.

Tjeri holte tief Luft. »Vielleicht haben wir Glück und die Lösung liegt gar nicht bei den Krötenmenschen. Dann bräuchtest du ihre Hilfe nicht.«

»Ich weiß nicht. Ich weiß im Moment gar nichts mehr«, sagte Rena niedergeschlagen.

»Überschlafen wir's erst mal. Die Sonne ist fast verschwunden, wir müssen hier weg.«

Rena und Ruki kletterten in ihr Boot und stießen sich mit dem Paddel vom Ufer ab. Die Aussicht, die Nacht in diesem schwankenden algenverklebten Ding über tiefem Wasser zu verbringen, begeisterte Rena nicht gerade. Aber mit den Stingern wollte sie nichts zu tun haben. Vielleicht waren sie es, die Tjeri den Finger gekostet hatten.

Rena war gespannt, was Tjeri tun würde. Es ging so schnell, dass sie es beinahe verpasst hätte. Er stieß sich vom Felsen ab, auf dem er gestanden hatte, und hechtete mit einer geschmeidigen Bewegung ins Wasser. Einen Atemzug später kam er schon wieder zum Vorschein. Er lag auf dem Rücken und ließ sich einfach treiben. Seine Kleidung schien ihn über Wasser zu halten.

»Ist dir nicht zu kalt da drin?«, rief Rena zu ihm hinüber.

»Nicht mit der Schwimmhaut«, rief er zurück. »Dafür ist sie ja da. Außerdem kann man sie ein bisschen aufpumpen, mit Luft füllen, damit sie einen trägt.«

»Na dann – gute Nacht!«

»Möget ihr nie Wasser atmen müssen«, antwortete Tjeri, rollte eine Art Kapuze aus dem Kragen seiner Schwimmhaut und legte den Kopf hinein. Dann driftete er bewegungslos im See. Viele Atemzüge lang blickte Rena ihm nach. Jetzt konnte er ja nicht mehr merken, dass sie ihn beobachtete. Ob er mich auch sympathisch findet?, fragte sie sich. Glaube schon …

»Nass, alles nass, nass, nass«, beschwerte sich Ruki.

»Find dich damit ab – besser wird's nicht«, empfahl Rena ihrem griesgrämig dreinblickenden gefiederten Freund, schöpfte noch ein paar Hände voll Wasser aus ihrem Kanu und streckte sich, so gut es ging, im Boot aus. Besonders gut ging es nicht. Rena war froh, dass sie ihr Schwert und das Messer gut eingefettet hatte. Es fehlte gerade noch, dass ihre Waffen zu rosten anfingen.

»Wieso vertraust du ihm, wieso?«, fragte Ruki in seiner Sprache. Überrascht setzte sich Rena wieder auf. »Ja, wieso denn nicht? Er kennt Dagua, er ist ein Agent des Rates …«

»Er verbirgt uns etwas. Vielleicht etwas Graustürmiges. Mir ist nicht wohl!«

»Wie willst du das denn gemerkt haben?« Rena war skeptisch. Sie wettete, dass der Kleine nur sauer war, weil Tjeri ihn auf seine Speckröllchen angesprochen hatte. »Außerdem brauchen wir ihn. Sei nicht zu stachlig zu ihm, ja?«

Rukis Gesichtsausdruck sagte deutlich: *Das hängt ganz von ihm ab.* »Du magst ihn.«

»Ja. Wenn du es genau wissen willst, ich mag ihn«, sagte Rena. Es fühlte sich gewagt an, es einfach so auszusprechen, und wieder durchrieselte sie dieses warme Gefühl. »Und jetzt versuch zu schlafen.«

Das Archiv war ein fensterloses Gewölbe tief in der Burg. In hohen Holzregalen stapelten sich Tausende von Schriftrollen aus gegerbter Baumrinde und Pergament. Viele waren schon so alt, dass sie einem wahrscheinlich unter den Händen zerfielen, wenn man versuchte sie zu öffnen. Schaudernd musterte Alix die Regale, die hier und da von Leuchttierchen erhellt wurden. Es gruselte sie mehr vor dieser Anhäufung von Buchstaben als vor einem Schwertkampf mit einem anderen Meister vierten Grades.

Auf den ersten Blick schien es, als wäre sie allein in diesem Labyrinth der Worte. Doch als sie rief, antwortete eine fröhliche Stimme: »Hier!«, und Tavians Gesicht lugte hinter einem Stapel Papiere hervor. Er hatte sich einen Tisch gekapert und Ennobars Unterlagen um sich herum aufgestapelt. Alix nahm eine der Rollen und zog sie auseinander. Ennobar hatte zu allem Übel eine grässliche Schrift gehabt.

»Ich verstehe nicht, wie du das entziffern kannst. Sieht aus, als hätte sich ein Röhrenwurm auf dem Papier gewälzt.«

»Na ja, er scheint's oft eilig gehabt zu haben. Vieles ist abgekürzt.«

»Angeblich hat er ein Tagebuch geführt«, berichtete Alix. »Aber nicht mal sein Leibdiener hat's bisher aufgetrieben. Hoffen wir mal, dass wir das Ding noch zu fassen bekommen. Also, was hast du denn jetzt gefunden? Sag schon. Ich brauch ein Erfolgserlebnis.«

»Es ist der erste Anhaltspunkt überhaupt. Ansonsten sind diese Unterlagen so trocken, als hätte jemand alles Persönliche schon aussortiert. Aber das hier hat er vielleicht übersehen. Schau mal …«

Alix blickte auf ein Stück Pergament, das mit der zierlichen Schönschrift eines Schreibers bedeckt war. Ein Sitzungsprotokoll von vor ein paar Monaten. Auf den unteren Rand hatte Ennobar in seiner fast unleserlichen Klaue ein paar Worte gekritzelt. »Äh, was soll das heißen? *Zotten* … nein … *Kutten* als *Gegen…gewalt?*«

»Gegen*gewicht*. Mit einem Fragezeichen dahinter.« Tavian zuckte die Schultern, seine breiten Hände rollten das Dokument sorgsam wieder zusammen. »Ich fand es vor allem interessant, weil ich überhaupt nicht schlau daraus geworden bin. Vielleicht kannst du mehr damit anfangen als ich.«

Kutten. Die Schwarzen Kutten. Ein eisiger Wind aus der Vergangenheit schien Alix anzuwehen und sie ließ Tavian länger auf die Antwort warten als nötig. Fragend sah er sie an. Alix riss sich zusammen. Er hat ein Recht darauf, alles zu erfahren, was damals geschehen ist, dachte sie. Damals, zu der düsteren Zeit, als Rena, wir anderen und das Volk von Daresh die Regentin gezwungen haben den Gilden Mitspracherecht einzuräumen.

»Wir hatten alle einen Hass auf die Regentin, dachten wegen der schlimmen Befehle, die aus der Burg kamen, dass sie der Schatten ist, der auf Daresh liegt«, begann Alix. »Aber sie war damals noch sehr jung. Wir haben herausgefunden, dass eine Gruppe von Beratern – ihr Vater war auch dabei – ihr gesagt hat, was sie tun musste. Sie war nicht viel mehr als eine Marionette, die Schwarzen Kutten hatten die eigentliche Macht und haben viel Unheil auf Daresh angerichtet. Hm, habe ich dir das nicht erzählt?«

»Berater also«, sagte Tavian nachdenklich. »Was ist mit ihnen geschehen?«

»Nachdem der Pakt der vier Gilden geschlossen war, sind sie in die Welt jenseits der Sieben Türme verbannt worden. Schaurige Gegend. Da sind sie, soweit ich weiß, immer noch. Einige von ihnen werden sicher tot sein.«

Ratlos blickte Tavian auf die Pergamentrolle hinunter. »Aber was kann Ennobar gemeint haben? Gegengewicht. Ein Gegengewicht wozu?«

»Vielleicht ist die Regentin wieder zu mächtig geworden. Vielleicht kann niemand sie mehr beeinflussen. Außer vielleicht ihr Vater«, überlegte Alix – und fuhr herum. Der Dolch lag schwer in ihrer Hand, bereit zum Wurf. War da nicht etwas gewesen? Ein leises Rascheln? Ein huschender Schatten zwischen den verstaubten Regalen?

Tavian horchte aufmerksam, doch dann schüttelte er den Kopf. »Nichts. Beim Feuergeist, du bist vielleicht nervös!«

»Schattenfechten ist eine meiner Lieblingsbeschäftigungen«, brummte Alix und steckte den Dolch wieder weg. Die ganze Sache war ihr ein bisschen peinlich. »Du wärst auch nervös, wenn du diese Mistkerle damals erlebt hättest. Die Schwarzen Kutten haben das ganze Grasmeer abfackeln lassen, halb Nerada verwüstet. Ganz abgesehen davon dass sie mich und Rena um ein Haar gekillt hätten, als wir ihnen auf die Schliche gekommen sind.«

Tavian antwortete nicht, versank in Gedanken. Als er schließlich sprach, jagte seine Stimme Alix einen Schauder über den Rücken. »Vielleicht hat Ennobar versucht die Kutten zurückzuholen. Damit die Regentin Vernunft annimmt. Als geringeres von zwei Übeln.«

»Ich hoffe nicht, dass er so blöd war«, sagte Alix. »Wir werden's rausfinden müssen.«

Aus dem Schlaf wurde nicht viel. Das Kanu schien beim Angriff der Krötenmenschen gelitten zu haben und füllte sich in der Nacht langsam, aber stetig mit Wasser. Zum

Glück gehörte eine hölzerne Kelle zur Ausrüstung und sie wechselten sich damit ab, es auszuschöpfen.

»Einen wunderschönen guten Morgen!«, rief Tjeri zu ihnen herüber. »Probleme?«

»Oh, nichts Wichtiges. Nur dass der miese Kahn hier gerade absäuft …«

Doch sie schafften es tatsächlich, Uskali damit zu erreichen. Es war die seltsamste Stadt, die Rena jemals gesehen hatte. Sie war zwar so groß wie ein Dorf in ihrer Heimat, dem Weißen Wald von Alaak, aber sie schaukelte sanft auf einem See. Von weitem betrachtet schien sie über den Wellen zu schweben. Neugierig kletterte Rena aus dem Kanu auf die schwimmende Plattform – man spürte das Schaukeln, aber es war nicht schwer, das Gleichgewicht zu halten. Hier hatten Händler der Luft-Gilde ihre Stände aufgebaut, ein buntes Sammelsurium von Töpfen, Matten, Fischen, Gemüse, Planen, Flaschen, Taschen, Messern, Schwimmhäuten, Holzplanken, Kanu-Ersatzteilen und vielem mehr. An drei Seiten der schwimmenden Plattform hatten Boote angelegt, die ebenfalls über und über mit Kram behängt waren. Es wimmelte von Menschen der Wasser- und Luft-Gilde und überall wuselten Kinder in bunten Schwimmhäuten umher. Es roch nach gebratenem und getrocknetem Fisch, nach Algen und hin und wieder sogar nach Duftwässern. Sie schlenderten zwischen den Ständen umher. Rena kaufte Ruki, der schon vor Hunger quengelte, ein Stück geräucherten Fisch.

Erstaunte Blicke begleiteten sie und Ruki – anscheinend kam es selten vor, dass Menschen und Halbmenschen gemeinsam hier auftauchten. Und besonders im Moment, dachte Rena.

Als sie die ganze künstliche Insel umrundet hatten,

fragte Rena vorsichtig: »Ist das alles? Äh, ich meine, es ist nett hier, aber wo *wohnen* die Leute nun eigentlich?«

Tjeri lachte. »Ach, hast du gedacht, *das* hier ist Uskali? Das ist nur der Markt. Die Stadt ist direkt unter uns auf dem Boden des Sees … so, jetzt kaufen wir dir erst mal eine Schwimmhaut.«

Sorgfältig suchte er einen Stand aus. Er wurde von einer mageren, jungen Frau mit einer Menge Sommersprossen geleitet, die die Arme in die Seiten stemmte, als sie Tjeri sah. »Sieh an! Der Tierfreund ist mal wieder im Lande!« Ihre Stimme war hoch und ein bisschen schrill.

»Ich habe es nicht mehr ohne dich ausgehalten, Gippie«, behauptete Tjeri.

»Ach, das sagst du nur so«, meinte die Marktfrau und lachte, bis sie sich fast verschluckte. »Du weißt, dass du das bei mir gar nicht nötig hast, Tjerilein! Du bekommst meine Sachen doch sowieso schon zum Sonderpreis!«

»Ich muss gestehen, dass ich heute tatsächlich vor allem wegen deiner fabelhaften Schwimmhäute hier bin …«

Gippies Blick fiel auf Rena und ein wissendes Lächeln schlich sich auf ihr Gesicht. »Oho, bist du jetzt den Reizen der Erd-Gilde verfallen?«

»Nee, den Reizen eines neuen Auftrags.«

Nur ein Auftrag. Das saß. Wie hatte sie sich jemals einbilden können, dass es einmal mehr werden konnte als das? Rena zwang sich die Marktfrau anzulächeln. »Ich bin nicht so gut für Vanamee ausgerüstet und brauche eine Schwimmhaut – die, die Tjeri hat, ist wirklich toll.«

Gippie begann in den Anzügen zu kramen, die sie an ihrem Stand aufgehängt hatte und die im Wind pendelten wie abgelegte Schlangenhäute. »Hm, mal schauen, was wir in deiner Größe dahaben … welche Farbe? Hellgrün würde dir bestimmt stehen.«

»Hellgrün? Du hast wohl zu viel Lonnokraut gegessen!«, protestierte Tjeri. »Da würde sie ja aussehen wie ein junger Krötenmensch. Nein, gib uns mal was in Dunkelrot oder Schwarz.«

Ein paar Atemzüge später hatte sich Rena hinter einem Vorhang in einen hauchdünnen Anzug gezwängt, der sich seidig weich und wunderbar warm anfühlte. Der untere Teil hatte eine verschließbare Öffnung, damit man den Anzug nicht ausziehen musste, um seinen natürlichen Bedürfnissen folgen zu können. Rena traute sich erst nicht, den Vorhang beiseite zu ziehen. Sie fand ihren Körper zwar nicht hässlich – aber nach der weiten Tunika einen so eng anliegenden Anzug zu tragen und von allen angeschaut zu werden … oje! Ob sie Tjeri wohl gefallen würde? Vielleicht stand er auf Frauen mit mehr Busen …

»He, was machst du eigentlich die ganze Zeit da drin?« Gnadenlos riss Tjeri den Vorhang beiseite. Verlegen stand Rena da, während Tjeri und Gippie sie von allen Seiten kritisch begutachteten. »Sitzt gut – nehmen wir«, entschied ihr Begleiter.

Rena behielt ihre neue zweite Haut gleich an. Sie musste sich ja sowieso daran gewöhnen. Die anderen Sachen packte sie in ihre Tasche. »Was kostet das Ganze denn?«

»Na, ich denke ein Tarba und vierzig Ruma muss ich schon verlangen …«

Rena öffnete den Beutel mit ihrem Reisegeld um die Münzen herauszunehmen. Doch sie merkte schnell, dass sie einen Fehler gemacht hatte. Noch immer drängten sich die Menschen dicht an dicht und der pralle Beutel voller Münzen erregte Aufsehen. Ein paar Köpfe drehten sich, Augenbrauen wurden hochgezogen. Nur gut, dass sie wenigstens nichts von den Wasserdiamanten wussten!

»Das war nicht sehr schlau«, sagte Tjeri, als sie sich von

Gippie verabschiedet hatten und weitergegangen waren. Es war ungewohnt, ihn so ernst zu sehen. »Diese Ecke von Vanamee ist eine arme Gegend. Für so viel Geld kannst du buchstäblich einen See trockenlegen lassen. Es ist auch meine Schuld. Ich hätte dich warnen sollen.«

Rena nickte betreten und steckte für ihre weiteren Einkäufe ein paar lose Münzen ein.

Sie erwarben noch ein leichtes, zusammenlegbares Kanu, zwei durchsichtige Blasen, die man mit Luft füllen und zum Tauchen benutzen konnte, und winzige Glaslinsen, die Mitglieder fremder Gilden sich auf die Augen legen mussten um unter Wasser sehen zu können. Während Tjeri sich nach einer Schwimmplatte für Ruki umschaute, kaufte Rena ein paar zahme Salamander für Botschaften. Sie beschloss einen davon sofort an den Rat loszuschicken. Schnell kritzelte sie eine Nachricht auf ein Blatt.

Liebe Freunde – habe Probleme mit den Krötenmenschen, sie sind sehr feindselig. Ich weiß noch nicht, ob es mir gelingen wird, Kontakt zu ihnen aufzunehmen und herauszufinden, was für ein Rätsel sich hier verbirgt. Aber es war eine gute Idee, mir euren Agenten zu schicken. Tjeri ist eine große Hilfe. Seid ihr bei euren Nachforschungen weitergekommen? – Rena

Sie rollte das Blatt zusammen und steckte es in die kleine silberne Röhre, die das Tier am Hals trug. »Dagua in der Felsenburg«, prägte sie ihm ein und mit einem leisen Platsch verschwand es im See.

Tjeri kam mit der Schwimmplatte unter dem Arm zurück, ließ sie aber sofort fallen, als er die Salamander sah. »Nette Kerlchen«, sagte er und kitzelte die Echsen am Kinn. Begeistert versuchten sie die Schnauzen durchs Gitter ihres Käfigs zu zwängen und zu ihm zu gelangen. »Kennst du viele Leute hier?«, fragte Rena.

»Ich bin hier ganz in der Nähe aufgewachsen. Gippie und ich haben schon als Kinder zusammen gespielt«, erzählte Tjeri. »Wenn du einverstanden bist, könnten wir bei meiner Großmutter übernachten. Morgen sollten wir dann in Richtung Norden weiterreisen. Dort kenne ich eine Gruppe von Krötenmenschen. Vielleicht lassen die mit sich reden.«

»Klingt gut«, sagte Rena. Sie war neugierig auf Tjeris Verwandte. Vielleicht erfuhr sie da mehr über ihn.

Rena setzte sich neben Tjeri auf den Rand des schwimmenden Marktes und ließ die Beine ins Wasser baumeln. Durch die Schwimmhaut fühlte es sich nicht mal mehr besonders kühl an. Kleine Fische tummelten sich um ihre Zehen. Rena blickte hinunter. Das Wasser war tiefblau und sehr klar, man sah bis zum Grund.

»Kannst du tauchen?«, fragte Tjeri. »Es ist nicht tief, etwa dreieineinhalb Menschenlängen.«

»Keine Ahnung, glaube schon«, sagte Rena unsicher. Sie musste als Kind irgendwann mal in einem der Seen im Weißen Wald untergetaucht sein, aber das war sehr lange her. Tjeri erklärte ihr geduldig, wie sie sich bewegen musste und wie sie den Druck auf den Ohren loswurde, indem sie sich die Nase zuhielt und hineinblies. Dann wandte er sich Ruki zu. »Und was ist mit dir, Federzwerg?«

»Tauchen?« Ruki faltete die Flügel vor der Brust. »Niiiemals.«

»Niemals?« Tjeri lächelte verschmitzt.

»Niiiemals.«

»Du wärst aber der erste Storchenmensch in Uskali. Stell dir das mal vor. Es war noch nie einer da unten.«

»Und?«

»Außerdem kocht meine Oma gut. Hm, wenn ich an ihre Mampas in Butter denke oder ihren gebratenen Seesalat ...«

Zwanzig Atemzüge später waren sie unterwegs. Es fühlte sich unheimlich an, als das Wasser sich über Renas Kopf schloss. Blinzelnd öffnete sie die Augen, bewegte die Arme und Beine, begann nach unten zu schwimmen. Es funktionierte! Ruki ließ sich mit der luftgefüllten, durchsichtigen Blase um den Kopf nach unten ziehen, die Flügel angewinkelt. Er sah aus wie eine winzige majestätische Statue. Es war ein Anblick, bei dem sich Rena das Lachen verkneifen musste.

Rena folgte den beiden, so gut sie konnte. Sie war froh, dass Tjeri – mit ihrer Tasche, den Waffen und Ruki schwer bepackt – voraustauchte. Er brauchte nicht unbedingt zu sehen, wie unelegant sie durchs Wasser strampelte. Immerhin schaffte sie es, den Druck auf den Ohren loszuwerden, wie Tjeri es ihr erklärt hatte.

Der See war so klar, dass sie die silbernen Kuppeln von Uskali schon fast von der Oberfläche aus erkennen konnte. Sie bedeckten den halben Boden des Sees, so weit man sehen konnte, und verloren sich irgendwann in der blauen Tiefe. Rena fand, dass sie eine unirdische Schönheit hatten. Aber so richtig genießen konnte sie den Anblick nicht. Ihre Lunge krampfte sich immer weiter zusammen. Als sie endlich in einer der luftgefüllten Kuppeln standen, atmete Rena gierig. »Beim Erdgeist, ich hätte es keinen Moment länger ausgehalten!«

»Gut habt ihr das gemacht«, lobte Tjeri. »So, der Gang da führt zu den Onei'da-Süd-Kuppeln, wo meine Oma wohnt, Carinja heißt sie übrigens. Sie ist Künstlerin, genau wie's meine Mutter war ...«

»Wohnen deine Eltern auch hier?«

»Leider nicht. Meine Mutter lebt nicht mehr. Mein Vater ist mit seiner neuen Frau schon vor vielen Wintern in den Norden gezogen. Ich wollte damals nicht mit. Also bin ich abgehauen – und erst einen Winter später hierher zurückgekommen.«

»Wahrscheinlich wegen der Neuen von deinem Vater, oder? Wie alt warst du?«, fragte Rena, während sie den Gang entlangtappten. Auf dem Boden waren schon viele andere feuchte Fußspuren.

»Fünfzehn. Ich musste damals ziemlich schnell lernen auf eigenen Füßen zu stehen. Hat sich aber gelohnt.«

»Ging mir auch so – komisch was? Als ich fliehen musste damals.«

»Meine Mutter iist auch tot«, sagte Ruki mit dünner Stimme.

Rena horchte auf. Es war das erste Mal, dass er über den Unfall sprach. Doch sie konnte ihn nicht weiter aushorchen – sie waren am Ziel. Vor einer der Kuppeln, die mit dünnem schimmerndem Stoff zum Gang hin verhängt waren, machte Tjeri Halt und stieß einen leisen Ruf aus. Der Vorhang wurde beiseite gezogen und eine alte Frau lugte heraus. Sie war einen Kopf kleiner als Rena und hatte silbergraues Haar, das so lang war, dass es bis zu ihren Fußknöcheln reichte. Ihre dunklen Augen glänzten. »Schön, dass ihr da seid! Gippie, das Klatschmaul, hat mir schon erzählt, dass du in der Stadt bist, Tjeri – und dass du Freunde dabeihast!«

»Oma! Ja, ich weiß, ich war wieder viel zu lange weg ...« Tjeri umarmte seine Großmutter und stellte Rena und Ruki vor.

Rena lächelte die alte Frau an. Sie mochte klein sein, aber ihr selbstsicherer Blick warnte Rena davor, sie zu unterschätzen. Neugierig schaute sich Rena in der Wohnkuppel um. Sie war ein bisschen wie ein durchsichtiges Zelt mit Zimmern, die durch Stoffbahnen abgeteilt waren. Es war ein wenig ungewohnt, dass man eine Armlänge über seinem Kopf Fische vorbeiziehen sehen konnte. Der Boden war dick mit weichen Matten und Stoffen ausgelegt und überall standen seltsame Geräte und Gefäße mit farbigen Flüssigkeiten.

Tjeri ging sich umziehen. Er kehrte ohne Schwimmhaut und in bequemen weiten Leinensachen in den großen Wohnraum zurück. An seinem Hals glänzte sein Gildenamulett, drei Wellen in einem Kreis. Erleichtert folgte Rena seinem Beispiel und legte ihre Tunika wieder an. Ein köstlicher Gemüseduft begann die Kuppel zu durchziehen. Doch die alte Carinja klopfte Ruki auf die Finger, als er gleich mit der ganzen Hand in die Schüsseln langen wollte. »Nicht ohne Trinkspruch, junger Mann!«

Ruki blickte erschrocken drein. Wahrscheinlich war er noch nie als »junger Mann« bezeichnet worden. Ein paar Atemzüge später hielten sie jeder eine winzige Tasse mit einem hellgelben Schnaps zwischen Zeige- und Mittelfinger und die alte Carinja sagte: »Mögen die Seen nie austrocknen! Möge ihr Geist immer mit euch sein!«

Darauf trank Rena gerne. Obwohl der Schnaps scheußlich schmeckte.

»Was gibt es Neues in der Provinz?«, fragte Tjeri, der sich mit gutem Appetit über sein Lieblingsessen hermachte. »Hast du auf dem Markt etwas gehört?«

»Alle reden darüber, was mit den Krötenmenschen los ist.« Die alte Frau seufzte. »Sie lassen niemand mehr an ihre Höhlen heran, greifen jeden an, der in die Nähe des Nests kommt. Lika haben sie das Boot umgekippt und Snave musste ganz schön schnell schwimmen um von ihnen wegzukommen. Es ist schlimmer als zur Paarungszeit!«

»Hm«, sagte Tjeri. »Wir werden morgen ganz vorsichtig versuchen an die Kolonie am Colaris-Fluss heranzukommen. Du weißt schon, die, bei der ich mal gelebt habe. Rena muss etwas aus ihnen herauskriegen.«

Er hatte bei ihnen gelebt? Rena war fasziniert. Ja, wenn er sie *so* gut kannte, dann hatten sie vielleicht tatsächlich eine Chance.

»Ach du meine Güte! Seid bloß vorsichtig!« Erschrocken blickte die alte Frau sie an.

Nach dem Essen entschuldigte sich Rena und ging eine Toilette suchen. In einem Nebenraum fand sie einen abgedeckten Behälter, der diesen Zweck zu erfüllen schien. Auf dem Rückweg ins große Zimmer traf sie Ruki.

»Er hat sie beiseite genommen, beiseite, und ihr etwas zugeflüstert«, wisperte Ruki anklagend.

»Ach, ich glaube nicht, dass es irgendetwas Schlechtes war«, beruhigte ihn Rena. »Er wollte einfach mal ein paar Worte allein mit seiner Oma reden.«

Als sie hineinkamen, tauschten die beiden gerade gut gelaunt Erinnerungen aus.

»... du warst ja gar nicht aus dem Wasser rauszukriegen!«, erzählte die alte Frau gerade.

»Ich habe mal mit meinen Freunden gewettet, dass ich einen Monat als Sucher arbeiten kann, ohne auch nur ein Mal Land zu betreten«, erklärte Tjeri heiter. »Auf die Weise habe ich von Petay, einem meiner Kumpels, einen zahmen Regenfisch gewonnen.«

Rena schüttelte den Kopf. »Wozu beim Erdgeist braucht man einen Regenfisch?«

»Sie verändern ihre Farbe je nachdem, was für Wetter kommen wird ...«

»Höchstens fünf Winter war er alt, da hat er schon Tiere hier hereingeschleppt – verletzte Salamander und Memo-Fische und ein paarmal eine giftige Schlange!«, erzählte die alte Carinja. »Ich weiß noch genau, was das für eine Aufregung war, bis wir die wieder draußen hatten.«

»Was kann ich dafür, wenn ihr keine Schlangen mögt? Sie hatte nicht vor uns zu beißen.«

»Und als das mit den Mädchen anfing – oje! Ich weiß noch genau, wie ich zu deinem Pa sagte: ›Da waren mir die Schlangen eigentlich lieber!‹ Diese eine, die du uns am Abend als deine große Liebe vorgestellt hast, und ein paar Tage später war schon keine Rede mehr von ihr …«

»Oma – da war ich vierzehn!«, stöhnte Tjeri. Er war rot angelaufen. »Willst du jetzt meine sämtlichen Jugendsünden ausgraben? Das interessiert Rena bestimmt brennend …«

Rena nickte grinsend. Sie hatte sich kein Wort entgehen lassen.

»Na ja, manchmal hatte ich schon Angst um dich«, sagte die alte Carinja und fügte vorwurfsvoll hinzu: »Und Recht hatte ich!«

Was meint sie damit?, fragte sich Rena.

»Habe ich euch eigentlich schon davon erzählt, was mein erster Auftrag als Sucher war, nachdem ich ausgelernt hatte?« Tjeri fuhr sich mit der Hand durch die kurzen, dunklen Haare.

»Neiiin, hast du nicht!« Ruki schaute interessiert.

So, so, der Kleine taute allmählich auf. Tjeri und Rena lächelten sich an und einen Moment lang floss zwischen ihnen ein warmer Strom. Vielleicht bin ich ihm doch nicht ganz gleichgültig, dachte Rena und heiße Freude durchfuhr sie.

Tjeri gab ein paar Anekdoten zum Besten und Rena revanchierte sich mit Geschichten aus der Zeit, als sie mit

Alix, Rowan und Dagua durch die Provinzen gezogen war – Geschichten von schwierigen Verhandlungen und Alix' wagemutigen Schwertkämpfen. Schließlich fragte Rena die alte Carinja nach ihrer Arbeit als Künstlerin. Sie lächelte. »Ach, ich forme Wasser und erfinde Töne dazu, alle paar Wochen mache ich eine Aufführung.«

»Du formst Wasser?«

»Ja, das gehört zu den Fähigkeiten unserer Gilde. Deswegen benutzen wir in Vanamee auch selten Feuer. Wir können auch so – nur mit Formeln – Wasser erhitzten oder abkühlen.«

Es war Nacht geworden. Von der Wasseroberfläche drang kein Licht mehr zu den Kuppeln durch. Carinja hängte ein paar kleine Käfige mit Leuchttierchen auf, die weiches grünliches Licht verströmten.

Rena lauschte, während Tjeri und seine Oma Neuigkeiten über Tjeris Schwestern austauschten, die beide ein paar Jahre älter waren. Nach und nach wurde sie müde. Sie versuchte höflich nicht zu gähnen, aber es half nichts. Tjeri bemerkte es schließlich und lächelte. »He, da fliegt gleich eine Grollmotte rein!«

»Ich verstehe, dass ihr müde seid. Mal schauen, wo kann ich euch unterbringen?« Oma Carinja runzelte die Stirn. »Euer Storchenmensch ist klein, der passt gut in die Küche.« Heftiges storchiges Nicken. »Euch beiden gebe ich am besten das große Zimmer. Ich hole euch gleich ein paar Matten …«

Sie denkt, dass wir ein Paar sind, wurde es Rena klar. Doch sie widersprach nicht und half die Decken hinüberzutragen. Carinja wünschte ihnen eine gute Nacht und Tjeri und Rena richteten ihre Schlafplätze eine halbe Menschenlänge voneinander entfernt ein.

»Schlaf gut, Rena …«, sagte Tjeri.

»Mögest du nie Wasser atmen müssen«, antwortete Rena und war froh, dass sie sich den Spruch gemerkt hatte. Einen Moment lang trafen sich ihre Augen. Ein, zwei Atemzüge lang. Doch dann drehte er sich um und deckte die Leuchttierchen mit schwarzen Tüchern ab. Auf einen Schlag war es völlig dunkel, bis auf einen schwachen silbernen Schein, der von draußen zu kommen schien. Rena starrte in die Luft und hörte zu, wie Tjeri seine Sachen abstreifte und sich auf seiner Matte niederließ. Sie zog sich die Tunika über den Kopf, faltete sie und kroch ebenfalls unter ihre Decke.

Es war ein seltsames Gefühl, so nah nebeneinander zu liegen. Rena war hellwach, lauschte auf das leiseste Geräusch, das von ihm herüberdrang. Ob es ihm genauso ging? Ob er sich auch vorstellte, wie das wäre, sie zu berühren, von ihr berührt zu werden?

Es war schön, ihn atmen zu hören. Langsam ließ sie ihren Arm von der Matte rutschen, bewegte ihre Hand in seine Richtung. Um ihm ein bisschen näher zu sein. Rena erschrak, als sie auf halbem Weg etwas berührte. *Seine* Hand! Er hatte das Gleiche getan wie sie! Ihr Herz setzte einen Schlag aus, als seine Finger sich mit ihren verwoben.

Sie sprachen beide kein Wort. Doch nach einer Weile ließen sie ihre Hände weiterwandern, streicheln. Schließlich schob sich Tjeri auf ihre Matte, sein warmer nackter Körper war ganz nah. Sie spürte seinen Atem, fühlte, wie seine Lippen leicht wie Schmetterlingsflügel über ihre Haut wanderten. Andächtig ließ Rena ihre Hände über seine Schultern, seine schmalen Hüften gleiten. Er fühlte sich ganz anders an als Rowan. Sofort verdrängte sie den Gedanken. Sie wollte sich jetzt nicht an Rowan erinnern.

Tjeri küsste sie; ihre Lippen verschmolzen warm und samtig miteinander. Renas Haut schien zu glühen, zu vibrieren, so empfindlich zu werden, dass sie selbst die winzigste Berührung spürte. Sein Mund tastete sich tiefer, neckte die Spitzen ihrer Brüste, wanderte weiter zu geheimen Orten ihres Körpers. Renas Atem ging flach und schnell. Sein Glied drückte sich an sie und Rena öffnete ihre Schenkel, ließ ihn in sich hineingleiten.

Tjeri war ein geschickter Liebhaber. Er schien immer genau zu wissen, was sie spürte, was sie wollte. Vielleicht weil er durch seine Freunde weiß, wie man ohne Worte spricht, nur mit Bewegungen, flirrte es durch Renas Kopf. Wie man mit allen Sinnen zuhört. Aber vielleicht hat er einfach nur viele Frauen gehabt …

Dann dachte sie nicht mehr, sondern fühlte nur noch.

Aus dem Hinterhalt

Alix hatte das Gefühl, dass sie beobachtet wurde. Es war, als würden sich ihr Blicke in den Nacken bohren. Doch wenn sie sich umwandte, war niemand hinter ihr. Zum Verrücktwerden!

Ich verstehe nicht, was hier geschieht, dachte sie. Aber eins wurde ihr allmählich klar: Ennobars Tod hatte nicht nur mit den Halbmenschen zu tun. Es war möglich, dass Menschen ihre Hände im Spiel hatten. Vielleicht auch Bewohner der Felsenburg.

Alix entschied sich ihren Instinkt ernst zu nehmen. Sie war vorsichtiger als sonst, als sie zu den Räumen ging, in denen das Gespräch mit Corvus und Edoras, den neuen Delegierten der Luft-Gilde, stattfinden sollte. Alix war nicht scharf darauf, sich mit Corvus zu unterhalten, nachdem sie ihn gleich zu Anfang vergrätzt hatte. Aber es konnte nützlich sein. Luft-Leute waren gute Beobachter.

Mit einer höflichen Verbeugung öffnete ihr Edoras die Tür. Er war ein dünner Mann mittleren Alters mit ungesunder Haut, dafür aber einem sympathischen Lächeln. Fahrig eilte er umher, holte ihr einen Becher Cayoral und einen aus Gras geflochteten Sessel. Er und Corvus hatten gerade gegessen, die Reste einer üppigen Mahlzeit standen noch herum. Corvus hatte sich zufrieden zurückgelehnt. Er nippte an einem Verdauungsschnaps und blickte ihr entgegen. Auf dem Tisch stand eine Schale mit überreifen Früchten. Alix stellte sie unauffällig ein Stück weiter weg; sie hasste solche süßlichen Gerüche.

Einer der beiden schien ein begeisterter Sammler zu sein. An jeder Wand standen Statuen, hingen Gemälde. Alix erkannte eine Statue von Sarkisian, einem der bekanntesten Künstler Dareshs. Corvus bemerkte ihren Blick. »Meine Lieblingsstatue – sie stellt Gibra Jal als jungen Mann dar«, meinte er und beobachtete sie.

»Muss teuer gewesen sein«, sagte Alix unbeeindruckt. Für Gibra Jal hatte sie nicht viel übrig; sie hatte den Verdacht, dass er es nur mit viel Selbstbeweihräucherung zum Volkshelden geschafft hatte. »Aber jetzt zu Euch. Es war sicher aufregend, in die Felsenburg gewählt zu werden. War es schwierig?«

»Nicht wenn man genügend Unterstützung hat.« Corvus lächelte. »Der Rat steht hinter mir. Es ist kein Geheimnis, dass auch mein Onkel Ferolo mich unterstützt; er ist einer der einflussreichsten Händler im Grasmeer. Außerdem bin ich, wenn ich das so sagen darf, recht beliebt daheim in Nerada.«

»Wie habt ihr beide euch mit Ennobar verstanden?«

»Oh, exzellent, exzellent«, versicherte Edoras und nahm

einen kleinen Schluck von seinem Cayoral. Alle paar Atemzüge griff er nach seinem Becher. Das schien eine seiner Angewohnheiten zu sein – oder er war sehr nervös. »Ein sehr netter Mann, hilfsbereit und freundlich.«

Sehr nett und freundlich? Alix zog die Augenbrauen hoch. Das wären nicht gerade die Worte gewesen, mit denen Alix den oft arroganten und schroffen Hauptvermittler der Regentin beschrieben hätte.

»Wie ist euer Eindruck gewesen: Hatte Ennobar Feinde in der Burg?«

»Jedenfalls nicht in unserer Gilde.«

»Habt ihr eine Vorstellung, welchen Grund die Halbmenschen gehabt haben könnten, ihn zu töten?«

»Vielleicht hatte er eins ihrer Tabus verletzt«, mischte sich Corvus ein. Seine Finger spielten mit einem Stück Schreibkohle, das auf dem Tisch lag. »Ich habe mal von einer Frau gehört, die nur knapp mit dem Leben davongekommen ist. Sie hatte sich in der Nähe eines Nestes über das Wetter beklagt und scherzhaft den Südwind dafür verantwortlich gemacht. Da wurde sie angegriffen. Könnte ein ähnlicher Fall sein.«

Hm, da könnte was dran sein, dachte Alix und fragte sich, warum sie von diesem Zwischenfall nichts gehört hatte. Ein Tabu – das würde die geheimnisvollen Worte erklären, die der Storchenmensch gerufen hatte. Doch Alix entschied sich, auch die andere Spur weiterzuverfolgen. »Hat sich die Regentin in den letzten Monaten verändert?«, fragte sie. Wenn die Schwarzen Kutten tatsächlich zurückgekommen waren, dann konnte man erwarten, dass die Unterstützung sie vielleicht selbstsicherer werden ließ. Zumindest äußerlich.

»Nicht dass ich wüsste – aber ich kenne sie ja noch nicht so lange«, sagte Edoras.

Zehn mal zehn Atemzüge später verabschiedete sich Alix enttäuscht und ließ sich zur Tür bringen. Sie hatte nicht gerade viel erfahren.

»Ich hoffe, Ihr findet bald heraus, was die Halbmenschen als Nächstes vorhaben«, meinte Corvus mit besorgtem Blick. »Bisher habt Ihr und Euer Gefährte, soweit ich gehört habe, hervorragende Arbeit geleistet – obwohl es nicht einfach für euch ist in der Burg.«

»Danke.« Alix war froh, dass er ihr die unhöfliche Bemerkung bei ihrer ersten Begegnung nicht nachtrug.

Erst später, als sie schon auf dem halben Weg zum Archiv war, wurde Alix klar, dass Edoras nicht einfach nervös gewesen war. Er hatte Angst gehabt. Und sie hätte ihn zumindest fragen müssen, weswegen er Angst hatte. Sie zögerte, drehte dann kurz entschlossen um und ging den Weg zurück, den sie gekommen war.

Dieser Richtungswechsel rettete ihr das Leben.

Zwei silberne Scheiben zischten an ihrem Kopf vorbei, prallten mit einem hellen *Klenk* gegen die Felswände der Burg und fielen zu Boden. Alix genügte ein Blick um zu erkennen, was für Dinger das waren. Corzeesas, geschliffene Wurfscheiben! Ihre Klingen konnten einem die Kehle durchschneiden.

Alix ließ sich zu Boden fallen. Gegen diese Dinger half nur ein Schild und sie hatte keinen. So schnell sie konnte, robbte sie zur nächsten Tür und kauerte sich in die Deckung des Eingangs. *Klenk, klenk* machte es, als zwei weitere Corzeesas über ihr gegen die Wände prallten. Dann war es still. So still, dass Alix das Blut in ihren Ohren pochen hörte. Sie lauschte, versuchte festzustellen, ob jemand davonging oder -lief. Tatsächlich, sie meinte ein Schleifen, ein Huschen zu hören. Dann war es wieder still.

Alix ging kein Risiko ein. Sie wartete, bis ein paar Diener vorbeikamen, und schloss sich ihnen an. Im Gehen hob sie vorsichtig die Scheiben auf – das waren schließlich Beweisstücke. Im Pulk der Bediensteten kehrte sie zum Archiv zurück, in dem Tavian noch immer über den Dokumenten saß. Jetzt erst kam ihr Puls allmählich zu seiner normalen Geschwindigkeit zurück. Sie ließ sich neben Tavian in einen Stuhl fallen und sagte: »Eben hat jemand versucht mich zu töten.«

Ein halbes Dutzend Pergamentrollen kullerten auf den Boden, als sich Tavian ihr mit einer raschen Bewegung zuwandte. »Was ist passiert?«

»Corzeesas aus dem Hinterhalt«, sagte Alix und warf die scharfen Metallplatten auf den Tisch. »Es war ganz schön knapp.«

Tavian umarmte sie, hielt sie fest. Es tat ihr gut. »Ich hätte dich begleiten sollen.«

»Dann hätten die Dinger uns beide in Scheiben geschnitten.«

»Das sind die Methoden eines Feiglings, der sich nicht in den offenen Kampf traut«, sagte Tavian wütend. »Kein Mensch der Feuer-Gilde benutzt Corzeesas!«

»Dafür aber die Leute der Wasser-Gilde und die der Luft-Gilde«, bestätigte Alix. Allmählich spürte sie die Nachwirkungen des Schocks. Sie fühlte sich ein klein wenig zittrig. »Jemand in der Felsenburg merkt, dass wir ihm auf den Fersen sind. Und ich habe immer stärker das Gefühl, dass die ehrenwerte Ujuna ihre Finger im Spiel haben könnte. Bei den Kerlen der Luft-Gilde habe ich jedenfalls nichts …«

Sie verstummten, denn diesmal hörten sie es beide. Schritte, die in den Gewölben des Archivs hallten. Alix wartete nervös. Wer war denn das jetzt? Und konnte der Kerl etwas von dem gehört haben, was sie besprochen hatten?

Ein Diener lugte eingeschüchtert durch eine Lücke in den Rollenstapeln. »Meisterin Alix ke Tassos? Ich soll Euch von der Regentin etwas ausrichten. Euch wird eine Audienz gewährt. Jetzt gleich. Kommt in den blauen Saal.«

Verblüfft blickten sich Alix und Tavian an.

Als Rena erwachte, war es hell. Sie war allein auf ihrer Matte, das Bett neben ihr war leer. Es war ein eigenartiges Gefühl. Hatte sie all das nur geträumt? Nein, das konnte nicht sein. Aber wo war Tjeri? Unruhig blickte sich Rena um. Doch dann hörte sie Stimmen aus einem der mit Stoff abgetrennten Nebenräume. Schnell zog Rena ihr Unterkleid an und die Tunika darüber.

Aber als sie aufstehen und zu den anderen hinübergehen wollte, stutzte sie. Einen Moment lang kam ihr ein hässlicher Verdacht. Hatte er mit seiner Oma vielleicht über sie gesprochen? Hatte Tjeri sie gebeten, sie in einem Zimmer übernachten zu lassen? Hatte er geplant, was geschehen war?

Nein, ganz sicher nicht. Das traute sie ihm nicht zu und der alten Carinja erst recht nicht.

»Guten Morgen!«, sagte Rena und trat in die winzige Küche. Dort saßen zwei Menschen und ein kleiner Halbmensch auf dem Boden und bereiteten das Frühstück vor.

Die alte Frau lächelte sie fröhlich an. »Na, gut geschlafen?«

»Ja, allerdings.« Verblüfft stellte Rena fest, dass Tjeri verlegen dreinblickte. Er quälte sich ein kurzes Lächeln ab und hackte dann weiter ein paar hellgrüne Blätter, die zu einem der Frühstücksgerichte zu gehören schienen. Als sie die Teller gemeinsam hinüber in den Wohnraum trugen, sagte er leise: »Tut mir Leid, was gestern Nacht passiert ist. Ich weiß nicht, was ich mir dabei gedacht habe.«

»Leid? Dir tut es Leid?«, zischte Rena zurück. »Aber wieso, beim Erdgeist? Etwa weil ich zu einer anderen Gilde gehöre?«

»Scheiße, nein. Weil ich euer offizieller Begleiter bin. Wenn der Rat erfährt, dass wir … verdammt, die werden mich an den Zehen aufhängen …«

»Blödsinn – es gibt so was wie einen freien Willen und schließlich hast du mich nicht gerade gezwungen …«

Sie verstummten, weil in diesem Moment Carinja und Ruki mit den letzten Tellern hereinkamen. Rena zwang sich zu einem Lächeln, obwohl sie innerlich kochte. Mit Mühe und Not schaffte sie es, höfliche Konversation zu machen, während sie mit der Gabel ein Algenröllchen nach dem anderen aufspießte. War sie auf einen Weiberhelden reingefallen, der eine nach der anderen vernaschte? Er sah gut aus, war lustig und nett – für ihn war das bestimmt kein Problem. Na gut, er hatte genau das getan, was sie sich gewünscht hatte, es war eine tolle Nacht gewesen. Trotzdem fühlte sie sich jetzt wie ein kleines, hässliches Wesen, das in einem Erdloch Platz hatte und sich höchstens bei Dunkelheit hinaustraute. Sie hätte misstrauisch werden müssen, als die alte Carinja von seinen vielen Freundinnen erzählte!

Carinja merkte schnell, dass etwas vorgefallen war. Aber sie war klug genug es nicht anzusprechen. Ruki fiel nichts auf, er war völlig von einem leckeren Schilfsalat in Anspruch genommen. »Wohin reiisen wiir jetzt, wohiin?«, fragte er, als Rena schweigend ihre Sachen zusammenpackte. Sie hatte schon ihre neue Schwimmhaut angezogen.

»Zum Colaris-Fluss hat Tjeri gesagt«, antwortete Rena knapp und er blickte sie verdutzt und gekränkt an, weil sie so kurz angebunden war. Zum Abschied riss sie sich noch einmal zusammen, umarmte die alte Carinja und dankte ihr herzlich für die Gastfreundschaft.

Sie tauchten zurück zur Oberfläche und entfalteten ihr kleines neues Kanu. Ruki krabbelte hinein, wog das Paddel skeptisch in der Hand und zog es versuchsweise durchs Wasser. Er juchzte, als sich das Boot in Bewegung setzte. »Es fährt, es fährt, es ...«

»Na klar macht es das, was hast du erwartet?« Rena musste lächeln. Sie selbst entschied sich zu schwimmen. Nein, ich tue es nicht, um ihm zu gefallen, versicherte sie sich trotzig. Es war einfach besser, wenn sie sich allmählich daran gewöhnte, dass sie im Seenland waren. Tjeri nickte beifällig, als er merkte, was sie vorhatte. »Wenn du müde wirst, kannst du immer noch ins Kanu klettern.«

Ihr war nach einer bissigen Bemerkung zumute, doch natürlich fiel ihr nicht rechtzeitig eine ein. Also schwamm sie neben ihm her und konzentrierte sich darauf, ihren Rhythmus zu finden. Ab und zu tauchte Tjeri, verschwand geschmeidig in der Tiefe. Nach einer schrecklich langen Zeit – Rena zählte mehr als zehn mal zehn Atemzüge – kam er mit Händen voll Algen wieder zum Vorschein. »Unser Abendessen«, sagte er und warf das Zeug ins Kanu. Erschrocken fuhr Ruki auf, als etwas von dem glibberigen Gemüse auf ihm landete.

Nach einer Weile war Rena erschöpft und kletterte ins Kanu zurück – eine kitzelige Aktion, bei der das kleine Boot beinahe umgekippt wäre.

Inzwischen trafen sie immer seltener Menschen, da sie sich von Uskali entfernten. Stattdessen sahen sie einzelne dunkle Vögel mit armlangen Schwingen, die lautlos dicht über der Wasseroberfläche entlanghuschten. Tjeri ließ sie nicht aus den Augen. »Das sind Skagaroks«, sagte er. »Vor denen muss man sich in Acht nehmen. Sie fliegen dich von hinten an und schlitzen dir das Gesicht auf, bevor dir bewusst wird, was passiert.«

Rena schluckte. Ihr wurde immer mehr klar, dass Vanamee nicht die harmlose, nette Provinz war, für die die Menschen anderer Gilden sie hielten. »Was kann man denn gegen sie tun?«

»Nichts. Abtauchen. Ich werde versuchen euch rechtzeitig zu warnen.«

Gegen Mittag, als die Sonne hoch im blassvioletten Himmel Dareshs stand und sie schon ein ganzes Stück von der Stadt entfernt waren, sahen sie, dass sich das Wasser auf der anderen Seite des Sees leicht kräuselte.

»Sind da Leute?« Rena ließ sich über die Bordwand fallen um weiterzuschwimmen.

Tjeri hob den Kopf aus dem Wasser. »Zwei Menschen. Und sie haben ein Tempo drauf, als hätten sie Angst, ein Ganzprovinz-Wettschwimmen zu verpassen.«

Weil Ruki quengelte, dass ihm die Beine einschlafen würden, steuerten sie eine kleine Insel an, die auf ihrem Weg lag. Sie war kahl und öd, bestand vor allem aus Steinen und niedrigen Büschen. Einen Strand hatte sie nicht, ihre Felsen ragten einfach aus dem tiefen Wasser heraus. Die fremden Schwimmer schienen das gleiche Ziel zu haben.

Rena runzelte die Stirn. »Äh, kann es sein, dass die auf uns zukommen?«

»Hm, ja«, sagte Tjeri und runzelte die Stirn. »Vielleicht wollen sie plaudern.«

Sie wollten nicht. Einen Atemzug später tauchten sie ab und verschwanden.

»Komisch«, sagte Tjeri. »Das ist schlechtes Beneh…«

In diesem Moment begann das Wasser um sie herum zu dampfen. Es war kein heißer Dampf – die hellen Schwaden waren eisig kalt. »Scheiße«, schrie Tjeri. »Die machen einen Eiskäfig! Auseinander – untertauchen – schnell!«

»Wie, auseinander?«, fragte Rena und dann war es auch schon zu spät. Um sie, Tjeri und das Kanu herum wuchsen halb durchsichtige Wände in den Himmel. Sie waren in einer hohlen Säule gefangen! Rena warf sich gegen die glatten Innenwände und schlug mit der Faust dagegen. Doch das Eis bekam nicht einmal einen Kratzer. Es war gerade mal zwei Menschenlängen hoch, aber wenn man Wasser trat, hatte man keine Chance, herauszuspringen. Sie versuchte die Finger hineinzukrallen und sich hochzuziehen, fiel jedoch mit einem lauten Platsch wieder zurück. »Kann man nicht untendrunter durchtauchen?«, fragte Rena verzweifelt.

»Nein, das Ding reicht bis zum Grund des Sees«, sagte Tjeri. Er hatte sich an ihren Ausbruchsversuchen nicht beteiligt, er wartete ab.

Sie sahen zwei schemenhafte Gesichter durch das Eis. Ihre Angreifer! Renas Herz pochte. Sie schwamm, so gut es ging, auf der Stelle. Was die Kerle wohl wollten?

»Glückwunsch – den Eiskäfig habt ihr toll hingekriegt«, ätzte Tjeri ihnen entgegen. »Aber wenn der Rat Wind davon bekommt, seid ihr euren Meistergrad los!«

»Wir legen mehr Wert auf Reichtum als auf Meistergrade«, antwortete eine Stimme von draußen. »Und wir haben gehört, dass ihr mehr besitzt, als gut für euch ist. Geld verdirbt den Charakter!«

»Merkt man an euch«, gab Tjeri böse zurück. »Tut euch einen Gefallen und widersteht der Versuchung!«

»Es ist ja nur eine kleine Spende«, sagte der Mann jenseits der Eiswand fröhlich. »Die wollt ihr uns doch nicht verweigern, oder?«

Rena fiel keine vernünftige Antwort ein. Hier war sie,

eine berühmte Vermittlerin, und bekam kein Wort heraus! Aber vielleicht war es auch besser so. Sie kannte sich in dieser Provinz nicht aus, kannte die Denkweise der Leute nicht.

»Und ob wir das wollen!«, raunzte Tjeri.

Rena war nervös, sie spürte, wie ihr Atem in schnellen Stößen ging. Das war der seltsamste Überfall, den sie je erlebt hatte. Alles meine Schuld, dachte sie betreten. Wieso nur hatte sie auf dem Markt von Uskali ihre Reisekasse sehen lassen? Sie schielte hinüber zum Kanu, in dem ihr Schwert und das Messer lagen. Aber im Wasser konnte man unmöglich damit kämpfen. Das würde wahrscheinlich nicht mal Alix schaffen, überlegte Rena mutlos und erinnerte sich daran, wie ihre Freundin einmal ganz allein eine ganze Bande Gesindel in die Flucht geschlagen hatte. Tjeri trug ein Messer, das hatte sie schon zu Anfang bemerkt, doch wie viel konnte er damit gegen zwei Leute ausrichten? Selbst wenn sie es schafften, aus der hohlen Eissäule herauszukommen.

»Genug geplaudert. Jetzt aber her damit! Werft das Geld aus dem Käfig.«

Tjeri war still geworden. Rena merkte, wie er sich konzentrierte. Gleich darauf wusste sie, was er vorhatte. Das Eis begann zu bröckeln, Wasser lief in Strömen an den Wänden der Säule herunter. Er versuchte den Eiskäfig zu schmelzen!

Große Platten brachen vom Rand des Käfigs ab und schlugen spritzend neben ihnen auf. Tjeri riss sein Messer heraus, hackte auf die Wand vor ihnen ein. Rena half ihm das Loch zu vergrößern. Einen Moment lang sahen sie in die verdutzten Gesichter ihrer Angreifer. Dann stürzte die Säule um sie herum ein und auf einmal ging alles drunter und drüber.

Kurz darauf lagen Rena, Tjeri und Ruki auf der kleinen Insel, die Nasen im Dreck, Hände und Fußknöchel schmerzhaft verschnürt. Rena war um achtzig Tarba, einen Beutel Wasserdiamanten und ein nagelneues Falt-Kanu ärmer. Kleine Spende, dass sie nicht lachte!

»Das war eine Scheißidee, uns aus der Säule rauszuschmelzen«, sagte Rena bitter. »Wir hätten das Geld einfach rüberwerfen können, dann wären die Kerle abgehauen und hätten uns in Ruhe gelassen! Ich habe eine ganze Menge blauer Flecke von diesen verdammten Eisplatten, die auf uns runtergedonnert sind!«

Tjeri war auch nicht gerade bester Laune. »Da sieht man mal wieder, dass du von meiner Gilde keine Ahnung hast, Verehrteste. Wir sind zwar eher schüchterne Leute, aber Ungerechtigkeiten bringen uns in Rage. Brav sein ganzes Geld aushändigen – nein danke! Wenn's meins gewesen wäre, hätte ich's vielleicht gemacht, aber in dem Moment, wo ich für jemanden verantwortlich bin …«

»Schüchtern? Das habe ich gemerkt!« Rena blitzte ihn an. »Kann man vielleicht auch Feigheit nennen, wenn man nicht zu dem steht, was man tut.«

Er begriff sofort, worauf sich das bezog. »Feigheit im Bett? Oh, ein ganz neues Verbrechen! Das wird bestimmt richtig beliebt!« Ein Grashalm stach Rena in die Nase. Wütend schnaubte sie und drehte den Kopf zur Seite. Das hatte den Vorteil, dass sie Tjeri nicht mehr ansehen musste.

»Ganz bestimmt. Und am besten ist's, wenn man Pflicht und Ehre vorschieben kann.«

Ruki hörte interessiert zu und reimte sich wahrscheinlich gerade zusammen, worum es ging. Aber das scherte Rena in diesem Moment überhaupt nicht.

»Das habe ich also davon, dass ich mich entschuldigt

habe. Ist das auf einmal so verdammt schlimm? Ich dachte eigentlich, es wäre höflich!«

»Sich für manche Dinge zu entschuldigen ist einfach nur Scheiße.« Rena legte die Wange an den Boden und ließ ihre Tränen in den Sand tropfen. Er sog sie auf ohne eine Spur. »Vielleicht sollte ich mich auch mal für was entschuldigen. Entschuldige, dass ich mich in dich verliebt habe!«

Es war lange Zeit still. Dann sagte Tjeri leise: »Du hast dich in mich verliebt?«

Er hat's also nicht gemerkt, dachte Rena und antwortete: »Ändert das irgendwas?«

»Ja, das ändert etwas. Ich dachte ... ich ... ach verdammt ...«

Rena wurde nicht schlau aus ihm. Was sollte das nun wieder heißen? Hatte sie ihn noch mehr in Verlegenheit gebracht? Wahrscheinlich wünschte er jetzt, er hätte sich mit Händen und Füßen gegen diesen Auftrag gewehrt. Oder zumindest in sicherer Entfernung von ihr übernachtet.

»Iihr seiiid ja beiiide so verrückt wiiie Federzecken!«, schimpfte Ruki. »Was iist jetzt mit uns? Niiicht schön iist es hiier!«

Rena wurde mit einem Ruck in die harte Wirklichkeit zurückgerissen, in der es ganz egal war, wer mit wem geschlafen hatte, und in der sie vor allem erst einmal freikommen mussten. Ruki hatte Recht. Verlegen sagte sie: »Äh, hier wird uns doch jemand finden, oder? Tjeri?«

»Ja, ja, natürlich. Da mache ich mir gar keine Sorgen. Wir sind noch ziemlich nah an Uskali. Hier kommen ständig Leute vorbei. Es ist nur eine Frage der Zeit.«

»Iiich habe Angst!«

»Kein Grund zur Panik, Ruki«, versicherte Tjeri. »Du wirst nicht mal das Abendessen verpassen.«

Rena drehte den Kopf wieder so, dass sie ihn ansehen konnte. »Was haben die Kerle sich eigentlich dabei gedacht, als sie uns hier liegen gelassen haben?«

»Sie werden sich gedacht haben, dass sie mit so einer fetten Beute besser erst mal die Gegend wechseln«, sagte Tjeri. Eine blau schimmernde Libelle umschwebte seinen Kopf und er folgte ihren Bewegungen mit den Augen. »Wieso hast du mir nichts von den Wasserdiamanten gesagt?«

»Du hast mich schließlich nicht gebeten dir meine finanzielle Situation zu erläutern! Können deine Tiere uns nicht irgendwie helfen?«

»Sehr witzig. Das möchte ich mal sehen, wie ein Salamander ohne Zähne es schafft, Fesseln durchzunagen.«

»War ja nur eine Frage, verdammt!«

»Ich weiß schon. Du denkst, es sei wie in einer der netten Legenden der Luft-Gilde, in der jetzt ein schlauer Fisch Hilfe holen würde oder so was. Tja, schade, dass ich der einzige Mensch in Daresh bin, der sich mit Tieren verständigen kann ...«

»Wieso hört iihr niicht auf? Das iist graustürmig!«, beschwerte sich Ruki.

Sie riefen um Hilfe, doch ihre Stimmen verhallten über dem See. Die Sonne begann langsam zu sinken. Zum Glück lagen sie im Schatten eines großen Felsens, aber heiß war es trotzdem. Renas Kehle fühlte sich ausgedörrt an und die Fesseln rieben die Haut an ihren Händen und Knöcheln auf. Ihre Finger wurden langsam taub, ließen sich immer schwerer bewegen. Sie machte sich Sorgen, wie der kleine Storchenmensch das Ganze aushielt, doch von ihm kam kein Wort der Klage mehr.

Nach und nach wurde es kühler, als die Sonne sich dem Horizont näherte. Ein leichter Wind fächelte über ihre verschwitzten Gesichter. Rena drehte sich Tjeri zu. Sie konnte sehen, dass er begann sich Sorgen zu machen. Die Stinger fielen ihr ein, die kleinen Scherenwesen, die bei Nacht übers Land schwärmten. »Was ist, wenn uns bis zum Abend immer noch niemand gefunden hat?«, fragte sie. »Die Stinger …«

»Wir dürfen nicht mehr hier sein, wenn die Nacht hereinbricht«, sagte er und seine Stimme klang angespannt. »Sonst ist von uns nicht mehr viel übrig, wenn die Sonne morgen wieder aufgeht.«

»Wir könnten uns vielleicht ins Wasser rollen …«

»Auch nicht viel besser. Dann ertrinken wir eben.« Tjeri zog eine Grimasse. »Das ist in meiner Gilde gleichzeitig die schlimmste und die beste Todesart. Die beste, weil das Wasser unser Element ist. Die schlimmste, weil es bedeutet, dass du versagt hast – du konntest nicht lange genug die Luft anhalten, du hast deine Kräfte überschätzt, du hast irgendeinen dummen Fehler gemacht …«

»Ja, ja, schon gut. Ich wollte eigentlich nur wissen, ob du irgendeine bessere Idee hast.«

»Fürchte nicht. Diese Fesseln sind verdammt eng.« Tjeri spannte die Muskeln an, versuchte wieder einmal sich freizukämpfen. Ohne Erfolg. »Ich könnte wetten, dass diese beiden nicht vorhatten uns zu töten. Das ist nicht die Art der Wasser-Gilde. Wer konnte wissen, dass gerade heute niemand hier vorbeikommen würde?«

»Wurzelfraß und Blattfäule! Mord ist das, sonst nichts!«

Sie schwiegen wieder. Renas Haut kribbelte, als sie sich vorstellte, wie die Stinger Stück für Stück aus ihr herausschnitten. Nein, so wollte sie nicht sterben. Sie wollte überhaupt nicht sterben! Auch der Gedanke, dass Ruki und Tjeri so enden könnten, war schrecklich.

»Wie werdet ihr eigentlich eure Toten los?«, fragte Rena.

Wenn sie schon in so einer Stimmung war, dann machte eine scheußliche Information mehr auch nichts aus. »Wir begraben unsere. Aber das geht ja hier nicht.«

»Dafür gibt es spezielle Seen, in denen nicht gefischt oder geschwommen werden darf. Dort lebt eine ganz bestimmte Fischart, die uns heilig ist. Sie nehmen die Körper in sich auf.«

»Fressen sie also!«

»So kann man es auch sagen. Findest du das schlimm?«

Rena fand es entsetzlich. Doch wahrscheinlich fanden es andere Gilden genauso abstoßend, dass Renas Leute Tote in der Erde vergruben oder die Feuer-Gilde ihre verbrannte. »Ja. Aber es ist eben eure Sitte. Nicht besser oder schlechter. Anders eben.«

»Tja, hoffen wir mal, dass die Stinger genug von uns übrig lassen, damit wir's in die Heiligen Seen schaffen.«

Die Sonne sank langsam unter den Horizont. Nach und nach verschwand das Licht. Eine Weile glühte der Himmel noch golden nach, dann übernahm die Dämmerung.

»Wir haben nicht mehr viel Zeit.« In Tjeris Stimme klang ein seltsamer Ton mit. »Ich wollte dir nur noch sagen, Rena, dass du mir auch eine ganze Menge bedeutest. Seit ich von dir und deiner Reise zu den Gildenräten damals gehört habe, wollte ich dich kennen lernen. Deshalb habe ich auch diesen Auftrag angenommen.«

Ein wunderbares Gefühl breitete sich in Rena aus. Sie schloss die Augen, damit Ruki nicht sah, dass sie schon wieder weinte.

»Als du mir das vorhin gesagt hast … du hättest dich in mich verliebt … da dachte ich: Du träumst.«

»Das dachte ich gestern Nacht – weil es genau das war, was ich mir gewünscht hatte«, gestand Rena und fühlte sich sehr verletzlich. Sie konnte sein Gesicht in der Dämmerung kaum noch erkennen.

Ein scharfer Schmerz! Rena schrie auf. Etwas hatte sie durch die Schwimmhaut hindurch in den Arm gezwickt. So fest, dass sie Blut aus einer winzigen Wunde sickern spürte. Und aus allen Richtungen hörte sie ein leises Schaben, das Geräusch vieler tausend Insekten, die sich aus der Erde nach oben wühlten.

»Siie kommen!«, pfiff Ruki angstvoll.

Das Nest

Es war ein seltsames Gefühl, wieder einmal vor der Regentin zu stehen. Der blaue Saal war einer der kleinen Audienzsäle, für weniger wichtige Begegnungen vorgesehen – dennoch waren die Wände mit kostbaren mitternachtsfarbenen Stoffen behängt, die Luft roch nach aromatischem Rauch. Außer der Regentin war nur eine alte Dienerin anwesend, sie kauerte stumm neben dem Stuhl ihrer Herrin. Ein Vermittler war nicht dabei, obwohl das sonst üblich war. Sie will keine Zeugen bei diesem Gespräch, dachte Alix.

Alix hielt sich sehr gerade und bemühte sich um eine undurchdringliche Miene. Die blasse, schmale Frau vor ihr, die ihr rotblondes Haar streng zurückgekämmt hatte und nur eine schlichte Zeremonienrobe trug, hielt es ebenso. Aber sie schaffte es nicht ganz, ihre Abneigung zu verbergen. Alix wusste, die Herrscherin von Daresh hatte ihr nicht verziehen, dass sie sie gleich zweimal schwach gesehen hatte: Einmal damals, als sich herausgestellt hatte, dass die Schwarzen Kutten die eigentliche

Macht in den Händen hielten und die Regentin wenig mehr als ein Mädchen namens Hetta war, das zu spät merkte, wie es ausgenutzt worden war. Ein weiteres Mal, als der Prophet des Phönix die Burg erobert und die überlebenden Bewohner – auch die gedemütigte Regentin in ihrer verdreckten Robe – zur Flucht in geheime Gewölbe unter der Burg gezwungen hatte.

Doch die Frau, die nun vor Alix stand, war gereift, hatte eine kühle Würde, die das Mädchen damals nicht gehabt hatte. Sie ist gefährlicher denn je, dachte Alix. Und skrupellos war sie schon damals. Alix fragte sich, warum die Regentin zugestimmt hatte sie zu sehen.

»Friede den Gilden«, sagte Alix und beugte ganz leicht den Kopf. Eine förmliche Verbeugung konnte diese Frau nicht von ihr erwarten. »Ich danke Euch für die Audienz.«

»Die gewähre ich selbst den geringsten meiner Untertanen«, sagte die Regentin kühl. »Was wollt Ihr, Schmiedin?«

Alix sah keinen Grund, lange um die Sache herumzureden. »Erfahren, warum Ihr den Iltismenschen habt hinrichten lassen. Und warum niemand mehr das Verlies betreten darf. Normalerweise muss der Rat solche Entscheidungen bestätigen.«

»Einer meiner Getreuen hat es angeordnet, weil er dachte, es sei mein Wille und diene mir. Das habe ich schon Meister Dagua gesagt. Ich habe bereits eine Strafe vollzogen.«

Alix wurde klar, dass diese Frau nur mit ihnen spielte. Sie hatte vollendete Tatsachen geschaffen und dafür einen ihrer Diener geopfert, den sie gerade entbehren konnte. Zu befürchten hatte sie nichts. Und rückgängig machen konnte man ohnehin nicht, was geschehen war. »Irgendwann werden die Gilden Euch dafür zur Rechenschaft ziehen!«

»Ach wirklich?« Die Regentin lächelte, es sah fast unbeschwert aus.

»Wenn nicht sie, dann die Halbmenschen. Unterschätzt sie nicht!«

»Ich habe sie nie unterschätzt – und ich unterschätze auch Euch nicht, Alix ke Tassos. Es könnte sein, dass Ihr nicht mehr lange hier sein werdet.«

Was hatte sie vor? Es machte Alix nervös, das nicht zu wissen. »Ihr könnt mich nicht aus der Felsenburg weisen. Der Rat selbst hat mich hergebeten.«

»Das mag sein. Aber noch bestimme ich über Daresh – und über die Felsenburg«, sagte die Regentin und der Ausdruck in ihren Augen mahnte Alix zur Vorsicht.

»Auch ohne Eure Berater«, sagte Alix und beobachtete die Regentin genau. Doch sie reagierte überhaupt nicht. Hieß das, dass sie von Ennobars Plan, die Schwarzen Kutten zurückzubringen, nichts gewusst hatte?

Bloß raus hier, dachte Alix. Von ihr werde ich sowieso nichts mehr erfahren. Sie hangelte sich durch die förmlichen Abschiedsfloskeln und machte sich auf den Weg zurück zu den Räumen des Rates, um sich mit Dagua zu besprechen. Doch so weit kam sie nicht. Auf halbem Weg holte ein Diener sie ein. Er war so außer Atem, dass er kaum sprechen konnte. »Euer … Gefährte … Westgang … schnell!«

»Rostfraß und Asche!«, sagte Alix und folgte dem Diener im Laufschritt. Was konnte passiert sein?

»Es sind ein paar meiner Freunde hier; sie werden uns eine Weile verteidigen können«, sagte Tjeri hastig. »Legt euch so nah zu mir, wie ihr es schafft.«

Rena schloss die Augen, sie wollte nichts mehr sehen. Um sie herum flatterte und krächzte es, schabten Pfoten, pfiff und schnarrte es, als Stinger gefressen, weggeschleudert und zertrampelt wurden. In der Dunkelheit tobte ein erbitterter Kampf. Doch immer öfter zuckte Rena zusammen, wenn wieder mal ein Stinger sie erwischte, und sie hörte auch Tjeri stöhnen. »Es sind zu viele«, sagte er gepresst. Ruki schrie.

In diesem Moment hörten sie die leisen Stimmen. Rena fuhr auf. War da jemand? Oder hatte sie sich getäuscht? Hoffnung durchpulste sie. Sie sammelte all ihre Kraft und brüllte: »Hilfe!!!!«

Tjeri stimmte ein: »Helft uns! Wir sind Freunde!«

»Dörflinge sind es, Dörflinge, aber auch einer der Brüder.«

»Ja, was sollen wir tun, was? Die Beißer sind da.«

Krötenmenschen, begriff Rena. Der Lärm hatte sie herbeigelockt. Widerstreitende Gefühle zerrten an ihr. Sie erinnerte sich an den Angriff, bei dem ihr Kanu beinahe umgekippt worden wäre. An die unheimlichen gelbgrünen Gestalten mit ihren glitschigen Pfoten. An die vielen Zwischenfälle, von denen die alte Carinja erzählt hatte. Aber dann biss wieder einer der Stinger zu, es fühlte sich an, als würden gerade mehrere ihrer Zehen weggenagt. Rena gab jede Vorsicht auf. »Hilfe!!! Wir sind hier oben, auf den Felsen!«

Sie lauschte verzweifelt darauf, was die Krötenmenschen sagten. Anscheinend drifteten sie immer noch im Wasser vor der Insel, kaum ein paar Menschenlängen entfernt.

»Nicht gut ist das, nicht gut. Sie werden das Nicht-Sein kosten.«

»Wir dürfen uns nicht einmischen. Denk daran, was sie uns angetan haben, denk daran.«

»Aber einer von ihnen ist ein Bruder.«

»Wenn die noch länger diskutieren, gibt's nichts mehr zu retten«, stöhnte Rena.

»Warum beim Geist der Seen mussten diese Idioten in der Felsenburg auch den Caristan hinrichten?«, wütete Tjeri und wälzte sich hin und her, um den schmerzhaften Bissen auszuweichen. »Jetzt gehen wir womöglich deswegen drauf!«

Ja, es sah fast so aus. Die Geräusche entfernten sich, das Plätschern von Flossen wurde leiser.

»Scheiße, die schwimmen weg!« Tjeris Stimme klang ungläubig.

In diesem Moment fiel Rena etwas ein. Wie hieß noch einmal die Formel, die der Storchenmensch gerufen hatte? Die »für den Herrscher« bedeutete? Vielleicht konnte sie die Kröten damit aufrütteln – gerade genug, dass sie ihnen halfen. Rena pumpte Luft in ihre Lungen. *»Seraf'tolai!«*, schrie sie und die geheimnisvollen alten Worte hallten über den See, vibrierten durch die Dunkelheit.

Zwei mal zehn Atemzüge später spürte sie kalte Pfoten, die sie hochhoben, die Stinger von ihr herunterwischten, sie davontrugen. Mit einem Platsch landete Rena im See, der Schock des kalten Wassers nahm ihr den Atem. Verzweifelt hielt sie die Luft an, kämpfte gegen die Fesseln. Sank immer tiefer. Wand sich in Todesangst. Endlich löste jemand die geflochtenen Algenstränge um ihre Handgelenke, auch ihre Füße waren plötzlich frei. Prustend tauchte Rena auf, schnappte nach Luft. Ihr Körper fühlte sich so steif und zerschlagen an, dass sie kaum schwimmen konnte. Doch dann spürte sie, wie jemand sie stützte, an der Oberfläche hielt. Tjeri. »Geht schon, ich habe sie«, hörte sie ihn zu jemand sagen. »Kümmert euch um den Kleinen.«

»Seid ihr stark genug um zu den Höhlen zu tauchen, seid ihr das?«, fragte die tiefe Stimme eines Krötenmenschen. Rena sah die Silhouette zweier gedrungener Gestalten. »Sie … fragen … ob … wir … mitkommen wollen«, übersetzte Rena; ihr Atem ging flach und hastig.

»Schaffen wir schon«, antwortete Tjeri. »Schwimmt voraus. Wir folgen euch.«

Renas Herz klopfte laut. Es war kaum zu glauben. Würden sie jetzt wirklich die Höhlen der Krötenmenschen sehen, die kaum ein »Dörfling« bisher zu Gesicht bekommen hatte? Doch sie kam nicht dazu, sich darüber Gedanken zu machen. Schon verschwanden die Kröten unter der Wasseroberfläche.

»Tief Luft holen, schnell«, befahl Tjeri ihr leise. »Bleib irgendwie hinter mir. Brackwasser, ist das dunkel! Ich hoffe, du kannst sehen, wo ich hinschwimme …«

»Du hast auch wirklich keine Ahnung von meiner Gilde«, sagte Rena zwischen zwei tiefen Atemzügen. »Hast du nicht gewusst, dass wir gut im Dunkeln sehen?«

Und dann tauchten sie auch schon. Rena fühlte, wie das Wasser an ihrem Gesicht entlangströmte, spürte die Wasserwirbel, die ihr voranschwimmender Begleiter erzeugte. Nach kurzer Zeit sah sie im schwachen silbrigen Licht, dass sie sich dem Boden näherten. Oder eher dem Eingang zu einer unterseeischen Höhle. Tjeri zog sie mit sich, half ihr auf dem glitschigen Boden das Gleichgewicht zu behalten.

Rena fühlte sich so schwach, dass sie sich an Ort und Stelle hinsetzte und gegen die kalte Höhlenwand sacken ließ. Es roch nach Algen und feuchtem Stein. Mit einem Seufzer ließ sich Tjeri neben ihr nieder. Ruki schüttelte sein nasses Gefieder, dass die Tropfen spritzten, und breitete seine Flügel dann zum Trocknen aus.

»Ich kann's kaum glauben«, sagte Rena. »Sie haben uns nicht angegriffen. Und wir sind in einem ihrer Nester!«

Wachsam blickte sich Tjeri um. »Hm. Ja. Aber wieso lassen sie uns hier hocken? Mir ist nicht ganz wohl bei der Sache. Vielleicht sollten wir besser schauen, dass wir so schnell wie möglich wieder verschwinden.«

»Spinnst du? Nachdem wir endlich bei den Krötenmenschen sind? Du kannst ja gehen. Ich bleibe. Ich habe schließlich einen verdammten Auftrag, die Halbmenschen brauchen unsere Hilfe!«

Einen Moment lang war Tjeri still. Dann sagte er langsam: »Du hast Recht. Wir müssen bleiben.«

Rena ließ ihren Kopf gegen die Wand zurücksinken. »Beim Erdgeist, wir können froh sein, dass Ruki bei uns ist, einer ihrer Brüder – sonst hätten sie uns vielleicht liegen lassen.«

Tjeri lächelte und legte wie selbstverständlich den Arm um sie. Renas Herz kam kurz aus dem Takt. »Wie fühlst du dich?«, fragte er.

»Angenagt«, sagte Rena und blickte an sich hinunter. Sie hatte Dutzende von kleinen blutenden Wunden davongetragen und aus ihrem rechten großen Zeh war ein ordentliches Stück herausgebissen. Ohne die Schwimmhaut wäre es sicher noch schlimmer gewesen. Sie verglichen ihre Blessuren und stellten fest, dass Tjeri ähnlich zerbissen war und Ruki vor allem geknickte Federn davongetragen hatte. Er schien nicht so gut zu schmecken.

»Wir haben unglaubliches Glück gehabt«, meinte Tjeri. »Ich hätte nicht mal einen toten Memo-Fisch darauf gewettet, dass wir da lebend herauskommen. Krötenmenschen sind vor allem nachts aktiv, weil sie das Sonnenlicht nicht gut vertragen – deshalb wusste ich, dass sie uns während des Tages nicht finden würden.«

»Glück, iijja, Glück«, bestätigte Ruki. »Kennst du diiese Brüder hiier, Tjeriii?«

Rena fiel ein, dass Tjeri schon einmal bei den Krötenmenschen gelebt hatte. Gespannt wartete sie auf seine Antwort.

»Nein, das ist leider eine Sippe, mit der ich noch nicht zu tun hatte«, sagte er. »Wir müssen uns überraschen lassen, was hier auf uns zukommt.«

Was auf sie zukam, war erst einmal ein Krötenmensch mit einer Schüssel, die aus einer Eischale gemacht zu sein schien. Er wagte nicht sie anzublicken, stellte die Schüssel auf den Boden und patschte hastig wieder davon.

»Hm, Mampa in Butter!«, stellte Tjeri fest und grinste Ruki erschöpft an. »Hab ich's nicht gesagt? Wir haben nicht mal das Abendessen verpasst!«

Schon von weitem hörte Alix das Klirren der Schwerter. Sie erkannte das Sirren von Tavians Waffe sofort. Ihr schwante Böses.

Drei Wachen, kräftige Burschen in Kettenhemden, hatten den Gang abgeriegelt und droschen von allen Seiten auf Tavian ein. Das Geräusch von Metall auf Metall war ohrenbetäubend. »Aufhören!«, brüllte Alix. »Was fällt euch ein?! Seid ihr noch ganz bei Trost?«

Langsam setzte Stille ein. Auch Tavian ließ sein Schwert sinken. Sein Gesicht war gerötet und sein Mund nur noch ein schmaler Strich. Erleichtert stellte Alix fest, dass er unverletzt war.

»Ihr erhebt in den Mauern der Felsenburg das Schwert gegen einen Gast?«, fuhr Alix einen der Soldaten an, der sie und Tavi um einen halben Kopf überragte und auffallend muskulös war. Er hatte wohl geglaubt, den verhassten ehemaligen Phönix-Anhänger schnell und unauffällig in ein kaltes Grab befördern zu können!

»Meisterin, er hat uns ohne Grund angegriffen«, behauptete der Mann. Er hatte einen blutigen Kratzer im Gesicht und atmete schwer.

Verblüfft schwieg Alix. Dann wandte sie sich an Tavian, der sein Schwert inzwischen weggesteckt hatte. »Stimmt das? Hast du sie angegriffen?«

»Er lügt«, sagte Tavian kalt. »Erst haben sie versucht mich zu provozieren. Als das nicht geklappt hat, sind sie über mich hergefallen.«

Alix war sofort klar, dass niemand ihm das glauben würde. Drei Zeugen gegen einen – ihr Freund hatte keine Chance. »Was haben sie gesagt?«, fragte sie Tavian leise ohne die Soldaten aus den Augen zu lassen.

»Sie haben Bemerkungen über die feigen Windelwechsler aus Tassos gemacht und gelacht. Es tut mir Leid – ich hätte gleich umdrehen und gehen sollen.«

»Scheiße«, flüsterte Alix. »Leid? Wenn sie so etwas über mich gesagt hätten, hätte ich ihnen wahrscheinlich beide Ohren abgeschnitten.«

Aber woher wussten die Soldaten, dass Tavian und sie ein Kind hatten? Das hatten sie nicht wissen können! Mit einem Schlag wurde ihr klar, warum die Regentin ihr die Audienz genehmigt hatte. Das hatte dazu gedient, sie und Tavian zu trennen, Alix abzulenken. Damit Tavian währenddessen in »Notwehr« getötet werden konnte! Wahrscheinlich hatten sie nicht damit gerechnet, dass Tavian ein so gefährlicher Gegner war. Mit drei Wachen wurde er leicht fertig.

Finster blickte Alix die Männer an. »Also, Jungs, was jetzt? Gehen wir zum Kapitän der Wache und melden wir den Vorfall oder vergessen wir das Ganze einfach? Ist doch niemand verletzt worden, oder?«

»Vergessen? Der Burgfrieden ist gebrochen worden!«, protestierte einer der Soldaten.

»Ich werde das mit dem Rat persönlich klären«, sagte Alix kühl. »Ihr haltet Stillschweigen darüber, ist das klar?«

Die Wachen zuckten die Schultern. Alix prägte sich die Namen der drei Männer ein, dann schickte sie sie zu ihren Posten zurück.

»Schon lustig«, sagte Alix, als sie zu ihren Räumen zurückgingen. »Früher hätte ich einen solchen Streit selbst angezettelt – heute soll ich ihn schlichten … ich fürchte, so richtig gut bin ich darin nicht …«

Eine Stunde später brachte ein Bote ein gerolltes Pergament mit dem Siegel der Regentin. Darauf stand, dass Tavian der Burg verwiesen wurde und sie bis zum Aufgang des zweiten Mondes zu verlassen hatte.

In einem der prächtigen äußeren Gemächer der Felsenburg lauschte der Mann, der von den Halbmenschen Schwarzfeder genannt wurde, dem Bericht seiner Getreuen. Dann schickte er sie weg, um in Ruhe nachdenken zu können. Er ging zu einem der Fenster hinüber und blickte über den nächtlichen Wald hinaus. Ärgerlich wischte er einen winzigen Dreckkrümel vom Fenstersims – obwohl er jeden Tag putzen ließ, genügte die Sauberkeit seinen Anforderungen nicht.

Bisher hatte er nicht geschafft die beiden Feuer-Leute aufzuhalten. Jetzt wurde ihm klar, dass das vielleicht die falsche Taktik gewesen war. Vielleicht konnten sie ihm – mit Unterstützung dieses seltsamen Mädchens von der Erd-Gilde – sogar helfen zu finden, was er suchte … Der nächste Schritt war sehr, sehr wichtig. Es galt, den Fehler vom Anfang wieder wettzumachen und ihr Vertrauen zu gewinnen. Nun war sein ganzes Geschick gefordert.

Eine Dienerin kam herein, zögerte, als sie ihn sah, stellte dann mit einer Verbeugung das Tablett ab, das sie trug. »Verzeiht, dass ich Euch gestört habe, Meister«, sagte sie unsicher. »Eure Felizas-Sprossen.«

Sie war noch ganz jung, genau sein Typ. Er betrachtete sie aus halb geschlossenen Augen, stellte sich vor, was er mit ihr machen würde. Es gefiel ihm, wie sie immer unsicherer wurde, je länger er sie dort stehen ließ, wie sie allmählich Angst bekam. Schade, dass er sich im Moment nicht erlauben konnte, hier in der Burg seinen Vergnügungen nachzugehen. Damals in Nerada hatte es sich als aufwändig herausgestellt, die ganze Sache zu vertuschen; er hatte das Mädchen töten lassen müssen, und das war teuer gewesen.

Er gab der Dienerin ein Zeichen, dass sie gehen könne. Erleichtert huschte sie davon. Seine Gedanken kehrten zu den beiden Feuer-Leuten zurück. Wenn es nicht funktioniert, kann ich sie immer noch aus dem Weg räumen lassen, dachte er und in seinem Inneren breitete sich samtene Zufriedenheit aus. Schließlich hatte bisher alles so gut geklappt. Das mit Ennobar und dem Storchenmenschen. Die Aufstände. Selbst jetzt verdächtigte niemand ihn. Es war wirklich eine faszinierende Kunst, Menschen zu beeinflussen.

Schon als Junge war er gut darin gewesen. Er erinnerte sich noch deutlich an das erste Mal, dass es ihm gelungen war. Wie er den Gesellen dazu gebracht hatte, ihm das Paar Schuhe zu schenken, das er sich sonst nie hätte leisten können. Was für ein Hochgefühl es gewesen war, damit durchzukommen. Wie er seine Kunst verfeinert hatte, als er nach dem frühen Tod seiner Eltern bei Onkel Ferolo und Tante Jila aufgewachsen war. Es war leicht gewesen – sie hatten ihn angebetet und nie gemerkt, wie er sie ausnutzte. Hier in der Felsenburg war das Spiel noch viel spannender. Und je schwieriger es war, desto süßer schmeckte der Erfolg und desto größer war der Gewinn. Es reizte ihn, herauszufinden, wie weit er gehen konnte. Weit, sehr weit, ahnte er.

Es war ein warmer Abend und in seinen Räumen war es stickig und schwül. Er murmelte eine der Formeln seiner Gilde und rief einen leichten Wind, der ihm frische Luft zufächelte. Dann legte er ein Paar seiner bescheideneren, kaum verzierten Schuhe an und machte sich auf den Weg.

Kräftemessen

Nachdem sie gegessen hatten, merkte Rena, dass sie nach all der Aufregung die Müdigkeit einholte. Leider sah es nicht so aus, als würden sie in nächster Zeit ein bequemeres Nachtquartier bekommen. Immerhin waren keine unmittelbaren Gefahren in Sicht. Sie lehnte sich gegen Tjeris Schulter und schlief ein. Als er sie sanft rüttelte, wusste sie nicht, wie viel Zeit vergangen war. In den Krötenhöhlen schien immer das gleiche Dämmerlicht zu herrschen.

»Ist es schon Tag?«, fragte Rena schläfrig. Dann war sie auf einmal hellwach, denn vor ihnen standen zwei Krötenmenschen. Zum ersten Mal seit langem sah Rena diese seltsamen Wesen aus der Nähe und konnte sie in Ruhe betrachten. Sie waren gerade einmal so groß wie sie, aber doppelt so breit, mit einem untersetzten Körper und kräftigen Schenkeln, die in Schwimmflossen ausliefen. Ihre runden Köpfe hatten fast menschliche Züge. Scheu blickten die Kröten sie aus großen goldenen Augen an.

»Buld guht die Sonne uf«, sagte der eine von ihnen in schlechtem Daresi. »Dunn müsst ihr guhen. Us ist nicht gut, wenn Durflinge hier sind. Uch, wenn ihr us seid.« Den jungen Storchenmenschen blickte er freundlich an, beachtete ihn dann aber nicht mehr.

Auch, wenn ihr es seid? Rena war überrascht. »Ihr wisst, wer wir sind?«

»Einur der Brüder hat uch erkannt«, sagte der Zweite und sein Maul verzog sich zu einem unglaublich breiten, begeisterten Grinsen. »Die Fru der tausend Zungen und dur Jederfreund! Unser Laich ust gesegnut durch euren Besuch!«

Rena blickte Tjeri an. *Na also, auch hier kennen sie mich.* Er erwiderte den Blick und zog eine ganz leichte Grimasse. *Wenn sie nur nicht dieses Faible für grässliche Spitznamen hätten … und einen so scheußlichen Akzent …*

Doch was die beiden gesagt hatten, schien zumindest einen Teil von Tjeris Befürchtungen zu bestätigen. Die Botschafter der Menschen flogen raus aus dem Unterwassernest, bevor sie es überhaupt richtig betreten hatten. Rena überlegte verzweifelt. Gab es überhaupt noch etwas, was sie tun konnten? Schon drehten sich die beiden Krötenmenschen um, wandten sich zum Gehen. Nein, gesprächig waren sie wirklich nicht.

»Ich würde mich gerne persönlich bedanken bei den Brüdern, die uns gerettet haben«, rief sie den beiden hinterher. »Und beim Bruder, der über dieses Nest bestimmt, dieses Nest!«

Scheu blickten die beiden Amphibien sich an, dann wieder Rena. »Fragen müssen wir, fragen«, unkten sie fast im Chor, diesmal in ihrer Sprache. Eilig verschwanden sie in einem Seitengang, schon verklang das Klatschen ihrer Flossenfüße auf dem feuchten Steinboden. Schnell übersetzte Rena ihrem Begleiter, was sie gesagt hatten.

»Könnte klappen«, sagte Tjeri. Die Anspannung verließ seinen Körper wieder, er ließ sich an die Höhlenwand zurücksinken. »Bis auf die nebensächliche Tatsache, dass das schon die beiden waren, die uns von der Insel geholt haben.«

»Oh. Ich fürchte, ich kann einen Krötenmenschen nicht vom anderen unterscheiden.«

»Die Hautmuster sind bei jedem ein klein wenig anders. Man bekommt nach einer Weile einen Blick dafür. Aber diese beiden habe ich an der Stimme erkannt.« Tjeri zupfte an seiner Schwimmhaut herum. Wahrscheinlich überlegte er, wie sich die vielen kleinen Stinger-Löcher darin wieder flicken ließen. »Übrigens bin ich mir ziemlich sicher, dass sie sich mit dir wegen dieser Worte unterhalten wollen, die du gerufen hast. Sonst hätten sie uns schon längst nach oben befördert, Dank hin oder her.«

»Oh«, sagte Rena zum zweiten Mal.

»Was sollte das eigentlich heißen – was du gerufen hast?«, schob Tjeri nach.

»Siie siind nett, die Kröten«, sagte Ruki plötzlich und Rena war ihm dankbar für die Ablenkung. »Aber siie riiechen großviel komisch.«

»Wahrscheinlich sagen sie das Gleiche über uns«, meinte Tjeri trocken.

»Erzähl mir noch was über sie«, bat Rena Tjeri hastig. »Bevor sie zurückkommen. Was machen sie gerne? Was liegt ihnen am Herzen?«

»Hm. Schwer zu sagen.« Tjeri zuckte die Schultern. »Sie sind ziemlich verfressen. Ein ausgewachsener Krötenmensch verspeist buchstäblich alles, was ihm in die Quere kommt. Musik mögen sie furchtbar gerne … und du wirst schon noch merken, was ich mit furchtbar meine …«

Weiter kam er nicht. Denn schon kehrten ihre beiden Gastgeber zurück. »Kommt«, sagten sie.

Triumphierend blickte Rena ihre Freunde an. Doch Tjeri sah nicht eben beruhigt aus. »Brackwasser, was sollen denn diese Dinger? Das sind ja ganz neue Sitten.«

Jetzt sah Rena, dass die Krötenmenschen drei schwarze Lappen in den Händen hielten. Sie bedeuteten den beiden Menschen und dem kleinen Storch, sich damit die Augen zu verbinden. Der Lappen stank nach Fisch, der schon längere Zeit tot war. Rena musste fast würgen, als der Stoff ihr halb über die Nase rutschte, und Ruki pfiff unwillig vor sich hin.

»Tja, der Gastgeber bestimmt eben«, sagte Rena und zog den Knoten hinter ihrem Kopf fester. Völlige Dunkelheit um sie herum. Jetzt waren sie den Kröten ausgeliefert. Sie werden uns nichts tun, versicherte sich Rena wieder und wieder. Doch sie konnte nicht verhindern, dass eine Gänsehaut ihre Arme überzog. Waren sie dem Geheimnis schon auf der Spur? Verbargen die Kröten etwas, was Rena und ihre Freunde nicht sehen durften? Oder war das Verbinden der Augen einfach eine Vorsichtsmaßnahme?

Eine feuchte Pfote berührte schüchtern ihren Ellenbogen, führte sie. Zögernd ging Rena voran, Schritt für Schritt. Seit sie die *Quelle* berührt hatte, konnte sie die Aura von Holz und Pflanzen noch stärker spüren als früher. Es war wie eine Art drittes Auge, mit dem sie sich orientieren konnte. Doch hier gab es keine Pflanzen, nur Stein.

Rena sondierte ihre Umgebung mit allen übrigen Sinnen. Sie hörte Tjeri neben sich atmen, Rukis Vorantrippeln, das leise Echo ihrer eigenen Schritte. Es roch kühl und frisch. Die leichten Luftbewegungen, die sie wahrnahm, verrieten Rena, dass es wahrscheinlich noch einen Ausgang nach oben gab. Ihre Füße patschten durch warmes Wasser. Dann die leisen Geräusche von vielen Wesen in ihrer Nähe. Ein leises Plätschern, als etwas oder jemand ganz plötzlich wegtauchte. Leichter Geruch nach Krötenkot. Schließlich eine kleinere Kammer, kurze, flache Echos.

»Wie heißt du eigentlich?«, fragte Rena ihren halbmenschlichen Begleiter um sich abzulenken. »Du bist einer von denen, die uns gerettet haben, oder?«

»Ja, das bin ich, ja«, flüsterte es scheu zurück. Es klang erfreut, so als habe der Krötenmensch gar nicht damit gerechnet, dass sie ihm überhaupt Aufmerksamkeit schenken würde. »Uu'naq nennt man mich, Uu'naq.«

»Ich danke dir, Uu'naq, dir und deinem Freund«, sagte Rena leise und zermarterte sich den Kopf darüber, was man einen Krötenmenschen fragen konnte. »Lebst du schon lange hier, schon lange?«

»Viele Winter. Wir alle zusammen. Wir singen.«

Rena begriff kaum etwas. Sie wusste nur, dass sie das Gespräch nicht abreißen lassen durfte. Es war wie ein dünner Seidenfaden über den Abgrund hinweg, der sie trennte. »Was ...«

»Still«, wisperte ihr Begleiter. »Ihr dürft wieder sehen, sehen dürft ihr. Wir sind da.«

Rena übersetzte schnell für Tjeri: »Wir dürfen die Dinger abnehmen.«

Sie löste den Knoten, ließ das Tuch vom Kopf gleiten. Und sah im Dämmerlicht, dass sie in einem kleinen Raum waren, der ein Becken mit warmem Wasser enthielt. Dampf stieg daraus auf. In der Mitte des Beckens erhob sich ein grauer, zerfurchter Felsen, beleuchtet von ein paar Mondfischen, die im Wasser herumwitschten. Suchend blickte sich Rena nach ihren Freunden um. Verdutzt sah sie, dass Tjeri sich verbeugte. Aber wovor?

Der Felsen blinzelte. Rena wurde klar, dass es ein sehr großer Krötenmensch war, grau vor Alter. Nur ein Teil seines Kopfes ragte aus dem Wasser. Hastig verbeugte sie sich ebenfalls.

»Menschun sind so anstrengund«, sagte der Graue. »Nicht gunz so lästig wie die Beißer, abur fast.«

»Zumindest beißen sie meistens nicht«, sagte Rena trocken. Sie hatte schon entschieden, den Angriff an der Grenze nicht zu erwähnen. Jetzt war erst einmal eine große Dosis Dankbarkeit angesagt. »Ihr habt uns das Leben gerettet. Dafür danke ich euch.«

Der alte Krötenmensch wechselte in seine Sprache, statt sich weiter mit Daresi abzumühen. »Unsere Brüder hätten uns nicht verziehen, wenn wir die Frau der tausend Zungen und Jederfreund hätten sterben lassen, nein!«

Rena konnte es sich vorstellen. Sie hatte viele Freunde unter den Halbmenschen. Leise übersetzte Rena für Tjeri, was der Graue gesagt hatte. Groß und golden öffneten sich die Augen des Kröterichs, blickten Rena amüsiert an. Was fand er so lustig?

»Vielleicht ist es ganz gut, dass ihr da seid, ganz gut«, erklang es dumpf aus dem warmen Teich. Rena fragte sich, was das alles sollte. Worauf wollte der Graue hinaus?

»Das ist gut«, wiederholte der alte Krötenmensch und sein breites Maul verzog sich zu einem Lächeln. »Brauchen können wir euch. Wertvoll seid ihr, wertvoll. Als Geiseln. Das wird die anderen Menschen von unserem Nest weghalten, von unserem Nest.«

Rena wurde klar, dass sie tiefer in Schwierigkeiten waren denn je.

Tavian hatte den Kopf in die Hände gestützt. »Es ist alles meine Schuld.«

»Ist es nicht! Es war eine Falle. Du hattest keine Chance. Wenn du dich nicht gewehrt hättest, wärst du niedergemetzelt worden.« Immer noch wütend ging Alix im Zimmer umher. »Ach Scheiße, ich glaube, ich brauche jetzt ein bisschen Beljas.«

Sie griff in den Lederbeutel, in dem sie ihren wohl gehüteten Vorrat verwahrte. Die bitteren Blätter zerkrümelten in ihrem Mund und sie fühlte die Wirkung sofort. Auf einmal waren ihre Sorgen kleiner, schienen weniger wichtig.

»Gib mir auch was.«

Erstaunt blickte Alix ihn an. Tavian nahm selten Beljas. Aber diesmal wirkte er so niedergeschlagen, dass Alix nickte und ihm den Beutel hinhielt. Als er das Kraut gekaut hatte, leuchteten seine Augen hell. »Wie wär's heute mit der Schlangengrube?«, meinte er. »Schließlich muss ich die Burg erst verlassen, wenn der zweite Mond aufgeht, oder?« Er schlug mit der Faust gegen die Wand. »Vielleicht gehe ich einfach nicht. Ich lasse dich nicht allein, nachdem sie versucht haben dich umzubringen.«

Die »Schlangengrube« war ein Raum in der Felsenburg, in der viele der Bewohner ihre Abende verbrachten. Dort konnte man zusammensitzen, reden, ausgelassen sein. Seinen Namen hatte er von den Reliefs an den Wänden, die Natternmenschen zeigten.

»In Ordnung, gehen wir in die Schlangengrube«, sagte Alix und setzte ihr Raubtiergrinsen auf. »Machen wir uns noch mal einen richtig schönen Abend.« Ihr fiel etwas ein. »Vielleicht können wir den Mond ja einfach anbinden. Dann geht er nicht auf.« Sie musste lachen. Schon toll, was für Ideen man bekam, wenn man ein bisschen Beljas intus hatte.

»Glaube nicht, dass dich das so richtig beliebt machen würde …«

»Seit wann interessiert es mich, ob ich beliebt bin? Scheiß auf diese ganzen miesen Gestalten, die dich behandeln wie einen räudigen Iltismenschen!«

»Komm, los, wir gehen«, sagte Tavian. »Ich brauche was zu trinken.«

Die Schlangengrube war der einzige Raum in der Felsenburg außer ihren Privatgemächern, in dem sich Alix gerne aufhielt. Obwohl sie nicht halb so verrucht war wie ein Gasthaus in Tassos und die Getränke schmeckten, als hätte die Regentin alles verwässern lassen. Aber man konnte immerhin zwischen Statuen längst vergessener Würdenträger auf prachtvoll gewebten Kissen auf dem Boden sitzen und sich unterhalten. Der große Raum bestand aus einer unterirdischen Kuppel, die von schlanken Säulen gestützt wurde. In der Mitte des Saales loderte ein Feuer, das nie ausgehen durfte, weil es angeblich von Gibra Jal vor langer Zeit entzündet worden war und Glück brachte.

Alix schaute sich um, wer noch so da war, und erkannte zwei Delegierte der Luft-Gilde: Corvus und Edoras. Mit denen wollte sie nicht unbedingt ihre Freizeit verbringen. Doch Rettung nahte in Form von drei jungen Schreibern, die sich lachend und schwatzend in einer Ecke des Saales niederließen.

»He, kommt rüber«, rief einer der Männer, und Alix und Tavian ließen sich in die weichen Kissen neben ihnen fallen.

»Ihr seid die beiden aus Tassos, oder?«, fragte der Schreiber. »Die Feuer-Leute, die heute Ärger gemacht haben?«

Alix informierte sie erst einmal, wer Ärger gemacht hatte und was sie genau davon hielt. Mit allen dazupassenden Kraftausdrücken.

»Das ist ein Wort! Lasst uns darauf trinken!«, schlug einer der Schreiber vor.

»Zwei Dutzend Pergamente haben wir heute voll gekritzelt, das hält ja kein Mensch auf Dauer aus!«, rief ein anderer. »Vielleicht hätte ich doch Dhatla-Züchter werden sollen …«

Tavian lachte. »Dann würdest du den halben Tag in Reptilmist waten. Auch nicht besser.«

»Vier Rollen musste ich neu schreiben, nur weil ein winziger Fehler drin war«, beschwerte sich der dritte Mann. »Ich hätte ihn erwürgen können, unseren Hauptschreiber.«

»Was für ein Unmensch«, sagte Alix heiter. »Gibt's hier eigentlich auch Polliak?«

Es gab und er wurde großzügig ausgeschenkt. Nach zwei Bechern erklärte sich Alix bereit zu demonstrieren, mit welcher Schwerttechnik man den Hauptschreiber in kürzester Zeit in handliche Stücke zerteilen könnte. Leider schlug sie dabei einen Steinbrocken aus einer der Säulen heraus. »Ups.« Schnell hob Alix den Brocken auf und setzte ihn wieder ein. Es hielt nicht besonders gut. Die Beamten lachten.

»Was würdest du machen, wenn er mit Pergamentrollen nach dir wirft um sich zu verteidigen?«

»Kein Problem«, sagte Alix und zeigte eine Serie von schnellen Abwehrschlägen, mit denen sie die Rollen zu Konfetti verarbeiten würde, bevor sie sich den Hauptschreiber vornähme. Erschrocken duckten sich die drei Schreiber unter dem vorbeizischenden Schwert.

»'tschuldigung.« Alix machte ein paar große Schritte zurück – und prallte gegen eine andere Säule. Als sie sich umwandte, stellte sie fest, dass es die mit dem Feuer des Gibra Jal war. Die Schale war ins Wanken geraten und schaukelte bedrohlich; die ewige Flamme flackerte. Entsetzt stürzten von allen Seiten Diener heran, die Arme nach dem kostbaren Objekt ausgestreckt. Doch Alix war schneller. Sie fing die Schale auf und stellte sie mit einer schwungvollen Bewegung wieder an ihren Platz. Dann verbeugte Alix sich nach allen Seiten und setzte sich.

»Untadelige Reflexe, meine Liebe«, sagte Tavian.

Starr vor Schreck über den Beinaheunfall blickten die drei Schreiber Alix an. Es dauerte eine Weile, bis sie sie wieder aufgeheitert hatte. Eine weitere Runde Polliak trug sehr dazu bei. Inzwischen sprach Tavian nur noch in Reimen.

»Das blöde heilige Feuer / ist sowieso viel zu teuer / das Öl kann man vielleicht zum Schwertputzen / oder auch als Schuppenkur benutzen«, deklamierte er gerade.

Alix kicherte. »Rostfraß und Asche, ich wusste gar nicht, dass du so schlecht dichten kannst.«

»Klar. Wenn ich mir Mühe gebe / und vorher einen hebe.«

In diesem Moment kam ein Mann herein, der anscheinend der Hauptschreiber war, und ihre drei Trinkgenossen machten sich aus dem Staub. Stattdessen kamen Corvus und Edoras herüber.

»Toll, die Vorführung eben – das mit dem Feuer«, sagte Corvus und lächelte. »Ehrlich gesagt glaube ich nicht an diesen Mumpitz, dass Gibra Jal das Ding angezündet haben soll.«

»Bin mir auch ziemlich sicher, dass es schon ein paarmal ausgegangen und heimlich wieder angemacht worden ist«, lachte Alix. Vielleicht waren die beiden doch ganz nett. Man durfte nicht immer nach dem ersten Eindruck gehen. »Wollt ihr euch nicht setzen?«

»Ja, gerne«, sagte Corvus. »Habt ihr noch was zu trinken?

Ich gehe einen Krug Polliak holen. Ich glaube, die Diener wollen uns nichts mehr bringen.«

»Ach, das mache ich schon«, sagte Alix und hievte sich auf die Füße. Doch es war gar nicht mehr so leicht, aufrecht zu stehen. Sie schwankte. O nein! Wenn sie jetzt fiele, würde sie direkt auf dem Schoß dieses Kerls von der Luft-Gilde landen. Alix hielt sich am Kopf der nächstbesten Statue fest. Mit einem leisen Knacksen löste sich die Nase. Verblüfft blickte Alix auf das steinerne Organ in ihrer Hand. »Tut mir schrecklich Leid«, murmelte sie und steckte es ein.

Nur Corvus hatte den Zwischenfall bemerkt. Er beugte sich zu ihr hinüber und flüsterte ihr zu: »Das war eine gute Tat! Ausgesprochen hässliches Werk.«

Ohne weitere Pannen schaffte es Alix, den Krug zu holen. Die beiden Luftgilden-Leute stellten sich als witzige Gesellen heraus, die viele Anekdoten aus dem Grasmeer und der Felsenburg parat hatten. Sie zechten fröhlich, bis Alix die Tatsache wieder einfiel, dass ihr Freund schon bald die Felsenburg verlassen musste. Mit einem Schlag war ihre gute Stimmung dahin. »Mist, wann geht eigentlich der zweite Mond auf?«

»Ist noch eine Weile hin, es ist gerade erst dunkel geworden«, sagte Edoras. »Wieso?«

»Ach, leider gab's da einen kleinen Zwischenfall mit den Soldaten der Wache ...«

Tavian seufzte. »Einen Zwischenfall, den ich irgendwie hätte verhindern müssen ...«

Bevor sie sichs versahen, hatten sie den beiden ihre Sorgen erzählt. Tavians Ärger – gerade als sie eine viel versprechende Spur gefunden hatten. Die Hinrichtung des Caristans. Ihre Begegnung mit der Regentin. Verständnisvoll hörten die beiden Delegierten zu, stellten nur hin und wieder eine Zwischenfrage.

»Hm, ihr habt ein paar gute Anhaltspunkte – vielleicht klärt sich die Sache ja schon bald«, sagte Edoras. »Vielleicht wollten die Halbmenschen verhindern, dass Ennobar die Schwarzen Kutten zurückbringt.«

»Dass die Regentin Tavian aus der Burg weisen will, finde ich nicht so tragisch«, meinte Corvus. »Kann man sicher noch rückgängig machen. Wenn ihr wollt, könnte ich gerne veranlassen, dass der Rat dagegen protestiert. Vielleicht schaffen wir es, sie umzustimmen.«

»Glaubst du wirklich, man könnte noch etwas machen?« Hoffnungsvoll blickte Alix ihn an.

»Gar nicht so unwahrscheinlich. So etwas ist uns schon einmal geglückt. Ganz so machtlos ist der Rat nicht. Obwohl es nicht geklappt hat, die Hinrichtung zu verhindern.«

»Ach, vielleicht ist es besser, ich gehe zurück nach Tassos«, murmelte Tavian. »Eigentlich ist Alena schon viel zu lange bei dieser Amme, sie braucht ihre Eltern.«

»Alena?« Corvus zog die Augenbrauen hoch und lächelte.

»Ja, ein Mädel mit verdammt kräftigen Lungen – unsere Tochter«, erzählte Alix stolz. Sie wagte nicht sich einzugestehen, wie sehr sie die Kleine vermisste.

Die beiden Delegierten standen auf. »Wenn wir es vor Mondaufgang schaffen sollen, die Regentin umzustimmen, dann müssen wir jetzt gleich etwas unternehmen. Wir geben euch Bescheid!«

»Ganz schöne Optisten … äh, Optimisten«, sagte Alix und prostete Tavian mit einem neuen Becher Polliak zu. »Aber nett, dass sie's überhaupt versuchen wollen.«

»Ja, wirklich nett«, sagte Tavian.

»Uns als Geiseln – das würde nicht funktionieren«, sagte Rena, als sie sich etwas erholt hatte. Sie versuchte sich die Furcht nicht anmerken zu lassen, die ihr die Kehle zuschnürte. »Wir sind ihnen sehr wichtig. Unseren Leuten. Sie würden nicht dulden, dass Ihr uns zu etwas zwingt.«

Ein blubberndes Lachen aus dem Teich. Zumindest einer der Anwesenden amüsierte sich prächtig. Uu'naq und die andere Kröte dagegen, die sich zum Eingang zurückgezogen hatten, sahen so peinlich berührt aus, als hätte ihnen jemand ein unmoralisches Angebot gemacht.

Tjeri war ein wenig grün im Gesicht geworden. Oder zumindest sah es im Licht der Mondfische so aus. »O bitte, nicht diese Art von Witzen, Meister. Nicht heute. Mir ist jetzt schon schlecht von eurer ekligen Augenbinde.«

Der graue Kopf erhob sich weiter aus dem Wasser. »Es ist das, was *ihr* tut. Ihr Dörflinge. Ihr nehmt Menschen anderer Gilden gefangen, anderer Gilden. Bei Fehden.«

»Viele von uns wissen, dass das nicht gut ist – und es ist schon seit Jahren nicht mehr passiert«, sagte Rena und bemühte sich ruhig zu bleiben. »Glaubt mir, ihr macht einen Fehler. Wir sind auf eurer Seite. Ihr müsst uns sagen, was ihr wisst. Und uns dann gehen lassen. Sonst können wir euch nicht helfen.«

»Ihr denkt, ihr könnt uns helfen?« Wieder dieses Lachen aus dem Teich. »Auf der Stelle austrocknen würde ich, wenn ich Menschen bräuchte, Menschen! Was wisst ihr schon?«

Wie auf ein geheimes Signal traten Uu'naq und der andere vor um sie wegzubringen.

Sie wurden zu einer kleinen, nicht besonders gemütlichen Kammer eskortiert, die gerade mal eine Menschenlänge breit und lang war. Da es im ganzen Nest keine Türen zu geben schien, trennte sie nur ein Vorhang aus geflochtenen Algen von ihren Wächtern, die vor dem Eingang Stellung bezogen. Niedergeschlagen kauerten sich Rena, Tjeri und Ruki auf den kühlen Steinboden. »Wahrscheinlich eine Vorratskammer«, flüsterte Tjeri. »Ich wette, die haben hier noch nie Gefangene gehabt und wissen nicht recht, was sie mit uns anfangen sollen.«

»Was hältst du von der ganzen Sache?«

»Ich habe schon von diesem Nestvater gehört. *Der Graue* wird er genannt und er ist berüchtigt. Brackig, dass wir ausgerechnet in seinem Nest gelandet sind.«

»Na ja – immerhin hat er uns das Leben gerettet. Was sagt man denn über ihn?«

Tjeri spähte zum Vorhang hinüber und senkte seine Stimme noch mehr. »Er herrscht über die Nester hier in der Gegend, als wäre er ein Halbgott. Streng und unberechenbar. Viele Krötenmenschen haben Angst vor ihm. Und er tut, was er will. Letzten Winter hat er vor der Paarungszeit verkündet, dass er den großen Treck ausfallen lässt und stattdessen Gruppen von Weibchen ins Nest holt, wo sie das ganze Jahr über leben sollen. Alle waren entsetzt, dass er die Tradition brechen wollte.«

»Kapiere ich nicht.«

»In jedem Bau gibt's entweder Männchen oder Weibchen, nie beides. In jedem Sommer strömen die Kröten dann übers Land. Sie wandern weite Strecken um einen Partner zu finden. Hat's mit der Paarung geklappt, schwimmen sie zurück. Aber viele sterben dabei. Ist gefährlich für sie dort draußen.«

»Ach so. Und, gibt's hier beide Geschlechter?«

»Bisher habe ich nur Männchen gesehen. Vielleicht ist das Experiment schief gelaufen. Egal, jedenfalls haben wir ein Problem. Die Idee, uns als Geiseln zu behalten, scheint ihm richtig gut zu gefallen.«

»Damit kommt er nie durch!«

»Wieso nicht?« Tjeri blickte düster. »Nicht einmal einem Bataillon Farak-Alit würde es gelingen, uns hier rauszuholen. Die Höhlensysteme sind ziemlich gut geschützt. Und das weiß er genau.«

Rena seufzte. »Blattfäule. Aber sehen wir's von der guten Seite: Vielleicht kriegen wir ja doch noch etwas heraus, während wir hier sind.«

Sie lauschten. Aus der Ferne erklang ein dumpfes Summen, eine Art Gesang, ganz leise nur. Doch als Rena fragen wollte, was das sein konnte, wurde der Vorhang beiseite geschoben. Rena zuckte zusammen und sah hoch. Es war Uu'naq und er deutete auf sie. Ungeschickt richtete sich Rena auf. »Ich soll mitkommen? Wohin?«

Überrascht blickte Tjeri von den Wachen zu ihr und zurück. »Vielleicht will dich der Graue noch mal allein sprechen.« Er zog sie noch einmal näher, flüsterte ihr ins Ohr: »Tu dein Bestes – und lass dich auf gar keinen Fall einschüchtern!«

Rena nickte mit trockenem Mund. Als sie sich in den Gemächern des Grauen die Augenbinde vom Kopf zog, schaffte sie es sogar, unbeschwert zu wirken. Vor ihr hockte der Graue in seinem Tümpel, ein unförmiger Kloß unter der dampfenden Oberfläche. Er blickte sie aus halb geschlossenen goldenen Augen an. »Sag mir, wieso wart ihr eigentlich so dumm bei Nacht auf dem Land zu sein, so dumm?«

Rena ließ sich nicht provozieren. »Wir sind überfallen worden. Das mag dumm gewesen sein. Aber sie waren zu zweit und Jederfreund und ich sind beide keine guten Kämpfer.«

»Der Mensch ist sich selbst der ärgste Feind.« Amüsiert gluckste der Graue. Dann war abrupt Schluss mit der höflichen Konversation. »Du hast Worte gerufen, Worte. Dort oben bei den Beißern. Worte, die du nicht kennen darfst.«

»Ja, habe ich«, gab Rena zu.

»Weißt du, was sie bedeuten?«

»Ja. Das weiß ich.«

Der Tümpel schlug Wellen. Fassungslos öffnete und schloss sich der Mund des alten Krötenmenschen. »Das ist geheimes Wissen! Woher hast du es?«

Rena zögerte. Sie wollte Ruki auf keinen Fall verpfeifen. »Tut mir Leid«, sagte sie. »Ich habe dem Erdgeist einen Eid geschworen, es niemals zu verraten.«

»Du willst es mir nicht sagen?« Furchtbar wie ein Rachegott erhob sich der Krötenmensch aus seinem Tümpel. Wasser strömte von seinem zerfurchten Leib und schwappte über den Rand des Bassins. »Du willst es *mir*, dem Vater des Nests, nicht sagen?!«

Uu'naq ergriff die Flucht und rutschte davon, die andere Wache fiel in Ohnmacht. Rena fühlte, dass ihre Knie weich wie Brei waren. Aber sie zwang sich eisern weiterzulächeln.

Verblüfft, dass seine Wut bei Rena so überhaupt keine Wirkung zeigte, sank der Graue wieder in seinen Teich zurück. Einige Atemzüge lang starrten sie sich gegenseitig an.

»Meine Aufgabe ist, herauszufinden, was passiert ist«, sagte Rena ruhig. »Aber dafür brauche ich Eure Hilfe. Ich weiß schon ein paar Dinge, aber ich muss noch mehr erfahren.«

»Beim Ei des Hüters – du weißt schon jetzt zu viel!«

Rena wusste, dass sie und Tjeri in großer Gefahr waren. Wenn die Krötenmenschen entschieden, dass sie das Geheimnis des Me'ru um jeden Preis schützen mussten, dann war ihr Leben nicht mehr viel wert. Aber was brachte es, jetzt um Gnade zu betteln? Wenig. Vielleicht wirkte die Wahrheit viel besser. »Nein«, schleuderte Rena dem alten Krötenmenschen entgegen. »Ich weiß noch lange nicht genug, um einen sinnlosen und schlimmen Bürgerkrieg zu verhindern!«

»Sinnlos, ja. Sinnlos ist, wie ihr euch gegenseitig tötet!«

Er muss irgendetwas Schlimmes mit den Menschen erlebt haben, dachte Rena. Etwas, das er niemals vergessen hat. »Ja, das ist es«, sagte sie. »Dafür gibt es keine Entschuldigung.«

Der Graue blies die Backen auf, bis er aussah, als hätte er zwei Kissen im Mund. Gerade weil sein Gesicht ansonsten so menschlich aussah, war es ein grotesker Anblick. Rena konnte ihn einfach nur fasziniert anstarren. Ein paar Atemzüge lang war es still – bis auf das leise Platschen von Wassertropfen irgendwo im Hintergrund. »Zu den Erd-Leuten gehörst du, nicht wahr? Es ist sehr lange her, dass ich einen Menschen deiner Gilde gesehen habe, deiner Gilde«, sagte der Graue plötzlich. »Mögen sie das Wasser nicht?«

»Doch«, beeilte sich Rena zu versichern. »Äh, aber eher in kleineren Mengen.« Ihr war klar, was der Themawechsel bedeutete. Heute würde sie nicht mehr viel über die Halbmenschen und den Me'ru erfahren. Aber vielleicht etwas über den Grauen. Sie entschied sich, eine persönlichere Frage zu wagen. »Und Ihr, wann wart Ihr zuletzt oben?«

Ein blubberndes Lachen. »An der Sonne? Seit zehn Wintern nicht. Ist schlecht für die Haut, schlecht. Nicht dass ich eitel wäre. Aber das Licht ist so grell.«

»Ihr wart seit zehn Wintern nicht mehr draußen?« Rena war verblüfft.

»Wozu? Ich kann den großen Treck nicht mehr mitmachen, den großen Treck. Zu alt, zu morsch bin ich. Mich würde sofort ein Skagarok erwischen. Ich würde innerhalb von drei Tagen austrocknen. Aber ich bin sowieso der Vater des Nests. Was will ich noch mehr?«

»Tja, da habt Ihr wohl Recht«, sagte Rena. »Wenn man zurückschaut und zufrieden ist mit dem, was man sieht, dann hat man gut gelebt.«

Der Graue blickte sie noch immer an und Rena wurde aus dem Ausdruck in seinen Augen nicht schlau. »Vielleicht kannst du lernen, vielleicht«, sagte er.

Bevor Rena etwas erwidern konnte, berührte Uu'naq ihren Arm, drückte ihr die Augenbinde wieder in die Hand. Das Gespräch war beendet.

Rena brannte darauf, das, was sie erfahren und erlebt hatte, mit Tjeri zu besprechen. Er kannte die Krötenmenschen, er konnte ihr vielleicht noch Hinweise geben, wie sie sich verhalten sollte. Doch als sie zurückkam in die kleine Kammer, stellte sie erschrocken fest, dass niemand da war. Tjeri und Ruki waren weg! Sie stürzte den Krötenmenschen nach und hielt einen von ihnen fest. Seine Haut fühlte sich kühl und glitschig an. »Wo sind meine Freunde? Habt ihr sie weggebracht?«

Doch der Halbmensch schüttelte nur den breiten Kopf und sah sie erschrocken an – er wusste es auch nicht.

In trostloser Stimmung setzte sich Rena in eine Ecke. Damit hatte sie nicht gerechnet. Schon jetzt fehlte ihr Tjeri. Was hatten die Krötenmenschen mit ihm und Ruki gemacht? Sie bekam den Verdacht, dass der Graue sie absichtlich getrennt hatte. Wenn er es darauf abgesehen hatte, sie mürbe zu machen, dann war das genau die richtige Strategie.

Jetzt war sie allein. Sie hatte das unheimliche Gefühl, dass nun alles von ihr abhing.

»Ich glaub's nicht! Der Rat hat zwar nicht geschafft, die Anweisung rückgängig zu machen, aber die Regentin hat die Frist verlängert! Du musst erst in zwei Wochen weg!« Alix ließ die Nachricht einfach fallen und umarmte ihren Freund. Tavian nickte, schien aber fast enttäuscht. Verständlich, dachte Alix. Wahrscheinlich hatte er sich darauf gefreut, aus der Burg raus- und zu Alena zurückzukommen.

»Also zurück an die Arbeit«, sagte er und zog eine Grimasse. »Ich hätte gestern nicht so viel Polliak trinken sollen. Mein Kopf fühlt sich an, als würde jemand da drinnen ein paar Bergwerkstollen anlegen …«

»Wir sollten noch mal mit Ujuna reden«, sagte Alix. »Ich wünschte, wir könnten ihr einfach auf den Kopf zusagen, dass sie etwas über den Mord weiß! Aber vielleicht finden wir auch so etwas heraus, möglicherweise verrät sie sich. Kommst du mit?«

Tavian nickte. »Ich glaube nicht, dass ich im Archiv noch viel finde …«

Sie mussten auf Ujuna warten, bis die Ratssitzung beendet war. Erstaunt, dass jemand es wagte, sie vor dem Sitzungssaal abzufangen, blickte Ujuna sie an. »Was gibt es?«

»Nur noch ein paar Fragen«, sagte Alix. »Wenn Ihr gerade Zeit habt.«

»Eigentlich nicht …«

»Ich wette, Ihr könnt Euch Zeit nehmen«, sagte Tavian sanft. »So wie Ihr Euch für Ennobar Zeit genommen habt.«

Ujunas Gesicht wurde ganz still. Sie blickte Tavian an und er begegnete ihrem Blick geradeheraus, ohne Scheu.

Sie gingen in Ujunas private Gemächer. Alix war erstaunt, dass sie so karg eingerichtet waren. Die meisten

Frauen sammelten Schnickschnack, dekorierten ihre Räume mit schönen Dingen. Alix selbst hatte eine Schwäche für schön gearbeitete Kämme und hortete mehr als ein Dutzend davon. All das gab es hier nicht. Nur ein paar Schriftrollen, achtlos hingeworfene Kleidungsstücke und eine Art Loch im Steinboden, das mit Wasser gefüllt war. Still und schwarz spiegelte das Wasser darin das Muster der Zimmerdecke.

»Was ist das?«, fragte Alix verblüfft.

»Ein Badeteich. Ich habe ihn extra anlegen lassen. In Vanamee hat jeder von uns, der kein offenes Wasser in der Nähe hat, einen.« Ujuna ließ den dunkelblauen Umhang, den sie trug, von der Schulter gleiten und ging im Raum umher, ordnete Papiere. »Also gut. Ihr wisst von mir und Ennobar. Und?«

Alix war verblüfft, dass sie es so schnell zugab. Aber wahrscheinlich war ihr klar, dass Leugnen jetzt nicht mehr viel brachte. »Wie ist es dazu gekommen?«

»Ein Mann traf eine Frau, so geht das eben«, versetzte Ujuna bissig. Doch dann wurde ihr Ausdruck etwas milder. »Ich mochte ihn nicht sofort. Aber wir suchten immer wieder Gelegenheiten, miteinander zu sprechen, genossen die Gesellschaft des anderen immer mehr. Doch dann machte er mir den Vorschlag, mit ihm zusammenzuleben, und das änderte vieles.«

Tavian beobachtete sie genau. »Ihr habt also nicht darüber nachgedacht, anzunehmen?«

»Nein. Tut mir Leid, das konnte ich mir nicht vorstellen ... mit einem Mann aus einer anderen Gilde!«

Aber gegen eine Affäre war nichts einzuwenden? Amüsiert zog Alix die Augenbrauen hoch. »Na ja, immerhin hatte er für die Regentin seiner Gilde abgeschworen.«

»Ihr wisst ebenso gut wie ich, was das wert ist«, meinte

Ujuna. »Entschuldigt mich jetzt bitte. Ich muss mich um ein paar Angelegenheiten kümmern.«

»Aber natürlich.« Höflich verabschiedeten sie sich.

Als sie zurück waren in ihren eigenen Räumen, sagte Alix: »Weißt du, was ich vermute? Ujuna hat Ennobar nach allen Regeln der Kunst eingewickelt, hat es ausgenutzt, dass er einsam war und eine Partnerin suchte. Dadurch hat sie ihren Einfluss immer mehr ausgedehnt.« Sie ging hin und her, versuchte sich zu konzentrieren. »Aber dann ist er hinter ihr Spielchen gekommen und sie hat beschlossen ihn beseitigen zu lassen. Sie hat … hm, den Storchenmenschen weisgemacht, dass Ennobar böse ist und vorhat, alle Halbmenschen auszurotten. Plonk, runter geht's die Klippe!«

»Tja, dabei gibt's nur noch ein Problem«, sagte Tavian. »Selbst wenn das stimmen sollte – wir können das Ganze nicht beweisen.«

»Hm, ja. Wir müssen eben noch ein paar Leute befragen, tiefer graben.«

»Außerdem glaube ich, dass du ein ganz kleines bisschen neidisch auf Ujuna bist. Kann das sein?«

Au, das tat weh. Gerade weil es die Wahrheit war. »Wahrscheinlich ist sie furchtbar nett und hat ein Herz aus Gold«, sagte Alix. »Also, was ist: Hast *du* irgendeine Theorie?«

Tavian seufzte. »Manchmal glaube ich, wir werden nie herauskriegen, was hinter der ganzen Sache steckt.«

»Das ist keine Theorie, sondern eine Kapitulation. Suchen wir weiter.«

Die nächste Audienz beim Nestvater kam schon bald. Ohne Tjeris Rat fühlte sich Rena allein und verloren. Aber dann riss sie sich zusammen. Angst würde ihr hier nicht weiterhelfen.

Amüsiert blickte der Graue ihr entgegen. So als wüsste er genau, was in ihr vorging. Was vielleicht sogar stimmte. »Welche Farbe hat der Himmel für dich heute, Frau?«, brummte es aus dem Teich.

Verblüfft sah Rena ihn an. Das war eine traditionelle Begrüßung der Luft-Gilde. Was sollte das? Was für eine Antwort erwartete er? »Gar keine – ich habe den Himmel schon lange nicht mehr gesehen«, meinte sie und fügte wagemutig hinzu: »Und für dich?«

»Er hat immer die gleiche Farbe wie das Wasser. So ist es mit euren Gilden. Sie sind so verschieden und doch haben sie vieles gemeinsam.«

So, so, eine tyrannische Kröte, die gerne philosophierte. Rena beschloss sich erst einmal zu setzen. Es war unangenehm, die ganze Zeit vor dem Grauen zu stehen wie ein ungezogenes Kind, das auf Bestrafung wartet.

Sofort kam Aufruhr in den Teich. Große goldene Augen glotzten sie drohend an. »Wer hat dir erlaubt dich zu setzen, wer?«, donnerte die Stimme des Grauen und brach sich in vielen harten Echos an den steinernen Wänden. Wellen schwappten über seine genoppte Haut.

»Niemand«, sagte Rena gelassen. »Aber es wäre sehr unhöflich gewesen, mich nicht zum Setzen aufzufordern. Und ein großer Herrscher wie du ist sicher nicht unhöflich. Deshalb habe ich es einfach getan.«

Diesmal war es an dem Grauen, verblüfft dreinzublicken. Er brauchte eine Weile, bis ihm eine Antwort einfiel. »Du irrst. Ein großer Herrscher bin ich nicht. Ich bin nur der Vater eines Nests, eines Nests.«

»Ach so«, sagte Rena und lächelte ihn an. Sie hatte keine Ahnung, was in seinem Kopf vorging, es fiel ihr noch schwer, ihn einzuschätzen. Mit Menschen kannte sie sich halbwegs aus, mit Krötenmenschen nicht im Geringsten.

Doch sie wusste, dass jetzt die Frontlinien gezogen wurden. Und dass sie gerade gepunktet hatte.

»Menschen und Halbmenschen sind sehr verschieden«, brummte der Graue. »Sie haben noch nie besonders gut zusammengelebt, noch nie.«

»Aber seit zwei Wintern habt ihr die Bürgerrechte. Die gleichen Rechte und Pflichten wie alle Menschen. Ist das nicht ein Fortschritt für euch? Vorher konnte jeder, der wollte, euch jagen und töten.« Rena verkniff sich darauf hinzuweisen, dass sie selbst es gewesen war, die ihnen die Bürgerrechte verschafft hatte.

»Pah, Rechte. Was für Rechte haben wir schon. Bei uns machen die Nestväter das Recht, die Nestväter. Ich kann über dich und Jederfreund bestimmen, wie ich will.«

Rena lächelte, obwohl ihr nicht danach zumute war. »Du kannst uns gefangen halten. Du kannst uns sogar töten. Aber du hast nicht das Recht dazu. Dafür ist das Gesetz da.«

Sie debattierten noch lange über Recht, Unrecht und Gesetz. Keiner von ihnen dachte daran, seine Position aufzugeben. Als Uu'naq sie wieder zurück in ihre Kammer brachte, stolperte Rena vor Müdigkeit über kleine Unebenheiten. Sie fluchte. »Wie soll ich über diesen verdammten Huppelboden gehen, wenn ich nichts sehen kann?«

Erschrocken stützte sie Uu'naq. »Das tut mir Leid. Ist es besser so, besser?«

»Ja. Ich danke dir.« Rena schämte sich, dass sie ihren Ärger an ihm ausgelassen hatte.

Erschöpft von der Anspannung rollte sich Rena in ihrer Ecke zusammen und schlief ein. Doch schon nach kurzer Zeit weckte sie eine leise Stimme. »Komm. Der Nestvater ruft.« Und weiter ging es.

Tag und Nacht flossen ineinander. Rena wusste nicht mehr, wie viel Zeit vergangen war. Immer wieder ließ der Graue sie holen, um sich mit ihr zu unterhalten. Aber sie kamen nicht vorwärts. Keiner von beiden konnte den anderen überzeugen.

Ich weiß nicht, wie lange ich das noch durchhalte, dachte Rena müde. Eines Tages werde ich einfach nur *Ja, ja* sagen, ihm in allem Recht geben. Vielleicht wirft er uns dann endlich aus dem Nest und lässt uns gehen. Sie hatte kaum noch Hoffnung, etwas aus ihm oder den anderen Krötenmenschen herauszubekommen, was ihnen half, den Me'ru zu finden und den Mord an Ennobar aufzuklären. Und sie sehnte sich nach Tjeri.

Wieder bewegte sich der Vorhang, Uu'naqs breites Gesicht schaute herein. »Kommst du?«

Rena unterdrückte einen Fluch und raffte sich auf. Ihr Kopf fühlte sich ganz wattig an. Anscheinend hatte dieser Mistkerl von einem Nestvater nicht die Absicht, sie mehr als zwei Stunden am Stück schlafen zu lassen. Sie legte die übliche Augenbinde an, die Uu'naq ihr mit entschuldigender Miene reichte – immerhin hatte er sie inzwischen gewaschen – , und folgte ihm durch die Gänge.

Bevor Rena die Kammer betrat, zwang sie sich wieder zu einem heiteren Gesicht. Der Graue sollte nicht merken, dass er es tatsächlich schaffte, sie fertig zu machen.

»Man kann nicht erkennen, wie tief ein See ist, indem man ihn anblickt«, verkündete der Graue in wichtigem Ton. Rena seufzte innerlich. Wieder eine dieser banalen Perlen der Weisheit. Anscheinend fand der Graue nichts dabei, sie zu jeder Tages- und Nachtzeit herzuzitieren, um sie daran teilhaben zu lassen.

»Aber auch der See kann nicht erkennen, wer ihn anblickt und wieso – es bleibt ihm auf immer ein Rätsel«, philosophierte Rena munter zurück. Mal schauen, was er damit anfing.

»Vielleicht sollte niemand versuchen solche Rätsel zu lösen, niemand«, sagte der Graue. Rena zwang sich zur Geduld. Es war nicht ganz leicht. Vor allem nicht wenn man müde war wie ein gefällter Baum. Sie bemühte sich gleichmäßig zu atmen und versuchte sich in den Nestvater hineinzuversetzen. Was dachte er, was wünschte er sich? Er hatte in vielen Wintern ein Nest aufgebaut und steuerte seine Geschicke, wahrscheinlich waren fast alle der Krötenmenschen hier mit ihm verwandt. Und nun kamen die Menschen mit ihren lästigen Problemen und mischten sich ein. Drohten alles zu zerstören, wofür er lebte. Bohrten nach Geheimnissen, die nur Halbmenschen kennen durften.

Rena atmete tief durch. »Wir versuchen einen Krieg zu verhindern – ist das schlecht? Viele deiner Brüder würden dabei sterben. Deine Nestkinder.«

»Vielleicht ist es Zeit für einen Krieg. Ihr denkt, ihr könnt alles mit uns machen, was ihr wollt, alles«, grummelte der Graue bösartig. »Doch Daresh gehört euch nicht alleine. Das sagt der Me'ru.«

Rena war plötzlich wieder hellwach. Es war das erste Mal, dass er den Namen des Herrschers vor ihr ausgesprochen hatte. Begann er ihr zu vertrauen? »Damit hat er vielleicht sogar Recht – die Menschen haben zu wenig darauf geachtet, was ihr wollt«, sagte sie, ohne sich ihre Aufregung anmerken zu lassen. »Aber denkt ihr, das wird besser werden, wenn euch Halbmenschen die Bürgerrechte wieder aberkannt werden? Denn darauf läuft es hinaus. Spielt das Spiel mit! Im Moment verliert ihr nur.«

Ein übellauniges Brummen aus dem Teich. »Nicht hier im Seenland, nicht hier.«

Was wollte er damit sagen? Etwa, dass hier die Welt noch in Ordnung war?

»Auch hier, wenn ihr weiterhin jeden angreift, der in die Nähe eurer Höhlen kommt. Das ist keine Lösung. So verliert ihr nur immer mehr eurer Freunde unter den Menschen.«

Uu'naq, der sich wie immer zurückgezogen hatte und am Eingang stehen geblieben war, blickte erschrocken. Wahrscheinlich kam es nicht oft vor, dass jemand so direkt mit dem ehrwürdigen Nestvater sprach. Doch diesmal wurde der Graue nicht wütend. Nachdenklich blinzelnd saß er in seinem Teich.

»Ich hatte mal einen Freund unter den Menschen, einen Freund – vierzig Winter ist das her«, sagte er plötzlich. »Ein Junge aus dem Dorf, wild und kühn, keiner wie die anderen. Wir waren jung. Wir tauchten, wir zähmten Regenfische gemeinsam. Wir sangen.«

»Wo ist er jetzt?«, fragte Rena gespannt.

»Tot ist er, tot. Es war eine Gildenfehde. Ihr Menschen! Immer kämpfen, immer töten.«

Rena war erschüttert. Sie ahnte, dass das der Schlüssel zu seiner Verbitterung war. »Wir haben gelernt«, sagte sie. »Die Gilden sind nicht mehr so verfeindet wie vor ein paar Wintern. Sonst könnten Tjeri – Jederfreund – und ich gar nicht zusammen reisen.«

»Jederfreund ist kein normaler Mensch«, brummte es aus dem Teich.

»Vertrau uns«, sagte Rena. »Bitte. Sonst sind wir wieder ganz am Anfang.« Sie fragte sich, was er mit *kein normaler Mensch* gemeint hatte. Es gab ein paar Leute auf Daresh, die Halbmenschenblut in den Adern hatten, aber das sah man ihnen an. Tjeri gehörte nicht dazu, da war sie sicher.

»Geh!« Die Stimme des Grauen klang wütend und müde zugleich. »Geh! Ich muss nachdenken.«

Als er sie diesmal hinausführte, bemerkte Rena wieder die eigenartigen Geräusche, die schon ein paarmal gedämpft aus der Ferne in ihre Kammer gedrungen waren. Diesmal war sie nah genug dran um sie richtig hören zu können. Ein tiefes Summen dröhnte durch die Gänge, das in eine fremdartige Melodie überging. Renas Herz schlug schneller, als ihr klar wurde, dass sie sie kannte, in einem Dschungel fern von hier schon einmal gehört hatte. Es waren die Krötenmenschen, die den Gesang der Wälder hervorbrachten!

Rena blieb stehen und lauschte. »Was ist das?«, fragte sie Uu'naq.

»Es ist unsere Zeremonie«, sagte der Krötenmensch andächtig. »Zum Aufgang des ersten Mondes.«

Rena wurde immer neugieriger. Sie verfluchte die Dunkelheit um sich herum, die Augenbinde. »Können wir näher herangehen? Der Nestvater wird sicher nichts dagegen haben, wenn ich einen Moment zuhöre.«

»Na gut, wir gehen. Gut.« Es klang sehnsüchtig. Wahrscheinlich hatte er Lust, selbst mitzumachen.

Immer lauter wurden die Töne. Sie näherten sich der Kammer, in der gesungen wurde. Renas Herz schlug schnell, als sie der Musik lauschte. Und ihr wurde auch klar, dass das vielleicht eine Chance war. Eine Chance, die wahrscheinlich nicht wiederkehrte. *Sing*, drängte sie eine innere Stimme. *Du musst singen!*

Ich kann nicht singen, wehrte sie sich. Ich habe noch nie gesungen!

Egal. Tu's jetzt!

Rena öffnete den Mund, entlockte ihrer Kehle die ersten Töne. Sie klangen ziemlich kratzig. Konzentriert versuchte

Rena die Melodie der Krötenmenschen zu treffen. Ohne viel Erfolg. Ihre Stimme war ein fremder Klang in der Harmonie und Rena wusste, dass sie schauerlich schief sang. Aber auf einmal war ihr das egal. Sie sang aus vollem Hals und legte all ihre Sehnsucht nach Tjeri, all die Angst und Hoffnung in ihre Stimme. He, das machte Spaß!

Sie spürte, dass Uu'naq neben ihr vor Schreck erstarrt war. Auch der Chor der Kröten war plötzlich verstummt. Oje, dachte Rena. Es war eine blöde Idee! Sie wollte schon verlegen den Mund halten. Doch dann hörte sie, wie die Kröten zaghaft wieder einsetzten, leise erst, dann immer sicherer. Wie sie in das einzustimmen versuchten, was *Rena* sang! Sie und die Halbmenschen machten zusammen Musik! Auch Uu'naq summte mit.

Renas Herz dehnte sich aus, war für Momente übervoll von Freude. Sie schwenkte auf ein Kinderlied ihrer Gilde um, das sie früher mal gemocht hatte.

Komm, wir gehen Blätter pflücken,
Stämme flugs zur Seite rücken,
Mit den Bäumen Witze reißen,
Bis die Hirsche Wolken beißen!

Und tatsächlich – geschickt passten sich die Kröten der Melodie an, sangen die zweite Stimme dazu. Antworteten ihr! Ein paar Atemzüge später kehrten sich die Rollen um, übernahmen die Kröten wieder die Melodie und Rena versuchte mehr schlecht als recht dazu zu singen.

Irgendwann verstummten die Kröten nach einem vielstimmigen Schlussakkord. Rena seufzte tief. »Das war schön.«

»Du kannst singen? Singen kannst du?« Uu'naqs Stimme klang atemlos vor Freude.

Rena musste grinsen. »Aber ja. Schließlich nennen sie mich die Frau der tausend Zungen, weißt du nicht mehr?«

Als sie diesmal in ihre Kammer gebracht wurde, war Rena glücklich. Es war ein magischer Moment gewesen, die erste wirklich gute Erfahrung mit den Krötenmenschen. Sie wusste, dass sie dieses merkwürdige Konzert nie vergessen würde.

Und es sah so aus, als würden es die Kröten auch nicht vergessen. Rena konnte die aufgeregten, leisen Gespräche in den Gängen hören.

Langsam flaute ihre Euphorie ab. Jetzt ging das Warten wieder los. Sie fragte sich, ob sie versuchen sollte mit Uu'naq zu reden. Doch dann fuhr sie auf. Draußen hörte sie Stimmen – vertraute, geliebte Stimmen. Eine kleine Gestalt stieß den Vorhang beiseite, stürzte sich auf sie und umarmte sie stürmisch. Federn kitzelten sie in der Nase. Ruki! »He, langsam, Kleiner«, sagte Rena und legte die Arme um ihren kleinen Freund. Und da war auch Tjeri. Er lachte, als er sie an sich drückte. »Ich wusste, du würdest den Grauen kleinkriegen!«

»Dem Erdgeist sei Dank, dass ihr wieder da seid! Wo wart ihr die ganze Zeit?«

»In einer der Kammern. Richtig gemütlich war es nicht und man konnte auch nicht gerade vom Boden essen …«

»Aber sie haben euch nichts getan?«

»Wenn man von den musikalischen Darbietungen absieht …«

»Äh, ich fürchte, daran war ich nicht ganz unschuldig.«

»Hab ich gehört. Das mit den Hirschen, die Wolken beißen, hat mir besonders gefallen.« Tjeri grinste. »War nur Spaß. Du hast genau das Richtige gemacht. Wünschte, *ich* wäre auf die Idee gekommen. Stattdessen haben wir uns über Mütter unterhalten, was Kleiner?«

Schüchtern lächelte ihn Ruki an und schob die Hand in seine. »Jaaa.«

Rena freute sich, dass die beiden sich doch noch angefreundet hatten. Es tat dem Kleinen gut, das sah man.

Zwei Kröten kamen herein und winkten ihnen mitzukommen. Und sie hatten keine Augenbinden dabei! Mit klopfendem Herzen durchquerte Rena das Nest: Sie sah Teiche, kleine Nischen in den Wänden, in denen sich Kröten zum Schlafen zusammengerollt hatten; Dutzende von Kröten in vielen Farbabstufungen, die sie scheu und neugierig anstarrten. Aber es ging alles viel zu schnell, sie hatte kaum Zeit, sich umzusehen.

Dann waren sie in einem anderen Teil des Nests. Auf Ruki wartete dort eine hastig gezimmerte Plattform, die einem Platz auf einem Schlafbaum glich. Zufrieden krabbelte er nach oben. Tjeri und sie bekamen eine geräumige trockene Steinkammer mit einem warmen Teich am Rand. Sie wurde von drei zahmen Leuchttierchen erhellt und ihr Boden war mit feinem weißem Sand bedeckt. Rena staunte. »He, das ist ja ein Luxusquartier!«

Tjeri seufzte erleichtert. »Das heißt, wir sind jetzt wirklich Gäste. Anscheinend können wir uns im Nest frei bewegen. Was machen wir als Erstes?«

»Uns hinlegen«, stöhnte Rena. »Ich bin müde wie ein Nachtwissler kurz vor dem Winterschlaf.«

Verlegen sah sich der Wassergilden-Mann in ihrem neuen Quartier um. »Fürchte, wir sind mal wieder im selben Raum … ich hoffe, das macht dir nichts aus …«

Rena tat gleichgültig. »Mir nicht – aber hattest du nicht Angst, dass du deswegen an den Zehen aufgehängt wirst?«

»Hm, ich glaube, das riskiere ich.« Der Schalk kehrte in Tjeris dunkle Augen zurück. »Wenn du mich nicht wieder feige nennst.«

»Kommt ganz drauf an, was du morgen früh sagst!«

»Ich überlege mir schon mal was Nettes«, sagte Tjeri und zog sie an sich. Sie hielten sich sehr fest und wussten, dass die Gefahr, die sie zusammen erlebt hatten, ein Band zwischen ihnen geschaffen hatte. Eines, das stärker war als ihre gemeinsame Nacht in Uskali.

Enthüllungen

Alix dachte darüber nach, ob es möglicherweise Corvus war, der hinter allem steckte. »Wir sollten ihn noch mal genauer unter die Lupe nehmen, Tavi«, sagte sie, als sie gerade ein paar halb rohe Torquil-Schenkel zum Frühstück knabberten. »Er und die anderen Leute der Luft-Gilde scheinen einen etwas zu guten Draht zur Regentin zu haben. Sonst hätten sie es nicht geschafft, sie umzustimmen.«

»Gute Idee«, meinte Tavian und schob den Teller weg. »Ehrlich gesagt mag ich ihn immer noch nicht so recht. Er lächelt zu viel.«

»Stimmt. Dieses Lächeln sieht aus, als würde er es gleich nach dem Frühstück ankleben.«

Alix wählte einen ihrer Kämme aus und begann sich ihrem Lieblingsritual zu widmen. Sie war stolz auf ihr Haar und bürstete es jeden Tag so lange, bis es glänzte wie fließende Seide. Doch diesmal klopfte es, kaum dass sie angefangen hatte. Draußen stand Corvus, er wirkte bedrückt und lächelte ausnahmsweise nicht. Überrascht bat Alix ihn herein. »Was gibt's?«

»Ich brauche euren Rat.« Corvus setzte sich zu ihnen und blickte abwesend auf die abgenagten Reptilknochen, die sich auf ihren Tellern stapelten.

»Irgendwas passiert?«

»Gestern hat die Regentin mich zu sich bitten lassen …«, Corvus zögerte. »Sie hat mir einen ziemlich seltsamen Vorschlag gemacht … Als Gegenleistung dafür, dass sie den Wünschen der Luft-Gilde Gehör schenkt, sollen wir euch und ihre anderen Gegner in der Burg aushorchen.«

Bestürzt schwiegen Alix und Tavian. Hätte ich mir ja denken können, dass sie so was versucht, dachte Alix. Aber es war klug von Corvus – und sehr anständig –, dass er damit sofort zu uns gekommen ist.

»Wie hast du reagiert?«, fragte Tavian ruhig.

»Ich habe gesagt, dass ich es mit meinen Gildenbrüdern besprechen muss.«

Alix schlug mit der Faust auf den Tisch. »Was für eine Scheiße. Diese miese Säurepfütze! Wenn ihr ablehnt, wird sie euch schikanieren ohne Ende.«

»Das Ganze macht mir schreckliche Sorgen.« Corvus seufzte. »Ich weiß wirklich nicht, wie wir damit umgehen sollen, ich bin ja noch neu im Rat … Ich habe sogar schon daran gedacht, die ganze Sache hinzuschmeißen und als Ratsmitglied abzudanken, nach Nerada zurückzukehren.«

Jetzt übertrieb er. Alix hörte den verräterischen falschen Ton in seiner Stimme, ganz schwach nur. Nein, Corvus würde wegen solcher Probleme nie abdanken, dafür war er zu ehrgeizig. Er würde sich mit Zähnen und Klauen an seinen Posten klammern. Aber dass ihn die Angelegenheit belastete, glaubte sie ihm sofort.

»Euch bleibt nur eine Möglichkeit – sagt zu und tut so, als ob ihr uns und die anderen bespitzelt«, meinte Tavian. »Aber gebt keine wichtigen Informationen weiter.«

»Das haben wir uns auch schon überlegt. Wird wohl nicht anders gehen. Doch ich wollte, dass ihr Bescheid wisst.«

Als er gegangen war, sahen sie sich mit hochgezogenen Augenbrauen an. »Fast schon schmeichelhaft, was für eine Mühe sich die Regentin gibt, uns loszuwerden«, meinte Alix. »Vielleicht sollten wir uns auch mal eine kleine Überraschung für sie überlegen.«

»Hm, ja«, sagte Tavian. »Auf jeden Fall sieht es so aus, als hätten wir einen Verdächtigen weniger.«

Irgendwann erwachte Rena. Sie merkte schnell, was sie geweckt hatte – Tjeri sprach im Schlaf. Es waren gemurmelte Worte, kaum zu verstehen. »Es war … nein … kein Plan … Nein!« Gequält wälzte er sich herum, sein schmaler Körper zuckte und wand sich. Beunruhigt beobachtete Rena ihn und überlegte, ob sie ihn wecken sollte oder nicht. Die Frage erledigte sich einen Atemzug später von selbst. Schwer atmend wachte Tjeri auf, blickte mit weit aufgerissenen Augen in die Dunkelheit.

»Was hast du geträumt?«, fragte Rena mitleidig. »War schlimm, oder?«

Er nickte. Langsam beruhigte er sich, sein Atem ging leichter. »Ich habe das … manchmal. Vor allem wenn ich in geschlossenen Räumen bin. Das ertrage ich nicht besonders gut.«

Fast wie ein Mensch der Luft-Gilde, dachte Rena und fragte sich, warum er nicht auf ihre Frage geantwortet hatte. Hatte er den Traum schon vergessen oder wollte er ihr nicht davon erzählen? »Hast du schlechte Erfahrungen gemacht, als du bei den Krötenmenschen gelebt hast?«

»Nein, nein, das war in Ordnung. Lass uns weiterschlafen.«

Schon bald hörte sie seinen Atem tief und gleichmäßig werden. Rena betrachtete Tjeri in der Dunkelheit. Er schlief auf der Seite, mit hochgezogenen Armen, als wolle er sein Gesicht schützen. Rena spürte, wie ein Gefühl der Zärtlichkeit für ihn sie überschwemmte. Aber es war gemischt mit Bitterkeit. Warum musste sie sich immer in Menschen anderer Gilden verlieben? Das machte die Sache nicht gerade leichter!

Rena zwang sich diese Gedanken aus ihrem Kopf zu verbannen. Du weißt ja noch nicht einmal sicher, dass er dich liebt, ermahnte sie sich. Im Moment ist es nur eine schöne Affäre.

Gut ausgeruht, wie sie nun war, freute sie sich schon auf das nächste Treffen mit dem Grauen. Sie hatte sich schon ein paar nette Sinnsprüche für ihn ausgedacht: »Man kann nie wissen, wie warm das Wasser wirklich ist, denn jeder empfindet anders« zum Beispiel oder »Das Leben ist wie unbekanntes Essen. Manches schmeckt toll, anderes scheußlich – und was es ist, weißt du erst, wenn du es ausprobierst.« Das würde ihm bestimmt gefallen.

Doch sie sah ihn nur kurz. Seine goldenen Augen schimmerten warm, zum ersten Mal sah sie ihn so. »Du hast mit uns gesungen, das hast du«, sagte er. »Verzeih einem grantigen, alten Nestvater, verzeih. Menschen wie du und Jederfreund können keine Geiseln sein.«

»Ach, das mit dem Singen hat wirklich Spaß gemacht«, sagte Rena schnell. »Geiseln nicht, aber vielleicht neue Freunde. Ich würde euch gerne besser kennen lernen. Und noch ein Weilchen bleiben.« Sie hatte nicht vergessen, weshalb sie eigentlich hier waren.

»Das ist kein so großer Wunsch, nein. Bleibt, so lange ihr wollt.«

Ruki war gespannt auf die Besichtigung des Nests und beschloss mitzugehen. Aber Tjeri sagte bloß: »Ist für mich nicht so neu. Ich beschäftige mich schon.«

Uu'naq bekam den Auftrag, Rena herumzuführen. Er

freute sich sichtlich darüber. Während er neben ihr herpatschte, nutzte Rena die Gelegenheit, ihn zum ersten Mal richtig ausfragen zu können. »Sag mal, was machst du eigentlich meistens hier im Nest?«

»Auf den Laich aufpassen, auf den Laich.«

»Ist das schwierig?«

»Nein. Langweilig meistens. Aber jetzt habe ich große Ehre, jetzt. So viel Ehre. Da kann ich vielleicht in Zukunft auf Quappen aufpassen, auf Quappen.«

»Was siind Quappen?«, pfiff Ruki.

»Wirst du gleich sehen, Federzwerg. Jetzt erst mal die Laichhöhlen«, sagte Uu'naq. Ruki blickte verdutzt drein, war aber nicht eingeschnappt wegen seines neuen Spitznamens. Oder er zeigte es zumindest nicht.

Rena sog die feuchtkühle Luft ein, die ein kleines bisschen nach Algen und Krötenkot roch.

Als sie in die Laichhöhlen kamen, blickte sich Rena staunend um. Die großen, flachen Teiche waren über und über mit faustgroßen, schimmernden Perlen bedeckt. In ihrem Inneren bewegte sich etwas, reckte sich, dehnte sich. Unter ihnen witschten Leuchtfische umher, sodass die Kugeln in ein flackerndes bläuliches Licht getaucht waren. Kleine spinnenartige Wesen kletterten über den Laich hinweg, drehten die Kugeln vorsichtig mit den Beinen und untersuchten sie auf Beschädigungen. Ein paar Krötenmenschen hockten an den Rändern der Becken und fächelten den Kugeln mit den Flossenfüßen frisches Wasser zu.

»Nicht viele Menschen haben das gesehen, nicht viele«, sagte Uu'naq andächtig.

Wenn Alix wüsste, was ich hier erlebe!, dachte Rena und einen Moment lang durchströmte sie der Stolz darüber, dass sie es geschafft hatte, das Vertrauen der scheuen Krötenmenschen zu gewinnen.

»Wann schlüpfen die Quappen?«

»Dauert noch viele Monde«, meinte ihr Begleiter und fügte stolz hinzu: »Seit zwei Wintern ist mein Lebenssaft dabei. Viele Kinder werde ich haben!«

»Also hast du den großen Treck mitgemacht? Wie ist das so?«

»Man wird schwammig im Kopf, dann ist es Zeit, zu gehen. Es war großviel gefährlich das letzte Mal. Aber wir haben die Weibchen gefunden und die Weibchen uns und es war eine große Freude.«

Als Nächstes waren die Quappenteiche dran. Es waren flache, warme Gewässer, in denen viele kleine Gestalten umherglitten. Uu'naq winkte ihr näher zu kommen. Rena kniete neben einem der Teiche nieder und hielt vorsichtig die Hand ins Wasser. Sofort kamen ein paar der kleinen Wesen heran. Winzige nasse Finger klammerten sich an ihre Hand und ein dunkelgrünes Gesichtchen blickte sie großäugig an. Neben ihr krochen zwei der Quappen mühsam aufs Land und schleppten sich auf Rena zu. Sie hatten runde Körper mit Armen und Beinen, aber auch einen kräftigen Flossenschwanz.

»Na, ihr?« Rena kraulte die zutraulichste Quappe unter dem Kinn. Das kleine Wesen quietschte begeistert. Auch Ruki war angetan von den Jungkröten und ließ sogar zu, dass zwei sich an die Schwungfedern seines Arms hängten und daran zogen.

Sie besichtigten noch Vorratshöhlen, Schlafnischen und vieles andere. Irgendwann drehte sich Rena der Kopf. »Ich glaube, ich gehe jetzt lieber wieder zurück. Aber vielen Dank für die Führung!«

Sie fand Tjeri auf dem Bauch neben einem kleinen Teich – kaum mehr als eine Pfütze – liegend. Er machte

Bewegungen mit den Händen und fluchte. »Verdammte Viecher. *Früh* habe ich gesagt, nicht *Brüh!*«

»Was machst du da?«, fragte Rena.

Er drehte sich halb zu ihr. »Ach, ist nur so ein Zeitvertreib von mir. Hier im See lebt ein kleiner Schwarm Memo-Fische. Ich versuche ihm was beizubringen.«

»Ach so.« Rena erinnerte sich gut an die kleinen silbrigen Fischchen, die sie zuletzt im Lixantha-Dschungel gesehen hatte. Daran, wie sie Muster nachmachten, die sie sahen. Aber sie wusste seit ihrem Besuch beim alten Archivar, dass man sie auch lehren konnte Dinge zu zeigen. »Was sollen sie machen?«

»Ach, Worte und Bilder überbringen. Klappt aber noch nicht richtig.«

Ein in hellem Gelb gefleckter Krötenmensch unterbrach sie. »Gleich Zeremonie«, kündigte er an. Rena nickte. »Wir werden da sein.«

»Ich komme gleich nach«, sagte Tjeri ohne von seinen Memo-Fischen aufzublicken.

Der Versammlungsraum war spektakulär. Es war ein Trichter, der tief in die Erde reichte. Seine Wände waren terrassenförmig angelegt. In den Nischen an den Wänden hatten Hunderte von Krötenmenschen Platz – aus vielen blickten schon erwartungsvolle grüngelbe Mondgesichter. Aber offensichtlich war es noch zu früh, niemand sang.

Rena zuckte zusammen, als etwas Kaltes ihr Bein anstupste. Ein schwarz-roter Salamander kroch auf ihr Knie zu. Sie sah sofort, dass er eine Nachricht trug. Vielleicht war es sogar das gleiche Tier, das sie zur Felsenburg geschickt hatte! Aufgeregt fummelte Rena die Nachricht aus ihrer silbernen Hülle. Die Botschaft war von Dagua, er war wie üblich schreibfreudiger als Alix.

Liebe Rena,

Alix und Tavian bringen ganz schön Leben in die Burg. Sie hätten es um ein Haar geschafft, sich verbannen zu lassen. Aber sie haben auch eine Menge herausgefunden. Zum Beispiel dass Ennobar plante die Schwarzen Kutten zurückzubringen. Wir sind alle sehr besorgt.

Alles in Ordnung bei dir in Vanamee? Deine letzte Nachricht habe ich nicht ganz verstanden. Tjeri arbeitet schon seit zwei Wintern nicht mehr für den Rat. Ich mag ihn. Aber ich weiß nicht, für wen er jetzt unterwegs ist. Pass auf dich auf.

Dagua

Rena fühlte sich, als hätte ihr jemand eine gusseiserne Keule über den Kopf gezogen.

Es war, so überlegte Alix, mal wieder Zeit, mit Dagua über das zu sprechen, was sie herausgefunden hatten. Oder besser nicht herausgefunden hatten.

Sie fanden ihren alten Freund von der Wasser-Gilde in seinen Räumen über Papieren brütend. Als er sie sah, hellte sich sein Gesicht auf. »Kommt rein! Ihr seid mein einziger Lichtblick heute.«

»Na ja, viel Licht haben wir nicht gerade zu bieten«, sagte Alix. Es tat ihr in der Seele weh, wie ihr alter Freund sich mit den Angelegenheiten Dareshs aufrieb. Er war viel zu ernst geworden, seit er den Rat der vier Gilden leitete. Täglich neue Sorgenfalten, das schien zu dieser Position dazuzugehören.

»Was ist denn passiert?«, fragte Tavian.

»Ach, es hat wieder Zwischenfälle mit den Halbmenschen gegeben. In Vanamee spielen die Krötenmenschen verrückt, ein Natternmensch hat in Alaak eine Frau angegriffen und in Nerada ist ein Storchenmensch gelyncht worden, der sich nicht nach Lixantha getraut und stattdessen im Gras versteckt hatte.«

»Tja, von uns gibt es nicht viel bessere Neuigkeiten.« Alix erzählte ihm von dem Treffen mit der Regentin, von Ujuna und Ennobar und davon, dass die Regentin versuchte die Ratsmitglieder der Luft-Gilde unter Druck zu setzen. Von dem Mordversuch mit den Corzeesas und Tavians Kampf mit den Soldaten wusste Dagua natürlich längst, und Alix wettete, dass er durch seine eigenen Informanten auch über den fröhlichen Abend in der Schlangengrube informiert war.

»Ich weiß nicht recht«, sagte Dagua und schob seufzend ein Dokument beiseite. »Das klingt, als hättet ihr alles herausgefunden, was es hier zu erfahren gibt. Wenn ihr bleibt, verwickelt ihr euch nur immer weiter in die Machtkämpfe in der Felsenburg.«

Alix seufzte. »Na ja, ein paar Sachen haben wir geschafft – zum Beispiel in zwei Dutzend Menschen den Wunsch zu wecken, uns in kleine, handliche Stücke zu zerhacken und in alle vier Himmelsrichtungen zu verteilen …«

»Vielleicht wäre es besser, wenn ihr Rena in Vanamee unterstützt. Viele denken, die Provinz sei harmlos. Aber das ist sie nicht. Und Rena hat da jemanden getroffen …«

Alix und Tavian lauschten interessiert auf das, was ihr alter Freund erzählte. »Hm, ja. Klingt in der Tat wichtig … wir könnten in einer Woche unten sein.« Alix spürte, wie ihr Herz leichter wurde bei dem Gedanken, die Burg endlich wieder verlassen zu können.

»Ich danke euch«, sagte Dagua und seufzte tief.

Einen Moment lang saß Rena einfach nur da, während die Gedanken in ihrem Kopf herumsausten wie ein Schwarm Libellen. Dann winkte sie Ruki. Neugierig kam er herüber.

»Du hast die ganze Zeit Recht gehabt«, sagte sie und gab ihm die Nachricht. »Dieser elende Maushund hat uns angelogen.«

»Ich kann nicht lesen, so was kann ich nicht«, sagte Ruki verlegen, und sie erklärte ihm leise, was Dagua geschrieben hatte. Erschrocken blickte der kleine Storchenmensch sie an.

»Das ist graustürmig«, meinte er traurig. Rena war dankbar dafür, dass er auf das Ich-hab's-dir-doch-gesagt-Getue verzichtete, das ihm eigentlich zustand. Anscheinend hatte er ihren fröhlichen Begleiter genau wie sie lieb gewonnen. Jederfreund!, dachte Rena bitter. Wieso passiert eigentlich immer mir das? Erst vergucke ich mich um ein Haar in den Propheten des Phönix und jetzt bin ich auf irgendeinen undurchsichtigen Verräter hereingefallen!

Sie war so wütend, dass sie die Hitze in ihre Wangen steigen fühlte. Von Anfang an war Tjeri mit schönen Geschichten bei der Hand gewesen. Wahrscheinlich stimmte nicht einmal die Hälfte. Warum hatte sie nicht auf Ruki gehört?

Sie stand auf, um Tjeri jetzt sofort zur Rede zu stellen. Aber sie war zu spät dran. Schon hörte sie den vibrierenden Klang, der die Zeremonie ankündigte. Schnell steckte Rena die Nachricht weg und setzte sich aufrecht. Keine zehn Atemzüge später schlenderte Tjeri herein, ließ sich neben ihr nieder. Rena sah ihn nicht an und Ruki machte ihm nicht wie gewohnt Platz.

»He, was ist los?«, flüsterte Tjeri. »Ist eine Quappe in eure Suppe gefallen?«

»Wir reden später darüber«, zischte Rena zurück. Er nickte nur und war still. Ahnte er, dass sie ihn endlich durchschaut hatten?

Die Zeremonie schien endlos zu dauern. Diesmal sang Rena nicht aus vollem Herzen. Als das Ritual endlich beendet war, winkte Rena Tjeri, ihr zu folgen. Sie gingen schweigend in ihre Kammer und setzten sich auf den feinen weißen Sand. Ruki sagte: »Federzwerg geht miit den Quappen spielen«, und verschwand hastig, anscheinend wollte er sich den Streit ersparen.

»Ich will jetzt endlich wissen, was los ist«, sagte Rena. Sie spürte, dass sie zitterte. »Keine Lügen mehr! Wer bist du wirklich? Ich weiß, dass du kein Agent des Rates bist.«

Tjeri seufzte. »Du hast es also geschafft, einen Salamander loszuschicken, bevor ich ihn kennen gelernt habe.«

»Du hast meine Nachrichten abgefangen?!«

»Als ich deine Salamander begrüßt habe, konnte ich ihnen sagen, dass sie mit ihren Botschaften erst zu mir kommen, ja. Es ist nützlich, so viele Freunde zu haben.«

Wie kam er dazu, ihre Briefe zu lesen? »Deine verdammten Freunde können mich mal!«, schrie Rena.

Tjeri reagierte nicht darauf. Es schien, als habe er sie gar nicht gehört. »Wir sind uns ähnlicher, als du denkst«, sagte er und plötzlich war sein Gesicht ganz weich, ganz zärtlich. »Deswegen wollte ich dich ja unbedingt kennen lernen, Rena.«

»Ähnlich? Wir sind so unterschiedlich, wie's nur geht! Wir gehören nicht mal derselben Gilde an!« Rena war erschrocken über ihre eigenen Worte. Sie war immer stolz darauf gewesen, dass sie weniger Vorurteile hatte als die meisten anderen Menschen auf Daresh. Aber sie hatte nicht vor, sich jetzt zu entschuldigen. Schließlich hatte er sich noch nicht dafür entschuldigt, dass er sie belogen hatte. »Vielleicht will ich nicht mal mehr was mit dir zu tun haben!«

»Wir haben beide etwas getan, was sonst niemand auf Daresh gewagt hat«, sagte Tjeri leise. »Wir waren beide so neugierig, dass es unser Leben verändert hat.«

Rena stutzte. Sie spürte, dass er jetzt die Wahrheit sprach. Eine erste Ahnung, was er sagen würde, stieg in ihr auf und sie starrte ihn an.

»Ich habe die *Quelle* berührt. Wie du damals«, sagte er und schloss kurz die Augen um sich zu sammeln. »Nur war ich einen Winter früher dran. Und im Gegensatz zu dir wurde ich erwischt.«

Der Lohn der Neugier

Rena vergaß ihre Wut. Sie nahm seine Hände, hielt sie fest. In ihr brodelten die Gedanken. Einen Atemzug lang war sie wieder fünfzehn und zurück in den steinernen Gewölben der Burg. Schlich sich wieder durch die Korridore, während ihr Onkel nach der Audienz schon in Richtung Ausgang unterwegs war. Überlistete wieder die Wachen, berührte den eigenartigen Stein, spürte, wie die Kraft sie durchströmte. Hörte die wilden Schreie der Freude, den Jubel der befreiten Iltismenschen durch die Gänge hallen.

»Wie war es bei dir?«, fragte sie atemlos. »Hast du das auch gespürt, diesen Ruf?« Doch dann mahnte sie sich zur Vorsicht. Noch wusste sie nicht sicher, ob er nicht wieder log. Aber das ließ sich leicht feststellen. Mit einer Frage, auf die nur ganz wenige Menschen eine Antwort wissen konnten. »Wie hat es sich angefühlt, als du die *Quelle* berührt hast?«

»Sie hat sich verändert, als ich sie angefasst habe – und mich hat sie auch verändert«, sagte Tjeri. Rena nickte. So war es auch bei ihr gewesen.

»Ja, sie hat mich gerufen«, fuhr er fort. »Ich war als Agent des Rates in der Burg, zum ersten Mal damals. Natürlich wollte ich herausfinden, was es ist. Und das habe ich dann ja auch.«

»Was war mit den Halbmenschen? Hat es sie damals auch befreit?«

»Ja, aber sie sind nicht weit gekommen. Genau wie ich.«

»Was ist passiert?«

»Ich hatte einen Befehl des Burgkommandanten gefälscht und die Wachen damit von der Tür weggelockt. Doch sie sind zu schnell zurückgekommen.« Tjeris Atem ging ungleichmäßig.

»Was haben sie mit dir gemacht?« Rena fragte es sanft.

Seine Stimme klang heiser, als er weitersprach. »Erst haben sie mich gefoltert. So geschickt, dass kaum Narben zurückgeblieben sind. Keine Beweise, weißt du, für einen Protest meiner Gilde. Aber damals habe ich diesen Finger verloren.« Er blickte auf seine linke Hand. »Als sie alles wussten, was sie wissen wollten, kam ich ins Verlies. Ich war zehn Monate lang Gefangener der Regentin.«

Rena versuchte sich vorzustellen, was das bedeutete. Dunkelheit. Einsamkeit. Kälte. Fesseln. Hunger. Verzweiflung. Und alles Tag um Tag um Tag und weit von den Seen entfernt, die er liebte. Jetzt wusste sie also, woher seine Albträume kamen. »Es muss grauenhaft gewesen sein.«

»Es war mehr als das. Und die Erinnerung ist heute noch wie ein Knoten in meiner Seele, ein Geschwür. Besonders diese Hilflosigkeit ...« Tjeri schwieg kurz, um seine Stimme wieder unter Kontrolle zu bekommen. »Aber ich hatte ja noch Glück. Irgendwann merkte ich, was die *Quelle* mit mir gemacht hatte, dass ich von nun an Tiere verstand wie kein anderer. Dort unten, tief in der Felsenburg, habe ich meine ersten Freundschaften geschlossen. Und die Halbmenschen haben immer einen Weg gefunden, durch geheime Gänge bis ins Verlies zu kriechen. Mich zu besuchen. Sonst hätte ich diese Zeit nicht überlebt.«

All das hätte auch mir passieren können, dachte Rena. Wenn ich nicht rechtzeitig aus der Burg rausgekommen wäre. Wenn ich nicht gemerkt hätte, dass die Soldaten schon daheim auf mich warteten. Wenn auf der Flucht irgendwas schief gegangen wäre. »Anscheinend verstärkt die *Quelle* Eigenschaften, die man sowieso hat. Du mochtest Tiere ja vorher schon. Und ich konnte die Aura von Pflanzen und Holz schon als Kind spüren, nur nicht so stark. Haben die Halbmenschen dich dort rausgeholt? Die Iltisse sind gut in so was.«

»Nein, das ging nicht. Aber irgendwann hat meine Gilde geschafft mich auszulösen. Als ich frei war, bin ich sofort nach Vanamee zurückgegangen. Ein paar Wochen lang ging's mir ziemlich dreckig, ich war krank und konnte praktisch nicht schlafen. Dann wurde es langsam besser.«

Sie schwiegen eine Weile. Rena brauchte Zeit, das alles zu verdauen. Jeder seiner Sätze hatte sie getroffen wie die Axt einen Baum. Und sie wusste, dass das alles nur der Anfang war. Noch hatte er nicht auf die Frage geantwortet, warum er hier war. »Aber du bist kein Agent geblieben. Du bist schon seit zwei Wintern nicht mehr im Dienst der Wasser-Gilde.«

Tjeri lächelte. Sie sah, dass es ihn Mühe kostete. »Das hast du also herausgefunden. Ja. Doch ich bin noch Agent, das war nicht gelogen. Nur eben nicht mehr für die

Wasser-Leute. Es tut mir Leid, dass ich dir das nicht sagen durfte. Eigentlich darf's ich jetzt auch nicht.« Er seufzte. »Aber ich glaube, es geht nicht anders.«

Alles in Rena spannte sich an. Ein halbes Dutzend Fragen wollte sich über ihre Lippen drängen, doch Tjeri hob leicht die Hand, bat sie wortlos um Geduld. »Erinnerst du dich an die Nachricht, die die Storchenfrau für dich überbracht hat?«

»O nein«, stöhnte Rena. »Sie hat sie aufgemacht?«

»Hat sie. Nimm es ihr bitte nicht übel. Wir waren erschrocken, dass du durch Ruki mehr erfahren hast, als einem Menschen zusteht. Also haben wir beschlossen euch zu begleiten. Einfach um sicher zu sein, dass ihr beiden es nicht weitererzählt. Verstehst du? Und die Nachricht haben wir ein kleines bisschen verändert. So, dass darin nicht mehr vom Me'ru die Rede war.«

Rena wurde einiges klar. In einem Atemzug wurde aus verschwommenen Farben ein Bild. »Du hast mich getestet. Damals als wir uns kennen gelernt haben. Um zu sehen, ob ich es dir sage.«

Tjeri nickte. »Es war gut, dass du es nicht getan hast.«

»Also bist du auf der Seite der Halbmenschen. Nicht Ruki haben die Krötenmenschen gemeint, als sie von einem Bruder gesprochen haben, sondern dich! Jederfreund. Und der Graue war erstaunt, dass ich es nicht wusste. Dass ich noch dachte, ich müsste für dich übersetzen.«

»Ja. Er weiß es natürlich. Alle Halbmenschen wissen, wer ich bin.«

Rena musste lächeln. Also hatte Tjeri alle frechen Bemerkungen verstanden, die Ruki über ihn gemacht hatte. Musste schwer gewesen sein, sich nichts anmerken zu lassen. Jetzt war ihr auch klar, was Tjeri mit seiner Großmutter geflüstert hatte. Auch sie wusste Bescheid und durfte es nicht verraten. Aber was bedeutete das alles? Rena wagte den Gedanken weiterzudenken. Und auszusprechen, was ihr in den Sinn kam. »Du stehst im Dienst des Me'ru, nicht wahr? Es gibt ihn wirklich.«

»Es gibt ihn und du hast richtig geraten.« Stolz und ein wenig trotzig sah er sie an. Wartete auf ihre Reaktion. Doch Rena konnte ihn nur wie betäubt anblicken. Tjeri zuckte die Schultern. »Gesehen habe ich ihn auch noch nie. Ich weiß nicht mal, wer oder was er ist.«

»Aber wie bekommst du dann seine Aufträge – und deinen Lohn?«

»Manchmal über meine Freunde, manchmal über einen Halbmenschen oder eine Nachricht an einem besonderen Ort. Und der Lohn … na ja, ab und zu stoße ich auf Dinge, die für mich hinterlegt worden sind. Manchmal wertvolle, manchmal einfach nur etwas Essbares oder Ähnliches.«

»Was ist mit Ennobars Tod? Weißt du mehr darüber als ich?« Nervös wartete Rena auf seine Antwort.

»Nein. Mir ist nicht viel gesagt worden. Doch ich kann mir nicht vorstellen, dass der Me'ru darum gebeten haben soll, einen Menschen zu töten.«

Vorsichtig sagte Rena: »Ich glaube auch nicht daran. Aber ich muss sicher sein, verstehst du das?«

»Worauf willst du hinaus?!«

»Ich muss mit dem Me'ru sprechen.«

Tjeri stöhnte. »Du bist so neugierig, dass du durch ein Knopfloch kriechen würdest um herauszufinden, was auf der anderen Seite ist.«

»Ja, schon, aber nicht nur. Es ist wichtig – verstehst du das nicht? Es geht um deine Brüder, die Halbmenschen, um ihre ganze Zukunft!« Rena hätte ihn am liebsten am Kragen gepackt und geschüttelt. Wahrscheinlich ahnte er nicht, wie schlimm die Situation war. Er hatte die Halbmenschen ja auch nicht in ihrem gefährlichen Exil im Lixantha-Dschungel getroffen. »Wir müssen endlich herausfinden, was passiert ist!«

Tjeri schwieg eine Weile. Dann sagte er: »Davon träume ich schon lange. Den Me'ru zu treffen. Ich weiß, dass das wahrscheinlich unmöglich ist … aber ich wünsche es mir, seit ich weiß, dass es ihn gibt.«

»Wirst du mir helfen ihn zu finden?«

»Das ist völlig verrückt.« Tjeri sprang auf, ging rastlos umher, schüttelte den Kopf, schien einfach nicht still stehen zu können. »Brackwasser, ich kann das nicht tun!« Jetzt schrie er beinahe. »Ich möchte gar nicht wissen, in was für Schwierigkeiten mich das bringen könnte … einmal zu neugierig sein reicht fürs ganze Leben, verstehst du das? Verdammt noch mal, verstehst du das?!«

Rena sagte nichts, ließ ihm Zeit. Und tatsächlich, nach fünf mal zehn Atemzügen ließ er sich neben sie in den Sand fallen. Er wirkte fast apathisch. »Ich komme mit«, sagte er. »Ich will den Me'ru sehen. Ein Mal nur.«

Rena atmete tief durch. Es fiel ihr schwer, die Augen von ihrem Reisegefährten abzuwenden. Sie fühlte sich ihm sehr nah. »Das ist mutig.«

»Es ist dumm. Sonst nichts.« Gequält lachte er auf. »Vielleicht kommen wir beide um dabei.«

»Hättest du es damals trotzdem getan – wenn du gewusst hättest, dass sie dich schnappen?«, fragte Rena leise. »Wenn du gewusst hättest, was die *Quelle* mit dir machen würde?«

Tjeri blickte an ihr vorbei auf die dunklen Wände des Krötennests. »Man kann die Vergangenheit nicht verändern. Auch wenn man es sich mit aller Macht wünscht. Lassen wir es dabei, ja? Sonst überlege ich mir das mit dem Me'ru vielleicht doch noch mal anders.«

»In Ordnung«, sagte Rena, legte die Arme um ihn und küsste ihn lange.

Doch mit ihrem eigentlichen Ziel, mehr über den Me'ru herauszufinden, kam Rena nicht gut voran. Und ein Zwischenfall machte ihr klar, dass sie auch nicht mehr viel Zeit hatten, bei den Kröten nachzuforschen. Als sie mit Ruki durchs Nest streifte – Tjeri war in eine Diskussion mit Uu'naq vertieft –, traf sie in den Gängen ein paar Krötenmenschen, die nervös und unruhig wirkten. »Komisch, was ist denn heute mit denen los?«, fragte Rena.

»Haben vielleicht Hunger«, sagte ihr geflügelter Begleiter.

»Meine Güte, Ruki! Es gibt auch Wesen, die nicht dauernd Hunger haben wie du!«

Doch das Grinsen verging Rena schon bald. Im Gang tauchte ein schmächtiger Krötenmensch auf, einen halben Kopf kleiner als sie. Als er an ihnen vorbeikam, bemerkte Rena, dass seine Augen glasig waren. Und plötzlich schnappte er sie sich, umklammerte sie mit überraschend starken, nassen Armen und drückte ihr einen Kuss mitten auf den Mund. Angeekelt versuchte Rena sich aus seinem Griff zu winden. »He! Verdammt noch mal, was soll das!«

Ruki knallte der Kröte die Flügel rechts und links um die Ohren. Schließlich schaffte es Rena, sich freizustrampeln und verpasste ihrem Angreifer dabei einen kräftigen Tritt auf die Beinflosse. *Gronk!* Mit dem Schmerz wurden die Augen des Krötenmenschen wieder klar, ganz plötzlich ließ er von ihr ab. Verschämt blickte er auf den Boden. »Oh … verzeih. Verzeih!« Hastig watschelte er davon.

Kopfschüttelnd gingen Rena und Ruki weiter. Sie fanden Tjeri bei den Aufzuchtteichen, wo er mit den Quappen spielte.

»Mir ist gerade etwas Unglaubliches passiert«, sagte Rena zu ihm. »Ich bin von einer Kröte abgeknutscht worden. Irgendwie dachte ich immer, es müsste umgekehrt sein, frag mich nicht warum …«

»Brackwasser! Sieht so aus, als wäre bald wieder Paarungszeit. Wir müssen weg aus dem Nest. Das war erst der Anfang, weißt du.«

»Aber ich habe noch nicht herausgefunden, was die Kröten über den Me'ru wissen! Wir können noch nicht weg!«

»Dann beeil dich«, sagte Tjeri trocken. »Auf die Erfahrung, von ein paar hundert liebestollen Amphibien belästigt zu werden, kann ich ganz gut verzichten.«

Der Graue, dachte Rena. Ich muss noch einmal mit dem Grauen sprechen! Sie hatte wieder Rukis Stimme im Ohr: *Aber nur Brüder, die eine Sippe führen, wissen, wo der Me'ru ist …*

Sie machte sich – diesmal ohne einen Bewacher, ohne Audienz – auf den Weg zu ihm. Die Kammer schien still und verlassen. Rena räusperte sich, um auf sich aufmerksam zu machen, und steckte dann den Kopf durch den Algenvorhang. Sie fand sich Auge in Auge mit einem verdutzten Nestvater wieder. Er hockte wie ein riesiger, fetter Kloß auf dem Steinboden seiner Kammer, die genoppte Haut graugelb davon, dass er lange nicht mehr im Licht gewesen war. Zwei lange Sprünge, ein Platsch – hastig war der Graue wieder in seinen warmen Tümpel zurückgekehrt. Bis zu den Augen im Wasser fühlte er sich wahrscheinlich sicherer. Rena musste sich das Lachen verbeißen. Auch der alte Tyrann war im Grunde schüchtern.

»Welche Farbe hat der Himmel heute für dich, Nestvater?«, fragte Rena. Es war zu einem Witz zwischen ihnen geworden.

»Woher soll ich das wissen, woher«, grummelte der Graue und zwinkerte amüsiert. »Du schleichst dich so leise an wie ein Skagarok! Lernt man das in den Wäldern, wo deine Leute leben, deine Leute?«

Sie unterhielten sich eine Weile über die Erd-Gilde, dann schien Rena die Zeit gekommen, zu ernsteren Dingen überzugehen. »Ich weiß jetzt Bescheid über Jederfreund«, meinte sie.

»Gut. Zeit war es dafür, Zeit.«

Doch Rena wusste, dass der Graue das, was sie jetzt besprechen wollte, weniger gut finden würde. »Er hat mir verraten, in wessen Dienst er steht. Und er wird mitkommen, wenn ich den Me'ru suchen gehe. Ich muss herausfinden, was euer Herrscher über Ennobars Tod weiß. Der Treck steht bevor, nicht wahr? Bald wird es Zeit sein, euch zu verlassen.«

Der Graue schwieg lange. Dann sagte er: »Du bist der einzige Mensch, der einzige, der überhaupt versucht hat mit uns zu reden. Der zu uns gekommen ist. Mit uns gesprochen hat wie mit Wesen, die denken können. Viele halten uns für so dumm wie die Steine. Beim Ei des Hüters, wie Steine!«

»Das ist traurig.« Rena nickte höflich. Ihr Herz schlug schnell. Sie ahnte, dass er ihr etwas sagen wollte.

»Ich werde dir helfen, ja. Dieses eine Mal.«

Schon das zweite Mal, dachte Rena. Doch sie sprach es nicht aus. Sie wagte nicht sich zu rühren.

»Du wirst den Me'ru an dem Ort finden, an dem sich Erde, Wasser und Himmel treffen. An den sich keine Wolke wagt und kein menschlicher Fuß. Wir nennen ihn den Smaragdgarten. Es ist ein gefahrvoller Weg dahin.«

Erde, Himmel, Wasser, Wolken? War das jetzt ganz wörtlich gemeint oder bezog es sich auf die Gilden? Rena wurde nicht schlau aus den Worten des Grauen. Aber das war wahrscheinlich auch seine Absicht. Er durfte den Me'ru um keinen Preis verraten und wollte ihr trotzdem helfen. Das hatte er getan. Jetzt war es an ihr und Tjeri, der Sache auf den Grund zu gehen.

»Ich danke dir, ehrwürdiger Nestvater«, sagte sie und versuchte etwas von der Herzlichkeit, die sie für ihn fühlte, in ihre Worte zu legen. »Ich verspreche, dass ich tun werde, was ich kann, damit Menschen und Halbmenschen Freunde bleiben.«

Sie rechnete nicht mit mehr als einem beiläufigen Nicken als Antwort. Doch der alte Krötenmensch überraschte sie. »Ich danke dir auch«, sagte der Graue. »Denn bevor du kamst, dachte ich nicht mehr, dass das ein Ziel ist, ein Ziel, für das es sich zu kämpfen lohnt.«

Alix schickte einen Wühler an Rena, dann packten sie und Tavian ihre Sachen. Als sie fast fertig waren, klopfte es. Alix zog die Augenbrauen hoch und ging öffnen. Vor der Tür stand Corvus, gepflegt gekleidet wie immer und herzlich lächelnd.

»Ich habe gehört, dass ihr geht«, sagte er.

Immerhin einer, der uns verabschieden will, dachte Alix. »So, so, hat es sich schon herumgesprochen.«

»Ihr tut das Richtige«, sagte Corvus. »Alles, was wir hier tun, wird Daresh zwar nützen – aber die Rebellion ist dort draußen. Dort draußen müssen wir etwas tun, von hier aus kann man das Problem nicht lösen.«

»Ganz richtig! Sage ich auch immer!«

»Ich würde euch gerne begleiten«, fügte das Ratsmitglied der Luft-Gilde hinzu. »Vielleicht kann ich dort mehr ausrichten als hier – und es würde mir viel bedeuten.«

Skeptisch musterte ihn Alix. Von den weichen Händen

über das Wohlstandsbäuchlein bis zu den bestickten, spitzen Schuhen. Sie hatte ihre Zweifel, ob der Kerl überhaupt die schnelle, harte Reise bis nach Vanamee überstehen würde. »Corvus, ganz ehrlich, ich weiß nicht, ob das eine gute Idee ist.«

Auch Tavian sah skeptisch drein. Er wollte den Kerl auch nicht wirklich dabeihaben. Aber immerhin hatte er sich für Tavian eingesetzt, sie konnten schlecht ablehnen. Jetzt kam es darauf an, ihn höflich von der Idee abzubringen.

Corvus schien ihre Einwände vorauszuahnen. »Wir Händler reisen viel, keine Sorge. Ich werde euch nicht aufhalten. Als Jugendlicher war ich sogar ein guter Läufer, obwohl ich mich nie wirklich dafür begeistern konnte.«

»Hm …« Alix war noch nicht überzeugt. »Wenn doch, lassen wir dich eben am Wegesrand zurück. Gibt genug Dörfer auf der Strecke.«

Er lächelte mit Verspätung – mit Ironie konnte er nicht viel anfangen. »Ja, ja, natürlich.«

»Ist Dagua denn auch einverstanden? Brauchen sie dich nicht im Rat?«

»Kein Problem. Edoras kann mich vertreten.«

Tavian und Alix verständigten sich mit Blicken, stimmten sich wortlos ab.

»Na gut«, sagte Alix schließlich. »Wir verabschieden uns nur noch von Dagua, dann geht's los.«

III

Der Smaragdgarten

Zwei Libellen umschwirrten Tjeris Kopf. Lächelnd scheuchte er sie wieder weg.

»Sie sagen, es kommt jemand – vielleicht ist das deine Freundin«, meinte er und ließ sich gemütlich im Wasser treiben. Rena versuchte es ihm nachzumachen – und es klappte immer besser.

»Hoffentlich mit einem Boot, einem Boot«, raunzte Ruki. Er hockte mit angezogenen Knien auf einem schwimmenden Blatt, das ihnen die Krötenmenschen mitgegeben hatten.

Und tatsächlich – kurz darauf sahen sie zwei Kanus und ein einmastiges Segelschiff herankommen. Schon von weitem erkannte Rena ihre Freunde: Alix' kupferfarbenes Haar leuchtete in der Sonne, man sah es selbst aus der Entfernung. Rena winkte begeistert. »Da ist Alix!«

»Die Rothaarige? Bin schon neugierig auf die große Schwertkämpferin …«

»Sieht aus, als wären sie nicht alleine.« Rena runzelte die Stirn. »Beim Erdgeist, das sind ja … Moment, vier, fünf, sieben Leute! Sieht so aus, als hätten sie den halben Rat mitgenommen! Oje …«

Mit Ruki im Schlepptau schwammen sie Renas Freunden entgegen und kletterten an Bord des Segelschiffs. Lachend umarmten sich Alix, Rena und Tavian. Dann wandte sich Rena neugierig den anderen Reisenden zu. Drei Farak-Alit, ein Diener. Und ein dunkelhaariger Mann mit rundem Gesicht und teuer wirkenden Schuhen aus rot gefärbtem Dhatla-Leder. Er trug ein Amulett der Luft-Gilde.

»Corvus – Mitglied des Rates«, stellte er sich vor und lächelte. »Rena ke Alaak? Hervorragende Arbeit habt Ihr hier geleistet.«

»Danke«, sagte Rena geschmeichelt. »War nicht ganz einfach. Aber die Krötenmenschen waren sehr freundlich, als wir sie erst einmal überzeugt hatten, dass wir ihnen nichts Schlechtes wollen.«

»Ich muss gestehen, ich habe noch nie einen von ihnen gesehen – sie sind so scheu …«

»Sie würden sich sofort in Eure Schuhe verlieben«, sagte Tjeri unschuldig. Alix hatte Mühe, sich das Lachen zu verbeißen.

»Immerhin besser als gar keine Schuhe, nicht wahr?«, gab Corvus kühl zurück. »Das wirkt so ärmlich.«

Tjeri blickte auf seine bloßen Füße hinunter und wackelte mit den Zehen. »Ist aber im Seenland äußerst praktisch. Wahrscheinlich hätte ich sonst die Hälfte meines Lebens damit verbracht, Schuhe trocken zu kriegen.«

Corvus' Lächeln wirkte gezwungen. Rena befürchtete das Schlimmste, als sich Tjeri nun Alix und Tavian zuwandte, die ihn um einen halben Kopf überragten. Doch die beiden Schwertkämpfer grinsten breit, als sie dem jungen Mann der Wasser-Gilde die Hand schüttelten. »Willkommen im Seenland«, sagte Tjeri. »Gut, dass ihr endlich da seid, jetzt braucht Rena nicht mehr die ganze Zeit von euch zu erzählen …«

»Das stimmt gar nicht! Ich habe nur ein- oder zweimal …«

»Hat sie dich mit Hau-drauf-Geschichten über uns versorgt?«, unterbrach Alix sie grinsend. »Wir haben eine gute Faustregel, wie man die Wahrheit rausfindet: Teile die Zahl der besiegten Feinde durch drei und dividiere dann noch mal durch die Zahl der angeblich erlegten Monster.«

»Klingt gut.« Tjeri blickte sie interessiert an. »Ist 'ne nette Abwechslung, dass wir jetzt auch zurückhauen können.

Bisher haben die Monster eher versucht *mich* zu erlegen als umgekehrt.«

»Wie wehrt ihr euch?«, erkundigte sich Tavian interessiert.

»Meistens gar nicht. Wenn zum Beispiel Skagaroks aufkreuzen, tauchen wir ab. Meine Gilde hat auf dem Boden jedes Sees, der nicht zu tief ist, Schutzkuppeln errichtet, damit man längere Zeit unten bleiben kann.«

»Rostfraß und Asche – soll das heißen, man muss *da* reinspringen?« Alix musterte den See, als wäre er eine gefährliche Säurepfütze.

»Fürchte schon«, sagte Tjeri amüsiert und fragte in die Runde: »Wer von euch kann schwimmen?«

Alix und Tavian schüttelten angewidert den Kopf. Wasser zum Waschen fanden die Menschen der Feuer-Gilde in Ordnung – aber keinen Tropfen mehr als nötig! Auch einer der Farak-Alit verneinte. Doch alle anderen nickten, auch Corvus. Tjeri seufzte. »Na, zum Glück habt ihr ein Schiff. Es reicht, dass wir ein Federvieh durch die Gegend ziehen müssen.«

Ruki hatte sich längst an die Sprüche ihres Suchers gewöhnt und verzog keine Miene. Er beäugte die Neuankömmlinge und lächelte Corvus schüchtern zu. Wahrscheinlich gefiel es ihm, dass nun jemand der Luft-Gilde dabei war.

»Ich würde vorschlagen, dass wir auf der Insel da vorne rasten und besprechen, wie's weitergeht«, unterbrach ihn Rena und deutete auf einen fernen grünen Fleck, der sich wie der Rücken eines Reptils aus der weiten Wasserfläche wölbte. Sie fragte sich, wie viel sie den anderen erzählen durfte. Eigentlich sollte niemand wissen, dass sie den Herrscher der Halbmenschen suchten. Aber Alix wollten sie einweihen, das hatten sie schon abgesprochen. Sie brauchten sie dringend als Verbündete.

»Wollt ihr auf dem Schiff mitfahren?«, fragte Alix. »Platz ist genug da.«

»Danke – reicht, wenn ihr Ruki mitnehmt«, sagte Rena und hechtete hinter Tjeri her in den See. Kühl schlug das Wasser über ihrem Kopf zusammen. Nebeneinander durchschnitten sie und Tjeri die sanft gekräuselte Oberfläche des Sees. Rena blickte noch einmal zurück und genoss den verblüfften Ausdruck, mit dem Alix ihre Schwimmkünste beobachtete. »Bis gleich!«, rief sie ihr zu und tauchte ein kurzes Stück. Was natürlich reine Angeberei war.

»Musste das sein, dass du gleich über Corvus hergefallen bist?«, fragte sie Tjeri, als sie neben ihm schwamm. »Wieso provozierst du die Leute immer erst mal, die du kennen lernst?«

»Ist so ein kleiner Test von mir. Wer gar nicht über sich lachen kann, fällt durch.«

»Na, zum Glück verstehst du dich mit Alix …«

Tjeri schwamm entspannt auf dem Rücken und blinzelte in die Sonne. »Die ist in Ordnung.«

Als sie an Land wateten, stellten sie fest, dass die kleine bucklige Insel ideal war für einen Kriegsrat. Sie war mit hüfthohen Büschen bewachsen und von einem flachen Kiesstrand umgeben. Auf ihrem Kamm entsprang eine kleine Quelle. Ihr Wasser hatte eine Reihe von Felsbekken ausgewaschen, um die herum Moos und Farne wuchsen. Rena schöpfte eine Hand voll kühles Quellwasser und trank. Es schmeckte wunderbar.

Als die anderen nachgekommen waren, setzten sie sich am Strand zusammen. Die Farak-Alit sicherten die Umgebung, während ihnen Corvus' Diener Cayoral bereitete.

»Jetzt erzähl mal, was du alles herausgefunden hast«, sagte Alix. »Sonst zerfetzt uns die Neugier in ganz kleine Stücke.«

Rena berichtete von ihrem Besuch bei den Krötenmenschen und wie sie sich mit dem Nestvater angefreundet hatte. Die anderen lauschten fasziniert, selbst Tjeri.

Als sie zum eigentlichen Thema ihrer Suche kam, zögerte Rena, holte tief Luft. Jetzt musste sie ihnen die Wahrheit sagen, ihnen erzählen, was sie wusste. Jedenfalls das Wichtigste. Wenn sie zusammen reisten, dann würde Geheimnistuerei ihnen nur schaden. »Wir suchen einen Ort, der den Halbmenschen wichtig ist«, sagte sie. »Dort liegt vielleicht der Schlüssel zu allen Problemen, die es in letzter Zeit gab. Er heißt der Smaragdgarten. Bitte haltet das unbedingt geheim. Niemand darf davon erfahren, wirklich niemand. Sonst helfen wir den Halbmenschen nicht, sondern schaden ihnen.«

Corvus' Augen glänzten. »Und welche Chancen haben wir, diesen Garten zu finden?«

»Gute Frage«, mischte sich Tjeri ein. »Wir haben bisher nur einen obskuren Spruch als Anhaltspunkt. Wie heißt er noch mal, Rena?«

»Es ist ein Ort, an dem sich Erde, Wasser und Himmel treffen. An den sich keine Wolke wagt und kein menschlicher Fuß«, zitierte Rena. »Das hat mir der Nestvater gesagt.«

Ratlos blickten sich die Menschen an.

»Äh, das klingt nicht gerade so, als könnte man dort überhaupt hingelangen«, wandte Alix ein. »Ganz zu schweigen davon, dass wir das Ding erst mal finden müssen – und die Provinz ist verdammt groß!«

»Ganz so mies sind unsere Aussichten nicht«, beruhigte

sie Rena. »Tjeri ist ein Sucher. Wenn jemand es schaffen kann, dann er.«

Tjeri nickte. Er saß neben Rena und Rena überlegte, ob sie seine Hand nehmen sollte. Sie entschied sich dagegen. Es war irgendwie peinlich vor so vielen Leuten.

»Ein Sucher? Jemand, der entlaufene Schoßtiere wiederfindet und Geldbörsen, die ins Wasser gefallen sind?« Corvus lächelte, als er es sagte, wie um seinen Worten die Schärfe zu nehmen.

»So was in der Art«, gab Tjeri zurück. »Kann auch ganz schön anstrengend sein. Die Börsen der Händler sind manchmal so schwer, dass wir sie nur zu zweit heben können.«

Rena überließ die beiden ihrem Kleinkrieg und zog sich mit Alix ein Stück zurück, um unter vier Augen zu reden. Ihre Sandalen knirschten im feuchten Kies, als sie über den Strand schlenderten.

»Weißt du was? Es tut verdammt gut, dass ihr da seid. Du und Tavian.« Rena konnte nicht anders, sie musste sagen, was sie dachte. »Irgendwie habe ich das Gefühl, dass mir die ganze Sache über den Kopf gewachsen ist. Zu groß geworden ist.«

»Komisch, genauso ging's mir in der verdammten Felsenburg. Da sind wir überall nur gegen Mauern gelaufen.« Alix seufzte. »Und wenn Corvus uns nicht geholfen hätte, wären wir schon nach ein paar Tagen rausgeworfen worden.«

»Hast du ihn deswegen mitgenommen? Ich war nicht so begeistert, als ich gesehen habe, wie viele Leute ihr seid.«

»Viele?« Alix verdrehte die Augen. »Ursprünglich wollte der gute Cory fünf Soldaten und drei Diener mitschleifen. Ich habe ihn dann auf drei Soldaten und einen Diener runtergehandelt. Das war schon anstrengend genug. Aber er wollte gerne mit und er hat sich wirklich sehr für uns eingesetzt.«

»Na ja, schon gut«, meinte Rena. »Wird schon in Ordnung sein. Das ist nicht, worüber ich mit dir reden wollte … es gibt ein paar Dinge, die ich dir sagen muss. Aber du musst mir schwören, dass du sie keinem Menschen verrätst.«

Alix legte zwei Finger quer über die Klinge ihres Schwerts. »Kein Problem. Ich schwöre es dir beim Feuergeist. Wenn man diesen Schwur bricht, geht man sofort in Flammen auf und verbrutzelt. Also, was ist los?«

»In Wirklichkeit suchen wir nicht nur nach dem Smaragdgarten«, sagte Rena. »Sondern nach dem Herrscher der Halbmenschen, dem Me'ru. Er soll angeblich dort leben.«

Verblüfft blieb Alix stehen. »Die Halbmenschen haben einen Herrscher?! Bist du sicher?«

»Absolut. Ich habe Wochen gebraucht, um das aus den Halbmenschen herauszukitzeln. Sie schützen ihn mit ihrem Leben. Ach ja, übrigens – Tjeri arbeitet nicht für den Rat, sondern für den Me'ru. Leider weiß er nicht viel über ihn.«

Es dauerte ein paar Atemzüge, bis Alix das verdaut hatte. »Rostfraß und Asche, das ist … äh … ja … überraschend. Aber du vertraust ihm?«

»Ja, inzwischen schon.«

Alix merkte sofort, dass ein ganz besonderer Ton in Renas Stimme mitschwang, wenn sie von ihrem Reisegefährten sprach. Amüsiert drehte sie sich eine Haarsträhne um den Finger. »Verknallt?«

»Von Kopf bis Fuß«, gab Rena zu. War ja klar, dass sich so etwas nicht geheim halten ließ. Nicht vor Alix. Außerdem war es ja auch nichts, was sie unbedingt geheim halten wollte. »Er ist jemand ganz Besonderes.«

»Die Männer der Wasser-Gilde haben das gewisse Etwas.« Alix nickte grinsend. »Dagua, zehn oder zwanzig Jahre jünger ... da hätte ich auch schwach werden können. Und Tjeri ... hm, guter Fang, würde ich sagen.«

Rena zog die Augenbrauen hoch. Dagua, wer hätte das gedacht! »Aber sprich Tjeri nicht drauf an, ja? Wir sind noch in so einer Art Verhandlungsphase ... ist noch nichts Festes oder so ...«

»Kein Thema. Ist ja auch deine Sache. Du adoptierst Halbmenschen, verdrehst den Männern aller vier Gilden den Kopf, verhandelst mit halb verrückten Kröten ...«

Rena lachte. »Jetzt hör aber auf! Vielleicht sollte ich Corvus mal fragen, warum ihr aus der Burg geschmissen werden solltet!«

Es war herrlich, mal wieder mit einer alten Freundin zu reden. Am liebsten hätte Rena ihr die ganze Nacht lang von Tjeri erzählt. Aber das ging nicht. Ihre Freunde warteten, es gab viel zu besprechen. Sie schlenderten wieder zu den anderen zurück. Die waren gerade mitten in einer Diskussion darüber, welche Ausrüstung sie noch brauchten und was für Proviant.

Doch einer fehlte in der Runde. »Ruki?« Rena schaute sich um. »Hat jemand den Kleinen gesehen?«

Allgemeines Kopfschütteln. Beunruhigt machte sich Rena auf die Suche nach dem jungen Storchenmenschen. Auf der anderen Seite der Insel bemerkte sie eine Bewegung. Als Rena begriff, was Ruki dort tat, duckte sie sich zwischen die Büsche und beobachtete ihn.

Während ihrer Reise durch Vanamee hatte Ruki viel Bewegung bekommen, und sie hatten froh sein können, wenn sie etwas fanden, was ihnen schmeckte. Jetzt erst bemerkte Rena, dass ihr kleiner Freund gewachsen und nicht mehr so dick war wie zuvor. Er hatte zwar noch Fett auf den Rippen, aber dafür spross ihm jetzt, nach der

Mauser, auch sein schwarz-weißes Erwachsenengefieder. Rena sah, wie Ruki mit den Flügeln schlug, vorsichtig erst, dann mutiger. Den Halt testete, den die Luft ihnen bot. Rena spürte leisen Neid in sich aufsteigen. Was das wohl für ein Gefühl war, wenn man diese Kraft in sich spürte, die Kraft, zu fliegen?

Ruki nahm Anlauf und Rena hielt den Atem an. Seine kurzen Beine wirbelten, die gefiederten Arme pumpten. Einen kurzen Moment hob Ruki ab, doch dann bekam er Angst vor dem eigenen Mut, geriet aus dem Rhythmus. In einem Ball aus Federn, Armen und Beinen kollerte der Storchenmensch über den flachen Strand und bremste mit der Nase im Kies. Rena verzog das Gesicht mitfühlend und schlich sich vorsichtig davon, zurück zu den anderen. Wenn Ruki je erfuhr, dass sie ihn gesehen hatte, würde er ihr nie verzeihen.

»Da bist du ja!« Tjeris Stimme. Er war ihr gefolgt. Renas Herz schlug schneller.

»Ja … ich …«

Plötzlich war sie in seinen Armen, fühlte seinen schmaler Körper, noch in der kühlen, glatten Schwimmhaut. Sie küssten sich gierig – und ließen sich widerstrebend wieder los.

»Schade, dass wir nicht mehr allein reisen«, flüsterte Jederfreund.

»Na und? Ist es denn wichtig, ob uns jemand beim Küssen sieht oder nicht?«, forderte ihn Rena heraus. Vielleicht war jetzt die Zeit, Farbe zu bekennen. Herauszufinden, ob es etwas Festes war oder nicht. »Oder willst du nicht, dass es jemand weiß?«

»Gib mir noch ein bisschen Zeit«, sagte Tjeri. »Im Moment geschieht so viel – ich weiß kaum, was mit mir passiert, wo sich das alles hinbewegt. Wo ich hinwill.«

Das hatte sich Rena fast schon gedacht. Vielleicht war es falsch, ihn zu drängen. Schließlich: Was sollte sie mit einem halbherzigen Freund? Er würde sich entscheiden, wenn die Zeit reif war.

In diesem Moment bemerkte sie in einem der Felsbecken, versteckt zwischen Farnen und Sträuchern, einen Gegenstand.

»Wart mal. Da ist was.« Rena kniete nieder, tauchte die Hand in das kühle Wasser. Ihre Finger schlossen sich um das winzige schimmernde Etwas. Als sie ihre tropfende Hand öffnete, konnte sie kaum glauben, was sie sah.

Es war ein Smaragd!

Die wahre Bedeutung von Angst

»So einen Kristall habe ich noch nie gesehen«, sagte Tjeri und spähte in den Quellteich, ob darin noch mehr zu finden war. »Und er lag einfach da im Wasser?«

»Ja, ich habe ihn nur durch Zufall bemerkt«, sagte Rena. »Zeigen wir ihn mal den anderen!«

Ihre Freunde scharten sich um sie und staunten. Rena hielt den Stein vorsichtig in der Handfläche. Er schien von innen heraus zu leuchten; seine Farbe war das zarte Grün, das man im Frühling im Herzen der Wälder sieht.

»Das sieht nicht aus wie ein normaler Edelstein«, sagte Alix. »Wo genau hast du das Ding gefunden?«

»Vorne, in der Felskuhle da. Bei der Quelle.«

Sie und Tjeri zuckten zusammen, als ihnen aufging, was sie gesagt hatte. Tjeri flüsterte schnell ein paar Worte, Formeln seiner Gilde. »Das muss ein Zeichen sein«, meinte er leise. »Von jemandem, der uns beide sehr gut kennt.«

»Ja, aber von wem?« Rena und Tjeri sahen sich an. Der Me'ru wollte sicher nicht gefunden werden. Auch wenn sie beide Freunde der Halbmenschen waren. »Und was bedeutet es?«

»Gib ihn mir mal«, sagte Tjeri und drehte den Edelstein in der Hand. Achselzuckend gab er ihn an Tavian weiter.

Tavian blickte fasziniert in die Tiefen des Kristalls. »Wunderschön«, sagte er leise. »So stelle ich mir den Gesang der Wälder vor, wenn er eine andere Form annehmen könnte.«

Da kommt die Dichterseele wieder zum Vorschein, dachte Rena und lächelte. Doch je länger sie darüber nachdachte, desto weniger absurd erschien ihr seine Idee. »Warum nicht? Vielleicht ist er so etwas.«

»Blödsinn«, sagte Corvus und nahm ihr den Kristall aus der Hand, bevor sie protestieren konnte. Mit Kennerblick musterte er ihn. »Ein schönes Stück. Viel hübscher als Wasserdiamanten. Der dürfte auf den Märkten von Eolus mindestens zweihundert Tarba wert sein. Er ist eines Herrschers würdig.«

Alix runzelte die Stirn, blickte Corvus an. »Was ...«

»Wir wollen ihn nicht verkaufen!«, unterbrach Rena sie. Ärgerlich nahm sie sich ihren Fund zurück. »Beim Erdgeist, Tjeri hat Recht – er könnte eine Spur sein.« Sie bemerkte, dass das Licht in seinem Inneren ein bisschen schwächer leuchtete. Auch die Farbe des Kristalls hatte sich verändert. »Es passiert etwas mit ihm!«

Gespannt beugten sich die anderen näher.

»Halt das Ding doch mal ans Ohr«, drängte Alix.

Rena hielt ihn ans Ohr – und tatsächlich, sie hörte hauchzarte Töne, ein Zirpen, ein Flirren ...

»Ich höre was! Klingt seltsam ...«

»Schnell, gib ihn mir«, drängte Tjeri. Er lauschte ein paar

Atemzüge lang angestrengt. »Das sind Gannidars ... und Fiebermücken ... Gelbspötter ... verdammt, ich höre nichts mehr!«

Als er seine Hand öffnete, schrie Rena auf. Das Juwel war völlig ausgebleicht, war genauso farblos-durchsichtig geworden wie ein Wasserdiamant. »Es ist tot«, sagte sie, plötzlich traurig. Es fühlte sich an, als hätte sie etwas Wichtiges verloren. »Wir haben es kaputt gemacht.«

Tavian nickte. »Ich habe es im Auge behalten. Nachdem du es aus dem Teich geholt ... gepflückt ... hast, ist die Farbe immer schwächer geworden.«

»Es hat seine Aufgabe erfüllt«, sagte Tjeri aufgeregt. »Gelbspötter gibt es nur im Norden von Vanamee ... und Fiebermücken nur in der Nähe von Sümpfen. Es ist ein Hinweis! Das passt auch gut zu dem Rätsel. In einem Sumpf treffen sich Erde und Wasser.«

»Aber Sümpfe gibt's bestimmt viele bei euch, oder?«

Tjeri seufzte. »Jede Menge. Vielleicht wissen meine Freunde etwas.«

Nur Rena verstand, was er damit sagen wollte. Die anderen nahmen an, dass Menschen gemeint waren. Wie sollten sie es auch besser wissen. Rena hatte nicht vor es ihnen zu verraten – das war eins der kleinen Geheimnisse, die sie mit Tjeri teilte.

»Was für Sümpfe gibt's denn im Norden?«, fragte Tavian.

»Hm, die größten sind der Irawai, das Niemandsland und der Allfress ... aber es gibt noch ein Dutzend andere.«

»Allfress?«, gruselte sich Rena. »Kann man das wörtlich nehmen?«

»Fürchte schon ... selbst Leute aus meiner Gilde kommen dort hin und wieder um ...«

Abends saßen sie an Deck und diskutierten, was sie erlebt hatten. Corvus' Diener hatte ein saftiges Fischragout zubereitet, das sie sich schmecken ließen.

»Und, was schlägst du vor, Mann des Wassers?«, fragte Alix Tjeri. »Du bist der Einzige, der sich hier auskennt.«

»Ich bin dafür, dem Hinweis zu folgen. Also erst mal nach Norden. Ist immer noch besser, als komplett umherzuirren.«

Rena hielt den Edelstein noch immer in der Hand. Er war schon ein bisschen klebrig von ihrem Schweiß. Immer wieder schaute sie ihn an. Aber er tat nichts mehr, gab keinen Laut von sich. Zögernd steckte sie ihn ein. »Ich bin auch dafür.«

»Dann ist's ja entschieden«, sagte Alix mit einer Grimasse.

Alix erwachte von einer leichten Berührung. Erst dachte sie, dass Tavian im Halbschlaf den Arm um sie gelegt hatte, doch sie merkte schnell, dass es eine fremde Hand war, die auf ihrer Schulter lag. Normalerweise hätte sie die Hand gepackt und denjenigen in einem einzigen kräftigen Schwung über Bord geworfen. Doch ihr fiel rechtzeitig ein, dass an Bord des Schiffes nur ihre Freunde waren. Also schlug sie erst einmal die Augen auf.

Sie schliefen an Deck, auf den rauen Planken. Dort roch es nach modrigem Holz und der Nachtwind war kühl. Aber die Luft war dort immer noch besser als unter Deck, wo die Vorräte lagerten. Der zweite und der dritte Mond standen am Himmel und in ihrem blassroten Licht erkannte sie Corvus. Alix öffnete den Mund um zu fragen, warum beim verdammten Aschekübel er sie weckte. Doch Corvus legte den Finger auf die Lippen und bedeutete ihr, ihm zu folgen und Tavian nicht zu wecken. Alix zögerte kurz, dann siegte ihre Neugier. Was hatte der Kerl vor? Wenn er unlautere Absichten hatte, dann ging er ein hohes Risiko ein. Sie trug ihren Dolch auch nachts. Mit dem konnte sie ihn in drei Atemzügen zu Fischfutter verarbeiten, wenn er ihr blöd kam.

Tavian wachte nicht auf, als sie sich davonschlich. Er hat einen langen Tag hinter sich, dachte Alix zärtlich und folgte Corvus zum Heck des Schiffes, weg von den Schlafenden. Hier schlugen immer wieder kleine Wellen an den hölzernen Rumpf. Plack-plack. Plack-plack. Ein feuchter Seewind blies über das Wasser und trug den Geruch von Algen heran.

»Wir müssen reden«, begann Corvus.

»Stimmt«, sagte Alix kühl. Auf einmal fiel ihr wieder ein, was für eine seltsame Bemerkung er heute gemacht hatte. *Eines Herrschers würdig*. Einen Moment lang hatte sie fast gedacht, er wisse, was ihr Ziel war. »Langsam habe ich das Gefühl, dass du nicht zufällig dabei bist.«

»Bin ich auch nicht, Frau Oberschlau.« Corvus hatte es nicht eilig. Er setzte sich auf den Rand der Reling und lächelte. Er schien sich blendend zu amüsieren. »Ich weiß, was ihr hier wollt. Ihr sucht nach dem Herrscher der Halbmenschen. Dem Me'ru.«

Der Schock verschlug Alix die Sprache. »Wer hat dir das gesteckt?«

»Glaubst du immer noch, irgendjemand müsste mir so etwas verraten?«

Alix schwieg. Mit einem Schlag begriff sie, dass sie sich getäuscht und einen schrecklichen Fehler begangen hatten. »Du«, sagte sie. »Du, nicht Ujuna. Du hast hinter allem gesteckt, was uns in der Felsenburg passiert ist.«

»Genau.« Corvus schien sich zu freuen, dass sie so schnell begriff.

»Du hast es geschafft, die Regentin zu beeinflussen!«,

begriff Alix. Sie hatten also Recht gehabt – darum war es ihm so leicht gefallen, Tavians Verbannung rückgängig zu machen! »Tanzt sie nach deiner Pfeife, oder was?«

»Nein, das nicht. Aber wir kommen wunderbar miteinander klar. Unsere Interessen ergänzen sich, deshalb hat sie mir viele Aufgaben anvertraut und verlässt sich auf mich.«

Alix begriff – die Regentin erschien in letzter Zeit deshalb besonders stark, weil sie sich mit einem neuen Berater verbündet hatte! Gemeinsam mit einem intelligenten und skrupellosen Mann wie Corvus konnte sie sich sehr viel besser gegen den Rat durchsetzen als alleine. Ohne den Luftgilden-Mann wäre es zu dem Zwischenfall mit dem Caristan wahrscheinlich nicht gekommen. Jetzt begriff Alix auch, wie Corvus es hatte schaffen können, ihren Verdacht gegen ihn so schnell zu zerstreuen. Er hatte sie belauschen lassen und sofort gegengesteuert, einfach erfunden, dass die Regentin ihn unter Druck setzte.

»Waren es deine Corzeesas, die mich beinahe in Scheiben geschnitten hätten?«

»Das war eine blöde Idee«, gab Corvus zu. »Es ist viel besser, mit euch zusammenzuarbeiten. Schließlich haben wir jetzt beide das gleiche Ziel. Wir wollen an den Me'ru herankommen.«

Bei dem Gedanken, dass er diesem Ziel schon sehr nahe war, drehte Alix beinahe durch. Verdammt! Er kannte die Worte des alten Krötenmenschen, er kannte die Botschaft des Juwels – damit konnte er schon eine Menge anfangen! Warum waren sie nicht früher misstrauisch geworden? »Und warum das alles? Was steckt dahinter? Und was hat das alles mit Ennobar und den Halbmenschen zu tun?«

»Das geht dich nichts an, Feuer-Frau.« Verächtlich blickte der dunkelhaarige Mann sie an. »Dieses Spiel ist eine Nummer zu groß für dich.«

Alix überlegte, ob sie jetzt einfach das Lager zusammenschreien, die anderen zu Hilfe rufen sollte. Aber dann zögerte sie. Corvus hatte ihr das einfach so erzählt – und er schien nicht im Geringsten besorgt, dass sie den anderen etwas sagen könnte. Das kam ihr seltsam vor und es machte ihr Angst.

»Ich will, dass du den Mund hältst«, sagte er. »Du bist schon misstrauisch geworden. Glaub bloß nicht, mir wäre das nicht aufgefallen. Aber wenn ich jetzt auffliege, dann bin ich umsonst hergekommen.«

»Vergiss es. Ich werde es den anderen jetzt gleich sagen, hier und jetzt.«

»Nein, das wirst du nicht«, sagte Corvus und lächelte wieder einmal. Dieses Lächeln jagte Alix einen Schauer über den Rücken. »Du wirst mich schützen und gegen jeden Verdacht verteidigen. Du wirst alles dafür tun, dass dieser Mistkerl von der Wasser-Gilde und deine kleine Freundin es schaffen, den Smaragdgarten zu finden.«

»Ach, werde ich das?«

»Ja. Du hast eine Tochter. Ein hübsches Mädchen mit rotem Haar. Schreit oft aus vollem Hals und spielt gerne mit Erzkugeln.« Er kramte in seinen Taschen, holte ein kleines Holz-Dhatla hervor, das Rena für die kleine Alena geschnitzt hatte und dessen Ecken schon ganz abgekaut waren. Zuletzt hatte Alix es in den Händen ihrer Tochter gesehen.

Das Schlagen der kleinen Wellen gegen den Rumpf des Schiffes kam Alix plötzlich sehr laut vor. Plack-plack. Plack-plack.

»Meine Männer haben sie an einem sicheren Ort untergebracht. Es geht ihr gut. Aber nur so lange, wie einmal die Woche von mir eine ganz bestimmte Nachricht eintrifft. Kommt sie nicht mehr, wird Alena getötet.«

Alix fühlte sich am ganzen Körper eiskalt. Was ist mit der Amme?, dachte sie. Und mit den Freunden, die auf sie aufpassen sollten? Tavians Onkel und ein Mann aus dem Dorf?

Ihr Gegenüber ahnte, was sie dachte. »Tja, ein bisschen Blut ist schon geflossen. Hoffen wir mal, dass nicht noch mehr vergossen werden muss, nicht wahr?«

»Du mieser, kleiner Wurm«, flüsterte Alix. Sie blickte hinüber zu Tavian, der nichts ahnend in seine Decken gerollt im Bug des Schiffes schlief. Er liebte Alena über alles, war völlig vernarrt in sie. Sie würde es ihm beibringen müssen ...

»Kein Wort«, warnte Corvus sie, als hätte er ihre Gedanken erraten. »Niemand darf etwas wissen. Du allein weißt, was auf dem Spiel steht. Wenn du etwas verrätst, wenn jemand außer dir etwas ahnt, stirbt Alena. Kann ich mich auf dich verlassen?«

Alix wusste seit langem, dass sie hassen konnte. Jetzt wuchs dieses schreckliche Gefühl wieder in ihr, wuchs und blühte wie eine schwarze Orchidee. Dafür werde ich dich töten, dachte sie. Aber erst, wenn das hier vorbei ist. »Ja«, sagte sie endlich.

Langsam, schwerfällig kehrte Alix an Tavians Seite zurück. Sie wickelte sich in ihre Decken ohne ihn zu berühren. In dieser Nacht würde sie nicht mehr schlafen, das wusste sie. Tausend nutzlose Pläne sausten durch ihren Kopf, tausend schreckliche Bilder. Alena, dachte Alix, meine Kleine. Sie war dem Weinen so nahe wie seit Jahren nicht. Es war gut möglich, dass Tjeri und Rena diesen Me'ru wirklich ausfindig machten. Das hieß, sie musste sich entscheiden. Aber konnte sie das wirklich tun – den

Herrscher der Halbmenschen opfern und damit Krieg über Daresh bringen? Ihre Freunde, die Iltismenschen, verraten? Oder aber ihre Tochter zum sicheren Tod verdammen?

Wieder dachte sie an Tavian. Vielleicht war es besser, wenn er nichts davon erfuhr. Es reichte, wenn sie allein diese Gewissensqualen, diese Angst ausstehen musste.

Sie konnte sich gut an die Situationen erinnern, in denen sie Angst gehabt hatte. Selten im Kampf, da wusste sie, was sie zu tun hatte, und im vertrauten Gesang ihres Schwerts lag alle Sicherheit, die sie brauchte. Sie hatte wenig Angst vor Schmerzen, und dem Tod war sie viele Jahre lang gelassen begegnet.

Nein, es waren ganz andere Dinge, die sie schreckten. Sie hasste es, wenn die Zukunft im grauen Nebel war, alle Wege offen vor ihr lagen und auf einem von ihnen das Verderben lauerte. Und seit ein paar Wintern kam die Angst um Menschen hinzu, die sie liebte. Alena. Tavian. Rena. Du bist so angreifbar, wenn du jemanden liebst, dachte Alix bitter. Du verlierst deine Freiheit. Nur gut, dass du dafür sehr viel mehr zurückbekommst.

Fremdes Element

Rena hatte sich schon fast daran gewöhnt, auf dem See driftend zu schlafen. Wenn man sich nicht herumwälzte, bekam man auch nicht allzu viel Wasser in die Nase. Und es war im Moment der einzige Weg, überhaupt mit Tjeri allein zu sein. Sie fühlte sich ihm am nächsten, wenn sie genauso im Wasser lebte wie er.

Sie erwachte, als die ersten Sonnenstrahlen sie im Gesicht kitzelten, ließ ein bisschen Luft aus ihrer Schwimmhaut und sah sich um. Das Schiff dümpelte eine Baumlänge weiter, sein Mast schien von schräg unten gesehen bis in den Himmel zu reichen.

Tjeri war auch schon wach, er glitt mit unheimlicher Geschwindigkeit heran. Sein dunkles Haar hing ihm wie so oft tropfnass und fransig in die Stirn, als er Rena anlächelte. Dieses Lächeln sandte wieder einmal warme Schauer durch Renas ganze Seele. »Na, alles klar?«

»Alles klar«, sagte sie und lächelte zurück. »Gehen wir an Bord? Vielleicht gibt's da schon Frühstück …«

Das gab es, aber die Stimmung an Bord war nicht die beste. Mit undurchdringlicher Miene schlang Alix ihre Portion Schilfsalat in sich hinein und zog sich dann in Richtung Heck zurück um ihr Schwert zu polieren. Rena sah Tavian fragend an, doch er zuckte nur die Schultern. *Wahrscheinlich schlecht geschlafen.*

Die Farak-Alit machten sich währenddessen daran, den Anker zu lichten, die Segel zu setzen und das Schiff zur Abfahrt bereitzumachen. Besonders geschickt stellten sie sich dabei nicht an. Tjeri zog eine Grimasse und stand auf um ihnen zu helfen. »Ich glaube, die haben vorher noch nie ein Boot aus der Nähe gesehen. Fürchte, ich muss ihnen mal einen Schnellkurs verpassen.«

Dann waren sie unterwegs. Nach Norden, zu den Sümpfen. Rena fragte sich, was sie dort finden würden. Wie der Herrscher der Halbmenschen wohl aussah? War er ein Storch, eine Kröte, ein Iltis? Oder nichts von all dem? Ein Mensch vielleicht sogar? Nein, daran glaubte sie nicht wirklich.

Sie setzte sich mit Tjeri auf die vordere Reling, sodass ihre Füße durchs Wasser gezogen wurden. Das kitzelte an den Fußsohlen und fühlte sich gut an.

»Was meinst du, wer könnte uns die Spur geschickt haben?«, überlegte Rena.

»Das frage ich mich auch schon die ganze Zeit«, meinte Tjeri. »Es war keine menschliche Nachricht, das ist sicher.«

»Vielleicht von den Halbmenschen?«

»Ich glaube nicht, dass sie so etwas können.«

»Aber eins ist gut: Jemand möchte, dass wir es schaffen. Jemand hilft uns.«

»War auch mein erster Gedanke«, sagte Tjeri. »Der zweite war, dass das Ding genauso gut ein Köder sein könnte, um uns in den Sümpfen ein für alle Mal loszuwerden.«

Ugh, dachte Rena. »Darauf bin ich noch gar nicht gekommen.«

»Ich weiß. Du glaubst an das Gute im Menschen – und Halbmenschen. Deshalb ist es mir auch so schwer gefallen, dich anzulügen. Sonst macht mir so etwas weniger aus.«

Das klang, als sähe er sie ein bisschen wie ein naives Kind. Rena ärgerte sich. »Tja, soll mir das jetzt Leid tun oder was?«

»Nein«, sagte Tjeri und lächelte. »Bleib einfach, wie du bist.«

Rena musste lachen. »Ich versuch's.«

Nachdenklich blickte sie wieder in die schimmernde Bugwelle und hielt ihre Zehen hinein. »Hast du eigentlich schon deine Freunde gefragt, was sie zu der Sache sagen? Dem Smaragd?«

»Sie meinen, sie hätten so etwas auch noch nie gesehen. Aber sie halten Ausschau. Vielleicht entdecken sie noch ein paar Kristalle.« Tjeri kniff die Augen zusammen, spähte in das Wasser, durch das sie fuhren. »Ich werd verrückt, da sind ja meine Memo-Fische! Die schwimmen mir hinterher!«

»Welche Memo-Fische?« Rena sah nur kleine silberne Schatten, die hin und wieder in der Bugwelle aufblitzten. »Ach so, die, die du trainiert hast …«

Der Tag verging ereignislos. Sie steuerten noch zwei kleine Inseln an, auf denen sich Quellen befanden. Keine Spur von weiteren Kristallen.

Alix absolvierte ihr Schwerttraining, saß bei den Mahlzeiten dabei und beteiligte sich nur selten an den Gesprächen. Irgendetwas ist los – ich muss versuchen mit ihr zu reden, dachte Rena und ging zum Heck, wo Alix und Tavian lehnten. Corvus schlenderte ebenfalls nach hinten und ließ sich in der Nähe nieder. Er schrieb irgendetwas und beachtete sie nicht.

»Na, ihr beiden? Schaut ihr den fliegenden Fischen zu?«, fragte Rena lächelnd.

»Wir haben Besseres zu tun«, schnappte Alix zurück. »Wir überlegen, wie's mit dieser verdammten Suche weitergehen soll.«

»He, ganz ruhig – es sollte eigentlich ein Witz sein.« Rena war ein bisschen verstört. »Was ist los? Alles in Ordnung mit dir?«

»Ja, ja, entschuldige.« Alix winkte ab.

Doch Rena spürte, dass nicht alles in Ordnung war. In Alix' Augen war ein Ausdruck, der sie beunruhigte. Aber was machte sie so unglücklich? Tavian konnte es nicht sein, zwischen den beiden schien alles in Ordnung. War sie nicht einverstanden mit ihrer Mission, den Me'ru zu finden? Nein, auch das konnte nicht sein, das hätte sie laut und deutlich verkündet.

Sie tauschten noch ein paar nichts sagende Bemerkungen aus. Rena fand keinen Riss in Alix' Schutzpanzer, keinen Anhaltspunkt. Aber aufgegeben hatte sie noch längst nicht.

Zwei Tage später, als sie wieder einmal zwischen den Inseln kreuzten, nahm sie einen weiteren Anlauf. Sie lauerte auf eine Gelegenheit, mit Alix alleine zu sprechen. Doch das war schwierig. Ihre Freundin schwamm nicht, konnte Wasser nicht ausstehen – und an Bord war es unmöglich, unter vier Augen miteinander zu reden. Immer war jemand in Hörweite: Corvus, der stille Diener oder einer der Soldaten. Es war eben ein kleines Schiff.

An diesem Morgen fand sie Alix hinter dem Mast, sie hockte im Schatten des großen Segels und blickte über den See hinaus. Rena setzte sich zu ihr. »Schöner Anblick, was?«

»Schrecklich«, sagte Alix und grinste matt. »Ich würd's jederzeit gegen eine ordentliche Feuerwand eintauschen.«

»Ist es das, was dir zu schaffen macht?«, erkundigte sich Rena vorsichtig.

»Was? Ach nein. Was meinst du damit? Mir geht's prima.«

»Ich mag es nicht, wenn du mich anlügst.«

Alix antwortete nicht, starrte nur weiter auf den See hinaus.

»Ist es irgendwas in der Gruppe – hat jemand dich beleidigt oder so was?«

Doch Alix schüttelte nur den Kopf und lächelte. Es sah fast natürlich aus. Aber nur fast. »He, wenn mich jemand beleidigt, gebe ich's einfach zurück, das weißt du doch. Nein, es … hat nichts mit euch zu tun.«

Rena war enttäuscht. »Vertraust du mir eigentlich noch?«

»Rostfraß und Asche, es ist *alles in Ordnung!*«

Wortlos stand Rena auf und ging zum Bug zurück. Auf ihrem Weg dorthin kam sie an Corvus vorbei; er lächelte ihr zu. Rena war nicht danach zumute, zurückzulächeln, sie versuchte es aber trotzdem. Niedergeschlagen und auch ein wenig ärgerlich gesellte sie sich wieder zu Tjeri.

»Eins sage ich dir – so schnell werde ich's nicht noch mal versuchen!«

Doch Tjeri blickte nur kurz zu ihr herüber, dann starrte er wieder aufgeregt zum Horizont. »Schau mal, da vorne. Siehst du das?«

Auf den ersten Blick sah Rena nichts. Geduldig suchte sie den silbrigen Horizont ab. Dann entdeckte sie es – ein dunkles Band, das sich, wenn man genau hinschaute, als aufgewühltes Wasser und wimmelndes Leben herausstellte. »Was ist das?!«

»Ein Treck. Krötenmenschen auf Wanderschaft. Sieht nach einem ziemlich kleinen aus. Nur ein paar tausend.«

Beeindruckt beobachtete Rena den Treck. Es war ein seltsamer Gedanke, dass dort Tausende von Halbmenschen durch die Gegend zogen. Vielleicht waren sogar ein paar darunter, die sie kannte.

»He, ihr!«, rief Tjeri den Soldaten zu. »Steuert besser weg von denen. Kann riskant werden.«

»Riskant? Wieso?« Rena lehnte sich entspannt zurück. Die Krötenmenschen waren weit weg.

»Einmal, weil sie zur Zeit ziemlich angriffslustig sind. Und dann wegen der Skagaroks. Die wittern leichte Beute, wenn Treck-Zeit ist. Wo der Treck ist, sind auch Skas.«

Rena schauderte, als sie sich an die klauenbewehrten, wolfsköpfigen Vögel erinnerte. »Können die uns denn gefährlich werden? Wir sind schließlich eine ganze Gruppe.«

»Wenn der Schwarm groß genug ist und sie Appetit haben, ja … Wenn wir Glück haben, stufen sie uns als uninteressant ein.«

»Oje. Ich warne Alix und Tavian lieber mal, dass es bald was zu tun geben könnte.«

Nüchtern fragten die beiden Feuer-Leute Rena nach Einzelheiten aus.

»Tjeri sagt, dass die Biester nicht schwimmen können, sie kommen nicht weiter runter als eine Armlänge«, berichtete Rena. »Also taucht man einfach zu Schutzkuppeln auf dem Boden des Sees …«

Tjeri hatte sich zu ihnen gesellt. Er wirkte beunruhigt. »Ich fürchte, das wird hier nicht gehen. Es ist zu tief. Zwanzig, dreißig Baumlängen, wie ihr sagen würdet. Das schaffe ja nicht mal ich, geschweige denn ihr.«

»Also heißt es kämpfen, falls die uns angreifen.« Alix lebte auf, in ihre Augen kam ein wenig Glanz. Tjeri entging das nicht. »Ja, kann sein. Aber ich hoffe nicht. Die Biester töten jede Saison ein paar hundert Leute. Und die, die's überleben, sind nachher kein schöner Anblick mehr.«

Ein grauenhafter Schrei zerriss die Stille. Rena fuhr herum – und sah, wie dunkle Schatten sich dem Schiff näherten. Lautlos, dicht über der Wasseroberfläche glitten sie heran, fast ohne einen Flügelschlag. Schon hatten die ersten den Bug erreicht – und den Diener, der dort stand. Sein Schrei wurde zu einem schrecklichen Gurgeln.

Starr vor Schock stand Rena auf dem Deck. »Ach du Scheiße«, murmelte sie.

Ein Schwarm Skagaroks hatte sie entdeckt!

Alix sah die dunklen Schatten und reagierte sofort. Sie riss ihr Schwert heraus, mit einigen schnellen Schritten war sie bei Corvus. Auf einmal fiel ihr die Entscheidung leicht, in weniger als einem Atemzug wusste sie, was sie tun würde. Sosehr sie den Kerl hasste, sie musste ihn beschützen. Daresh konnte sie mal. Alena war wichtiger, unendlich viel wichtiger als alles andere!

Sie packte Corvus am Arm, einem widerlich weichen, feisten Arm, und schleuderte ihn Tjeri förmlich zu. »Kümmere dich um ihn!«, brüllte sie. Sie sah gerade noch, wie sich Tjeri und Rena über Bord fallen ließen, den Mistkerl und Ruki mitrissen. Dann wirbelte sie herum, um sich den Biestern zu stellen, die über das Schiff hereingebrochen waren wie ein Herbststurm. Es waren so viele, dass sie kaum zu zielen brauchte. Es reichte, mit dem Schwert auszuholen, um ein paar zu erwischen. Die sind nur die wehrlosen Krötenmenschen gewohnt, erkannte Alix und holte gleich zwei Skagaroks auf einmal aus dem Himmel. Sie stellte sich vor, dass jedes der kleinen Biester Corvus sei, und ihre ganze hilflose Wut entlud sich in einem tödlichen Hagel von Schlägen. Beim Feuergeist, das tat gut!

Eine ganz Menge der Tiere machte sich aus dem Staub, als sie merkten, dass sie diesmal auf Widerstand trafen. Aber die restlichen lernten schnell.

Mit offenem Maul schoss einer der Vögel auf Alix zu, streckte handlange gebogene Klauen nach ihr aus. Erst jetzt hörte sie das samtig-weiche Geräusch, das die Schwingen machten. Alix duckte sich und schlug den Skagarok aus der Luft. Doch er gab noch nicht auf, obwohl sein rechter Flügel abgetrennt war. Mit geiferndem Maul und Wut in den großen gelben Augen schleppte er sich auf sie zu. Fluchend trat Alix nach ihm und spießte einen Angreifer auf, der senkrecht von oben auf sie heruntergeschossen kam. Schwer hing das tote Tier an ihrer Klinge und sie verlor wertvolle Zeit damit, es wegzuschleudern. Stahlharte Kiefer schnappten neben ihrem Gesicht zusammen. Inzwischen griffen die Biester zu dritt gleichzeitig an. Es schien sie nicht zu stören, dass Alix und Tavian sie gleich im Dutzend töteten, immer neue stürzten sich mit gereckten Klauen auf sie.

Normalerweise hätte Alix nach den ersten Momenten ihren Kampfrhythmus gefunden. Aber diesmal klappte es nicht, auch das gewohnte Hochgefühl wollte sich nicht einstellen, versickerte nach den ersten Erfolgen schnell. Der Gedanke an Alena haftete in ihrem Geist, ließ sich nicht ausblenden.

»Scheiße!« Zwei Klauen hinterließen rote Kratzer auf ihrem Unterarm, griffen nach ihrem Gesicht. Alix ließ sich fallen und fühlte, wie Flügel über ihren Rücken streiften. Sie rollte ab, kam wieder auf die Füße und holte das Tier mit einer einzigen glatten Bewegung vom Himmel. Dafür verfingen sich die Klauen eines anderen in ihrem Haar, gleich würden sich Zähne in ihren Nacken graben …

Das Sirren von Tavians berühmtem gebogenem Schwert, ein kurzes Aufkreischen, dann war Alix wieder frei. Sie wirbelte herum, bereit für neue Gegner.

»Du kämpfst, als hättest du Beljas gekaut!«, knurrte Tavian und schützte ihren Rücken, damit sie einen Moment verschnaufen konnte.

»Bin seekrank«, zischte Alix zurück und erledigte zwei weitere Skagaroks. Wenigstens fragte er nicht, was los war – das konnte sie wirklich nicht mehr hören. Es zerriss sie fast, dass sie nicht einmal den Menschen, die sie liebte, die Wahrheit sagen konnte. Ihr war sehr wohl bewusst, dass sie Rena verletzt hatte mit ihrem Schweigen. Aber Alena, sie musste Alena schützen …!

Wie viele von den verdammten Viechern waren eigentlich noch da? Es schienen kaum weniger zu werden, obwohl sie beide und die drei Farak-Alit ganz schöne Schneisen in den Schwarm schlugen!

Da sah Alix es plötzlich. Erst war es nur ein Aufblitzen, das ihren Blick für einen kurzen Moment anzog. Zwischen zwei Angriffen sah sie noch einmal hin. Es war ein handtellergroßes Blatt, das auf dem Wasser schwamm. Und in seiner Mitte lag ein kleiner Edelstein, rötlich leuchtend diesmal. Die zweite Spur!

Das Blatt war vier Armlängen vom Schiff entfernt und wurde von der Strömung fortgetrieben. Jedes Mal wenn ein toter Skagarok auf dem Wasser aufschlug, schaukelte das Blatt heftig und drohte umzukippen. Alix wusste, was dann geschehen würde. Der Kristall würde in die Tiefe trudeln – und dann kam niemand mehr an ihn heran!

Vielleicht sollte ich einfach wegschauen, flirrte es Alix durch den Kopf. Wenn wir den Me'ru nie finden, lade ich auch keine Schuld auf mich. Doch sie wusste, dass das Risiko zu groß war. Sie konnte nicht mit Alenas Leben spielen. Dieser Irre würde sich erst zufrieden geben, wenn er bekam, was er wollte …

Gerade noch rechtzeitig fuhr sie herum und schlug einen Skagarok aus der Luft, der mit den Klauen auf ihren Nacken gezielt hatte. Erschrocken davon, wie nachlässig die Gedanken an Alena und Corvus sie machten, tötete Alix ein paar weitere der Biester. Immer wieder blickte sie zu dem Blatt hinüber, das schon fünf Menschenlängen davongedriftet war. Ihr wurde klar, dass jemand bald etwas tun musste, sonst war es fort. Tjeri und Rena waren nirgends in Sicht. *Sie* musste etwas tun!

»Gib mir Deckung!«, schrie sie Tavian zu. Er verstand zwar nicht, was sie vorhatte, war aber sofort zur Stelle und hielt die Skagaroks von ihr ab. Alix steckte ihr Schwert in den Gürtel, blickte verzweifelt auf die schimmernde Wasseroberfläche, dann auf das Blatt mit dem Edelstein. Das kann ich nicht, dachte sie und Ekel und Abscheu schüttelten sie. Feuer-Gilde und Wasser, das verträgt sich nicht. Es wird mich töten, ganz sicher wird es das!

Doch dann dachte sie wieder an Alena und das wirkte. *Feuergeist, schütze mich!* Alix kniff die Augen zusammen, hielt den Atem an und sprang.

Während ihr schliefet

Das kalte Wasser war ein Schock. Genauso schlimm, wie sie es sich vorgestellt hatte. Alix schnappte nach Luft, schlug um sich, bekam Wasser in Nase, Mund und Augen. Flüssigkeit überall auf ihrer Haut! Zwanzig Baumlängen Wasser unter ihr! Kein Boden, nirgendwo!

Ihre Tunika und ihr Umhang hatten sich voll gesogen und hingen schwer wie Metall an ihr, zogen sie in die Tiefe. Ich sterbe, fuhr es ihr durch den Kopf.

Doch ihr Lebenswille ließ es nicht zu, dass sie einfach aufgab. Reflexartig bewegte sie Arme und Beine, so wie sie es Rena und Tjeri hatte tun sehen. Es war mühsam, aber es brachte sie an die Wasseroberfläche. Verwundert darüber, dass es funktionierte, dass das fremde Element sie nicht sofort gelähmt hatte, strampelte sie weiter und schaffte es, oben zu bleiben. Prustend und keuchend hielt sie Ausschau nach dem Kristall. Das Blatt war schon ein ganzes Stück weiter und schaukelte heftig durch die Wellen, die sie mit ihrem Sprung ausgelöst hatte. Aber der Kristall lag noch darauf.

Alix ruderte mit den Armen, trat mit den Beinen und stellte fest, dass sie tatsächlich ein wenig vorankam. Immer näher kam sie dem Ding, das da über die Wellen zu hüpfen schien, sie narrte und nicht an sich heranließ. Wütend warf sie sich auf das Blatt, griff zu, tauchte unter dabei …

»Bist du wahnsinnig?« Tjeris Stimme. Kühle Hände ergriffen sie, hoben sie an die Wasseroberfläche. »Halt still, ich bring dich zurück an Bord.«

»Lass mich los …! Der Edelstein … da vorne …« Verzweifelt versuchte Alix sich loszumachen. Als sie danach gegriffen hatte, war das Blatt umgekippt. Jetzt trudelte der rote Edelstein in die Tiefe!

»Edelstein? Was für ein Edelstein?« Jetzt hörte er ihr zu, dem Feuergeist sei Dank!

»Die zweite Spur!«, keuchte Alix. »Das Ding ist gerade versunken … da vorne …«

Er zögerte kurz. Dann ließ er sie los, tauchte eilig in die Richtung, die sie ihm gewiesen hatte. Hoffentlich ist es noch nicht zu spät, dachte Alix, und dann dachte sie erst einmal gar nichts mehr außer daran, Luft in die Lungen zu bekommen. Sie sank ein Stück weit unter, strampelte sich wieder nach oben, arbeitete mit aller Kraft daran, sich oben zu halten. Über ihr strichen die dunklen Schatten der Skagaroks über das Schiff hinweg. Einer bemerkte sie, stieß auf sie herab. Hastig tauchte Alix unter, zerrte den Dolch heraus. Sie schaffte es, das Biest an einem Flügel zu packen und in den See zu ziehen, obwohl sie dabei mehr Wasser schluckte, als ihr lieb war. Das Tier krallte sich in ihrer Kleidung fest, versuchte die Klauen in ihr Fleisch zu schlagen, doch ihr Dolch war schneller. Das Wasser färbte sich grünlich vom Blut des Skagarok.

Tjeri tauchte neben ihr auf, die Faust um einen kleinen Gegenstand geschlossen.

»Er ist schon fast tot!«, keuchte er. »Schnell! Diesmal ist es ein Bild …«

Sie nahm den Edelstein, schloss die Augen. Einen Moment lang vergaß sie alles um sich herum, vergaß sogar Wasser zu treten und ließ sich einfach treiben. Ein Bild blitzte in ihrem Kopf auf, prachtvoll und furchtbar. *Ein Sonnenuntergang, blutrot. Kahle Bäume mit seltsamen, von den Ästen herabhängenden Bärten, keilförmige schwarze Silhouetten gegen den brennenden Himmel …*

Das Bild verschwand. Alix öffnete die Augen wieder. Ihr Rubin hatte seine Farbe verloren, war nur noch ein blasses Stück Kristall.

Ein paar Augenblicke später hatte Tjeri sie zurück an Bord gezerrt. Es sah so aus, als sei der Angriff fast vorbei – Tavian erledigte nur noch ein paar einzelne Biester und half den Soldaten die vielen Skagarok-Leichen über Bord zu treten. Auch Rena hangelte sich gerade über die Reling, gefolgt von einem ebenfalls triefend nassen Corvus.

»Das war der Allfress-Sumpf«, keuchte Tjeri und ließ sich erschöpft, aber glücklich neben ihr aufs Deck fallen. »Kein Zweifel. Ich habe ihn sofort erkannt. Ausgerechnet der Allfress. Brack! Das ist der übelste von allen.«

»Was, ihr habt die zweite Spur gefunden?« Begeistert umarmte Rena Tjeri und ihre Freundin. »Sag bloß, du bist dafür wirklich in diesen verdammten See gesprungen?«

Und natürlich hörte Corvus jedes Wort. Er lächelte sie an, sein widerliches Lächeln, das an Alix fraß wie Säure. Sah aus, als wüsste er ihren Einsatz zu würdigen. Wenigstens wusste er jetzt, dass sie wirklich alles tat, um diesen verdammten Me'ru zu finden …

Alix umklammerte den Edelstein, bis seine harten Kanten in ihrer Handfläche schmerzten, und blickte in Renas und Tavians frohe Gesichter. Ich kann diese Menschen nicht länger belügen, dachte sie. Ich muss einen Weg finden, ihnen zu sagen, was wirklich geschieht. Aber wie? Corvus und seine Leute beobachteten sie Tag und Nacht!

Als die Soldaten das Schiff auf neuen Kurs brachten, Richtung Allfress-Sumpf, dachte Alix: Wart nur, Corvus! Zum ersten Mal seit Tagen durchströmte sie ihre alte Energie wieder. Das wollen wir doch erst mal sehen, wer von uns beiden schlauer ist …

Rena holte tief Luft – es war herrlich, wieder selbst atmen zu können. »Wir sind unter das Boot geschwommen und haben uns am Kiel festgehalten«, erzählte sie Alix und Tavian, die gerade ihre Schwerter abwischten. »Tjeri ist immer wieder hochgetaucht und hat uns Luft mitgebracht. Mund-zu-Mund-Beatmung sozusagen.«

»Mit drei Leuten habe ich das auch noch nie gemacht«, sagte Tjeri und zog eine Grimasse. »Nichts gegen dich, Corvus, aber ich hoffe doch, dass wir das nicht wiederholen müssen …«

»Ohne dich wären wir hier wirklich verloren, Tjeri«, sagte Alix herzlich. »Danke noch mal für das eben.«

Erstaunt blickte Rena sie an. Das war das erste freundliche Wort seit Tagen von ihrer Freundin. Ging es ihr besser? Auch Tjeri war überrascht und erfreut. »War mir ein Vergnügen.«

»So, und jetzt brauche ich dringend trockene Klamotten!«, verkündete Alix und hielt angewidert ihren tropfenden Ärmel hoch. »Ich geh unter Deck und ziehe mich um.«

Später, als Rena und Tjeri auf dem frisch geschrubbten Deck saßen, gestand Tjeri leise: »Zuerst habe ich gedacht, sie will sich ertränken. Da merkt man, wie viel ich von der Feuer-Gilde verstehe, was? War natürlich Blödsinn.« Sie hockten im Schatten des Vorsegels, denn die helle Haut der Wasser-Menschen vertrug die Sonne schlecht.

»Hätte ich an deiner Stelle wahrscheinlich auch gedacht«, sagte Rena. Der Gedanke beunruhigte sie. Was war, wenn es Alix tatsächlich so schlecht ging?

Nachdenklich drehte Tjeri den Kristall, den Rena gefunden hatte, in der Hand, blickte hinein. »Komisch, dass sie den zweiten Stein entdeckt hat. Und dann auch noch mitten im Kampf gegen die Skas.«

»Ich habe auch gedacht, dass wir ihn wieder in einer Quelle finden würden.« Rena zögerte. »Aber es passt gut zu ihr.«

»Was ich auch seltsam fand – er hatte eine andere Farbe als der erste. Er war rötlich-orange.«

Eine Idee durchzuckte Rena. »Vielleicht bekommt jeder von uns eine Botschaft. Ganz persönlich sozusagen. Es kann kein Zufall sein, dass es bei mir eine Quelle war und bei Alix ein Kampf.«

»Hm. Was wäre es dann bei mir? Vielleicht etwas mit meinen Freunden.«

»Ich bin gespannt, ob jeder von uns eine Spur bekommt«, sagte Rena. »Auch die Farak-Alit?«

»Ich wiill auch eine Spur!«, verkündete Ruki. Sein Daresi wurde immer besser.

»Du bekommst bestimmt eine«, versicherte ihm Tjeri. »Auf jeden Fall müssen wir verdammt aufpassen. Diesmal war's ganz schön knapp. Wenn Alix nicht so schnell reagiert hätte, wäre das Ding verloren gegangen.«

»Ich glaube nicht, dass wir eine zweite Chance bekommen, wenn wir eine Spur verlieren«, sagte Rena und beobachtete Alix, die in trockenen Kleidern wieder aufgetaucht war. Sie wirkte gelöster als vorher. Aber warum eigentlich? Hatte ihr vielleicht der Kampf gefehlt, die Aufregung?

Nun blieb ihnen noch die traurige Pflicht, den Diener auf einer der nächsten Inseln zu beerdigen. Rena leitete die Zeremonie für ihren Gildenbruder, obwohl ihr nicht ganz wohl dabei war. »Eigentlich müsste man Meisterin sein, um das tun zu dürfen«, flüsterte sie Alix zu. »Aber es geht jetzt halt nicht anders. Der arme Kerl!«

Später, als sie wieder unterwegs waren, ging Rena unter Deck, um aus ihrem Gepäck eine Schnitzerei zu holen, an der sie gerade arbeitete – diesmal ein Krötenmensch aus dem Holz einer Lixantha-Pflanze. Ruki machte sich auch davon und tappte nach vorne. Er setzte sich gerne wie eine Galionsfigur auf den Bug und schlug im Fahrtwind mit den Flügeln.

Auf halbem Weg sprach Corvus sie an. »Jemand hat mir erzählt, du hast in Nerada gelebt, in der Heimat meiner Gilde. Stimmt das eigentlich?«

Aus Höflichkeit blieb Rena stehen. »Ja, es stimmt, ich wohne immer noch da. In Relvo, das ist ein kleines Dorf im Grasmeer. Nette Leute.«

Sie wollte weitergehen, doch nun legte Corvus ihr väterlich den Arm um die Schulter. »Das ist eine gute Sache«, meinte er. »Damals hätte ich mir manchmal gewünscht, dass es dort jemanden gibt, der Streit schlichtet und nicht zu meiner Gilde gehört ...«

Rena gefiel es nicht, dass sein Arm dort lag. Was dachte er sich eigentlich dabei? Sie setzte zu einer scharfen Bemerkung an, wollte ihn mit einer schnellen Bewegung abschütteln. Doch jemand kam ihr zuvor.

»Was soll das? Ich glaube nicht, dass sie es gut findet, von dir betatscht zu werden!« Tjeri stand ihnen gegenüber. Sein Gesicht war gerötet. Rena war so erstaunt, dass sie ganz vergaß Corvus zur Schnecke zu machen. Tjeri war eifersüchtig – und zeigte es! Corvus schien weniger überrascht. Kein Wunder, schließlich waren sie und Tjeri ständig zusammen. Wahrscheinlich ahnte das ganze Schiff, dass sie ein Paar waren.

»Betatschen? Davon kann ja wohl keine Rede sein«, brummte er, doch sein Arm glitt von Rena herunter. Kurz darauf gab er auf mit ihr reden zu wollen und ging davon.

Rena war gleichzeitig amüsiert und erfreut. »He, danke«, sagte sie, als Tjeri sich neben sie setzte.

»Wenn ich diesen Kerl sehe, muss ich jedes Mal an eine Breitköpfige Wollschnecke denken«, murmelte Tjeri. Er sah sie nicht an. »Tut mir Leid, dass ich eben so ... na ja, du weißt schon.«

»Schon in Ordnung«, sagte Rena. »Ich unterhalte mich viel lieber mit dir.«

Jetzt sah er sie an. Rena lächelte ihm zu und nach ein paar Atemzügen war der vergnügte Funke in Tjeris Augen zurückgekehrt.

Jetzt konnte Rena endlich ihre Schnitzarbeit holen gehen. Im Halbdunkel des Unterdecks zog Rena die halb fertige kleine Figur aus ihrer Tasche und kramte nach ihrem Messer. Erstaunt stellte sie fest, dass um den Griff ein dünnes Stück Leinen gewickelt war; sah aus wie ein Stück Tunika. Wo kam denn das her? Sie rollte es auseinander und las die wenigen Worte, die darauf standen:

Rena, ich werde von Corvus erpresst. Wir müssen eine Möglichkeit finden, allein miteinander zu sprechen. Bald! A.

Schockiert ließ Rena das Stoffstück sinken. *Das* war also die Erklärung. Auf einmal war alles klar. Wilde Wut auf den Luftgilden-Mann überkam sie. Sie hatte den Kerl nie leiden können – und jetzt wusste sie auch warum!

Rena versuchte sich zu sammeln. So aufgeregt, wie sie jetzt war, durfte sie nicht an Deck gehen. Wenn Corvus sie so sah, wusste er sofort Bescheid.

Erst als sie sich etwas beruhigt hatte, ging sie zu Tjeri zurück. Natürlich arbeitete einer der Soldaten in der Nähe. Sie konnte es nicht riskieren, ihrem Freund die Nachricht zu zeigen. Rena schlug einen lockeren Plauderton an. »Lass dir jetzt nichts anmerken. Ich habe eben eine Nachricht von Alix gefunden. Corvus erpresst sie.«

»Oh, Brack! Womit?«, sagte Tjeri und lachte, tat so, als

hätte sie einen Witz gemacht. Doch Rena spürte, wie entsetzt er war.

»Ich weiß nicht. Wir müssen unbedingt allein mit Alix sprechen. Aber wie, verdammt? Auf diesem Schiff geht's nicht. Und wenn wir uns irgendwie mit ihr wegschleichen, wird *er* es merken und Bescheid wissen.«

»Hm, ich glaube, ich weiß etwas.« In Tjeris Augen blitzte der Schalk auf. »Es geht doch nichts über ein erfrischendes Schläfchen. Und Corvus weiß bestimmt nicht, dass ein Tee aus Schnurrbart-Algen einen die halbe Nacht außer Gefecht setzt. Lass mich nur machen!«

Niemand wunderte sich darüber, dass Tjeri auch an diesem Tag tauchte und vom Grund des Sees alle möglichen essbaren Algen zum Vorschein brachte. Er hatte von Anfang an immer wieder mal gekocht. Misstrauisch blickte Corvus auf das Getränk, das Tjeri diesmal austeilte. »Was ist das?«

»Eine Delikatesse aus dieser Gegend«, behauptete Tjeri munter. »Wir haben Glück, dass ich das Zeug gefunden habe. Es regt den Appetit und die Verdauung an …«

Jetzt hielten sie alle Tassen in den Händen. Nervös beobachtete Rena Alix und Tavian. Hatten sie begriffen, was sie gemeint hatte, als sie ihnen vorhin hastig *Trinkt nicht* zugeflüstert hatte?

»Na, also dann – möge es euch bekommen!«, sagte Alix und hob die Tasse an die Lippen. Sie tat sehr überzeugend so, als würde sie trinken. Corvus nippte nur an seinem Tee.

»Was meint ihr, wo sollen wir nach weiteren Spuren Ausschau halten?«

Rena hatte nicht die Absicht, ihm ihre neueste Theorie mitzuteilen. »Ich fürchte, sie können überall sein. Trotzdem sollten wir ab und zu eine Insel anlaufen und sie untersuchen.«

»Klingt gut«, sagte Corvus und nahm endlich einen Schluck von seinem Tee. »Wie lange brauchen wir eigentlich bis zum Sumpf?«

»In zwei Tagen sollten wir da sein«, meinte Tjeri.

Einer der Soldaten hatte seine Tasse schon geleert. Rena wagte gar nicht daran zu denken, was passieren würde, wenn er nun sofort einschliefe – dann wüsste Corvus Bescheid. Jetzt hob der Luftgilden-Mann die Tasse wieder, zögerte dann aber. »Wir sollten auch frisches Trinkwasser an Bord nehmen – mit Verlaub gesagt, dieser Tee ist doch nicht ganz mein Geschmack.«

»Machen wir, kein Problem«, versicherte Tjeri. Jetzt war auch sein Lächeln ein ganz kleines bisschen angestrengt. »Los, Leute, trinkt aus, dann kann ich das Essen auf den Tisch bringen.«

Corvus trank noch ein, zwei Schlucke, stellte die Tasse dann beiseite. Hoffentlich wirkt das schon, dachte Rena.

Die Soldaten – große, kräftige Männer – ließen sich lange nichts anmerken. Nach dem Essen fing Corvus endlich an zu gähnen. Er entschuldigte sich und wankte zu seinem Schlafplatz. Kaum war er weg, überließen sich die Soldaten erleichtert ihrer Müdigkeit. »War … äh … ein langer Tag«, entschuldigte sich einer von ihnen, dann begaben auch sie sich ins Reich der Träume.

Einen Moment lang blickten sich die fünf Menschen, die noch wach waren, schweigend an. Jetzt seufzte Alix tief auf. »Das war eine gute Idee«, sagte sie. »Ich wünschte, ich wäre früher darauf gekommen …«

Sie erzählte ihnen, was geschehen war. Dass Corvus der geheimnisvolle Schwarzfeder war. Welche Rolle er in der Burg gespielt hatte und spielte. Wie sie von ihm erpresst wurde. Als sie geendet hatte, konnten sie Tavian nur mit Mühe dazu bewegen, den schlafenden Mann am

Leben zu lassen. Sein sonst so ruhiges Gesicht war blass vor Wut. »Meine kleine Alena! Dieser verdammte Schleimwurm Corvus, ich würde ihn am liebsten in kleine Stücke zerhauen …«

»Hör auf!« Alix zog ihn weg. »Du weißt doch – nur solange er weiter die richtige Nachricht schickt, bleibt Alena am Leben. Er darf nicht mal merken, dass die anderen jetzt Bescheid wissen … und wir dürfen das Schiff nicht verlassen.«

»Das heißt, umkehren ist jetzt unmöglich«, sagte Rena.

»Aber wir können ihn auch nicht zum Me'ru führen«, sagte Tjeri hitzig. »Das geht auf gar keinen Fall! Sonst wäre es mir lieber, ich sterbe dabei!«

Ruki nickte heftig. »Iiich auch!«

Erschrocken blickte Rena die beiden an. Immer wieder täuschte Tjeris heitere Art sie darüber hinweg, wie tief er fühlte und glaubte. Dass Ruki genauso dachte, hatte sie nicht gewusst.

»Nein, natürlich nicht«, sagte Alix betroffen. »He, können wir nicht falsche Spuren legen? Jedenfalls darf er nicht mehr erfahren, was die Kristalle uns wirklich sagen. Also Leute – ab jetzt wird gelogen, was das Zeug hält!«

»Aber wir können die Suche auch nicht aufgeben. Schließlich müssen wir den Me'ru wirklich finden – vergesst nicht den Mord an Ennobar«, sagte Rena und blickte zu Corvus hinüber. Er schnarchte laut und rasselnd.

Sie überlegten so lange, dass Ruki fortwanderte – vielleicht um seinen eigenen Gedanken und Plänen nachzuhängen. Niemand achtete auf ihn.

»Möglicherweise können wir Alena befreien.« Tavians Gesichtsausdruck war immer noch zum Fürchten. »Ich schicke eine Nachricht nach Tassos. Unsere Verwandten und Freunde müssen versuchen ihr zu helfen.«

»Mach das – aber das tun sie sicher sowieso schon«, meinte Rena. »Ich werde außerdem noch den Iltismenschen Bescheid geben ... die haben viel bessere Chancen, Alena aufzuspüren und rauszubeißen .... ach Scheiße, die sind alle im Lixantha-Dschungel!«

Alix seufzte. »Nachricht schicken geht sowieso nicht, kaum einer der Halbmenschen kann lesen. Weißt du doch.«

Niedergeschlagen schwiegen sie. Selten hatte die Zukunft so düster ausgesehen. Rena entschied sich trotzdem eine Nachricht zu schicken. Eine gesprochene. Vielleicht konnte Tjeri eine seiner Libellen überreden loszufliegen. Aber kamen die Viecher überhaupt so weit? Bis nach Lixantha war es ein ordentliches Stück.

»In Ordnung, versuchen wir's mal mit falschen Spuren«, sagte Tjeri. Es klang, als sei er noch nicht recht überzeugt. »Das wird ein Tanz auf der Klinge!«

»Wir werden's schaffen – irgendwie!« Rena bemühte sich zuversichtlich zu klingen.

Ein lautes Platschen ließ sie alarmiert aufblicken. »Was war denn das?«, fragte Rena.

Alix ging nachschauen und berichtete: »Ruki ist reingefallen. Ich glaube, er hat versucht zu fliegen ...«

Mit einem Kopfsprung hechtete Tjeri über Bord; ein paar Atemzüge später hatte er einen tropfenden und sehr verlegenen Ruki aus dem See gezogen. Mit hängenden Flügeln, ein Haufen Elend hockte der kleine Storchenmensch auf den Holzplanken.

»So langsam komme ich mir vor wie die Rettungstruppe vom Dienst«, seufzte Tjeri. »Was ist denn passiert, Kleiner?«

»Bin ausgerutscht«, behauptete Ruki und keiner von ihnen hatte das Herz, ihm zu widersprechen.

Corvus schien keinen Verdacht geschöpft zu haben. Am nächsten Morgen erwähnte er nur, wie gut er geschlafen hatte. Sie bemühten sich, nicht zu zeigen, was sie von ihm hielten. Leicht war es nicht.

Immer mal wieder begegneten sie auf ihrer Fahrt anderen Menschen; fast immer gehörten sie der Wasser-Gilde an. Tjeri grüßte dann freundlich, manchmal unterhielt er sich kurz mit den Fremden, dann fuhren sie weiter. Doch eines Morgens sichteten die Farak-Alit ein seltsames Paar. Verblüfft starrten Rena und ihre Gefährten die beiden Männer an. Sie hatten weiß gebleichtes Haar und trugen strahlend weiße Schwimmhäute. Sie glitten durchs Wasser wie zwei seltsame Albinofische.

»Das sind Hüter der Heiligen Seen!«, rief Tjeri begeistert und winkte zu ihnen hinüber. »Vielleicht leisten sie uns einen Moment Gesellschaft.«

Neugierig stand Rena mit den anderen an der Bordwand und sah zu, wie die beiden Hüter an Bord kletterten. Sie hatten Gepäck dabei, einen Schwimmsack, in dem sich ein kantiges Objekt befand. Es schien schwer zu sein.

»Lasst mich, Meister Zarek, ich mache das schon«, sagte der Jüngere von beiden; er mochte kaum zwanzig Winter alt sein. Er hatte die Schultern eines geübten Schwimmers und hievte den Sack mit Leichtigkeit an Bord.

»Wenn du mich noch lange wie einen alten Knacker behandelst, dann werde ich mich irgendwann wie einer benehmen«, lächelte der ältere Mann und begrüßte seine Gastgeber an Bord mit liebenswürdiger Selbstsicherheit. Er hatte langes Haar; in Vanamee war das, wie Rena inzwischen wusste, eine Seltenheit.

Sie machten es sich im Bug auf ein paar Kissen bequem. »Darf ich fragen, was euch nach Vanamee führt?«, fragte der ältere Hüter. »Man sieht es nicht oft, dass Menschen aus vier Gilden zusammen reisen!«

Rena erklärte, dass der Mord und die Sorge um die Halbmenschen sie hergebracht hatten, und fragte dann zurück: »Und euch?«

»Wir bringen höchst Heilige Dokumente, die unlängst aufgefunden worden sind, zum Gedächtnissee«, erklärte der jüngere Mann mit wichtiger Miene. »Sie künden von der unermesslichen Herrlichkeit des Geists der Seen und seiner verehrungswürdigen ...«

»Ja, ja, lass gut sein mit der ganzen Heiligkeit, Ulai«, unterbrach ihn sein älterer Begleiter. »Soweit wir sie bis jetzt entziffert haben, ist es nur ein kleiner Teil des Sturmläufer-Epos in einer etwas anderen Fassung.«

»Das ist ein sehr interessanter Fund«, mischte sich Corvus ein. Natürlich, als Mitglied der Luft-Gilde interessierte er sich für Stürme und alles, was damit zusammenhing.

Auch Tjeris Neugier war geweckt. »Wo waren die Dokumente? Wer hat sie entdeckt?«

Rena lauschte den Erklärungen der beiden Hüter, aber sie kam nicht mehr mit. »Was ist überhaupt dieses Sturmläufer-Epos?«, fragte sie schließlich.

»Einer unserer großen Mythen«, erklärte Tjeri. »Vor ein paar hundert Wintern ist er in Versen aufgeschrieben worden. Es geht um einen Mann mit besonderen Kräften, der sich in die falsche Frau verliebt und sich deswegen mit der ganzen Natur anlegt ... Na ja, jedenfalls läuft alles auf die Entstehung des Seenlands aus einem schrecklichen Sturm, dem Kampf zwischen Feuer und Wasser, hinaus.«

»Ich interessiere mich sehr für die Dichtung anderer Gilden«, sagte Tavian. »Könnten wir die Dokumente vielleicht sehen?«

Die beiden Hüter zögerten. Forschend sah der ältere der beiden Tavian an. »Soso. Es ist selten, dass die Feuer-Leute sich um andere Gilden scheren. Aber ich weiß Euer Interesse zu schätzen.«

Er gab seinem jüngeren Begleiter ein Zeichen und mit einem protestierenden Blick öffnete dieser den Schwimmsack, zog eine Silberkiste heraus und klappte sie auf. Darin lag auf grünen Samt gebettet eine Schriftrolle. Sie sah alt und zerbrechlich aus; ehrfürchtig hielt der junge Hüter sie in den Fingerspitzen. Doch nicht die Rolle selbst war es, die Renas Augen – und die aller anderen an Bord – größer werden ließ, sondern der leuchtende tiefrote Edelstein auf dem Band, das die Rolle zusammenhielt. Rena begriff sofort, dass das die nächste Spur war. Und zwar für Tavian den Kämpfer und Dichter.

Einen Moment lang schienen alle Menschen auf dem Schiff den Atem anzuhalten.

»Bitte, lasst sie mich berühren«, bat Tavian mit angespannter Stimme.

Rena stöhnte innerlich. Ihr war klar, was nun passieren würde. Aber sie wusste auch nicht, was Tavian anderes hätte sagen sollen.

Misstrauisch blickten die beiden Hüter Tavian an, ließen dann langsam den Blick über die anderen Menschen an Bord schweifen. »Es tut mir Leid, aber das kommt nicht in Frage«, sagte der ältere Mann und seine Stimme klang schon nicht mehr so freundlich. »Ulai mag übertrieben haben, aber heilig ist uns dieses Epos sehr wohl.« Ein kurzes Nicken zu seinem Begleiter hin und die Schriftrolle verschwand wieder in ihrer silbernen Kiste. Dann standen er und sein Begleiter auf. »Wir müssen jetzt leider weiterziehen. Der alte Archivar erwartet uns am Gedächtnissee.«

Alle an Bord sprangen ebenfalls auf. Tavians Hand lag

an seinem Schwert, aber er zog es nicht. Rena spürte, wie er mit sich rang. Sollte er die beiden zwingen ihm die Schriftrolle zu geben? Alix stand stocksteif. Corvus' Gesicht war düster, auch er setzte sich in Bewegung – auf die beiden Männer zu. Doch Tjeri vertrat ihm den Weg, schob sich zwischen die anderen Menschen an Bord und die Hüter der Heiligen Seen. Dann wandte er sich an seine beiden Gildenbrüder.

»Es ist wirklich sehr wichtig«, sagte er ruhig. »Bitte glaubt mir. Es ist der Edelstein, nicht die Schrift selbst, um die es uns geht. Er hat eine besondere Bedeutung. Wäre es möglich, dass wenigstens ich ihn berühre?«

»Das solltet Ihr besser wissen«, sagte der jüngere Mann in rechtschaffener Empörung. »Nur die erhabenen Hüter der Heiligen Seen …«

»Ulai.« Ein kurzes scharfes Wort nur, aber es brachte den jungen Hüter zum Schweigen. Nachdenklich musterte Zarek den jungen Sucher, der vor ihm stand. »Es ist wirklich wichtig, nicht wahr, *tanu?* Willst du mir nicht sagen, worum es genau geht?«

»Das ist mir nicht erlaubt«, erklärte Tjeri verzweifelt.

Der ältere Hüter überlegte noch ein paar Momente. Dann sagte er: »Es tut mir Leid. Wir werden jetzt gehen.«

Auf einmal lag Gewalt in der Luft. Mit langen Schritten ging Alix zur Bordwand, schnitt den beiden Männern den Weg zum Wasser ab. »Rostfraß und Asche, wir …«

»Nein, so nicht«, unterbrach Tavian sie scharf. »Alix, wir werden das nicht tun!«

»Beim Nordwind, und ob wir das tun werden …«, knurrte Corvus und gab den Farak-Alit ein Zeichen. Die Soldaten stürzten sich auf die beiden Männer. Doch die Hüter waren noch schneller. Mit einem Satz waren sie bei der Bordwand, schleuderten den Schwimmsack in den

See und sprangen hinterher. Alix versuchte nicht sie daran zu hindern.

»Du und deine verdammten moralischen Skrupel! Hast du vergessen, was auf dem Spiel steht?«, sagte sie bitter zu Tavian und sah ihn nicht mehr an.

Betreten blickte Rena zu Tjeri hinüber. Er hockte auf dem Deck und stützte den Kopf in die Hände. »Beim Brackwasser ... was für eine Scheiße ... ein Glück, dass die beiden wenigstens nicht wissen, wer ich bin!«

Rena fiel nichts ein, was sie ihm sagen konnte. Sie hatten die Spur verloren und nichts mehr konnte daran etwas ändern.

Drei Tage später erreichten sie den Allfress. Sie vertäuten das Schiff am Rand des Sumpfes und luden ihr Gepäck ab – von hier an mussten sie zu Fuß weiter. Rena zog ihre löchrige Schwimmhaut an und die Sandalen aus. Sie stopfte sie in ihre Tasche und hängte sie sich über die Schulter. Tjeri ging voran – jeden Schritt bedenkend, alle paar Atemzüge aufmerksam lauschend. Wie ein Hirschmensch, der weiß, dass Raubtiere in der Nähe sind, dachte Rena. Sie und die anderen trugen zwei leichte Falt-Kanus und Proviant. So arbeiteten sie sich weiter nach Norden vor.

Der Allfress-Sumpf war keine kahle Matschfläche, wie ihn sich Rena vorgestellt hatte. Hier am Südrand ragten überall seltsam keilförmige Bäume aus dem Wasser auf – unten war der Stamm breit, nach oben hin lief er spitz zu. Ihre Äste wirkten wie lange Stacheln. Sie hatten zwar keine Blätter, dafür hingen ihnen lange Moosschleppen aus den Ästen. An anderen Stellen wuchs Gebüsch mit winzigen rötlichen Blättern oder mannshohes orangefarbenes Gras aus dem Wasser heraus. Schrille unirdische

Vogelrufe hallten durch die schwere, feuchtwarme Luft. Begeistert stürzten sich Wolken von Fiebermücken auf sie, bis Tjeri ihnen zeigte, wie man sich mit dem Saft einer unscheinbaren braunen Pflanze einrieb. Das schreckte zwar nicht alle Mücken ab, aber die meisten.

Das Gehen war mühsam, meist sanken sie bis zu den Knöcheln im Schlamm ein oder wateten durch knietiefes Wasser. Wenn es zu tief wurde, falteten sie die Kanus auseinander und paddelten eine Weile – bis sie wieder an eine Landfläche kamen, über die sie die Boote tragen mussten. Zu Renas Erleichterung gab es genug Stellen, an denen sie über richtigen Boden gehen konnten, auch wenn er feucht war und federte wie ein Schwamm. Bald war Rena wie alle anderen dreckverschmiert.

»Gibt's auch Stellen, wo man ganz versinken kann – bis über den Kopf?«, fragte Rena.

»Reichlich«, sagte Tjeri und schärfte ihr und den anderen ein: »Tretet nicht auf glatte Schlammflächen, sondern nur auf Stellen, wo etwas wächst. Auch wenn's nur ein Grashalm ist.«

Meist war der Matsch seidig weich an ihren Füßen, aber manchmal waren harte Dinge – Zweige, tote Insekten? – darin oder Rena trat auf etwas, das pikte. Es roch nach abgestandenem Wasser, in dem Blätter und tote Tiere vor sich hin moderten. Ruki war von dem Matsch begeistert. Er wühlte mit den Händen darin herum und fischte kleine kugelrunde Wesen daraus hervor, die er sofort in den Mund steckte und aufaß. »Ah, er hat die Taschenpolypen entdeckt«, grinste Tjeri.

Obwohl keine Menschen im Allfress-Sumpf wohnten, wimmelte es hier von Leben. Mit glänzenden Augen zeigte Tjeri ihnen Schwimmwanzen und Gelbspötter, Zottige Günsel, Fluss-Schwirrel und Lorchel, machte sie auf einen

Nickenden Milchstern am Wegesrand aufmerksam, pflückte Rena ein paar Trunkelbeeren und schlug ihr vor, eine unscheinbare graugelbe Pflanze anzufassen, die auf einem der seltenen halbwegs trockenen Fleckchen Erde wuchs. Rena lehnte dankend ab, für so etwas kannte sie Tjeri inzwischen zu gut. Neugierig sprang Alix für sie ein und wich angeekelt zurück, als die Pflanze ihr in der Hand zerplatzte und ein Geruch nach faulen Eiern durch die Luft waberte.

»Das ist ein Knurrwurz«, sagte Tjeri mit großen, unschuldigen Augen.

»Besuch uns doch einfach mal in Tassos, da können wir dir auch eine Menge zeigen«, gab Alix zuckersüß zurück.

Corvus hielt sich angewidert die Nase zu. »Verdammt, wir können unendlich lange durch diesen Matsch stapfen ohne etwas zu finden«, schimpfte er. »Hoffentlich entdecken wir bald wieder eine Spur.«

»Nur Geduld«, sagte Tjeri.

Rena ahnte, warum Corvus so schlecht gelaunt war. Seine Schuhe – diesmal trug er ein blaues Paar mit aufgenähten Perlen – waren schon so verschlammt, dass sie wie zwei dunkle Klumpen aussahen. Mit spitzen Fingern pflückte Corvus einen Blutegel von seinem Knöchel.

Immer wieder tauchten Skagaroks auf; man bemerkte sie erst im letzten Moment. Kreischend huschten sie über die Gruppe hinweg und Rena duckte sich unwillkürlich. Doch Tjeri wirkte nicht beunruhigt. »Einzelne Skas werden uns nicht angreifen. Hier im Sumpf gibt es ganz andere Dinge, die uns Ärger machen können … diese violetten Kreise da vorne auf dem Boden sind zum Beispiel Säurefallen. Die fressen dir die Füße weg. Und haltet euch von diesen kleinen gelben Blumen fern. Da drunter lauern Trugrüssler im Schlamm, mit denen ist nicht zu spaßen.«

Nach einem halben Tag entdeckte Alix eigenartige Löcher im Sumpf, die sich langsam mit Wasser füllten. »Wie von langen, dünnen Stäben gemacht«, meinte sie. »Was beim Feuergeist ist das?«

Tjeri untersuchte die Löcher besorgt. »Sieht so aus, als wären wir ins Revier eines Mumienkäfers geraten. Das sind frische Spuren. Wir müssen zurück und einen Umweg machen.«

»Können die Biester uns gefährlich werden, Meister?«, fragte einer der Farak-Alit.

»Ja«, sagte Tjeri kurz und sah sich um. »Haltet die Schwerter bereit. Wir müssen eng zusammenbleiben.«

»Wieso heißen sie Mumienkäfer?«, fragte Alix. »Fressen sie Mumien oder werden sie zu Mumien, wenn sie sterben?«

»Weder noch. Sie wickeln ihre Opfer in dünne Fäden ein und bewahren sie am Körper auf. Als Proviant sozusagen. Wenn sie Appetit bekommen, verflüssigen sie das Innere der Kokons und saugen sie aus.«

»Wow«, sagte Alix und patschte durch das flache Wasser hinter Tjeri her, als er die Gruppe eilig in eine andere Richtung führte. Auf der einen Seite wuchsen ein paar Bäume, auf der anderen Seite erstreckte sich eine offene Matschfläche, die hier und da mit Gebüsch bewachsen war. Dort führte auch ein kleiner Fluss entlang.

Gerade hatte Rena wieder ihren Wanderrhythmus gefunden, als Tjeri zischte: »Scheiße, da ist er! In Deckung! Runter!«

Corvus und die Farak-Alit warfen sich hinter ein paar rotblättrige Büsche. Es war keine besonders gute Deckung, aber besser als die dünnen Baumstämme ein paar Menschenlängen weiter, hinter die sich Alix, Tavian, Tjeri und Rena kauerten. Und besser als nichts. Ruki, der auf der Suche nach Taschenpolypen umhergewandert war, erwischte es auf offenem Gelände. Zitternd, mit eng an den Körper gezogenen Schwingen kauerte er sich in den Matsch und blickte sich um.

Lautlos trat der Mumienkäfer zwischen den Bäumen hervor und stakte auf seinen dünnen Beinen voran. Sie waren doppelt so lang wie die Menschen, die sich hinter dem kärglichen Gestrüpp vor ihm versteckten. Damit kommt er durch ziemlich tiefes Sumpfgebiet, fuhr es Rena durch den Kopf. Sein Körper war stromlinienförmig, ein schwarzer Panzer, der grünlich schimmerte. Drei weiße Kokons mit kleinen Tieren und einer, in dem wahrscheinlich ein Krötenmensch war, hingen unter seinem Bauch, mit Fäden daran befestigt. Rena sah den Stachel, der aus dem Kopf des Käfers ragte.

Verzweifelt beobachtete Rena den kleinen Storchenmenschen. »Wir können ihn nicht da lassen!«, flüsterte sie und hoffte, dass der Käfer keine besonders guten Ohren hatte. Jedenfalls entdeckte sie keine.

»Sehe ich auch so«, sagte Alix und stemmte sich hoch um aufzustehen. »Ich geh ihn holen.«

Tjeri drückte sie in den Matsch zurück. *»Bleib liegen!* Der Käfer ist nicht besonders hungrig. Wenn Ruki sich nicht bewegt, hat er eine Chance.«

Flink lief der Käfer ein Stück weit, blieb stehen und wedelte mit den Fühlern, huschte dann in eine andere Richtung. Es war unheimlich, dass ein so großes Tier sich so schnell bewegen konnte. »Ganz schön nervös. Das ist nicht normal«, meinte Tjeri.

Ruki folgte dem Käfer mit den Augen, doch zum Glück versuchte er nicht aufzustehen.

In drei Menschenlängen Entfernung huschte der Käfer an Corvus und den anderen vorbei und stand nun zwischen beiden Verstecken. Dann hatte er Ruki erreicht. Erst stakte er über den kleinen Körper hinweg, als hätte er ihn nicht bemerkt. Doch dann stoppte er ganz plötzlich, hatte ihn wohl versehentlich berührt. Untersuchte ihn mit den Vorderbeinen. Rena konnte kaum atmen.

Ihr gefiederter Freund stellte sich tot, ließ sich schlaff herumrollen. Rena bewunderte seine Nervenstärke. Sie war nicht sicher, ob sie selbst so klug reagiert hätte.

Tjeri ließ den Blick nicht von Ruki, bereit einzugreifen. Der Käfer ist zwar sicher keiner von seinen Freunden, aber vielleicht attackiert er Tjeri nicht sofort, falls er dazwischengeht, versuchte sich Rena zu beruhigen.

Die Farak-Alit rührten sich nicht und sahen auch nicht so aus, als hätten sie es demnächst vor. Sie hatten offensichtlich entschieden, dass ihre Aufgabe war, die Menschen zu schützen, und ein kleiner Storchenmensch sie nichts anging.

Der Käfer zögerte. Immer wieder verlor er mehrere Atemzüge lang das Interesse an Ruki. Seine Fühler zuckten, tasteten suchend in der Luft umher. Rena fragte sich, was ihn irritierte. Doch da hörte sie es schon selbst. Ein dumpfes Stampfen, ein Platschen wie von tausend Gegenständen, die ins Wasser fielen. Was beim Erdgeist war das? Ganz langsam, damit das Raubtier vor ihnen die Bewegung nicht bemerkte, wandte Rena den Kopf, hielt Ausschau. Nichts! Als sie sich wieder zurückdrehte, war der Käfer verschwunden. Schwankend stand Ruki auf und sah sich nach seinen Freunden um.

»Weg da! Schnell!«, brüllte Tjeri. Doch Ruki schien nicht zu verstehen. Auch Rena wusste nicht, was ihr Freund meinte. Der Käfer war doch weg, die Gefahr vorüber!

Tjeri sprintete zu Ruki hinüber, packte den kleinen Storchenmenschen am Arm und zerrte ihn zu den Bäumen hin. Mit der zweiten Hand winkte er Corvus und den anderen heftig, zu ihnen zu kommen.

»Was ist los?«, fragte Alix verdutzt.

»Ein Treck! Krötenmenschen. Das hört sich an, als würden sie genau in unsere Richtung kommen!«

Alix kratzte sich ratlos am Kopf. Wie die meisten Bewohner von Daresh kannte sie Krötenmenschen nur als schüchterne Wesen mit empfindlicher Haut, die man höchstens alle paar Jahre zu Gesicht bekam. Doch Rena wusste inzwischen, was »Treck« bedeutete. Es war mitten in der Paarungszeit. Ein paar tausend durchgedrehte Krötenmenschen – das konnte gefährlich werden!

»Los, zu den Bäumen!«, brüllte Tjeri die Farak-Alit an. Endlich schienen auch sie gemerkt zu haben, dass etwas Ungewöhnliches vorging. Doch als sie den Treck schließlich sahen, war es schon zu spät, um seinen Weg zu kreuzen und auf die andere Seite zu kommen. Die Farak-Alit und Corvus flohen zum offenen Sumpf hin, während sich Rena, Alix und Tavian noch mühten, Ruki zu folgen und auf einen der Bäume zu klettern. Tjeri zog sich neben Rena hoch. Drei Menschenlängen über dem Boden waren sie jetzt. Der Ast schwankte unter ihrem Gewicht.

Dann kamen sie. Tausende von gelbbraunen Leibern. Eine wimmelnde, rennende, hüpfende Masse von Krötenmenschen mit wilden Augen. Sie flutete den Weg entlang, den Rena und die anderen eben noch entlanggegangen waren, füllte ihn plötzlich aus wie die Welle nach einem Dammbruch und schwemmte alles weg, was im Weg stand. Pflanzen und Büsche wurden niedergetrampelt. Es roch durchdringend nach Kröte und die Luft war erfüllt von dem Geräusch von patschenden Flossenfüßen und den Schreien der Skagaroks, die den Treck begleiteten.

Aus ihrer sicheren Position ließ Rena den Blick fasziniert über das Meer von Köpfen und Flossen gleiten. Sie klammerte sich an die raue Borke des Baumes. »Ich sehe Corvus nicht mehr!«, schrie sie Tjeri über den Lärm hinweg zu. »Hoffentlich ist er nicht mitgerissen worden!«

Besorgt suchten sie den vorbeiziehenden Treck mit den Augen ab. Plötzlich spürte Rena, wie Tjeri neben ihr erstarrte. »Da!« Er deutete mitten hinein in die brodelnde Menge der Krötenmenschen. »Ich glaub's nicht – der eine da trägt einen blauen Stein! Das ist die vierte Spur!«

Es war nur ein winziger Punkt, blau leuchtend. Doch Rena wusste sofort, dass Tjeri Recht hatte. Das war seine Spur. Aber sie war unerreichbar.

»Da kannst du nicht rein – die trampeln dich zu Tode!«, schrie Rena. Entsetzt sah sie, dass Tjeri zum Sprung ansetzte, seine Muskeln sich spannten. »Ich muss schnell machen, sonst ist er weg«, brüllte er ihr zu – und ließ sich zu Boden fallen. Mit wenigen Schritten war er mittendrin im Gewimmel der Kröten, drängte sich zwischen sie. Rena sah, wie er kämpfte um auf den Füßen zu bleiben, und die Angst um ihn fühlte sich an, als würde jemand sie von innen zerreißen. Ein paarmal sah Rena seinen Kopf noch zwischen der gelbbraunen Masse auftauchen.

Dann war er plötzlich verschwunden.

Ausgeliefert!

Es schien unendlich lange zu dauern, bis die Krötenmenschen schließlich verschwunden waren und nur noch einzelne Nachzügler durch den Matsch krochen. Rena suchte mit den Augen die ganze Umgebung ab, doch nirgendwo regte sich ein Zeichen menschlichen Lebens. Es war sehr still oder vielleicht kam es ihr auch nur so vor.

»Ich sehe niemanden!«, rief Tavian, der von ihnen die schärfsten Augen hatte. »Nicht mal Corvus oder die Farak-Alit. Sie sind einfach verschwunden … vielleicht von den Kröten erledigt worden.«

Tavian und Alix sahen sich an. Wenn Corvus tot war, dann war auch Alenas Schicksal besiegelt. Sie kletterten den Baum hinunter. Alix setzte sich sehr langsam auf den Boden, schlang die Arme um die Knie und blickte ins Leere. Tavian legte den Arm um sie. Ungeschickt versuchte Ruki das Gleiche bei Rena zu tun. Die Federn seines Arms fühlten sich glatt und kühl an.

»Er hat sich einfach dazwischengeworfen – nur wegen dieser verdammten Spur«, sagte Rena dumpf. Plötzlich kam Wut in ihr hoch. »Dieser Idiot!«

Alix erwachte aus ihrer Starre. »Tjeri hat's bestimmt nicht erwischt«, sagte sie. »Der ist gut im Überleben und kennt sich hier aus. So einer ist nicht so leicht totzukriegen. Wir finden ihn, klar?« Mit einem Ruck stand sie auf und klopfte sich den Dreck ab. »Gut. Wir haben also alle Angst. Aber verloren haben wir erst, wenn wir uns davon lähmen lassen. Gehen wir.«

Staunend stapften sie durch die drei Baumlängen breite Zone, die der Treck passiert hatte. Der Boden sah aus wie umgepflügt. Überall lagen zertrampelte Pflanzen. Die Ufer des Flusses waren völlig zerwühlt, trüb und braun wälzte sich das Wasser durch sein Bett. Sie fanden zwei platt gequetschte Skagaroks und ein paar andere erfolglose Raubtiere. Aber auch ein paar Stellen, an denen Krötenmenschen vom Sumpf verschluckt worden waren. Hier und da entdeckten sie Blutspuren. Jedes Mal fürchtete Rena auch die Reste einer schwarzen Schwimmhaut zu finden. Doch das war nie der Fall.

»Das meiste Blut wird von verletzten Krötenmenschen stammen«, sagte Alix nüchtern. »Es waren eine Menge Skagaroks und anderes Viehzeugs unterwegs.«

Mit einem furchtbaren Gefühl in der Magengrube blickte Rena sich um. »Wir sollten rechts und links vom Treck-Pfad nach Spuren schauen. Vielleicht sind sie dort rausgekommen und geflohen.«

Sie wussten, dass sie sich beeilen mussten. Wenn die Dunkelheit hereinbrach, konnten sie nicht weitersuchen. Und am nächsten Tag würden die Spuren verschwunden sein. Sie hatten oft genug miterlebt, wie schnell der Matsch sich wieder glättete.

Je länger sie suchten, desto geringer wurde Renas Hoffnung. Sie fanden wenig und nichts davon sah aus wie menschliche Fußabdrücke. Vielleicht hatten die Krötenmenschen Tjeri und die anderen irgendwie mitgeschleppt? Oder vielleicht – an diese Möglichkeit wagte sie kaum zu denken – waren sie an einer der gefährlichen Stellen versunken?

Als es Nacht wurde, kletterten sie auf ihren Baum zurück. Verstört drückte sich Ruki an sie. Sie redeten wenig. Rena nicht, weil sie darüber nachdachte, wie sie Tjeri finden konnten. Vielleicht mit Hilfe seiner Freunde? Alix und Tavian nicht, weil sie sich Sorgen um ihre Tochter machten. Das war keine Angst, die man einfach so überwinden konnte.

»Das war's also mit der Suche«, war das Einzige, was Rena noch sagte. »Ohne Tjeri kommen wir im Allfress nicht weit. Wir haben keine Chance mehr, den Me'ru zu finden.«

»Nachdem wir so blöd waren zwei Spuren hintereinander zu verlieren, haben wir's auch nicht verdient«, sagte Alix. »Wahrscheinlich ist es am besten, wenn wir versuchen zum Schiff zurückzufinden. Mit etwas Glück schaffen wir es, aus diesem verdammten Seenland herauszukommen. Vielleicht sind wir noch rechtzeitig in Tassos …« Aus ihrer Stimme klang eine furchtbare Sehnsucht.

»Immerhin wissen wir jetzt, dass Corvus bei der ganzen Sache eine wichtige Rolle gespielt hat und es nicht mit rechten Dingen zugegangen ist bei Ennobars Tod«, meinte Tavian. »Vielleicht genügt das schon als Erklärung, damit die Halbmenschen aus Lixantha zurückkehren können.«

»Aber wir wissen doch gar nicht, was sich wirklich abgespielt hat. Wir wissen nichts. Das reicht nicht!« Rena spürte, wie sie wütend wurde. Nicht auf Tavian, sondern auf die Halbmenschen. Sie waren nicht böse, das war keine Frage. Aber wenn sie jetzt auch noch Tjeri getötet hatten, wollte Rena nie wieder etwas mit ihnen zu tun haben.

»Manchmal muss man eben akzeptieren, dass man gescheitert ist«, sagte Tavian leise.

Als Tjeri erwachte, fühlte er sich, als hätte jemand seinen Schädel mit einem Hammer bearbeitet. Halb wach driftete er zurück in die Welt. Lauschte auf seinen eigenen Atem, versuchte sich zu erinnern, was passiert war. Er musste bewusstlos geworden sein. Hatte wohl einen Schlag abbekommen, vielleicht war auch eine Kröte auf ihn gefallen.

Er merkte, dass er zusammengekrümmt auf dem Boden lag, die linke Seite seines Gesichts an die Erde gepresst. Es war still, so still, dass er einen einzelnen Wassertropfen fallen hören konnte. Der Treck war vorbeigezogen. Hoffentlich waren die anderen in Sicherheit. Hoffentlich war Rena nichts passiert!

Erst als er versuchte die Hände zu bewegen, wurde ihm klar, dass sie hinter seinem Rücken gefesselt waren. Auch seine Füße waren verschnürt. Sofort kamen die Erinnerungen an die Felsenburg hoch und mit ihnen die Panik. Ruhig, sagte er sich, ganz ruhig. Vorsichtig öffnete er die Augen. Es war dämmrig. Er lag auf halbwegs trockenem Boden irgendwo im Sumpf. Unter einem Baum, dessen Moosbärte dicht wie ein Vorhang herabhingen. Zwei Menschenlängen weiter schlängelte sich ein kleiner Wasserweg.

Noch etwas wurde ihm klar. In seiner Handfläche lag ein kleines, hartes Objekt. Langsam kehrte die Erinnerung zurück. Er hatte es geschafft, er hatte den Kristall gepackt – der arme Krötenmensch, der den Stein trug, hatte gar nicht gewusst, wie ihm geschah. Aber was war mit der Botschaft? Ja, jetzt erinnerte er sich. Es war wieder ein Bild gewesen ....

»Ihr habt versucht mich reinzulegen.«

Tjeri zuckte zusammen. Corvus! Jetzt wusste er also, wessen Gefangener er war. Es überraschte ihn nicht. Sie waren beide vom Treck erfasst worden – aber für Corvus war es glimpflicher abgegangen. Wahrscheinlich hatte ihn der Mistkerl bewusstlos gefunden und sich diese leichte Beute nicht entgehen lassen. Die anderen hatte er nicht mehr nötig, sie störten nur. Denn anscheinend wusste er, dass sie ihn durchschaut hatten.

Tjeri fühlte sich nach oben gezerrt, gegen den Stamm des Baums geschleudert. Die drei Farak-Alit waren also bei ihrem Herren geblieben. Natürlich – sicher hatte Corvus nur Männer ausgewählt, die ihm treu ergeben waren.

Es fiel Tjeri schwer, sich auf den Beinen zu halten. Nur die Farak-Alit verhinderten, dass er wieder zusammensackte. Wenn ich nicht so schwach wäre ..., dachte Tjeri verzweifelt. Corvus wusste sicher nicht, was für Fähigkeiten die Wasser-Gilde hatte. Sonst hätte er ihn weiter vom Ufer weggebracht. Versuchsweise murmelte Tjeri eine der alten Formeln, aber er hatte noch nicht genug Kraft und brach den Versuch ab, bevor Corvus merkte, was geschah.

»Wie hast du gemerkt, dass wir Bescheid wissen?«, fragte er stattdessen.

Diesmal lächelte Corvus nicht. Er sah übel aus, eine Seite seines Gesichts war geschwollen und er bewegte sich wie ein Mann mit vielen, vielen blauen Flecken. Niemand, der einem Treck in den Weg geriet, kam ungeschoren davon. »Ihr wart unglaublich dämlich«, sagte er. »Natürlich habe ich gemerkt, dass Alix und Rena sich auf einmal wieder verstanden haben. Und dann ihre Bemerkung zu Tavian, als uns die Spur durch die Lappen gegangen ist. *Du weißt doch, was auf dem Spiel steht!* Da war alles klar.« Corvus' Gesicht war vor Wut verzerrt. »Und jetzt denkst du, du könntest die neue Spur für dich behalten.«

»Sie ist ja auch für mich bestimmt«, sagte Tjeri verächtlich. »Ehrlich gesagt glaube ich nicht, dass du noch eine bekommst.«

Harte Hände zwangen seine Finger auseinander, der farblose Kristall fiel zu Boden. Tjeri tat es Leid, ihn hergeben zu müssen. Aber aus diesem toten Stein würden sie nichts mehr erfahren.

»Du schuldest mir noch ein Leben. Du schuldest mir meine Freiheit!«, sagte Tjeri. »Ich habe dich vor den Skas gerettet, weißt du noch?«

»Ist das irgend so eine von euren blöden Sitten?« Jetzt lächelte Corvus wieder. »Du kannst froh sein, dass die Regentin dich damals hat gehen lassen, Tjeri ke Vanamee. Aber in der Felsenburg erinnert man sich an dich.«

Er weiß von der dunklen Zeit, von der Quelle. Tjeri spürte, wie das Grauen in ihm aufstieg und seine Gedanken lahm legte. Er begann zu zittern, seine Selbstbeherrschung bekam Risse. Die Vergangenheit hatte ihn eingeholt. Und diesmal waren es mehr als nur Albträume.

Am nächsten Tag suchten sie wieder. Ohne Erfolg. Schließlich verlor Alix die Geduld.

»Wir sollten umkehren«, sagte sie. »Oder willst du warten, bis uns ein Mumienkäfer hier findet?«

Rena ahnte, dass sie Recht hatte. Schon hatte sich eine Menge kleiner Tiere in seltsamen Formen und Farben eingefunden, um die Reste von Pflanzen, Kröten und Skagaroks, die der Treck zurückgelassen hatte, zu verzehren. Sie würden unter Garantie größere Raubtiere anlocken.

Apathisch blickte Rena auf die Spur des Trecks und sah über den Sumpf hinaus. Würde sie Tjeri noch einmal wiedersehen? Es war unwahrscheinlich. Der Gedanke trieb ihr die Tränen in die Augen.

Alix und Tavian blickten sie mitleidig an, diskutierten leise über die richtige Richtung und machten sich auf den Weg. Als Alix sich umwandte und fragte: »Was ist – kommst du?«, nickte Rena langsam und stapfte hinter ihnen her.

Sie wurden oft zu Umwegen gezwungen. Einmal trafen sie auf eine seltsame orangefarbene Fläche, die sie auf keinen Fall überqueren wollten, ein andermal schlugen sie sich mit bissigen Sumpfschnecken herum. Dann wieder stießen sie auf frische Mumienkäfer-Spuren und bogen ab, um schleunigst aus dem Revier des Tiers herauszukommen. Da sie das Kanu verloren hatten, mussten sie ein paar Wasserflächen durchschwimmen. Alix stellte sich der Herausforderung tapfer, zog aber vorher ihr Kettenhemd aus, von dem sie sich normalerweise nie trennte. Sie stopfte es in ihre Tasche. »Das Ding ersäuft mich noch! Da merkt man erst, wie sauschwer es ist.«

»Wir hätten längst zum Schiff kommen müssen«, sagte Rena. »Seid ihr sicher, dass das die richtige Richtung war?«

»Ich glaube, wir sind ein bisschen vom Kurs abgekommen«, gestand Tavian.

Ruki inspizierte ihre Proviantvorräte. Viel gab es da nicht mehr zu inspizieren. »Nichts mehr zu essen!«

Ratlos sahen sich Rena, Alix und Tavian an.

»Vielleicht ist das die Strafe dafür, dass wir den Me'ru finden wollten«, sagte Rena erschöpft und setzte sich auf den Stamm eines abgestorbenen Baums. Immerhin: Der Graue hatte sie gewarnt, dass es gefährlich werden würde. Sie hatte gewusst, worauf sie sich einließ.

Tjeri log, was das Zeug hielt. Er schickte sie an alle Stellen des Sumpfes, von denen er wusste, dass sie besonders unangenehm waren. Und jedes Mal mussten sie nachprüfen, ob er die Wahrheit gesagt hatte. Auch diesmal wagte Corvus mit zwei seiner Leute einen neuen Erkundungsgang. Der dritte Soldat blieb mit Tjeri im Versteck zurück. Sie konnten ihren Gefangenen nicht mitnehmen – er war nicht in der Verfassung, zu gehen, und daran waren sie selbst schuld.

Tjeri lag still, wartete, dass die Schmerzen verebbten. Nur kurz hatten sie ihm immer wieder den Knebel herausgenommen, damit keine Schreie ihr Versteck verrieten. Diesmal hatte er es noch geschafft, sie zu beschwindeln. Doch seit seiner Zeit in den Kerkern der Felsenburg machte er sich keine Illusionen mehr darüber, wie viel ein Mensch aushalten konnte. Wenn es zu schlimm wurde, sagte man ihnen alles, was sie wissen wollten, nur damit sie aufhörten. Auch die Wahrheit. Das hieß, er musste hier raus. Oder wenigstens Rena und ihren Freunden einen Vorsprung geben, ihnen mitteilen, was er herausgefunden hatte. Das Bild war noch immer klar und frisch in seinem Kopf.

Ein riesiger Baum mit wenigen verkümmerten Ästen, bis weit über die Wolken scheint er zu reichen. Ein Baum mitten im Sumpf. Kleine Tiere wimmeln auf seiner Rinde, doch er nimmt keine Notiz von ihnen. Wolken strömen um ihn herum, regnen sich aus, lösen sich auf, bilden sich neu. Nur über den Baum wagen sie sich nicht. Den Baum, der seit Generationen reglos steht … wartet …

Dort, wo sich Wasser, Erde und Himmel treffen, dachte Tjeri. Dort werden wir den Smaragdgarten finden. Ich und Rena. Wir beide zusammen.

Erstaunt beobachtete ihn der Soldat, fragte sich wohl, warum sein Gefangener lächelte – und wo die ganzen Libellen herkamen, die um sie beide herumschwebten.

Leise schwappten die Wellen ans Ufer des Verstecks. Es war eine Melodie, die Tjeri beruhigte und tröstete. Und die ihm eine Idee eingab. Ob ihm die Memo-Fische noch immer folgten? Diese wunderbaren kleinen Tiere, die gemeinsam Bilder darstellen konnten?

»Wasser«, stöhnte Tjeri. Der Soldat war kein schlechter Kerl, es hatte ihm nicht gefallen, Folterknecht zu spielen. Er hatte Mitleid mit dem Gefangenen. Vorsichtig hielt er Tjeri eine Schale an die Lippen und ließ ihn trinken.

»Reicht nicht«, ächzte Tjeri. »Meine Haut darf nicht austrocknen. Ich muss an den Fluss.«

Der Soldat zögerte. Wer wusste, was er über die Wasser-Gilde gehört hatte. »Vergiss es – zu gefährlich«, sagte er. »Wenn du mir abhaust, macht mich der Meister einen Kopf kürzer.«

»Wie soll ich denn abhauen?« Tjeri hob die gefesselten Hände. »Ihr habt mich ja verschnürt wie ein Mumienkäfer seine Beute.«

Also schleifte der Farak-Alit Tjeri zum Ufer hinunter. Es war ein Segen, die Berührung des Wassers auf der Haut zu spüren. Und ja, da waren auch seine Memo-Fische. Vier Dutzend oder mehr von ihnen, jeder nur so lang wie ein Fingernagel. Es kitzelte, als sie um ihn herumschwärmten.

Tjeri blinzelte ihnen zu und hoffte, dass sie verstanden, was er von ihnen wollte. Dann formte er mit den Lippen überdeutlich die Worte: *Sehr hoher Baum – ohne Moos – ohne Wolken*. Weil er die Hände nicht freihatte, konnte er ihnen das Signal zum Wiederholen nicht geben. Doch als er eine Weile nichts tat, wiederholten die Fische von selbst, was er gesagt hatte. Ihre silbrig schimmernden Körper formten ein Abbild seines Gesichts und zeigten seine Lippenbewegungen. Tjeri zog eine Grimasse. Sie waren nicht besonders gut trainiert. Das Gesicht, das eigentlich ein Spiegelbild sein sollte, war nur mit Mühe als seines zu erkennen. Und die Worte verstand man nur mit viel gutem Willen. Aber es musste reichen. Jetzt musste er ihnen nur noch sagen, wem sie die Nachricht überbringen sollten.

»He, was machst du da?« Misstrauisch blickte der Soldat zu ihm herüber.

Tjeri stöhnte. »Meine Arme fühlen sich an, als hättet ihr alle eure Namen und Titel reingeschnitten, und dem Rest geht's auch nicht viel besser!«

»Ach, halt's Maul, Fischkopf«, murmelte der Mann, aber er wirkte verlegen.

Rena, formte Tjeri mit den Lippen. *Die Frau der tausend Zungen*. Es dauerte ewig, bis die Fische verstanden hatten, dass das nicht zur Nachricht gehörte, sondern der

Empfänger war. Als sie endlich davonstiebten, war Tjeri völlig erschöpft. Bewegungslos lag er im flachen Wasser und fühlte, wie ihm wieder schwarz vor Augen wurde. Ein Purpurkrebs kroch um ihn herum, berührte ihn besorgt mit den Scheren. Ein paar andere säbelten hartnäckig und leider nicht sehr erfolgreich an seinen Fesseln herum.

Den Soldaten zwickten die Krebse erbarmungslos. »Verdammte Viecher!«, knurrte er und stampfte auf, versuchte die kleinen Quälgeister zu zermalmen. Tjeri lächelte. Purpurkrebse hatten einen so festen Panzer, dass sie es sogar überstanden, wenn sich ein Dhatla auf ihnen wälzte. Unverletzt krochen die Krebse davon und winkten mit den Scheren einen Abschiedsgruß in Tjeris Richtung.

Corvus kann mich nicht sterben lassen, dachte Tjeri. Er braucht mich noch. Doch der Gedanke war nicht wirklich beruhigend. Er überlegte, ob Corvus nun seine furchtbare Drohung wahr machen und Alix' Tochter töten lassen würde. Möglich war es. Aber er glaubte nicht daran. Sobald Alena tot war, hatte er keine Macht mehr über die beiden Feuer-Leute – und stattdessen zwei höchst gefährliche Feinde. Das würde er nicht riskieren, solange es nicht unbedingt nötig war.

Tjeris Gedanken kehrten zu seiner eigenen Lage zurück. Die anderen würden ihn suchen, sicher würden sie das. Sie würden alles versuchen um ihn hier herauszuholen. Er verlor sich in dem guten Gefühl, das der Gedanke an Rena in ihm auslöste.

Doch dann rief er sich in die Wirklichkeit zurück. Nein, es war unwahrscheinlich, dass ihn die anderen hier finden würden. Seine einzige Chance war, dass Corvus einen Fehler machte. Aber danach sah es im Moment leider gar nicht aus.

Die letzte Spur

Rena war erschöpft. Seit zwei Tagen stolperten sie nun schon durch den Sumpf ohne eine Ahnung davon, wo sie waren. Als Alix beim Überqueren einer Schlammfläche das Gleichgewicht verlor, versank ihr Gepäck. Hätte sie ihre Sachen nicht fallen lassen, wäre sie selbst im Matsch gelandet. Alix fluchte. »So ein verdammter Rostfraß – da war mein Kettenhemd drin! Das Ding war teuer!«

»Wenn wir zurück in Tassos sind, kaufst du dir einfach zwei oder drei neue«, knurrte Tavian.

»Sobald wir hier raus sind, müssen wir erst mal in der nächsten Siedlung Bescheid sagen«, drängte Rena. »Ein paar Leute losschicken, die sich hier auskennen und die Tjeri suchen können.«

»Machen wir – aber als Erstes müssen wir zum Schiff zurückfinden«, stöhnte Alix.

Kurze Zeit später kamen sie an einen Bach. Während Rena, Tavian und Ruki sich in den Schatten eines Sumpfgewächses warfen um auszuruhen, füllte Alix mit einem misstrauischen Blick auf die trübe Flüssigkeit ihre fast leeren Wasserflaschen. »He, das ist ja lustig«, sagte sie plötzlich. »Hier sind Fische, die sich komisch benehmen. Sieht fast aus, als würden sie tanzen.«

Rena hörte kaum hin. Sie hatte sich beim Laufen durch den Sumpf ein paarmal an scharfen Halmen geschnitten. Was sollte sie tun, wenn sich das entzündete?

»Na ja, tanzen ist zu viel gesagt«, meinte Tavian, der zu Alix an den Bach gegangen war. »Sieht eher aus wie ein Bild, finde ich.«

Ein *Bild?* Rena fuhr auf. Die Memo-Fische! Sie stürzte zu den anderen hinüber. Schüchtern wirbelten die Fische im Wasser umher und spiegelten das wider, was sie sahen. Als Rena sich über den Bach beugte, ging ein Ruck durch die winzigen Tiere. Auf einmal erschien ein Bild, ein Bild aus silbernen Schatten und Dunkelheit. Eine liegende Gestalt, bewegungslos. Gefesselte Hände.

»He, was ist das?«, fragte Alix, doch Rena bedeutete ihr zu schweigen. Gebannt beobachtete sie, was die Fische zeigten. Ein Gesicht. Lippen, die Worte formten.

»Das ist Tjeri!« Rena war so erleichtert, dass es sich anfühlte, als würde ihr Inneres sich auflösen und einfach wegfließen. Er lebte! Es war eine Botschaft von ihm! Sie bewegte die Lippen wie er, versuchte zu ahnen, was für Worte er gesprochen hatte.

Tavian blickte ihr über die Schulter. »Lass mich mal. Lippenlesen war Teil meiner Kampfausbildung.« Er wartete, bis die Fische ihre Botschaft wiederholten, und sagte dann: »*Sehr hoher Baum – ohne Moos – ohne Wolken.* Das muss die vierte Spur sein!«

»Sieht so aus, als wäre er gefangen«, sagte Rena besorgt. »Aber man kann nicht erkennen, wo es ist. Ich fürchte, wir können ihm nicht helfen.«

Alix ging aufgeregt umher. »Jedenfalls sind wir wieder im Rennen, wir haben eine Chance. Ein sehr hoher Baum müsste selbst in diesem verdammten Sumpf einfach aufzuspüren sein.«

»Vom Boden aus nicht unbedingt …«, überlegte Rena.

»Warum schaut ihr alle mich an?«, flötete Ruki nervös.

»Wir müssen diesen Baum so schnell wie möglich finden«, erklärte ihm Rena geduldig. »Aber wir könnten wochenlang hier herumstampfen ohne ihn zu entdecken. Aus der Luft würde es schnell gehen. Vielleicht würden wir auch eine Spur von Jederfreund finden.«

Ruki schwieg und blickte sie mit großen, verschreckten Augen an. Doch dann veränderte sich etwas in seinem

Blick. »Ihr braucht miich«, sagte er. Es klang ein bisschen staunend, als könnte er es selbst nicht so richtig glauben.

»Kannst du für uns fliegen?«, fragte Rena. Sie wusste, dass das viel verlangt war. Außerdem war sie nicht sicher, ob er es schaffen konnte. Im Vergleich zu anderen Storchenmenschen hatte er immer noch Übergewicht.

Doch Ruki überrascht sie. Er protestierte nicht mal. »Wenn iich's schaffe«, sagte er und stand auf. Eine Weile stakte er umher, suchte wohl nach dem besten Platz für seinen ersten Versuch. Still folgten ihm Rena und die anderen.

Schließlich hatte Ruki einen Ort gefunden, der ihm zusagte. Ein Gebiet mit halbwegs festem Boden inmitten des Sumpfes, zwanzig Schritte lang. Er breitete sein Gefieder aus und Rena war beeindruckt von seinen Schwingen. Sie waren schon fast so groß wie die eines ausgewachsenen Storchenmenschen, die glänzenden schwarz-weißen Schwungfedern an seinen Armen waren beinahe drei Hände lang. Ruki begann mit den Flügeln zu schlagen und Rena spürte den Wind, den sie aufwirbelten. Rena konnte den Blick nicht von Rukis Gesicht lösen. Aufregung las sie darin, aber auch Hoffnung.

Ruki lief los. Er traute sich wohl noch nicht zu, aus dem Stand aufzufliegen wie seine erwachsenen Brüder. Heftig mit den Flügeln schlagend rannte er, seine Krallenfüße patschten über den feuchten Boden. Rena konnte kaum hinsehen. Er hält seine Flügel nicht wie die anderen Storchenmenschen, dachte sie beunruhigt. Irgendwie hat er den Bogen noch nicht raus! Es wird nicht klappen!

Schlingernd hob Ruki ab, griff angestrengt mit den Flügeln in die Luft um sich zu halten. Doch es reichte nicht, er kam nicht richtig hoch, sackte wieder ab. Seine Schultermuskeln spannten sich unter der Haut, schwollen mit der Anstrengung. Er schafft's nicht!, dachte Rena wieder.

Doch Ruki gab nicht auf. Obwohl seine Flügelspitzen beinahe den Boden berührten, flatterte er weiter – und nun fand er endlich seinen Rhythmus. Seine eckigen Bewegungen wurden geschmeidiger, als erinnere er sich an etwas, was ihm als Nachkomme zahlloser fliegender Menschen im Blut lag. Mit einem hohen Freudenschrei stieg er in den blauen Sommerhimmel über dem Allfress-Sumpf, und Rena war danach, mitzuschreien – so wunderbar war es.

Corvus konnte der Versuchung nicht widerstehen, auf eigene Faust nach dem Me'ru zu suchen. Er überließ die Befragungen seines Gefangenen dem Soldaten, der von den drei Farak-Alit der am wenigsten bösartige war. Der Mann verletzte Tjeri nur halbherzig und hörte, da weder sein Meister noch die anderen Farak-Alit da waren, bald damit auf. Stattdessen stellte er die ewig gleichen Fragen nach der Nachricht des Kristalls, die Tjeri noch immer nicht beantwortet hatte. Unverhofft blieb Tjeri eine zusätzliche Atempause.

Er erholte sich in der kurzen Zeit besser, als er erwartet hatte. Als er merkte, dass seine Kraft wuchs, ließ die Hoffnung sein Herz schneller schlagen. Vielleicht war jetzt seine Chance gekommen. Wahrscheinlich war es seine einzige. Versuchsweise formte er ein paar kniehohe Wellen und sah zu, wie sie gegen das Ufer schäumten. Zufrieden ging er zum nächsten Test über und murmelte die Formel, die dazu diente, das Wasser abzukühlen. Ein dünner Eisfilm belohnte seine Anstrengungen. Dann erwärmte er eine flache Stelle des Wasserwegs, bis sie dampfte. Noch eine Weile, dann könnte ich es schaffen, dachte Tjeri aufgeregt und hoffte von ganzem Herzen, dass Corvus noch lange wegblieb.

Der Soldat merkte, dass etwas Ungewöhnliches vorging. Nervös ging er im Versteck umher und schüttelte den Kopf, als er das Eis bemerkte. Aber er kam nicht darauf, dass der Gefangene die Ursache für all das war. Tjeri saß ruhig gegen den Stamm des Baumes gelehnt, die gefesselten Hände vor sich auf den Knien. Ein Salamander schmiegte sich in seine Halsbeuge.

»Wie wär's, wenn ihr mir endlich mal was zu essen geben würdet?«, beschwerte sich Tjeri, um seinen Bewacher abzulenken. Außerdem brauchte er dringend Nahrung, wenn er wieder zu Kräften kommen wollte. »Ich habe Hunger!«

Gestärkt durch trockenes Fladenbrot, wie es die Luft-Gilde zubereitete, und einer Hand voll Sonnenalgen beschloss Tjeri den Soldaten noch ein wenig zu bearbeiten. Das konnte helfen – er würde ohnehin eine Menge Glück für den Ausbruch brauchen.

»Danke für das Essen«, sagte er. »Vielleicht verfluche ich dich nicht.«

»Verfluchen?« Der Mann lachte. Aber es klang nicht sehr überzeugend. Jeder Mensch auf Daresh wusste, was für eine Macht Flüche hatten.

»Mit dem Eidechsenfluch«, log Tjeri. Er spürte, dass sein Übermut zurückkam. »Wer damit geschlagen wird, der hat nie wieder Spaß mit einer Frau. Du verstehst?«

Der Soldat wurde blass. »Aber wieso hast du uns dann bis jetzt noch nicht verflucht, Fischkopf?«

»Man sollte ihn nur anwenden, wenn es um Leben oder Tod geht. Aber allmählich reicht es mir. Heute gebe ich Corvus noch eine letzte Chance, mich freizulassen. Tut er es nicht, verfluche ich euch alle vier.«

Unsicher starrte der Soldat ihn an.

»Dies hier ist *mein* Land«, sagte Tjeri und fühlte, dass die

Worte tief aus seinem Inneren kamen. Aus einem geheimen Ort in seiner Seele, den Corvus nicht berühren konnte. »Ihr seid Narren, wenn ihr denkt, dass ihr mich hier gefangen halten könnt.«

Der Soldat antwortete nicht. Er glaubte Tjeri nur halb. Aber das würde reichen. Jedenfalls war er sichtlich froh, als Stimmen und Paddelschläge ankündigten, dass sein Herr und Meister zurückkehrte. Schon so bald!, dachte Tjeri. Besorgt horchte er in sich hinein. Reichte seine Kraft für das, was er vorhatte? Mit etwas Glück schon.

Er schloss kurz die Augen, begann tief und gleichmäßig zu atmen, wie es ihn seine Mutter vor langer Zeit gelehrt hatte. Wenn Corvus eintraf, würde er bereit sein.

Füße platschten ins flache Wasser. Corvus' Stimme, die einen Befehl gab. Tjeri öffnete die Augen und murmelte eine Formel, schickte all seine Kraft hinaus und ließ sie mit dem Geist der Seen verschmelzen. Knisternd wuchsen um die verblüfften Männer drei Säulen aus Eis, gespeist aus dem kleinen Fluss. »Beim Nordwind, was ist das?« Corvus brüllte auf, versuchte mit den Fäusten auf das Eis einzuschlagen – und musste mit ansehen, wie seine Hände einfroren, wie sie in einen gläsernen Schraubstock eingezwängt Teil der Säule wurden.

Der dritte Soldat beobachtete das Schauspiel mit offenem Mund – Tjeri hatte ihn verschont, weil er ihn noch brauchte. Doch der Mann war nicht umsonst Mitglied einer Eliteeinheit. Er verlor die Nerven nicht, sondern zückte sofort sein Schwert und versuchte seine Gefährten aus ihrem Eiskäfig herauszuhacken.

»Stopp!«, donnerte Tjeri. Halb wütend, halb ängstlich wandte der Mann sich ihm zu.

»Du hast keine Chance«, sagte Tjeri kalt. »Ich kann dich töten, ohne dich auch nur berühren zu müssen. Und wenn du versuchst mir zu schaden, trifft dich der Eidechsenfluch!«

»Gib meinen Herrn frei!«, forderte der Farak-Alit, doch er griff nicht an.

»Erst, wenn *ich* frei bin. Schneid mich los!«

Tjeri wusste, dass sein Schicksal auf der Kippe stand. Er konnte die Säulen nicht mehr lange halten, bald würde das Eis schmelzen und in sich zusammenfallen. Und noch immer zögerte der Soldat. Doch dann überwog die Furcht. So vorsichtig, als berührte er eine Giftschlange, durchschnitt er Tjeris Fesseln.

Schwankend stand Tjeri auf, ging an dem Farak-Alit vorbei zum Wasser. Er watete hinaus in den kleinen Fluss und blickte noch einmal kurz zurück. Schon begannen Tropfen an den Säulen herabzulaufen. Aber es würde viele Atemzüge dauern, bis Corvus wieder frei war. Und noch ein paar mehr, bis er seine Hände wieder gebrauchen konnte. Tjeri gönnte es ihm.

»Viel Glück«, sagte der Soldat leise.

Tjeri nickte und glitt in sein angestammtes Element zurück. Es war ein unbeschreibliches Gefühl. So frei hatte er sich seit vielen Wintern nicht mehr gefühlt. Seit vielen Wintern …? Plötzlich wurde ihm klar, dass der Knoten sich aufgelöst hatte. Der schwarze Knoten der Erinnerungen, der ihn so lange gequält hatte. Vielleicht weil er alles noch einmal durchlebt hatte – und diesmal stärker gewesen war, sich selbst geholfen hatte. Sein Leben gehörte wieder ihm.

Beinahe hätte er gelacht. Ausgerechnet Corvus hatte das bewirkt! Na, bedanken würde er sich ganz sicher nicht bei ihm.

Ab und zu konnten sie Ruki sehen, wie er seine Kreise über ihrem Lager zog. Als er sich sicherer fühlte, flog er weiter in den Sumpf hinaus. Nicht weit – noch wurde er schnell müde. Doch jedes Mal, wenn er zurückkehrte und ungeschickt neben ihnen aufsetzte, schüttelte er so heftig den Kopf, dass seine flaumigen Kopffedern durcheinander gewirbelt wurden. »Keiin hoher Baum, keiiner.«

»Such weiter«, bat ihn Rena ratlos. Vielleicht hatten sie sich geirrt? Vielleicht waren sie doch im falschen Sumpf? Oder vielleicht konnte Ruki den Baum nicht finden, weil er dem Me'ru nicht willkommen war? Er war der Einzige von ihnen, der noch keine Spur bekommen hatte.

Auch ihre beiden Freunde von der Feuer-Gilde machten sich ihre Gedanken. »Vielleicht ist der Baum umgestürzt«, meinte Tavian. »Solche Giganten werden oft vom Blitz gefällt, so als sei der Geist des Windes eifersüchtig auf ihre Größe.«

»Dann finden wir das verdammte Ding nie«, sagte Alix.

Doch nachdem sie Ruki gesagt hatten, er solle auch nach toten großen Bäumen Ausschau halten, kehrte er von seinem nächsten Flug aufgeregt zurück. »Ich dachte erst, dass es eine Art Hügel ist, ein Hügel. Aber es kann auch ein Stumpf sein. Von einem hochgroßen Baum!«

Rena, Tavian und Alix sahen sich an. »Wie weit ist es von hier?«

»Eine halbe Tagesreise nur, eine halbe.«

»Mit Flügeln oder ohne?«, fragte Alix.

Der kleine Storchenmensch grinste. »Iieeeh, mit Beinen. Ich denke noch nicht mit Flügeln.«

»Das hast du toll gemacht«, sagte Rena und Ruki strahlte vor Stolz. Er hatte sich verändert, seit er fliegen konnte. Seine Haltung war anders, er war nicht mehr so schüchtern. Rena war froh, dass es geklappt hatte. »Hast du irgendeine Spur von Corvus oder Tjeri gesehen?«

Bekümmert schüttelte Ruki den Kopf. »Nichts. Graustürmig, das.«

Sie aßen, was von ihrem mageren Proviant noch übrig war, und brachen auf. Ruki wies ihnen die Richtung und schwebte über ihnen. Er konnte gar nicht genug bekommen vom Fliegen und verbrachte kaum noch Zeit auf dem Boden. Inzwischen schaffte er sogar manchmal einen Senkrechtstart.

Am späten Nachmittag erreichten sie den Baum, der wie ein Hügel aussah. Selbst das, was von ihm übrig war, ließ sie staunen. Der gigantische Stumpf reichte zwanzig Menschenlängen in die Höhe; fünfzig Männer hätten ihn nicht umfassen können. Er war von Wind und Wetter zu einem stumpfen Grau verwittert und an seiner Oberkante ragten noch gesplitterte Reste des Stammes in den Himmel. Der eigentliche Baum jedoch war verschwunden. Vielleicht versunken im unersättlichen Sumpf. Auch Ruki, der über sie hinwegflog und Ausschau hielt, konnte ihn nicht entdecken.

Obwohl über dem Sumpf tiefe, feuchte Wolken hingen, der Sumpfwald im Nebel verschwand – über den Überresten des Baumriesen war der Himmel blau und blank poliert.

»Ruki hat Recht, auf den ersten Blick hält man das Ding wirklich nicht für den Rest von einem Baum«, staunte Alix – und fuhr herum, das Schwert in der Hand.

»Was ist?«, fragte Rena alarmiert.

»Im Gebüsch ist etwas. Oder jemand. Hoffentlich kein Mumienkäfer! So einem Vieh will ich nie wieder begegnen!«

Sie brauchten nicht lange zu warten. Schon einen Atemzug später kam aus den Zweigen ein Kopf mit glatter Schuppenhaut und einem menschlichen Gesicht hervor. Er war so weiß wie das Laub von Renas Heimatwald und seine Augen schimmerten rötlich. Ein Albino-Natternmensch, erkannte Rena fasziniert. Natternmenschen waren selten, sie war bis jetzt nur wenigen begegnet. Worüber sie froh war – sie waren launisch und konnten sogar mit einem ausgewachsenen Mann fertig werden, wenn sie sich dazu entschieden, anzugreifen.

»Bist du ein Wächter?«, fragte sie ihn. Ihr Mund fühlte sich ausgedörrt an vor Furcht.

»Ich und meine Brüder, ja«, sagte der Natternmensch in seiner Sprache und man konnte die dolchartigen Zähne in seinem Mund sehen. Rena blickte sich langsam um. Überall um sie herum sah sie es weiß zwischen den Sumpfpflanzen aufblitzen, sah sie gleitende Körper. Es waren ein Dutzend, wenn nicht mehr!

Misstrauisch blickte der Natternmensch sie an. »Wieso habt ihr Angst, wieso? Seid ihr denn nicht Eingeladene? Ich spüre es an euch.«

Leise übersetzte Rena den anderen, was er gesagt hatte, und fügte hinzu: »Er meint die Spuren, glaube ich.« Sie holte ihren Kristall hervor, legte ihn auf die offene Handfläche. Alix tat es ihr nach. Der Natternmensch schloss die roten Äuglein und wandte den Kopf zwischen ihnen hin und her. Dann drehte er sich um und glitt ins Gebüsch zurück.

»Freie Bahn«, sagte Alix und seufzte erleichtert.

Sie näherten sich ihrem Ziel über eine schmale Landbrücke, die sich ihnen nur durch wenige Grashalme verriet; sonst war die Gegend eine Baumlänge um den Riesen herum eine unbewachsene Schlammfläche und unter Garantie tödlich für jeden, der den Fuß dorthin setzte. Vorsichtig, Schritt für Schritt, wagten sie sich über die Landbrücke, bis sie den Ring trockenen Bodens um den Baumstumpf erreicht hatten.

Rena legte die Hand auf den Baum und untersuchte ihn mit den Fähigkeiten ihrer Gilde. Strahlend und golden fühlte sich die Aura an, obwohl das Holz schon so lange tot war. So etwas hatte sie noch nie gespürt, aber sie wusste sofort, was es war. »Ein Gelber Eskaga, auch Königsbaum genannt«, sagte sie ehrfürchtig. »Sie sind schon lange ausgestorben. Mein Onkel hat mir erzählt warum. Früher gab es mal eine Tradition, dass alle Gegenstände und Möbel für die Regentin und die Hohen Räte der Gilden aus seinem Holz gemacht werden mussten; weil es selten war und wunderschön. Es soll poliert eine herrliche Farbe gehabt haben. Tja, das war's dann für die Gelben Eskagas.«

»Es muss ein trauriger Tag gewesen sein, als er gefallen ist«, sagte Tavian leise. Er konnte den Blick nicht von dem gigantischen Baumstumpf wenden.

In diesem Moment schrie Ruki, der hoch über ihnen schwebte, und stieß auf den Baum herunter wie ein Raubvogel. »Da ist etwas! Da, da, da!« Er landete kurz auf dem Stumpf und hatte es dann so eilig, zu ihnen zu kommen, dass er viel zu hart auf dem Boden aufkam. »Da, da, da! Es war ganz oben auf dem Stamm!«

In seinen Händen lag ein kleiner gelber Edelstein. Er begann schon zu verblassen.

»Meiine Spur!« Ruki war glücklich. Schnell nahm ihm Rena den Edelstein aus der Hand. Diesmal war es kein Bild und auch keine Worte. Sie spürte nur, wie ihr schwarz vor Augen wurde. Plötzlich bekam sie keine Luft mehr, konnte nicht atmen. Dann wurde es wieder hell um sie. »Blattfäule, was war das denn?«, fragte sie benommen.

»Schnell, gib ihn an uns weiter«, sagte Alix und auch sie und Tavian hielten den Stein kurz in den Händen. Schließlich war er ganz verblasst und sie sahen sich verdutzt und ratlos an.

»Vielleicht stelle ich mich ja blöd an, aber ich habe keine Ahnung, was uns das sagen will«, meinte Alix und rammte die Spitze ihres Schwerts in die weiche Erde.

»Tjeri wäre bestimmt etwas dazu eingefallen«, sagte Rena und der Gedanke an ihn ließ ihr wieder Tränen in die Augen steigen. »Vielleicht ist der Baum eine Art Eingang. Und wir müssen irgendwie hineinkommen.«

Alix nickte nachdenklich. »Könnte ich mir gut vorstellen. Tja, dann fangen wir mal an, was?«

Sie begannen den riesigen Baumstumpf Fingerbreit für Fingerbreit abzusuchen. Rena betastete die Wurzeln und legte die Hände auf das raue, sonnenwarme Holz, versuchte zu fühlen, was sich dahinter verbarg. Doch es verriet nichts. Sie drückte und zog, suchte nach geheimen Öffnungen – und fand nichts.

Ruki verlor das Interesse bald und startete wieder. Der kommt nicht mehr herunter, bevor's dunkel wird, dachte Rena und setzte ihre Arbeit fort. Langsam sank die Sonne auf den Horizont zu, es begann zu dämmern.

»Es muss doch einen Weg geben!«, murmelte Alix und schleuderte einen kleinen Felsbrocken in den Sumpf, wo er sofort versank.

»Ich kann nicht mehr«, stöhnte Rena. »Lass uns morgen weitermachen. Vielleicht hat Tavian noch ein paar Vorschläge – er hat eigentlich oft gute Ideen.« Rena legte sich eng neben den Stamm auf ihre letzte, nach Sumpf riechende und vor Dreck steife Decke. Doch dann fuhr sie wieder hoch. War da nicht ein Geräusch gewesen? Das saugende Geräusch, wenn der Sumpf widerwillig menschliche Füße freigab? Rena setzte sich wieder auf, lauschte misstrauisch. Auch Alix hatte bemerkt, dass jemand in der Nähe war, und ließ eine Fackel aufflammen. »Halt! Wer ist da?!«

Rena sah, wie ihnen aus der Dämmerung eine schlanke Gestalt entgegenhinkte. Eine, die ihr bekannt vorkam. »Tjeri!«, schrie sie.

Und dann küsste er sie vor allen anderen, umarmte sie so fest, dass Rena fast die Luft wegblieb. Es war ein unglaubliches Gefühl, ihn wieder in den Armen zu halten. Diesen eigenartigen, einzigartigen Mann. Der vielleicht doch etwas für sie fühlte und sich nicht mehr scheute, es zu zeigen. Alix und Tavian lächelten verständnisvoll. Aber das Lächeln verging ihnen schnell, als sich Tjeri ihnen zuwandte und sie den Ausdruck in seinen Augen sahen. »Schnell, holt Ruki vom Himmel! Wart ihr verrückt ihn fliegen zu lassen?«

»Wieso?«, wagte Alix einzuwenden.

Tjeri grinste freudlos. »Corvus und seine Leute sind nur eine halbe Tagesreise von hier entfernt. Ich wette, sie haben Ruki schon gesehen. Vielleicht habt ihr damit unser Todesurteil unterzeichnet …«

Durch die Dunkelheit

Alix' Lippen waren nur noch ein schmaler Strich. »Verdammt, ich hätte daran denken müssen. Wahrscheinlich kann man ihn meilenweit sehen …«

»Genau. So habe ich euch auch gefunden.«

Bestürzt winkte Rena ihrem kleinen Freund mit dem Signal zu, das sie für *Komm zurück* ausgemacht hatten. Ein paar Atemzüge später setzte er mit rauschenden Schwingen neben ihnen auf. Er strahlte, als er Tjeri bemerkte, und Tjeri lächelte ihm anerkennend zu, verdarb ihm die Freude nicht. Rena war ihm dankbar dafür.

»Corvus weiß also Bescheid?«, fragte Tavian ruhig.

Tjeri nickte. »Er hat spitzgekriegt, dass wir ihn durchschaut haben und dass wir ihm nicht mehr sagen, wohin uns die Kristalle führen …«

»Weiß er von deiner Spur, von dem Baum?«, fragte Rena.

»Nein – obwohl er sein Bestes getan hat, um's aus mir rauszukriegen«, sagte Tjeri müde. »Aber wenn er uns findet, diesen Baum sieht, weiß er Bescheid, fürchte ich … wir werden schnell machen müssen …« Jetzt erst bemerkte Rena, dass er sehr blass war und schwankte, sich kaum aufrecht halten konnte. Beinahe gleichzeitig fielen ihr und den anderen die Bilder ein, die die Memo-Fische übermittelt hatten – die Fesseln, die Folter.

»Rostfraß und Asche, macht Platz, damit er sich hinlegen kann«, sagte Alix und eilig breitete Tavian eine der Decken auf dem Boden aus. »Bist du in dem Zustand eine halbe Tagesreise weit geschwommen? Dann hast du zumindest keine inneren Verletzungen.«

»Zu Fuß hätte ich's nicht geschafft«, sagte Tjeri und verzog das Gesicht, als er versuchte sich aus der Schwimmhaut zu schälen. Rena war entsetzt, wie zerschunden sein Körper war. »Scheiße, es fühlt sich wirklich an, als hätten sie mir eine Rippe angeknackst …«

»Halt still«, befahl Alix, schmierte eine Salbe aus Tavians Reisegepäck auf seine Wunden und verband sie schnell und sicher. »Bist du auch von den weißen Natternmenschen aufgehalten worden?«

»Ich hatte Glück. Beinahe hätten sie mich angegriffen, weil ich meinen Kristall nicht mehr habe; Corvus hat ihn mir abgenommen. Aber dann haben sie mich erkannt – sie wissen, dass ich dem Me'ru diene.«

»Diese elende Baumratte Corvus!« Rena war außer sich

vor Wut. »Wie bist du ihm entwischt? Wir haben nach dir gesucht ...«

Inzwischen war es völlig dunkel. Im flackernden Licht der Fackel erzählte ihnen Tjeri, was er erlebt hatte und wie er geflohen war, und sie berichteten ihm von der letzten Spur. »Hm, das klingt seltsam«, meinte er. »Das ist das erste Mal, dass der Kristall ein *Gefühl* überbracht hat. Klingt nach einem Tor, das wir überwinden müssen.«

»Den Baum haben wir schon abgesucht«, berichtete Rena.

»Nein, ich glaube nicht, dass der Baum das Tor ist«, sagte Tjeri. »Schließlich sind wir hier in der Provinz der Wasser-Gilde. Ich habe eine Idee, was es sein könnte. Eine ziemlich verrückte ...«

»Rück's raus«, sagte Alix ungeduldig.

»Der Sumpf selbst – der Sumpf rings um den Baum«, sagte Tjeri und auf einmal glänzten seine Augen im Schein des Feuers.

»Der Sumpf? Wie meinst du das?«, fragte Tavian, doch Rena war ihm schon einen Schritt voraus. »Nein! Das meinst du nicht ernst, oder?«

»Doch. Ich glaube, dass man sich versinken lassen muss. Dazu würde die Botschaft genau passen: Hell, dunkel, keine Luft, dann wieder hell.«

Alix zog eine Grimasse. »Wie soll man denn so was überleben?«

Tjeri stützte sich auf einen Ellenbogen. »Ich weiß es auch nicht. Verdammt, ich war auch noch nie hier! Aber ich fürchte, wir müssen es zumindest ausprobieren. Ich werde es versuchen. Ich kann ziemlich lange die Luft anhalten.«

»Du wirst nicht wieder rauskommen«, meinte Tavian. »Selbst wenn du merkst, dass es nicht klappt – aus dem

Sumpf kommst du nicht wieder frei. Du kannst nicht zurück.«

»Ich weiß«, sagte Tjeri. Rena sah, dass er Angst hatte – große Angst. Aber sie hatte ihn auch noch nie so entschlossen gesehen. »Doch wenn der Smaragdgarten wirklich dort unten ist, dann muss es eine Möglichkeit geben, zurückzukehren.«

Alix murmelte etwas von einem doppeltdreifach verrückten Fischkopf. »Wann willst du es machen?«

»Jetzt.« Mühsam richtete sich Tjeri auf. »Wir haben keine Zeit zu verlieren. Wenn Corvus den Kleinen gesehen hat, dann kann er morgen früh hier sein.«

Rena konnte nicht glauben, was sie hörte. »Spinnst du? Du bist verletzt, völlig fertig … verdammt, du brauchst erst mal zwei Tage Ruhe …«

»Dann komm doch einfach mit und pass auf mich auf«, sagte Tjeri mit einem halben Lächeln. »Wenn du nach Uskali runtergekommen bist, kannst du das hier auch schaffen. Wenn ich Recht habe.«

Rena stellte sich vor, wie das sein würde. Sich absichtlich von einem Sumpf verschlingen zu lassen. Zu fühlen, wie der Kopf darin versank, wie der stinkende schwarze Schleim sich um Mund und Augen drängte … nicht mehr atmen zu können … wenn Tjeris Idee falsch war, dann war es eine schreckliche Art, zu sterben. Und wenn er Recht hatte, war es vielleicht der Höhepunkt ihres Lebens. Denn darunter lag der Smaragdgarten, wartete der Me'ru.

Rena überlegte. Sie war besser als die meisten anderen Menschen dafür gerüstet, das Durchsinken zu wagen. Menschen der Erd-Gilde waren lichtlose, enge Tunnel gewohnt; im Gegensatz zu den Leuten der Luft-Gilde liebten sie es, unterirdisch zu leben. Sie konnten eine Zeit lang ganz gut ohne Luft oder mit wenig Luft auskommen, das war beim Tunnelgraben immer mal wieder nötig. Und Rena hatte im Gegensatz zu den Feuer-Leuten keine Angst vor Wasser.

»In Ordnung – ich komme mit«, sagte Rena.

Sie zogen ihre durch die Stinger und die Reise durch den Sumpf ramponierten Schwimmhäute wieder an, dann gingen sie um den Baum herum. Alix leuchtete ihnen mit einer Fackel, während Tjeri mit einem langen Stock testete, wie sich der Sumpf an verschiedenen Stellen anfühlte. Konzentriert spähte er in die Dunkelheit, schien alles andere vergessen zu haben.

»Worauf achtest du?«, fragte Rena. Sie war so nervös und unruhig, dass sie kaum stillstehen konnte.

»Auf Kleinigkeiten«, erklärte Tjeri. Zwei Libellen umschwirrten ihn. »Tierspuren. Pflanzen. Die Farbe des Sumpfes. Vielleicht kann man nur an einer einzigen Stelle durchsinken.«

O Blattfäule – auch das noch, dachte Rena. Heimlich übte sie die Luft anzuhalten. Tjeri hatte ihr gezeigt, wie es ging – man atmete eine Weile schnell und tief, bevor man tauchte, dann konnte man viel länger ohne Luft auskommen. Es war nicht ungefährlich, das zu tun, weil man dadurch im Wasser ohnmächtig werden konnte. Aber darauf kam es heute ja wirklich nicht an.

Rena war zu aufgeregt, es klappte nicht gut mit dem Luftanhalten. Wenn das Herz zu schnell schlug, verbrauchte man mehr. Sie versuchte sich zu beruhigen. Vorsichtshalber schickte sie ein kurzes Gebet an den Erdgeist.

»Hier«, sagte Tjeri. »Versuchen wir's hier. Die Stelle sieht nicht schlecht aus. Und meine Freunde meinen, sie hätten hier schon mal jemanden versinken sehen.«

»Na toll«, ätzte Alix. »Haben sie auch jemanden zurückkommen sehen?«

Tjeri antwortete nicht. Er nahm Rena an der Hand, sah ihr in die Augen. »Bist du wirklich sicher, dass du's machen willst?«

»Macht es was, wenn ich aufgeregt bin?« Rena lachte nervös.

»Nein«, sagte er. »Doch du musst dran denken, auf keinen Fall einzuatmen. Selbst wenn du glaubst, dass du es nicht mehr aushalten kannst. Wenn du zu lange die Luft anhältst, wirst du bewusstlos – aber dann kann ich dich vielleicht noch retten. Nur: Wenn du Sumpfwasser in die Lungen bekommst, ist es aus.«

Betroffen hatte Alix zugehört. »Können wir – ich und Tavian – denn irgendwas tun?«

»Wache halten und Corvus daran hindern, uns nachzukommen«, sagte Tjeri.

»Keine Sorge.« Tavian zog sein berühmtes Schwert. Im Schein der Flammen konnte Rena die zarten Buchstaben auf der Klinge sehen, die eingravierten Gedichte.

»Ich glaube sowieso nicht, dass Corvus das schaffen würde«, meinte Rena. »Menschen der Luft-Gilde ertragen es kaum, wenn etwas Schweres über ihrem Kopf ist.«

»Menschen können eine ganze Menge, wenn sie müssen«, wandte Alix ein. »Oder erinnert ihr euch etwa nicht mehr an meinen berühmten Sprung ins nasse Element? Ich hätte gedacht, dass Balladen noch in hundert Wintern davon erzählen …«

Doch ihr Versuch, Rena aufzuheitern, scheiterte kläglich. Rena wünschte sich nur, dass es endlich losging. Tjeri schien zu spüren, was sie dachte, denn er gab sich einen Ruck. »Also los«, sagte er, winkte den anderen zum Abschied und watete hinaus in den Sumpf.

Rena umarmte ihre Freunde und fragte sich, ob sie das zum letzten Mal tat. »Macht's gut, Leute! Vielleicht sind wir schon bald zurück!«

»Viel Glück!«, rief Alix. »Grüßt den Me'ru von uns, wenn ihr ihn findet …«

Der Sumpf um den Baum herum war eine zähe braune Masse voller abgestorbener Pflanzen. Schon nach ein paar Schritten merkte Rena, wie sie den Boden unter den Füßen verlor, die Masse nachgab. Gierig schien der Sumpf sie einzusaugen, es ging viel schneller, als sie gedacht hatte. Rena umklammerte den farblosen kleinen Edelstein, der ihre Spur gewesen war. Nur um uns zu töten hätte es uns nicht hierher führen müssen, sagte sie sich immer wieder. Tjeri hat Recht, ganz sicher hat er Recht …

Sie musste sich dazu zwingen, ruhig stehen zu bleiben oder sogar noch ein Stück weiter hinauszuwaten und sich nicht verzweifelt gegen den unheimlichen Sog zu stemmen. Ihre Schienbeine waren schon in der klebrigen Masse verschwunden. Versuchsweise wollte sie ein Bein wieder herausziehen, aber es steckte fest. Zum Umkehren war es schon zu spät.

»Das geht wahnsinnig schnell!«, sagte sie zu Tjeri, der ein paar Schritte weiter stand.

»Ja, das Zeug ist ziemlich dünn«, meinte er und Rena wunderte sich darüber, wie ruhig er war. Aber er vertraute ja auch auf den Me'ru, glaubte fest daran, dass dort unten der Ort war, den sie suchten. Ein Salamander klammerte sich an den Ärmel von Tjeris Schwimmhaut; seine dunklen Knopfaugen blickten mit flinken, nervösen Bewegungen umher.

Jetzt waren sie bis zur Hüfte versunken. Und es ging immer noch genauso rapide abwärts. Nun steckten sie bis zur Brust drin. Auf einmal bekam Rena furchtbare Angst, fühlte ihr Herz hämmern. Sie bewegte die Arme, versuchte zu schwimmen und sank nur noch weiter ein. Gleich würde auch ihr Kopf versinken!

»Tief atmen«, mahnte Tjeri. »Du darfst nicht in Panik geraten!«

»Ich versuch's …«, würgte Rena.

»Wenn du drin bist, beweg dich nicht. Das verbraucht nur Luft.«

Jetzt hatte es ihre Arme verschluckt. Die braune Suppe stand ihr bis zum Hals. Es stank nach brackigem Wasser und Fäulnis. Trotzdem atmete Rena so hastig und keuchend, dass ihr schwummerig im Kopf wurde. Sie hätte alles dafür gegeben, aus diesem Matsch herauszukommen. Am liebsten hätte sie geschrien, ihre Angst herausgebrüllt.

»Mögest du nie Wasser atmen«, sagte Tjeri leise und lächelte sie an. Dann verschwand sein Kopf unter der Oberfläche.

Wir sterben nicht – es ist nur ein Tor, wir gehen durch ein Tor, sagte sich Rena wieder und wieder. Dann war es auch bei ihr so weit. Ein letzter Atemzug, der die Lunge aufblähte, dann schloss auch sie die Augen und hielt die Luft an. Sie spürte den braunen Matsch überall auf ihrem Gesicht, fühlte sich davon umhüllt. Und seltsam – jetzt, da sich nichts mehr daran ändern ließ, wurde sie ruhiger. Der Sumpf war warm, so warm, dass sie ihren Körper kaum noch spürte. Fast war man geborgen hier drin, wie im Inneren der Erde. Wie in einem Tunnel, den man grub.

Dunkelheit.

Nichts als Dunkelheit.

Das Gefühl, zu sinken, noch immer zu sinken. Ohne Ende.

Rena konnte ihren Herzschlag pochen hören, fühlte,

wie die verbrauchte Luft nach außen drängte, wie sie ihre Lunge immer praller auszufüllen schien. Ihr war heiß und schwindelig. Noch hatte sich die Gier nach Luft nicht eingestellt. Aber es konnte nicht mehr lange dauern.

Dann begann der Kampf. Luft, mahnte ihr Körper. Luft, befahl er. Luft!, brüllte er. *Atmen!* Jetzt! Jetzt sofort!

Nein!, dachte Rena. Presste die Lippen zusammen, als könnte sie ihren Körper damit zwingen, nicht nachzugeben. Sie spürte, wie es in ihren Ohren zu dröhnen begann. Gleich würde sie ohnmächtig werden. Vielleicht war das gnädig. Sie würde es nie erfahren, wenn sie nicht mehr aufwachte …

Plötzlich fühlte sie, dass der Sumpf sich veränderte. Die zähe Masse, in der sie steckte, wurde flüssiger. Floss immer schneller um sie herum. Wurde zu gewöhnlichem Wasser. Sie konnte die kleinen Wirbel auf ihrer Haut spüren. Ein normaler Sumpf war das nicht! Erleichterung perlte durch Renas Seele. Täuschte sie sich oder wurde es heller hinter ihren geschlossenen Augenlidern? Rena riss die Augen auf. Sah einen bläulichen Schein, der von unten zu kommen schien.

LUFT, LUFT, LUFT!, kreischte ihr Körper.

Und dann, als hätte sie eine unsichtbare Barriere passiert, eine Trennlinie, spürte sie plötzlich Luft an ihren Füßen. Sie sank in eine Blase hinein, die am Boden des Sumpfs klebte! Endlich war auch ihr Kopf darin angelangt. Unter ihren Füßen fester Boden! Rena stieß die verbrauchte Luft aus ihren Lungen, sog keuchend frische ein. Neben ihr kauerte Tjeri; er atmete nicht einmal angestrengt. »Das war ja gar nicht so schwer«, sagte er und klang dabei fast enttäuscht. »Bist du in Ordnung?«

»Für *dich* war's vielleicht nicht schwer!«, krächzte Rena. »Aber mich hättest du nicht lebend wiedergesehen, wenn es noch länger gedauert hätte!« Endlich hörten die Nebel auf vor ihren Augen zu kreisen. Nach ein paar Atemzügen war ihr nicht mehr schwindelig.

»Unglaublich – wir haben's geschafft«, sagte Tjeri und seine Augen glänzten. »Wir sind da!«

Sie blickten sich um. Anscheinend waren sie in einer Art Zwischenzone angelangt. Eine Armlänge über ihren Köpfen wogte das schwarze Wasser, durch eine unsichtbare Kraft daran gehindert, auf sie herabzustürzen. Selbst bei Tag hätte kein Sonnenstrahl es geschafft, durch den Sumpf zu dringen. Dafür war der Boden unter ihren Füßen milchig-durchscheinend, von dort kam auch das schwache Licht.

Tjeri schickte den Salamander mit einer Nachricht für Alix, Tavian und Ruki los, dann machten sie sich daran, den seltsamen Ort zu erkunden. Nach kurzem Suchen fanden sie eine Rampe, die nach unten führte. Sie mussten nicht weit gehen. Schon nach drei mal zehn Schritten waren sie am Ziel.

Was sie sahen, verschlug ihnen den Atem.

Der Smaragdgarten

Sie standen in einer flachen Höhle, die sich tief ins Innere der Erde zu erstrecken schien und über und über mit Edelsteinen bewachsen war. Sie leuchteten in allen Farben: Von der Decke hingen Trauben aus Rubinen, wucherten tiefgrüne Smaragde und gelb schimmernde Topase herab. Eine Wand war von großen weiß-durchscheinenden Kristallen überwachsen, an einer anderen hingen Kugeln aus hellblauen Saphiren. Sogar der Boden sah aus wie mit Sternenstaub gepudert. Ein schwaches Licht, das von den Steinen selbst auszugehen schien, funkelte auf den Kristallen, brach sich in ihren Facetten.

»Das ist …«, begann Tjeri.

»… unglaublich«, flüsterte Rena und atmete tief ein. Die Luft roch hier so frisch und klar wie nach einem Regenguss im Wald.

Ihre Stimmen hallten in der Kristallhöhle wider. Das schien die Edelsteine in Schwingung zu versetzen, denn sie antworteten mit einem hohen, singenden Ton.

Rena fühlte sich betäubt vor Glück. Erst Todesangst, dann das hier, diese pure Schönheit. Es war fast zu viel für einen Tag. Sie legte die Hand vorsichtig auf eine Traube von feurig schimmernden Opalen. Herrlich fühlten sie sich an, glatt und kühl. Und im Gegensatz zu den Spuren verblassten sie nicht, wenn man sie anfasste.

»Ich wüsste gar nicht, welche ich am liebsten mitnehmen würde«, sagte Rena. »Die blauen, ein paar Smaragde oder einen großen Rubin …«

Tjeri grinste. »Vielleicht gönnt uns der Hausherr ein paar.«

»Hoffentlich sterben sie nicht, wenn man sie abmacht. Das wäre schrecklich.« Rena blickte sich um, wagte vorsichtig ein paar Schritte. Tjeri folgte ihr, als sie langsam in die Höhle hineinging. Die Kristallhöhle verzweigte sich immer weiter, je tiefer sie ins Erdinnere führte. Und jeder Teil war herrlicher als der vorhergehende. In einer Höhle wuchsen nur Kristalle in verschiedenen Grüntönen, in einer anderen bildeten sie verzweigte blumenartige Formen in einem prachtvollen Orange gemischt mit Weiß. Sehr weit gingen sie nicht; schnell kam Tjeri an die Grenzen seiner Kraft. Immer öfter lehnte er sich an einen Kristallblock um auszuruhen. Besorgt musterte ihn Rena. »Geht's noch?«

Sein Lächeln wirkte ein bisschen gequält. »Wird schon. Ich bin nicht so weit gekommen um hier schlappzumachen.«

Alix hatte Recht – einer wie Tjeri war nicht so leicht kleinzukriegen. »Ach, ich kann auch eine Pause gebrauchen«, meinte Rena, setzte sich auf den Weg und schlang die Arme um die Knie. Diese Höhle war etwas dunkler, weil sie neben Saphiren auch mit schwarzen nicht leuchtenden Edelsteinen von seltsamer Form bewachsen war. »Ich frage mich, wie der Me'ru hier leben kann. Sieht nicht so aus, als gäbe es hier was zu Essen. Es ist zwar schön, aber nicht besonders gemütlich, nicht mal für einen Halbmenschen …«

»Da hast du Recht, ja, Recht«, sagte eine tiefe Stimme, die klang, als würden zwei Felsen aneinander gerieben.

Rena und Tjeri fuhren zusammen. Schnell suchte Rena die dämmrige Höhle mit den Augen ab. Die Stimme war ganz aus der Nähe gekommen. Sehr langsam und behäbig löste sich einer der Schatten von den anderen und schlurfte auf sie zu.

Als sie die Nachricht des Salamanders entziffert hatten, sprang Alix auf und führte dreckbeschmiert, wie sie war, einen sehr undamenhaften Freudentanz auf. Ruki flatterte um sie herum wie eine riesige ungeschickte Fledermaus und wäre beinahe in den Sumpf getrudelt. »Iiieeeeh!«, pfiff er. »Sie siind niiiicht tot, niiiicht tot!«

Tavian musste sich das Lachen verbeißen. »Schade, dass sie diesen Anblick verpassen …«

Nachdem sie genug gefeiert hatten, merkte Alix, dass sie eigentlich schrecklich müde war. »Kannst du die erste Wache übernehmen?«, bat sie Tavian. »Ich hau mich aufs Ohr.«

»Mach ruhig. Tjeri hat ja gesagt, dass Corvus frühstens am Morgen da sein kann. Der Mistkerl wird sicher nicht riskieren bei Nacht durch den Sumpf zu reisen.«

Alix erwachte von Tavians lautem Ruf *Wer da?*. Es war noch dunkel wie im Bauch eines Dhatlas, hatte nicht einmal begonnen zu dämmern. Hastig stand Alix auf, nahm ihre Waffen und ging mit langen Schritten zu ihrem Gefährten hinüber. »Was ist los?«

»Besuch«, erklärte Tavian und hob die Fackel. »Könnte Corvus mit seinen Jungs sein.«

Mit einer gemurmelten Formel ließ Alix die Flammen hoch emporschlagen. Es machte keinen Unterschied – der Feind wusste sowieso schon, wo sie waren.

Es sah ganz so aus, als hätte Tavian Recht. Alix erkannte das Ratsmitglied schon aus der Entfernung am Gang. Vorsichtig suchten er und seine Begleiter sich ihren Weg durch den Sumpf. Sie waren nur noch zwei oder drei Baumlängen entfernt. An der Spitze der Kolonne ging eine Gestalt in einer Schwimmhaut. »Rostfraß, irgendwie hat er es geschafft, einen neuen Sucher aufzutreiben!«

»Und nicht nur das«, sagte Tavian grimmig. »Sieht aus, als hätte er Verstärkung aus der Felsenburg angefordert … er muss es schon vor einiger Zeit gemacht haben …«

Nach und nach gab die Dunkelheit mehr und mehr Gestalten frei; und die meisten hatten die breitschultrigen, kraftvollen Körper und die selbstsichere Art der Elitesoldaten der Regentin. Zwei, drei, vier, sechs … zehn Menschen waren es insgesamt, die auf sie zukamen, davon acht Farak-Alit.

»Die brauchen wahrscheinlich nicht viel Überredung, um gegen dich zu kämpfen«, meinte Alix und tätschelte abwesend den Knauf ihres Schwerts. »Und dem Kerl von der Wasser-Gilde hat er wahrscheinlich weisgemacht, wir wären zwei abtrünnige Feuer-Leute, die etwas Gefährliches vorhätten.«

»Zwei gegen acht Farak-Alit, das sieht übel aus für uns«, stellte Tavian fest. Er beugte sich zu ihr hinüber, küsste sie in seiner gleichzeitig sanften und rauen Art. Ein letzter Kuss vor dem Kampf.

»Vergiss nicht, dass sie noch mit den Wächtern fertig werden müssen.« Alix spähte in die Dunkelheit. Noch war nichts von den weißen Natternmenschen zu sehen. »Aber eins ist klar: Wir dürfen sie gar nicht erst an den Gelben Eskadingsbums heranlassen – sollen sie doch sehen, wie sie über die Landbrücke kommen, wenn wir hier warten.« Sie straffte die Schultern und grinste ihren Gefährten an. »Machen wir uns an die Arbeit!«

Die riesige Gestalt, die auf sie zuschlurfte, kam Rena bekannt vor. Sie sah schnell, woran das lag – das Wesen hatte den tonnenförmigen Körper, die Säulenbeine und den keilförmigen Kopf eines etwas klein geratenen Dhatlas. Oder jedenfalls fast …

Schließlich war das Wesen nah genug, dass sie seinen Kopf genauer erkennen konnte. Es war keine Schnauze, die sich ihnen zuwandte, sondern ein Gesicht, größer und gröber zwar als das eines normalen Dörflings, aber unverkennbar menschlich. Es war vom Alter zerfurcht, die kleinen dunklen Augen waren schon ein bisschen trüb. Doch der Lebensfunke leuchtete hell aus ihnen, als sie auf Rena und Tjeri herabblickten.

Ein Dhatlamensch, dachte Rena aufgeregt. Es muss der einzige auf Daresh sein!

»Du bist also der Me'ru.« Tjeri hatte die Sprache zuerst wiedergefunden. Er hatte sich aufgerichtet und stand furchtlos vor dem riesigen Wesen. »Ist doch immer wieder nett, seinen Dienstherren persönlich kennen zu lernen.«

»Gut gedient hast du mir, Jederfreund«, sagte der Dhatlamensch in seiner rauen, langsamen Sprache. »Doch dein Dienst endet hier und heute. Denn du hast dir das Recht genommen, den Smaragdgarten zu sehen, und das steht keinem Menschen zu, keinem Menschen.«

Noch nie hatte Rena ihren Freund so fassungslos gesehen. Sie ahnte, was Tjeri jetzt dachte. Hatte er dafür gesucht, gekämpft, gelitten? Konnte es sein, dass der schönste Moment seines Lebens gleichzeitig auch der schlimmste werden würde?

»Aber wir sind hergeführt worden«, protestierte Rena. »Du wolltest, dass wir kommen, Me'ru!«

Langsam, bedächtig bewegte sich der klobige Kopf von der einen Seite zur anderen. »Nicht ich habe euch geführt. Es war der Smaragdgarten selbst, der euch die Spuren gesandt hat. Es war eurer Schicksal, eure Bestimmung, herzukommen.«

»Siehst du – es war also nicht nur unsere Entscheidung!« Rena wusste, dass sie gerade äußerst dreist mit einer wichtigen Persönlichkeit sprach. Das wurde langsam zu einer Angewohnheit.

Tjeri blickte auf. »Der Smaragdgarten selbst?«, wiederholte er verständnislos.

»Dieser Ort gehört mir nicht und ich habe ihn nicht geschaffen. Ich bin selbst nur Gast hier, nur Gast.« Ein winziges Lächeln in dem hornigen Gesicht. »Aber ich lebe schon so lange hier, so lange, dass ich mich schon als etwas mehr als einen Gast betrachte.«

»Wer hat ihn dann geschaffen?«, fragte Rena.

Die trüben und trotzdem so lebendigen Augen wandten sich ihr zu. »Manchmal scheint mir, dass sie es alle gemeinsam waren – der Erdgeist, denn wir befinden uns unter der Erde; der Geist der Seen, denn es sind Sumpf und Wasser, die ihn schützen. Das Licht im Inneren der Steine kann der Feuergeist ihnen eingehaucht haben und die Luft, die wir atmen, ist der reine Nordwind …«

Tjeri wirkte noch immer wie betäubt. Rena wusste, dass sie jetzt übernehmen musste – von ihm würde erst einmal nichts mehr kommen. »Weißt du, weshalb wir hier sind?«, fragte sie.

»Natürlich. Ich erfahre durch meine vielen Getreuen und Kinder, was in der Welt vorgeht, auch wenn ich sie nicht betreten kann. Es gab häufig solche Zwischenfälle, häufig, und sie haben sich von selbst gelöst nach spätestens einer Generation. Sie machen mir jedes Mal Kummer und Sorgen, doch sie gehen vorüber. Aber weil ihr hier seid, heißt das vielleicht, dass die Geister eurer Gilden das anders sehen, dass es diesmal wichtiger ist. Ich weiß es nicht.«

Rena wurde langsam klar, wie dieses eigenartige Wesen dachte. Gewöhnliche Dhatlas wurden fast hundert Winter alt – nach der Art, wie er die Generationen überblickte, musste dieser Halbmensch noch wesentlich älter sein. Für ihn war die ganze Sache um Ennobars Tod und Corvus' Verschwörung ein Schluckauf der Geschichte, mehr nicht. Ihr wurde auch klar, dass sie erst einmal zuhören musste, bevor sie widersprach. Es gab so vieles, was sie nicht wusste, was der Me'ru ihnen vielleicht verraten konnte.

»Du weißt bestimmt auch, was überhaupt passiert ist«, sagte sie und innerlich zitterte sie vor dem, was sie vielleicht jetzt erfuhr oder auch nicht. »Erzähl es uns bitte, so wie du es siehst.«

»Es begann damit, dass ein junger Mann eines Tages

entschied, eine Zeit lang bei den Halbmenschen zu leben, bei den Halbmenschen«, begann der Me'ru. Einen Moment lang glaubte Rena, dass Tjeri gemeint war, aber sie merkte schnell, dass dem nicht so war. »Er ging zu den Storchenmenschen und sie nahmen ihn auf, weil seine Gilde mit ihnen verbündet war. Sie nannten ihn Schwarzfeder. Für die Menschen hieß er Corvus.«

Atemlos lauschte Rena. »Wieso hast du nichts unternommen?«

Der Me'ru störte sich nicht an ihrer Zwischenfrage. »Vielleicht hätte ich damals eingreifen sollen. Doch es hätte der Keim einer schönen, neuen Geschichte sein können. Solche Keime zu zerstören ist nicht meine Art.«

»Was ist passiert? Wie wurde die Geschichte dunkel und schlecht?«

»Einer der Storchenmenschen war zu vertrauensselig. Er verriet meinen Namen. Das hatte erst einmal keine Folgen, keine. Aber später. Denn Schwarzfeder wurde zu einem sehr ehrgeizigen Mann. Er schaffte es, in die Felsenburg gewählt zu werden, in die Felsenburg. Geschickt gewann er dort an Einfluss, sodass kaum einer es merkte, freundete sich mit manchen an, erpresste andere – zum Beispiel Edoras, einen der anderen Delegierten seiner Gilde. Und er gewann die Regentin zur Verbündeten.«

Wie hatte er das erfahren? Rena ahnte, dass die Iltismenschen in der Burg zu seinen besten Informationsquellen gehört hatten. Aber diesmal unterbrach sie den Dhatlamenschen nicht mit einer Frage.

»Einer merkte es, nur einer. Der Mann, den ihr Ennobar nennt. Er wurde misstrauisch und plante etwas zu unternehmen gegen Schwarzfeder. Mit Hilfe von anderen Ratsmitgliedern, Ujuna, der seine Liebe galt, und Dagua. Oder vielleicht sogar mit den Geächteten. Aber er kam nie dazu, es ihnen zu sagen oder die Geächteten aus dem Land der Sieben Türme zurückzuholen.«

»Weil er von einem Storchenmenschen von einer Klippe gestoßen wurde – in deinem Namen!«, mischte sich Rena ein.

»Der Storchenmensch tat es, um mein Geheimnis zu wahren. Auch ihn hatte Schwarzfeder erpresst. Indem er ihm drohte, seine Sippe zu töten und der Welt zu verraten, dass es mich gibt. Deshalb nahm Ii'beru das Opfer auf sich, das Opfer. Ich erfuhr zu spät davon. Es war nicht mein Wunsch.«

Tjeri stöhnte auf. »Jetzt ist mir alles klar. Corvus hat darauf spekuliert, dass die Sache mit den Halbmenschen die Leute von dem wahren Motiv für den Mord ablenken würde. Hat ja auch blendend funktioniert!«

Traurig dachte Rena an die vielen toten Halbmenschen, an die Lynchmobs in den Dörfern. Es war so viel Schaden angerichtet, so viel Leid verursacht worden. Und das alles nur, um von den Plänen eines skrupellosen Ehrgeizlings abzulenken. »Wieso durfte keiner von den Halbmenschen sprechen, erzählen, wie es wirklich war?«

»Weil es mein Tod sein könnte, wenn die Menschen von mir erfahren würden, mein Tod«, erklärte der Me'ru. »Und ich bin wichtig. Für die Halbmenschen bin ich ihre Seele und ihr Zusammenhalt.«

»Wieso würde das dein Tod sein?« Rena kam nicht mehr mit.

»Ich lebe schon mehr als viertausend Winter, viertausend. Kaum zu glauben, es ist jetzt sechshundertdreizehn Winter her, dass der Königsbaum über meinem Garten bei einem Sturm gefallen ist!« Das riesige Wesen schüttelte den Kopf. »Wenn alles gut geht, kann ich noch einmal diese Zeit leben oder länger. Deshalb bin ich Gast, aber auch Gefangener dieses Gartens. Wenn ich ihn verlasse, werde ich altern und sterben. Solange ich von seiner Lebenskraft zehre, seine Früchte esse, bleibe ich, wer und was ich bin.«

Der Dhatlamensch schwenkte den Kopf herum, und zu Renas Entsetzen brach er mit einem Stoß seiner hornigen Schulter eine Hand voll Saphire aus der Wand. Dann beugte er sich nieder, nahm sie mit den Lippen auf und zerkaute sie mit einem klirrenden, berstenden Geräusch, das Rena in den Ohren wehtat. »Schaut nicht so entsetzt«, sagte der Dhatlamensch und lächelte zum ersten Mal richtig. »Sie wachsen nach!«

»Du hast die Frage nicht beantwortet«, mischte sich Tjeri ein. »Wieso wäre es dein Tod?«

»Weil die Menschen der Versuchung nicht widerstehen könnten, die Halbmenschen durch mich zu beherrschen.«

»Nicht alle Menschen denken so«, sagte Rena hilflos. Wieder einmal war es keine leichte Aufgabe, Botschafterin zu sein.

»Aber es gibt genug, die es tun«, erwiderte der Me'ru und hob den Kopf, lauschte. »Zum Beispiel Schwarzfeder. Denn das war sein letztes, höchstes Ziel, seit er von mir erfahren hat: mich zu finden und zu töten. Damit er alle kontrollieren kann – Menschen und Halbmenschen.«

Jetzt hörten Rena und Tjeri es auch. Harte, schrille Geräusche drangen von der Oberfläche in den Smaragdgarten, brachten die Kristalle zum Summen. Vielleicht leiteten die langen Wurzeln des Baumes die Laute herab. Dort oben geschah etwas!

»Ah, da sind sie ja, die Natternmenschen«, sagte Alix zuversichtlich. »Jetzt geht's Corvus an den Kragen …«

Rings um die Farak-Alit glitten die Wächter aus dem Sumpf, geisterhafte Gestalten in der Nacht. Obwohl Alix wusste, dass sie selbst und Tavian sicher vor ihnen waren, gruselte es sie bei dem Anblick. Gespannt beobachtete sie, was geschah. Die Natternmenschen zögerten, schienen nicht zu wissen, was sie von dem kleinen Trupp rund um Corvus zu halten hatten. Es gab einen kurzen Wortwechsel mit dem Sucher, doch es war zu weit weg um zu verstehen, was gesprochen wurde.

»Warum schlagen sie nicht los?«, wunderte sich Tavian. »Der Fall ist doch klar!«

Noch bevor er zu Ende gesprochen hatte, griffen die Natternmenschen an. Innerhalb von wenigen Atemzügen schlangen sie sich um den Sucher und um einige der Soldaten. Schreie und der Klang von Schwertern hallten durch den Nebel, Körper wanden sich im Sumpf.

Alix hatte sich schon darauf gefreut, Corvus in der Umarmung eines Natternmenschen zu sehen, aber danach sah es im Moment gar nicht aus. »Warum greifen die Wächter nur die Kerle an, die am weitesten von Corvus entfernt sind? Ihn selbst beachten sie gar nicht!«

Tavian stöhnte. »Stimmt, er hat Tjeri seinen Kristall abgenommen, seine Spur! Deshalb ist er für sie ein Eingeladener.«

Sie mussten zuschauen, wie die kleine Gruppe um Corvus sich ungestört in Richtung des Königsbaums bewegen konnte.

»Sieht so aus, als wären wir jetzt dran«, sagte Alix grimmig. Sie und Tavian stellten sich an die Landbrücke, die zum gigantischen Baumstumpf führte, und warteten mit gezückten Waffen.

Solange die übrigen Soldaten sich einzeln über die Landbrücke zu ihnen vortasten mussten, hatten Corvus' Leute keine Chance. Noch bevor sie den Fuß auf den festen Boden rings um den Baum setzen konnten, empfingen sie Tavians und Alix' scharfe Schwerter. Und dann kamen sie keinen Schritt weiter. Die Luft vibrierte vom Lärm der Waffen, die gegeneinander klirrten. Alix genoss die Aufregung des Kampfes, den Schweiß, der ihr von der Stirn troff, die Mühelosigkeit, mit der ihr Körper sich bewegte. Noch hatten sie keinen der Farak-Alit außer Gefecht gesetzt, dafür waren die Jungs zu gut – aber es sah auch nicht so schlecht für Tavian und sie aus, wie sie befürchtet hatten.

Die Kerle haben zu viel Angst vor dem Sumpf, dachte Alix, während sie einen der Farak-Alit mit einer Serie harter Schläge zurückdrängte. Man konnte es in ihren Augen sehen, die weit aufgerissen waren und sich immer wieder auf ihre Füße richteten, was sie jedes Mal wertvolle Augenblicke kostete. Sie hatten Angst, einen falschen Schritt zu machen und einzusinken, keinen Kriegertod zu sterben, sondern schmählich zu ersticken. Das machte sie verwundbar.

Doch dann hatte Corvus anscheinend eine Idee. Er besprach sich mit zwei der Farak-Alit; die beiden Männer nickten und gingen dann zu den Kanus hinüber. Verblüfft beobachtete Alix, dass sie ihre Schwerter hoben und eins davon zerschlugen, so schwer beschädigten, dass man es nie wieder reparieren konnte! Nach einem weiteren geflüsterten Gespräch nahmen drei der Farak-Alit jeweils eins der langen Bruchstücke und zogen damit davon, in weitem Abstand um den Baumstumpf herum.

Alix tauschte einen verdutzten Blick mit Tavian. Was hatten sie vor? Die ganze Sache war ihr nicht geheuer. Aber immerhin waren jetzt nur noch zwei Gegner übrig, die versuchten über die Landbrücke zu kommen. Schließlich schaffte es Tavian, einen von beiden mit dem Schwert außer Gefecht zu setzen. Blutend stürzte er in den Sumpf und kam nur mit viel Glück auf die Landbrücke zurück und von dort aus auf festen Boden. Den Zweiten überließ Tavian ihr. Ein Blondschopf, nicht groß, aber hartnäckig und schnell wie ein Iltismensch – und er hatte nicht so viel Angst vor dem Sumpf wie die anderen. Vielleicht war er in einer Region mit viel Wasser aufgewachsen. Der Soldat griff so furchtlos an, dass Alix keine Zeit mehr hatte, auf das seltsame Geschehen am anderen Ufer zu achten. Sie verließ sich darauf, dass Tavian ihr den Rücken freihielt.

»Vorsiiicht!« Ruki flappte über dem Baumstumpf und kreiste in sicherer Höhe über ihnen. Alix jagte den Soldaten ein Stück zurück und gewann die Zeit, sich umzuschauen. Sie fluchte, als ihr klar wurde, was geschehen war. Die Farak-Alit hatten sich mit Hilfe der Kanuteile über den Sumpf geschoben. Vielleicht auf dem Bauch. Vielleicht hatten sie sie wie Schneeschuhe an die Füße geschnallt um nicht einzusinken. Egal. Jedenfalls waren sie da und nahmen sie von hinten in die Zange. Jetzt wurde es ernst.

»Wir kriegen euch schon, ihr elenden Maushunde!«, brüllte Alix und stürzte sich in den Kampf. Tavian teilte nach allen Seiten aus und ließ sein gebogenes Schwert im Kreis wirbeln, bis es seinen hohen, sirrenden Kriegsgesang anstimmte. Erschrocken wichen die Farak-Alit zurück – und griffen dann gemeinsam an. Sie wussten, dass alle Vorteile auf ihrer Seite lagen. Selbst ein außergewöhnlicher Kämpfer wie Tavian würde schnell ermüden, wenn er gegen mehrere Gegner antreten musste. Und die Farak-Alit waren erfahren und schnell.

Alix sah, dass Corvus noch immer jenseits der Landbrücke stand, das übliche Lächeln auf dem Gesicht. Er hatte offensichtlich nicht vor sich einzumischen, er ließ seine Soldaten die Drecksarbeit tun. Aber eins weiß er nicht – wie man zum Me'ru kommt!, dachte Alix rebellisch. Sie konzentrierte sich, murmelte eine Formel und ließ eine knisternde, prasselnde Feuerwand zwischen sich und den Soldaten entstehen. Doch hier im Sumpf fanden die Flammen wenig Nahrung, die Aktion verschaffte ihnen nur eine kurze Atempause.

Der Kampf zog sich hin, die Sonne schob sich bereits über den Horizont. Instinktiv kämpften Alix und Tavian nun Rücken an Rücken. Doch ihre Kraft erlahmte allmählich. Alix fühlte, wie ihre Arme schwerer wurden, ihre Reaktionen langsamer. Sie wusste, dass sie nicht mehr lange durchhalten konnten. Alix hatte schon ein paar kleinere Schnitte abbekommen, kitzelnd sickerte das Blut in den Stoff ihrer Tunika. Warum nur war sie so sorglos mit ihrem Kettenhemd umgegangen? Jetzt hätte sie es dringend gebraucht!

Tavian erwischte den einen Soldaten, sodass er zurücktaumelte und in die Knie brach. Doch auch er selbst geriet dabei einen Moment lang aus der Balance. Sein zweiter Gegner nutzte die Chance sofort. Alix spürte, wie ihr Freund zuckte und zusammensank. Sofort drängte sie ihn näher zum Baumstumpf hin, schirmte ihn vor den Farak-Alit ab.

Tavians Stimme klang gepresst. »Mich hat's am Bein erwischt …«

Es war keine Zeit, ihm zu helfen. Jetzt musste Alix mit

drei Gegnern fertig werden, sonst war es aus mit ihnen. Oder sie gerieten in Corvus' Gewalt, was sicher nicht viel besser war. Von irgendwoher holte sie noch Kraftreserven hervor, schlug so wütend zu, dass die Schwerter Funken sprühten.

»Wir müssen zum Sumpf«, stöhnte Tavian.

Der Sumpf! Dunkle, klebrige Rettung. Allein der Gedanke, in diesem Zeug untertauchen zu müssen, war Alix verhasst. Doch es ging nicht mehr anders. Entweder sie folgten Rena und Tjeri – oder sie würden hier am Stamm des uralten Baumes sterben. Ohne dass sie dem Me'ru irgendwie geholfen hätten.

»Ja«, keuchte Alix und blockte einen Schlag von rechts ab. »Kannst du laufen?«

»Es muss gehen …«

Vor ihr die Klingen der Farak-Alit. Da kamen sie nicht durch. Sie musste sie ablenken. Noch einmal bündelte Alix ihre Kräfte. Ihre Augen suchten und fanden ein Gestrüpp jenseits des Sumpfes, dort wo Corvus stand. »Brenne, du Bastard!«, flüsterte sie und murmelte die Formel, die Feuer aus der Luft herbeirief. Eine einzelne Stichflamme loderte am Gebüsch empor. Das reichte schon – mit einem Schrei stolperte Corvus davon weg.

Wie Alix gedacht hatte, lenkte der Lärm die Farak-Alit einen Atemzug lang ab, sie blickten zu ihrem Herrn hinüber. Alix rannte los, stützte Tavian, an dessen Bein das Blut hinablief, zerrte ihn mit sich. Auf die Landbrücke zu, diesen schmalen Streifen festen Bodens, der durch den Sumpf führte. Aber sie zielte mit Absicht ein Stück daneben.

Es war nicht schwer, den Soldaten eine gute Schau zu bieten. Es war so grässlich, in dieser Pampe zu versinken, dass Alix die Hilfeschreie, das Um-sich-Schlagen und die

Panik kaum spielen musste. Ein letztes Mal Luftholen, dann waren sie unterwegs.

Rena fühlte sich schrecklich. Sie hatten herkommen müssen, um die Wahrheit zu erfahren, Antworten zu erhalten – aber damit hatten sie auch unfreiwillig den gefährlichsten Gegner des Me'ru hergeführt. Sie wollte sich entschuldigen, doch der Me'ru ließ sie gar nicht erst ausreden.

»Nicht eure Schuld«, sagte er und naschte noch einen Kristall. »Ich bin sicher, es war vorbestimmt. Früher oder später musste es so kommen.«

»Wir könnten noch tiefer in die Höhle hinein, uns da verschanzen«, schlug Tjeri vor.

»Ich empfange meine Gäste gern selbst, meine Gäste – auch wenn sie nicht eingeladen waren«, sagte der Me'ru und schlurfte in Richtung der großen Eingangshöhle. Überraschend gewandt schob er seinen massigen Körper zwischen den Edelsteinen hindurch.

»Hast du denn keine Angst?«, fragte Rena ihn verzweifelt.

»Angst? Ach ja, ich erinnere mich. Angst«, brummte der Herrscher der Halbmenschen heiter. »Das verlernt man an diesem Ort. Hier hat es seit viertausend Wintern keine Furcht mehr gegeben.«

Das war auch besser so. Normalerweise gruben sich Dhatlas blitzschnell ein, wenn sie etwas erschreckte – hier ging das nicht, der Boden war solider Fels. Rena ging mit langen Schritten hinter dem Me'ru her und dachte darüber nach, was sie angerichtet hatten. Wenn Corvus den Weg in den Smaragdgarten fand und es schaffte, den Herrscher der Halbmenschen zu töten, dann würde Daresh komplett ins Chaos stürzen. Denn das war natürlich unendlich schlimmer, als einen Caristan hinzurichten. Wahrscheinlich war es für Rena und Tjeri in so einem Fall besser, gar nicht wieder an die Oberfläche zu kommen. Denn dann würden sie die meistgehassten Menschen Dareshs sein.

»Kann man Dhatlas eigentlich verletzen?«, fragte Tjeri sie leise, als sie nebeneinanderher eilten. »Ist schon lange her, dass ich eins gesehen habe …«

Tjeri rechnete also auch mit dem Schlimmsten. »Sie sind gepanzert – durch die Hornplatten kommt nichts durch«, erklärte Rena schnell. »Aber die hinteren Zehen sind empfindlich, der Bauch auch und an der Kehle ist die Haut dünn. Da käme man mit einem Schwert durch.«

Er nickte. »Wir sind nicht wichtig«, flüsterte er. »Wichtig ist, dass dem Me'ru nichts geschieht.«

»Ja«, sagte Rena. Sie hatten einen Fehler gemacht und sie würden diesen Fehler korrigieren müssen. Um jeden Preis. Außerdem wurde ihr langsam klar, dass Tjeri es nicht überstehen würde, wenn dem Me'ru etwas passierte – so etwas würde er ihr und sich selbst nicht verzeihen. Aber was sollten sie schon groß ausrichten? Renas Schwert war an der Oberfläche geblieben, sie und Tjeri hatten nur ihre Messer und die Fähigkeiten ihrer Gilde.

Schließlich waren sie zurück in der Haupthöhle, die in vielen Farben schimmerte. Sie warteten. Gedämpft drang der Kampflärm zu ihnen herein. Es machte Rena nervös. Aber ihre Gedanken kehrten auch immer wieder zu der eigenartigen Geschichte des Me'ru zurück.

»Du greifst nie ein, nicht wahr?«, fragte Rena. »Damals, als die Regentin die Halbmenschen so schlimm behandelt hat … da hättest du etwas für sie tun können, oder?«

»Ich wusste, dass das nicht nötig war. Fast jeden Winter hat jemand versucht die *Quelle* zu berühren. Bis du es schließlich geschafft und dabei auch meine Kinder befreit hast.«

»Ah ja«, sagte Rena verblüfft. »Gab es die *Quelle* eigentlich vor viertausend Wintern auch schon?«

»Es gibt sie so lange, wie es Halbmenschen gibt. Denn mit ihrer Hilfe wurde die Menschheit aufgespalten in zwei unterschiedliche Zweige. Ja, du hast richtig gehört, vor langer Zeit haben Menschen – das Alte Volk, wie ich sie nenne – die *Quelle* geschaffen. Als Werkzeug. Sie hatten einen großen Plan, Daresh zu verändern, die Welt zu bevölkern mit Geschöpfen, die ihnen dienen sollten. Die Iltismenschen als Soldaten, die Kröten als Helfer im Seenland und so weiter …« Auf das verwitterte Gesicht des Me'ru trat ein nachsichtiges Lächeln. »Natürlich hat es nicht geklappt. Die Halbmenschen wollten niemandem dienen. Aber sie wieder auszurotten ist dem Alten Volk auch nicht gelungen. Schließlich sind sie zäh und schlau geschaffen worden.«

»Das ist nicht ganz die Fassung, die die Halbmenschen kennen«, stellte Tjeri fest. Er rang mühsam um Fassung. »Darin kommen keine Menschen vor.«

»Ihnen eine schönere Geschichte zu schenken war eine meiner ersten Taten und eine der besten«, sagte der Me'ru.

In diesem Moment hörten sie ein dumpfes Geräusch. Etwas oder jemand war auf die Oberseite der Höhle aufgetroffen. Renas Muskeln spannten sich an. Mühsam zerrte sie ihr Messer aus seiner vom Wasser verquollenen Lederscheide heraus. Dann schlich sie mit Tjeri in Richtung der Rampe, die von oben hereinführte. Sie postierten sich an beiden Seiten. Wenn jemand von oben hereinkam, würde er an der Schwelle erst einmal zögern, staunend verharren. Das war ihre Chance. Wenn es Corvus war, mussten sie ihn töten – das war der einzige Weg, das Unheil noch aufzuhalten.

Rena hatte, obwohl sie schon seit vielen Wintern ein

Schwert trug, noch nie einen Menschen getötet. Der Gedanke verursachte ihr Übelkeit. Tjeri ging es sicher nicht anders. Aber sie hatten keine Wahl.

Es waren zwei Menschen; sie konnten hören, wie sie die Rampe herunterpolterten. Rena sackte vor Erleichterung beinahe zusammen, als sie eine vertraute Stimme hörte.

»Rostfraß und Asche – der Matsch mag ja gut für die Haut sein, aber noch mal muss das wirklich nicht sein!«

Rena steckte das Messer wieder weg und lief ihren Freunden entgegen.

Alix sah grimmig und erschöpft aus. Ihr langes Haar hing ihr tropfend über den Rücken und die Stirn. Sie stützte Tavian, der die Hand auf seinen linken Oberschenkel presste und ebenfalls völlig durchnässt war.

»Tut mir Leid«, sagte Alix, als sie Tjeri sah. »Es ging nicht länger. Corvus hatte Verstärkung dabei.«

»Beim Geist der Seen, du brauchst dich nicht zu entschuldigen«, sagte Tjeri betroffen. »Ihr habt getan, was ihr konntet.«

»Und das war leider nicht genug.«

Sie verarzteten die Wunde an Tavians Oberschenkel notdürftig. Dann erst gingen sie die Rampe hinunter in den Smaragdgarten. Staunend wie ein Kind blickte sich Alix um. Ihre Augen leuchteten, die Müdigkeit war von ihr abgefallen. »Das ist einfach … das …«

Erst auf den zweiten Blick bemerkte sie den Me'ru. Sie begriff sofort, wer oder was das war, und verbeugte sich tief. Rena staunte. Sie hatte noch nie gesehen, dass Alix sich verbeugte – vor wem auch immer.

»Seid gegrüßt, Alix ke Tassos«, vibrierte die tiefe Stimme des Me'ru durch die Kristallhöhle, sein keilförmiger Kopf wandte sich den Neuankömmlingen zu. »Es ist mir eine

Freude, euch hier zu sehen. Die Iltismenschen haben Gutes über euch berichtet, nur Gutes.«

Rena übersetzte den anderen, was er gesagt hatte.

»Es ist eine Ehre, hier zu sein«, erwiderte Alix schlicht.

Rena wandte sich wieder Tjeri zu. Ihr Freund hatte sich ein wenig entspannt. »Jetzt hoffen wir mal, dass Corvus auf den Trick mit dem Durchsinken nicht kommt«, sagte er. »Aber das wird er als Mensch der Luft-Gilde nicht. Ich glaube, jetzt haben wir erst mal Ruhe. Wir warten, bis die Kerle abgezogen sind, und machen uns dann auf den Rückweg … hoffentlich hat Ruki dort oben nicht allzu viel auszustehen …«

»Zum Glück kann er ja jetzt wegfliegen. Bin gespannt, was er nachher zu erzählen hat«, sagte Rena. Während der Herrscher der Halbmenschen an ein paar Rubinen knabberte, begann sie ihren Freunden leise zu erzählen, was sie vom Me'ru erfahren hatten.

»Ein Ablenkungsmanöver – verdammt, darauf hätten wir in der Felsenburg auch kommen können«, stöhnte Alix. »Uns ist ja aufgefallen, dass da seltsame Dinge vorgingen, aber wir haben nicht kapiert, was es sollte.«

»Das alles heißt, dass die Halbmenschen gerettet sind«, sagte Tavian, der an einen großen Smaragd gelehnt saß. »Wenn auch nur einer von uns es schafft, zurückzukehren, kann er die wahre Geschichte erzählen. Zumindest den Teil, den wir nicht geheim halten müssen.«

Einen Moment lang ließen sie alle ihrer Freude freien Lauf, blickten sich breit grinsend und mit strahlenden Augen an. Sie hatten viel durchgemacht – aber es hatte sich gelohnt.

»Wir sollten einen Beweis mitnehmen«, sagte Tjeri und blickte den Me'ru entschuldigend an.

Auf das uralte Gesicht trat ein Lächeln. Der Dhatlamensch hatte sofort begriffen, worum es ging. »Bedient euch. Es sind genug da. Falls ihr probieren wollt – sie schmecken sogar gar nicht schlecht.«

Als Rena das übersetzt hatte, lachte Alix. »Ich brauche meine Zähne noch. Trotzdem danke …«

Rena wollte nicht gierig sein, aber sie konnte sich nicht recht entscheiden. Also brach sie sich mit Hilfe ihres Messers fünf Edelsteine in verschiedenen Farben ab – einen Saphir, einen Smaragd, einen Rubin, einen Feueropal und einen Diamant. Sie wählte Steine, die so groß wie ein kleines Vogelei waren, die konnte sie leicht hoch an die Oberfläche bringen. Kühl lagen die Steine in ihrer Hand, jeder prachtvoll und ein Vermögen wert. Aber sie wusste, dass ihr der kleine tote Kristall, der ihre erste Spur gewesen war, immer am meisten bedeuten würde.

Alix hatte sich einen großen Smaragd und eine Hand voll kleinere genommen. Als sie Renas Blick bemerkte, sagte sie verlegen: »Die sind für Alena. Sie wird ja irgendwann ein richtiges Schwert bekommen müssen, mit Edelsteinen, wie es Sitte ist, und dafür sind die grünen hier perfekt.«

»Ja, das sind sie«, sagte Rena und hoffte, dass mit Alena alles in Ordnung war. Es musste furchtbar für die beiden sein, nicht zu wissen, ob sie noch lebte.

Tavian, der gegen die Wand gelehnt saß und ausruhte, bat Rena ihm einen Opal zu holen. Sie musste ein ganzes Stück in die Höhle vordringen, bis sie den passenden Stein gefunden hatte – fingerlang und tiefblau, aber in vielen verschiedenen Farben schimmernd, wenn man hineinblickte. »Das ist genau der richtige«, lobte Tavian. »Der wird mich einmal daran erinnern, dass das alles kein Traum gewesen ist …«

»Na ja, ich fürchte, dein Bein wird dich auch ab und zu

daran erinnern«, meinte Rena. Immerhin, die Wunde blutete nicht mehr.

»Ach, das geht schon – ist für einen ehemaligen Söldner wie mich wirklich nichts Besonderes«, sagte Tavian fast ein wenig verlegen. »Für einen besseren Zweck habe ich jedenfalls noch nie gekämpft. Das hier, dieser Garten, der Me'ru … ich glaube, das ist die Seele von Daresh.«

»Ja, ich glaube auch«, sagte Rena. Sie lächelte ihm zu und sah sich nach Tjeri um. Sie fand ihn in einer der vorderen Seitenhöhlen und begann: »Welche hast du …«

Doch Tjeri hörte ihr nicht zu. Er blickte nach oben, lauschte ungläubig.

»Hörst du das?«, fragte er. »Was macht Corvus eigentlich da oben?! Der Kerl hat irgendwas vor und ich fürchte, nichts Gutes …«

Auf Leben und Tod

Ruki hockte ganz oben auf dem Baumstumpf; auf dem gesplitterten Teil, zu dem kein Mensch hochsteigen würde, der noch ganz bei Trost war. Aber der Dörfling da, Schwarzfeder, ist ja auch nicht bei Trost, dachte Ruki und behielt Corvus ganz genau im Auge. Bereit, bei verdächtigen Bewegungen aufzuflattern und davonzufliegen. Es machte ihm Angst, hier allein zu sein. Hoffentlich kamen Rena und Jederfreund bald zurück.

Jetzt besprach sich Schwarzfeder mit seinen Leuten. Ruki sah die Männer nicken, dann hoben sie ihre Verletzten in zwei der Kanus, stiegen selbst hinein und fuhren davon, so schnell sie konnten. Nur Schwarzfeder blieb zurück. Er senkte den Kopf, es sah richtig demütig aus. Ruki stieß ein keckerndes Lachen aus und Schwarzfeder hob den Kopf und sah ihn böse an. Erschrocken verstummte Ruki. So ein Blick ... uuhh! Glatt zum Aus-dem-Baum-Fallen. Er klammerte sich mit seinen Greiffüßen noch fester an die Rinde und beobachtete weiter.

Jetzt bewegte Corvus die Lippen. Ruki ahnte, dass er wahrscheinlich eine Formel sprach. Und da wusste er auch schon welche – ein Wind erhob sich und bog ihm die Federnspitzen. Der Wind wurde schnell stärker. Ruki duckte sich näher an den Baumstumpf. Wenn das so weiterging, musste er auf den Boden, sonst wurde es zu gefährlich. Aber da unten war Schwarzfeder; er konnte nicht runter!

Es sah aus, als würde Schwarzfeder einen Sturm rufen. Iiieee, das ist nicht gut, dachte Ruki. Vielleicht will er mich aus dem Baum holen, das alles ist für mich.

Doch er merkte schnell, dass das nicht stimmte. Corvus blickte ihn nicht einmal mehr an. Er musterte den Sumpf, den Baumstumpf und flüsterte immer noch. Ruki hörte ein Tosen, das immer lauter wurde, und blickte erschrocken nach oben. Aus dem dunklen Himmel senkte sich eine wirbelnde Schnauze, ein Ungeheuer aus Luft. Es brüllte und tobte vor Wut. Voller Entsetzen erkannte Ruki, dass es kein normaler Sturm war, den Schwarzfeder herbeigerufen hatte, sondern ein Drehwurm, der alles aufsaugte, was ihm in den Weg kam. So brutal, dass es einem Storchenmenschen alle Federn vom Leib reißen konnte.

Er sah, wie der Drehwurm sich zur Erde senkte und ganze Klumpen aus dem Sumpf herausriss, einsaugte. Schmutzig braun war er nun und er wurde immer dunkler, je mehr Sumpf er fraß. Bis in den Himmel ragte er, eine schwankende Säule, die nur ihren Herrn und Meister verschont ließ.

Obwohl sich Ruki mit aller Kraft an den Baumstumpf klammerte, fühlte er, wie der Wind auch an ihm riss und ihm in den Ohren brauste. Ich muss hier weg, der Sturm ist zu großviel stark, dachte er. Verdutzt blickte er auf, als ein Sonnenstrahl ihm die Kopffedern wärmte. Kaum zu glauben, aber der Drehwurm wütete nur über dem Sumpf, über dem Baumstumpf war noch immer keine Wolke!

Ruki erkannte seine Chance. Er hob ab, schlug mit den Schwingen, so schnell er konnte, jagte davon in den klaren Himmel über den Resten des alten Baums – nur weg von diesem Ungetüm aus Luft!

Beklommen blickten sie zur Decke. »Ich glaube, er hat einen Sturm gerufen«, sagte Rena. Sie wusste von ihrem ehemaligen Gefährten Rowan, was die Menschen der Luft-Gilde bewirken konnten. »Aber hier unten kann er uns bestimmt nichts anhaben.«

Sie sagte es auch, um sich selbst zu beruhigen. Selbst hier spürte man, welche Gewalt der Sturm hatte. Der Boden bebte, die Kristalle vibrierten. Ihre singenden Töne waren zu einem durchdringenden Sirren geworden, das die Luft durchschnitt wie das Geräusch einer Diamantsäge. Ein paar lockere Steine wurden aus der Decke geschüttelt und kollerten zu Boden.

»Da wäre ich mir nicht so sicher«, sagte Tavian. »Irgendwie sieht es so aus, als würde es von oben heller werden.«

Tjeri runzelte die Stirn. »Tavian hat Recht. Ich gehe mal nachschauen.« Er rannte die Stufen hinauf, die zum oberen Teil des Kristallgartens führten. Rena folgte ihm. Sofort sahen sie, was geschah. Die Wasserschicht war nur noch ein einziger brodelnder Schaum und die schwarze Schicht darüber war schon fast ganz verschwunden.

»Wurzelfraß und Blattfäule«, flüsterte Rena. »Der Sumpf wird uns über dem Kopf weggerissen!«

»Dieser verdammte Kerl!«, brüllte Tjeri. »Er ist zu feige zum Durchsinken, deshalb probiert er es auf die miese Tour. Aber damit wird er nicht durchkommen, nicht solange ich hier bin!«

Er schloss die Augen und sein Gesicht wurde ausdruckslos. Rena ahnte, dass er die Fähigkeiten seiner Gilde verwendete. Sie wusste, dass sie ihn jetzt nicht ansprechen durfte, um seine Konzentration nicht zu durchbrechen.

Das sumpfige Wasser, das über ihren Köpfen schwappte, veränderte sich. Es wirbelte langsamer, träger, schien eine Masse aus zähem Glas zu werden. Nach wenigen Atemzügen war es völlig erstarrt, ein dicker Eispanzer zwischen ihnen und der Außenwelt geworden. Rena hoffte, dass das ganze Eis nicht plötzlich auf sie heruntergestürzt kam – wer wusste, welche Magie des Me'ru es über ihren Köpfen hielt?

Noch immer waren Tjeris Augen geschlossen. Er atmete gleichmäßig, aber alle Muskeln seines Körpers waren angespannt.

»Wie lange kannst du das halten?«, flüsterte Rena.

Tjeri hob die gespreizten Hände, ballte sie zur Faust, breitete sie wieder aus. Fünfmal. Fünf mal zehn Atemzüge, begriff Rena. Das war nicht lange. Eine Atempause nur.

Die Vibrationen wurden immer stärker. Schon zogen sich die ersten Risse durch das Eis. Sie wurden immer größer, verzweigten sich wie niederfahrende Blitze. Und das war noch nicht einmal das Schlimmste. Auch der Smaragdgarten unter ihren Füßen wurde beschädigt. Entsetzt sah Rena, dass im halb durchsichtigen Kristall, auf dem sie standen, haarfeine Risse auftauchten. Konnte das Kuppeldach der Höhle einstürzen? Wenn ja, dann durften sie nicht einfach so hier stehen – aber darunter zu sein war noch schlechter, dann würden die schweren, kantigen Edelsteine sie unter sich begraben! Es war ein furchtbarer Gedanke, dass dem Smaragdgarten etwas passieren könnte, dass er vielleicht zerstört werden würde.

»Corvus … ist … verdammt … stark«, flüsterte Tjeri. Der Schweiß rann ihm über die Stirn.

»Ist doch klar. Er ist im Gegensatz zu dir ausgeruht und gesund.« Besorgt blickte Rena zur Eisdecke hoch.

Tjeri öffnete die Augen, atmete aus. Er hatte aufgegeben. Sie rannten zurück nach unten, wo die anderen schon voller Sorge auf sie warteten. Es blieb nur wenig Zeit für Erklärungen. Über ihnen barst das Sumpfeis, knirschend zerbröselte es und wurde wieder zu Wasser. Draußen verebbte der Sturm, er hatte seinen Zweck erfüllt. Auf einmal war es sehr still im Smaragdgarten. Die Zeit schien sich zu dehnen, während sie warteten. Keiner von ihnen bewegte sich.

Ein Geräusch. Füße, die auf der Oberseite des Smaragdgartens auftrafen. Corvus und die Farak-Alit! Sie hatten es tatsächlich geschafft, sich durch die Reste des Sumpfes nach unten durchzuarbeiten! Es kam Rena wie eine Entweihung vor, dass Corvus diesen geheimen Ort betreten würde.

Jetzt blieb nichts mehr außer Kampf. Alix und Tavian zogen ihre Schwerter und stellten sich neben den Eingang, damit Corvus' Leute sie nicht sofort sahen. Rena und Tjeri postierten sich vor dem Me'ru, die Messer gezückt. Besorgt sah Rena, dass Tavian das verletzte Bein kaum benutzen konnte. Das hieß, sie hatten nur eine einzige vollwertige Kämpferin: Alix.

»Hat der Garten einen zweiten Ausgang?«, fragte Rena den Me'ru. Vielleicht konnten sie noch fliehen! Doch der alte Dhatlamensch schüttelte bedächtig den Kopf und blickte den Eindringlingen entgegen. »Wozu?«

Corvus bekam nur Gelegenheit zu einem einzigen staunenden Blick auf die Pracht der Edelsteinhöhle, dann stürzten sich Alix und Tavian auf ihn und die drei Soldaten, die ihn begleiteten. Klingen krachten gegeneinander. Die kurze Erholung nach dem Durchsinken hatte Alix offensichtlich gereicht – Rena schien es, als hätte sie nie brillanter gekämpft. Mit der Wildheit eines Raubtiers und den Bewegungen einer Tänzerin parierte und attackierte sie, die Klinge ihres Schwerts schimmerte im schwachen Licht der Edelsteine. Alix gab ihnen nicht die Chance, Tavians Schwäche auszunutzen, hielt sie geschickt vom Me'ru und von ihrem Freund fern, griff immer wieder an und erlaubte den Soldaten keinen Moment Atempause. Die Farak-Alit versuchten ihrerseits Corvus zu schützen, der immer noch am Eingang stand und halb hinter einem der Kristallblöcke in Deckung gegangen war.

Rena beobachtete ihn. Corvus schien genauso beeindruckt vom Smaragdgarten wie sie – aber in seinen Augen war ein gieriges Funkeln, das sie abstieß. Wahrscheinlich überlegt er, wie viele Burgen er für die Edelsteine bauen lassen kann, dachte Rena. Jetzt begann er langsam sich an den Kämpfenden vorbeizuschieben, auf den Me'ru zu. Rena wurde mulmig zumute. Wenn er so weitermachte, war er bald bei ihnen.

Corvus hatte einen kleinen Dolch gezückt, dessen Klinge nicht mal so lang war wie ein Zeigefinger. Was glaubte er mit diesem winzigen Ding ausrichten zu können?

»Ich wette, dass die Klinge vergiftet ist – siehst du, wie

sie schillert?«, sagte Tjeri leise. Auch er ließ Corvus nicht aus den Augen. »Ein Kratzer und du bist hin. Pass auf, dass er nicht zu nah herankommt.«

Doch das ließ sich ohne Schwert kaum machen. Alix zu rufen kam nicht in Frage, sie hatte mehr als genug damit zu tun, ihnen die Farak-Alit vom Leib zu halten. Tjeri gab Rena ein Zeichen, vorzurücken. Rena begriff, dass er den Feind von zwei Seiten in die Zange nehmen wollte, und schlug einen Bogen um Corvus, setzte sich hinter ihn. Corvus drehte sich, versuchte sie beide im Auge zu behalten. Aber er nahm sich trotzdem einen Moment Zeit, sie kühl anzulächeln. »Soso, die junge Blattfresserin. Nun braucht der Me'ru also schon Kinder, die für ihn kämpfen ...«

Nicht antworten. Lass dich nicht irritieren, sagte sich Rena. Wenn Corvus gemeint hatte, sie mit dem beleidigenden Ausdruck für die Erd-Gilde wütend zu machen, hatte er sich verrechnet. Sie ging damit genauso gelassen um wie Tjeri, wenn er und seine Gildenbrüder »Fischköpfe« genannt wurden. Halb geduckt, auf einen plötzlichen Angriff gefasst kreisten sie und Tjeri um Corvus herum. Dann und wann kam der Me'ru in ihr Blickfeld – traurig und verständnislos stand er am Rand der Höhle und beobachtete die Kämpfe.

Ein Schrei aus dem Eingangsbereich ließ sie zusammenfahren. Anscheinend war es Alix gelungen, einen der drei Soldaten zu verletzten oder zu töten. Einen Atemzug lang war Tjeri abgelenkt, seine Augen irrten zu den Kämpfenden. Der kurze Moment genügte Corvus. Er warf sich auf den Boden, rollte überraschend geschickt zwischen ihnen hindurch, sprang auf und rannte quer durch die Höhle – auf den Me'ru zu!

Schritt für Schritt schob der Me'ru seinen schwerfälligen Körper zurück, als er den Feind herannahen sah. Corvus erreichte ihn genau in dem Moment, in dem Tjeri sich von hinten auf ihn warf und zu Boden riss. Der Luftgilden-Mann versuchte gar nicht erst sich zu wehren, sondern holte auf dem Boden liegend aus, um seine kurze Klinge in das Bein des Me'ru zu bohren. Er stieß zu – und die Klinge bog sich an der gepanzerten Haut des Dhatlamenschen. Mit einem unwilligen Knurren schob der Herrscher der Halbmenschen seinen winzigen Gegner von sich. Obwohl die langen Grabkrallen seiner Vorderbeine ihm als Waffe hätten dienen können, setzte er sie nicht ein.

Tjeri und Rena gaben Corvus keine Gelegenheit, sich hochzustemmen und es an der empfindlichen Kehle des Me'ru noch einmal zu versuchen. Außer sich vor Wut umklammerte Tjeri Corvus' Hand, die das vergiftete Messer hielt, und kniete sich auf seinen rechten Arm, Rena hielt den anderen Arm fest. Sie hoffte, dass Tjeri vorsichtig war. Wenn Corvus es doch noch schaffte, ihn mit dem Ding zu verletzen …

»Wenn die Halbmenschen jemals davon erfahren, reißen sie dich in Stücke, Schwarzfeder«, keuchte Tjeri.

»Nicht wenn der Smaragdgarten mir gehört, Jederfreund«, zischte Corvus mit verzerrtem Gesicht. »Wer ihn hat, herrscht!«

»Für so dumm habe ich dich gar nicht gehalten! Denkst du, für dich gibt's keine Grenzen oder was?« Tjeri schaffte es, ihm den Dolch zu entwinden. Er steckte ihn gerade ein, als Rena einen Schrei ausstieß. Ein Farak-Alit rannte auf sie zu, um seinem Herrn zu Hilfe zu kommen. Rena duckte sich und rollte weg; knapp über ihr zischte eine Schwertklinge durch die Luft. Auch Tjeri war nichts geschehen. Corvus raffte sich auf und flüchtete hinter einen großen Steinblock, der mit spitzen Saphiren bedeckt war. Sein Soldat hatte weniger Glück. Einen Atemzug später war Alix bei ihnen wie ein rächender Geist und getroffen taumelte der Farak-Alit zu Boden. Währenddessen focht Tavian noch immer wütend mit dem letzten verbliebenen Soldaten. Alix eilte zu ihm zurück und zu zweit hatten sie ihn schnell unschädlich gemacht.

Schwer atmend stützte sich Alix auf ihr Schwert, auf ihrem Gesicht ein erschöpftes Grinsen. »Na also, wir …«

Ein kleiner Gegenstand wisperte durch die Luft, klapperte gegen die glitzernde Höhlenwand. Corvus hatte einen zweiten Dolch geworfen! Alix zuckte zusammen. »Scheiße, was war denn das?« An ihrem Oberarm war der Stoff der Tunika aufgerissen, darunter zog sich ein langer roter Kratzer über die Haut.

Rena meinte ihr Herz stillstehen zu fühlen.

Corvus lachte; ein hämisches, schrilles Lachen. »Das kommt davon, Brandstifterin, wenn man sich zu sicher fühlt.«

Dann geschah alles ganz schnell. Tjeri glitt hinter den Saphirblock, wobei er die wenigen Schritte mit der Schnelligkeit eines Iltismenschen überwand, und setzte Corvus sein Messer an den Hals. »Genau – einmal zu oft gelacht, Schwarzfeder«, sagte er kalt. Verblüfft glotzte Corvus auf die Klinge und wagte nicht mehr sich zu bewegen.

Als Tavian den winzigen Dolch aufhob und betrachtete, begriff er sofort, was geschehen war. Er wurde totenblass. Alix sah seinen Ausdruck und ihr Gesicht wurde ganz still. »Vergiftet?«

Tavian nickte. »Schnell, Rena, hol von oben Wasser, wir müssen die Wunde auswaschen!«

Rena flog förmlich die Stufen des Eingangs hoch. Reichte hinauf zu dem Wasser, das über ihrem Kopf schwappte. Raste zurück. Kippte es über Alix' Schulter, rieb es in die Wunde. Brach mit zitternden Händen und mit Hilfe ihres Messers eine Hand voll Kristalle aus der Wand, presste sie auf Alix' Arm. Hoffte verzweifelt auf ein Wunder. Hatte der Me'ru die Steine nicht benutzt, um daraus Lebenskraft zu schöpfen?

»Vergesst es«, sagte Corvus amüsiert. »Ihr glaubt doch nicht im Ernst, dass das hilft?«

Niemand beachtete ihn, nur Tjeri presste die Klinge noch ein wenig fester an Corvus' Hals, bis der Luftgilden-Mann ängstlich verstummte.

Alix wankte, das Schwert fiel ihr aus der Hand, schlug scheppernd auf dem Steinboden auf. »Verdammt, mir ist schwindelig ...«

Tavian und Rena stützten sie, halfen ihr sich hinzulegen. Vorsichtig hielt Tavian sie in den Armen. Alix' Atem ging unregelmäßig und ihre Augen waren unnatürlich groß und dunkel. Rena hatte Angst. So viel wie nie zuvor in ihrem Leben. Reichte der Kratzer schon? War es wirklich ein so starkes Gift gewesen? Etwas bäumte sich in ihr auf, wollte es einfach nicht wahrhaben. Alix ist stark, vielleicht kann sie es überstehen! Warum nur hatte sie ihr Kettenhemd ausgezogen, damit wäre gar nichts passiert!

Nein, mach dir nichts vor, dachte Rena und Tränen überschwemmten ihre Augen. Sie stirbt.

»Das war's also«, sagte Alix und versuchte ein Lächeln. »Irgendwie ... wusste ich, dass ich ... nicht alt werden würde ... aber es war ein schönes Leben, hab mir nichts vorzuwerfen ...«

Tavian strich ihr eine Haarsträhne aus der Stirn. Auch er weinte. »Ich liebe dich«, flüsterte er.

»Tavi, mein Dichter ... du warst das Beste, was mir jemals passiert ist ... pass auf Alena auf ...«

Wenn Alena überhaupt noch lebt, dachte Rena gequält.

Aber so oder so – Alix würde es nicht mehr erfahren. Das Gift wirkte schnell. Alix fiel das Atmen immer schwerer. Doch sie schaffte es, noch einmal die Hand zu heben, sie auf Renas Arm zu legen. Sie anzulächeln.

Ein letzter, gequälter Atemzug, dann wich das Leben aus ihren Augen. Mechanisch fuhr Tavian fort, ihr stilles weißes Gesicht zu streicheln.

Rena konnte es nicht glauben. Sie konnte sich nicht rühren, nicht sprechen. *Alix ist tot.* Immer wieder musste sie es sich sagen. Aber das genügte noch nicht um es zu begreifen.

Hinter ihnen ein Klappern, ein Schrei! Das Geräusch rennender Füße. Verwirrt sah sich Rena um – was war geschehen? Tjeri lag am Boden, stöhnend raffte er sich gerade auf. Und Corvus, Alix' Mörder, war weg! »Brackwasser, der Kerl hat mich umgeschmissen …«, stöhnte Tjeri. »Er ist nach draußen gerannt … schnell!«

Mit einem Schrei sprang Rena auf. Sanft ließ Tavian Alix' leblosen Körper zu Boden gleiten und richtete sich auf. In seinen Augen stand eine so schreckliche Wut, dass Rena Angst vor ihm bekam. »Wir kriegen den Mistkerl«, rief er.

»Ich danke euch«, sagte der Me'ru. »Ich kann gar nicht sagen, wie Leid mir das alles tut. Es ist schrecklich, was heute geschehen ist.«

»Und nichts davon ist deine Schuld«, sagte Rena hastig.

Obwohl sie zum Eingang rannten, so schnell sie konnten, sahen sie gerade noch, wie sich eine Gestalt durch das verbliebene sumpfige Wasser nach oben arbeitete. Tjeri warf sich hinterher und Rena folgte ihm. Es war gar nicht so schwer. Wenn man hochsprang und ins Wasser hineingriff, wurde man hochgesogen, es war fast wie ein umgekehrter Sumpf. Bevor sie sichs versah, war sie oben.

Er darf nicht entkommen, nicht entkommen!, hämmerte es in Rena, als sie an Land paddelte und Tavian aus dem Sumpfteich heraushalf. Sie zitterte noch immer, ihre Knie waren weich wie Brei.

Corvus rannte wie ein Hirschmensch, die Angst machte ihn schnell. Er hastete durch die Flachwasserstellen, dass es spritzte, sprintete über die wenigen Stellen mit festem Boden. Manchmal hörten sie ihn nur noch, weil Bäume ihnen die Sicht versperrten.

»Verdammt, er läuft genau quer zu den Wasserwegen«, keuchte Tjeri, als sie hinter ihm herstolperten. »Sonst hätte ich ihn längst eingeholt …«

»Klar, das weiß er ja auch …«

So schnell sie auch rannten, Corvus gewann einen immer größeren Vorsprung. Tjeri wurde immer langsamer, er hatte zu viel durchgemacht in den letzten Tagen – und Tavian war schon längst zurückgeblieben, durch seine Verletzung kam er nur langsam voran.

Renas Füße schienen über den Boden zu fliegen, nur bei gefährlichen Stellen bremste sie und suchte nach Grasbüscheln, die einen sicheren Weg verrieten. Noch vor Tagen hätte sie ein solches Tempo selbstmörderisch genannt, aber jetzt war ihr alles egal. Alix war tot!

Zweige klatschten ihnen ins Gesicht, der Sumpf saugte sich an ihren Füßen fest und musste sie wieder freigeben. Ab und zu mussten sie über umgestürzte Bäume klettern, sich durch dorniges Gestrüpp kämpfen, während eine Wolke aus Fiebermücken sie in der stickigen, dumpfen Luft umschwirrte. Inzwischen war Corvus die meiste Zeit außer Sicht, sie folgten nur noch seinen Geräuschen. Keiner von ihnen wollte sich eingestehen, dass sie fast keine Chance mehr hatten. Wenn er sich erst einmal hier im Sumpf verlor, würde es schwierig sein, ihn wiederzufinden. Dann konnte er davonkommen. Vielleicht hatte er ja auch schon einen Bogen geschlagen und war zu den Kanus zurückgekehrt. Rena wusste längst nicht mehr, wo sie war oder wie sie zum Smaragdgarten zurückkommen sollte …

Nun rannte sie allein, Tjeri war erschöpft zurückgefallen. Was sollte sie eigentlich tun, falls sie Corvus einholte? Bei diesem Gedanken verknoteten sich ihre Eingeweide. Wie sollte sie, ein zierliches Mädchen, einen ausgewachsenen Mann, einen Mörder stoppen? Sie konnte ihn höchstens mit dem Messer in Schach halten. Bis Tavian da war. Aber Corvus wusste, was auf dem Spiel stand, dass Tavian ihn mit dem größten Vergnügen töten würde, wenn er ihn jemals zu fassen bekäme. Er würde sich nicht von Rena aufhalten lassen … Vielleicht hätte Tavian mir sein Schwert geben sollen, fuhr es Rena durch den Kopf. Doch gleich darauf fiel ihr ein, dass die Menschen der Feuer-Gilde ihr Schwert nie aus der Hand gaben. Niemand durfte es berühren außer seinem Besitzer …

Renas Lungen begannen zu brennen, ihre Beine fühlten sich immer schwerer an, ließen sich kaum noch vom Boden heben. Ich schaffe es nicht, fuhr es ihr durch den Kopf, aber dann dachte sie wieder an Alix' leblose Gestalt und irgendwoher holte sie die Kraft, um weiterzurennen.

Flügelsausen über ihr. Rena blickte auf, erkannte Ruki. »Da lang, hier ist er, hier!«, schrie er und flog ihr voraus, schwebte über ihr wie ein Schutzgeist.

Voll Hoffnung erkannte Rena, dass auch Corvus allmählich müde wurde. Das Patschen von rennenden Füßen auf feuchtem Boden wurde lauter, sie kam ihm näher. Seine Schritte waren ungleichmäßig, er stolperte nur noch. Dann hielt er sogar ganz an, nur um noch schneller, noch panischer davonzurennen. Was war denn jetzt los?

Ruki pfiff ängstlich, gleichzeitig hallte ein erschrockener Schrei durch den Sumpf. Was passierte da? War Corvus eingesunken? Rena rannte noch schneller, quetschte das letzte bisschen Kraft aus ihren Muskeln und sah immer wieder auf den Boden, damit ihr nicht das Gleiche passierte. Und dann blickte sie auf … und warf sich sofort zu Boden, tauchte hinter ein Gebüsch und schrammte sich die Unterarme am rauen Boden auf.

Kaum eine halbe Baumlänge vor ihr war Corvus, starr vor Angst – und ein Dutzend Schritte vor ihm stand ein Mumienkäfer. Ein großes Männchen mit grün schillerndem Rückenpanzer. Er war mit Kokons schwer beladen, hatte beim Treck reichlich Beute gemacht. Seine Fühler zitterten, als er zu entscheiden versuchte, ob das Wesen fressbar war und ob er überhaupt noch mehr Proviant brauchte. Ab und zu richteten sich seine Augen nach oben, wo Ruki noch immer kreiste und krakeelte. Der Lärm schien den Mumienkäfer nervös zu machen. Er drehte sich halb um und hob die Beine aus dem Sumpf, stakte davon.

In diesem Moment verlor Corvus die Nerven. Ob er vor dem Raubtier fliehen wollte oder seinen Verfolgern – jedenfalls drehte er sich um und rannte los. Der Mumienkäfer fuhr herum, sein Jagdinstinkt war geweckt. Mit wenigen langen Schritten holte er den Mann ein, seine Vorderbeine pflückten ihn vom Boden. Rena erhaschte noch einen Blick auf Corvus' vor Entsetzen verzerrtes Gesicht, als der Stachel sich in ihn bohrte, dann verschwand sein Körper unter feinen weißen Fäden, wurde zum Nahrungsvorrat. Seine Schreie waren grauenvoll. Es schien ewig zu dauern, bis sie endlich verstummten.

Rena zitterte immer noch, als Tjeri sie einholte. Der Sumpfkäfer war längst verschwunden, hatte die Patrouille seines Reviers fortgesetzt.

»Was ist?«, fragte Tjeri atemlos. »Was ist passiert? Diese Schreie …«

»Ein Mumienkäfer hat ihn erwischt«, sagte Rena. Sie fühlte sich wie betäubt, alle Gefühle abgestorben bis auf eins, den entsetzlichen Schmerz. Alix war tot. Auch ihr Mörder war tot, aber das war nur ein kleiner Trost.

Tjeri setzte sich neben sie, zog sie an sich. Als Rena sich etwas besser fühlte, machten sie sich sehr langsam auf den Rückweg zum Smaragdgarten.

Das Schwert im Turm

Sie errichteten Alix' Totenfeuer auf dem Stumpf des Königsbaumes, und Rena schien es, als hätten die Flammen einen ungewöhnlich goldenen Schimmer. Vielleicht sah es durch den Tränenschleier aber auch nur so aus. Die ganze Nacht hindurch brannte das Feuer und keiner von ihnen schlief. Sie wachten und sprachen über Alix, darüber, wie sie gelacht hatte, wie grob sie hatte sein können und wie herzlich. Wie elegant sie gekämpft und wie bedingungslos sie geliebt hatte. Wie sie in zahllosen Wirtshäusern Händler beim Kelo-Spielen ausgenommen hatte, weil sie alle legalen Tricks gekannt hatte und noch ein paar mehr. Als die Sonne über den Horizont kroch, waren Renas Tränen getrocknet, sie fühlte sich ein kleines bisschen getröstet. Alix würde nicht vergessen werden. Dafür würden alle sorgen, die die Schmiedin mit den kupferfarbenen Haaren gekannt hatten.

Selbst Tavian schien sich ein wenig gefangen zu haben. Doch sein Gesicht war noch immer starr vor Kummer, als er sich kurz nach Sonnenaufgang an Rena wandte. »Ich gehe zurück nach Tassos. Auf dem schnellsten Weg. Ich muss wissen, was mit Alena ist.«

Hoffentlich ist ihr nichts geschehen, dachte Rena. Sie wusste, dass Tavian es nicht überleben würde, wenn er nicht nur die Frau, die er liebte, sondern auch noch seine Tochter verlor. »Ich komme mit«, sagte sie. Sie konnte ihn unmöglich allein gehen lassen.

Tavian nickte. »Als Nächstes muss ich zum Rat der Feuer-Gilde«, fuhr er fort und legte die Hand auf das in ein Tuch eingeschlagene Schwert mit dem roten Edelstein am Griff, das einmal Alix gehört hatte. »Du kennst die Tradition?«

Rena nickte. Wenn ein Mitglied der Feuer-Gilde starb, dann wurde sein Schwert nie mehr benutzt. Ein Freund oder Verwandter brachte es zum Rat und es bekam einen Platz an der Innenseite des gewaltigen Turms, der Residenz der Feuer-Gilde.

Um den Smaragdgarten brauchten sie sich keine Sorgen mehr zu machen. Nachdem Tjeri sich vom Me'ru verabschiedet hatte, berichtete er, dass die Kristalle bereits nachgewachsen waren. Auch seine sumpfige Schutzschicht war wieder so dick wie eh und je.

Sie verließen den Allfress-Sumpf, so schnell es ging. Tavian sagte kein Wort, nickte nur oder schüttelte den Kopf, wenn er angesprochen wurde. Rena verstand und ließ ihn in Ruhe. Noch war der Schmerz zu groß. Und er würde es für eine lange Zeit bleiben.

An der Grenze zu Tassos trennten sie sich. Rena half Tavian die Dhatlas einzufangen, mit denen er und Alix hergekommen waren, und reiste mit ihm nach Norden weiter. Erst zu Alena. Dann mussten sie dem Rat berichten, was wirklich geschehen war – der Mord war aufgeklärt, das Geheimnis gelüftet. Jetzt konnten Menschen und Halbmenschen versuchen eine neue Freundschaft zu schließen.

Tjeri zog nach Süden, um dem Rat seiner Gilde Bericht zu erstatten. Erst nach einer langen Umarmung schafften sie es, sich loszulassen. »Sag mir Bescheid, wo wir uns treffen«, flüsterte er. Dann glitt er in den See zurück, den sie gerade überquert hatten, und war verschwunden.

Und Ruki? Der kleine Storchenmensch war in Gedanken versunken und still. Schließlich sprach Rena ihn darauf an. »Was ist los, Ruki? Alles in Ordnung?«

»Nenn mich lieber Ii'ruki. Das ist mir lieber so, lieber«, erklärte er in seiner Sprache.

»Klar, kein Problem«, sagte Rena. Jetzt wusste sie also, was ihm im Kopf herumging. »Du willst fort, stimmt's?«

Nachdenklich plusterte Ruki sich auf und reckte den langen Hals. »Es gibt großviele Familien, die mich nicht kennen. Nicht wissen, wie ich mal war. Und die nett sind.«

»Ja, gibt es«, sagte Rena geduldig.

»Ich könnte einfach zu ihnen fliegen und fragen, ob ich zu ihnen gehören darf. Das geht doch, oder?«

Rena hatte keine Ahnung, wie das bei Storchenmenschen funktionierte, ob man sich einfach so einer Gruppe anschließen konnte. »Ich weiß nicht«, gab sie zu. »Aber ich glaube schon, Ii'ruki.«

»Das will ich machen«, sagte Ruki. »Ich will zum Grasmeer. Da leben viele Brüder.«

»Dann musst du von hier aus immer nach Osten. Ziemlich weit. Kannst du vorher noch etwas für mich tun? Nach Lixantha fliegen und deinen Brüdern davon erzählen, was passiert ist und dass die Gefahr bald vorbei sein wird?«

»Ich glaube, das schaffe ich«, sagte Ruki und lächelte schüchtern zu ihr hoch. »Ich wünschte, du wärst auch ein Storchenmensch. Dann könntest du mitkommen.«

Es war eins der schönsten Komplimente, die Rena jemals bekommen hatte.

Einen Tag später verabschiedete sich Ruki und flog nach Osten davon.

Das Haus, in dem Alenas Amme gewohnt hatte, war eine Schmiede wie tausend andere, eine schwarze Pyramide aus Metall. Sie stand am Rand einer kleinen Siedlung im Norden von Tassos inmitten von Phönixwäldern und Stachelsträuchern.

Ihre Dhatlas ließen sie am Ortsausgang. Vorsichtig pirschten sie sich an die Schmiede heran. Sie sah völlig verlassen aus, nirgendwo ein Lebenszeichen.

»Ich gehe da erst mal allein rein«, knurrte Tavian. Er wusste genauso gut wie sie, dass Alena dort nicht sein konnte. Sicher hatten Corvus' Leute die Kleine sofort an einen verborgenen Ort gebracht. Schon nach wenigen Momenten kam Tavian wieder zum Vorschein. In seinen Augen stand Verzweiflung. »Niemand. Nur eingetrocknetes Blut! Fragen wir mal im Dorf herum, vielleicht wissen die mehr.«

Rena nickte. Unruhig sah sie sich um. Sie hatte das Gefühl, dass sie beobachtet wurden.

Einen Atemzug später wusste sie, dass sie Recht hatte – ein Iltismensch glitt aus dem Gebüsch, kam auf Rena zu und warf sich auf sie. Rena kippte hintenüber und wirbelte eine riesige Staubwolke auf. Über ihr ein Mund voller Reißzähne und zwei begeisterte Augen. »Cchrena, du bissst da!«, fiepte der Iltismensch in Daresi. »Ccchrewartet habe icccch, lange cchrewartet!«

Rena erkannte ihren alten Freund Cchrlanho und Freude durchflutete sie. Er war abgemagert und zerzaust, aber er lebte! »Du bist hier?! Warum bist du nicht im Dschungel?«

»Deine Nacccchricccht, deine Nacccchricht von der Cchrlibelle!«, zischelte Cchrlanho. Vor Aufregung war sein Daresi noch schlechter als sonst. »Esss warrr wicccchtig, wicccchtig warr es. Mit meinem Wrreibcchen und drrei Freunden bin iccch chrekommen.«

Plötzliche Hoffnung überschwemmte Rena. Sie packte ihren alten Freund am Nackenfell und schüttelte ihn. »Ihr seid tatsächlich aus Lixantha hergekommen um Alena zu helfen? Habt ihr es geschafft? Wo ist sie?«

Cchrlanho machte die raue Behandlung nichts aus. »Kommt«, sagte er und eilte davon, ins Gebüsch zurück. Zehn mal zehn Atemzüge lang kämpften sie sich durch die Stachelbüsche, bis sie zum Eingang eines Erdtunnels kamen, der von den Iltismenschen gegraben worden war. Cchrlanho verschwand durch die Öffnung und Tavian spähte ihm unruhig hinterher. »Das ist zu schmal. Da komme ich nie durch!«

»Ich mach das schon«, versicherte ihm Rena hastig und kroch mit dem Kopf voran in den Bau. Geschickt wand sie sich durch die Tunnel und folgte dem verspielten Fauchen, das aus einer der Seitenkammern kam. Sprachlos betrachtete sie das Bild, das sich ihr bot: fünf Iltismenschen-Welpen und ein rothaariges, sehr dreckiges Kind, das auf allen vieren zwischen ihnen umherkroch.

»Ich danke euch!«, sagte Rena und drückte Cchrlanho und seine Partnerin an sich, bis mindestens ein halbes Dutzend Flöhe auf sie übergesprungen war. »Was habt ihr mit den Entführern gemacht?«

Cchrlanho grinste und zeigte dabei seine prächtigen Fangzähne. Das reichte als Antwort.

»Na ja, sie haben's verdient«, meinte Rena. »Ich bin so froh, dass euch nichts passiert ist im Dschungel. Wieso hast du mir nicht gesagt, was los war?«

»Wir mussten weg, das mussten wir, konnten nicht warten«, mischte sich das Weibchen ein. »Die Gefahr war groß!«

»Ja, ich weiß. Es war sehr tapfer, was ihr für Alena getan habt, davon werden sich die Menschen noch lange erzählen!«

Geschmeichelt blickten die Iltismenschen sie an.

Rena erzählte ihnen, was sich ereignet hatte und wer für die ganze Sache verantwortlich war. Cchrlanho zitterte vor Wut darüber, dass sogar der Me'ru in Gefahr gewesen war. »Schlimme Sache das, schlimm«, sagte er traurig, als er von Alix' Tod erfuhr.

»Könntet ihr noch einmal zurück nach Lixantha?«, bat Rena. »Den anderen sagen, dass die Gefahr jetzt vorbei ist. Ich habe schon einen Storchenmenschen geschickt, aber das wird nicht reichen.«

»Machen wir«, versicherte Cchrlanhos Partnerin.

»Ich muss los.« Rena drehte sich in der engen Erdhöhle, um wieder nach draußen zu kriechen. »Aber wir sehen uns wieder. Möge der Erdgeist euch schützen!«

Vorsichtig zog sie Alena zwischen ihren neuen Spielgefährten hervor. Das kleine Mädchen brüllte wütend und strampelte. Rena bekam einen Fuß ins Gesicht und spuckte Erdkrümel aus. »Jetzt mal langsam, Kleine!« Sie packte Alena am Kragen und schleppte sie aus dem Bau hinaus wie ein Iltismensch seine Welpen. Völlig verdreckt kamen sie aus dem Tunnel wieder zum Vorschein.

Tavian riss ihr Alena förmlich aus der Hand und drückte sie an sich. Er vergrub sein Gesicht in ihrem Haar und Rena sah seine Schultern zucken. Nach einer langen Zeit blickte er auf.

»Ab jetzt hat mein Leben einen neuen Sinn«, sagte er.

Rena erfuhr nie, wie Tavian es geschafft hatte, ihr Einlass in die Residenz seines Gildenrates zu verschaffen – normalerweise war das Mitgliedern anderer Gilden streng verboten. Wahrscheinlich hatte es sehr geholfen, dass Rena eng mit der Feuer-Gilde befreundet war. Da war sie also nun, für den Anlass in ihre beste weiße, mit Wasserdiamanten bestickte Tracht gekleidet. Sie hatte den großen runden Saal erst einmal gesehen, als Alix sie vor vielen Wintern hier in den Turm des Hohen Rates eingeschmuggelt hatte. Aber damals war er längst nicht so voll gewesen. Reihe um Reihe standen Meister und Meisterinnen auf den Stufen, warteten mit ernsten, verschlossenen Gesichtern auf den Beginn der Zeremonie. Alix muss beliebt gewesen sein, sonst wären nie so viele gekommen, dachte Rena und hielt Alena fest. Zum Glück war sie zwar eigenwillig, aber kein Schreikind, sie würde die Zeremonie nicht stören.

Ein Feuer brannte in der Mitte des Saales und der würzig riechende Rauch schwebte in den Turm hinauf, dessen Decke so hoch war, dass sie sich im Dunkel verlor. Innen glänzten wie silberne Nadeln dicht an dicht all die Schwerter derer, die der Feuer-Gilde angehört und ihr Leben verloren hatten. Auf ein Signal eines der Hohen Meister trat Tavian vor; noch immer hinkte er leicht. Er trug die schwarze Tracht eines Waffenschmieds und Schwertmeisters, die von einem mit Silber beschlagenen Gürtel zusammenhalten wurde. In der Mitte der Schnalle hatte er den dunkelblauen Opal aus dem Smaragdgarten eingefügt. Doch Tavian übergab das Schwert nicht einfach, wie es Tradition war, sondern stand einen Moment lang schweigend auf den Stufen. Dann begann er mit tiefer, sicherer Stimme zu sprechen, einen einzelnen Vers nur.

Gerufen hast du mich,
Mit sicherer Stimme durch den Nebel,
Dein Haar flammenfarben, deine Augen klar und froh,
Am Schnittpunkt der Zeit trafen wir uns,
Für wenige Jahre nur, Jahre wie Blüten,
Jahre voller Mut und Feuer und Liebe und Lachen.

Rena schämte sich ihrer Tränen nicht. Wie durch einen Schleier sah sie, dass Tavian niederkniete und einer Hohen Meisterin Alix' Schwert überreichte. Die Frau hielt es kurz in den Händen und gab es weiter an zwei Männer, die sich mit Seilen flink und geschickt an der Innenseite des Turmes hochhievten.

Alix' Schwert fand seinen Platz inmitten der anderen Waffen, wurde zu einem unter vielen. Rena heftete die Augen darauf, versuchte sich einzuprägen, wo es hing, um es nie zu vergessen.

»Alix ke Tassos«, sprachen die Meister im Chor und ihre Stimmen erfüllten den Raum mit Echos. Hoch loderte die Flamme in der Mitte des Turms auf.

Mit staunendem Blick, ohne Angst, blickte die kleine Alena das Feuer an und quietschte leise vor Vergnügen. Sie versuchte zu den Flammen hinüberzukrabbeln, aber Rena fing sie wieder ein. Alena verzog das Gesicht zum Weinen, überlegte es sich anders und grinste Rena an. Ungläubig starrte Rena die rot gelockte Kleine an. Das war Alix' breites Was-kostet-die-Welt-Grinsen! Zahnlos natürlich, aber unverkennbar.

Plötzlich tat es nicht mehr ganz so weh.

»Wenn du groß bist, zeige ich dir, wie man beim Kelo betrügt«, flüsterte Rena der Kleinen zu und Alena gluckste fröhlich.

*

Rena und Tjeri standen auf einer Wiese nah dem Rand des Lixantha-Dschungels und blickten hinüber zum Gewirr der Lianen, die sich wanden wie lebende Wesen.

»Wieso glaubst du, dass es heute sein wird – und warum hier?«, flüsterte Rena. Sie wagte kaum zu sprechen. »Haben dir deine Freunde davon erzählt?«

Tjeri nickte. »Seit Tagen sammeln sich die Halbmenschen am Rand von Lixantha. Ich bin sicher, dass es heute sein wird. Irgendwann müssen sie sich ja trauen.«

Da sah Rena sie schon. Überall Gesichter, die aus der Blätterwand herauslugen. Vorsichtig, verschreckt noch. Dann die erste Pfote, die nach draußen tastet. Ein geschmeidiger Körper, der sich zwischen den Lianen herauswindet, vorsichtiges Wittern.

»Willkommen!«, rief Rena. »Ihr habt nichts mehr zu fürchten!«

Ein Iltismensch blickte zu ihr herüber, entspannte sich. Gab seinen Brüdern, die noch im Dschungel verborgen waren, ein Signal.

Und dann kamen sie. Iltismenschen, die braun- und beigefarbenen Körper abgemagert, aber mit frechem Mut im Blick. Tausende von ihnen, große und kleine, in vielen Braunschattierungen, eine wogende Masse von Leibern. Dann die Hirschmenschen, mit zerzaustem Fell, doch die Geweihe stolz erhoben. Ein glitzernder Teppich aus Tausenden von Natternmenschen, mühelos entlanggleitend. Ein paar hundert Krötenmenschen aus den Seen Alaaks und Neradas, ausgedörrt und faltig die Haut, aber auf den Gesichtern ein gewaltiges Grinsen, in den goldenen Augen das Glück. Zwischen ihnen die Katzenmenschen, die Ohren nach vorne gespitzt. Über ihnen mit rauschenden Schwingen die Storchenmenschen, ihre Freudenschreie eine helle Sinfonie in der Luft. Tjeri und Rena schrien mit.

Viele der Halbmenschen blickten zu ihnen herüber, riefen Grüße. *Jederfreund*, summte es in der wogenden Masse. *Die Frau der tausend Zungen!*

Rena und Tjeri winkten. »Viel Glück! Kommt gut heim!«

Stunden dauerte es, bis der Zug der Halbmenschen den Lixantha-Dschungel verlassen hatte. Längst hatten sich Rena und Tjeri auf den Boden gesetzt, aber sie sahen noch immer zu, konnten den Blick nicht abwenden. Tjeris Arm lag um ihre Hüfte und ab und zu strich Rena ihm durch die Haare, sah ihn von der Seite an. In ihr war ein schmerzhafter Knoten der Freude. Wenn es Momente gab, die ewig dauern sollten, dann war dies einer von ihnen.

Auch ein paar andere Menschen hatten sich eingefunden, Bewohner der umliegenden Dörfer. Es hatte sich schnell herumgesprochen, dass hier etwas Ungewöhnliches vor sich ging. Der kleine Kerrik, Renas Führer durch den Dschungel, und sein Vater waren ebenfalls gekommen. Mit vor Staunen offenem Mund beobachteten sie den Auszug der Halbmenschen. Als Kerrik Rena entdeckte, winkte er ihr begeistert zu und rannte zu ihnen herüber. »Nee wirklich, dass sie alle zusammen rauskommen, hätte ich nich gedacht! Toll ist das!«

»Tja, und du hast mitgeholfen«, lachte Rena. »Sonst hätten sie vielleicht für immer im Dschungel bleiben müssen.«

»Das hättest du nicht zugelassen, Meisterin«, neckte sie Tjeri.

Ja, Rena war vom Rat der vier Gilden zur Meisterin ernannt worden, zur Meisterin des Vermittelns. Ohne Prüfung, ohne Fragen. »Du hast schon bei deiner ersten Reise bewiesen, dass du zur Diplomatin taugst, und während deiner Zeit in der Felsenburg hast du von Ennobar viel gelernt«, hatte Dagua es begründet. »Aber dass du die Verbindung zu den Halbmenschen wieder aufgenommen hast, das war dein Meisterstück. Und als solches werden wir es anerkennen.«

Renas Hand tastete zu ihrem neuen Amulett, das sie als Meisterin auswies. Sie war schrecklich stolz darauf. Jetzt brauchte sie sich nie wieder dafür zu schämen, dass sie keine fertige Ausbildung hatte.

Schließlich – es wurde schon Abend – versiegte der Strom, nur einzelne Nachzügler trabten, hinkten, krochen noch aus dem Gehölz, den anderen hinterher. Dann war auch der Letzte von ihnen in der Ferne verschwunden. Die anderen Menschen waren längst in ihre Erdhäuser zurückgekehrt. Nur Tjeri und Rena lagen noch immer auf der Wiese, die Hände ineinander verschränkt, und blickten hinauf in den Himmel. Der erste Mond war gerade aufgegangen.

»Danke, dass du es mir gezeigt hast«, sagte Rena. »Es war gut, dass wir hier waren. Jetzt kann ich wirklich glauben, dass das alles sich gelohnt hat. All die Schmerzen und Kämpfe.«

»Die, die es gesehen haben, werden noch lange davon erzählen, glaube ich.«

Rena starrte hinauf zu den Sternen. In der klaren Luft glitzerten sie wie Edelsteine. »Es hätte Alix gefallen. Sie hat sie gemocht, besonders die Iltismenschen. Wusstest du, dass sie Alix *Die Frau mit der Haut aus Metall* genannt haben? Damit meinten sie ihr Kettenhemd.«

»Nein, wusste ich nicht.«

Sie schwiegen eine lange Zeit. Nach und nach wurde die Luft ungemütlich kühl, aber keiner von ihnen wollte aufstehen und diesen verzauberten Ort verlassen. Ein paar Heuschrecken sprangen über Tjeri hinweg, versuchten mit Kunststücken seine Aufmerksamkeit zu erregen. Eine Grollmotte schwirrte um ihn herum und gab ungewöhnlich sanfte Töne von sich.

»Was wirst du jetzt tun, Jederfreund?«, brach Rena das Schweigen. »Wie geht's für dich weiter?«

Tjeri lachte, aber es klang nicht sehr fröhlich. »Keine Ahnung. Es fühlt sich an, als wäre mir mein Leben runtergefallen und zersplittert. Immerhin habe ich inzwischen kapiert, warum ich dem Me'ru nicht mehr dienen kann. Neugier ist in Ordnung – solange man andere damit nicht in Gefahr bringt.«

»Aber seine Wünsche waren doch sowieso nur ein Teil deiner Arbeit, oder?«

»Ja. Ich bin immer noch ein Sucher, und sogar ein guter, glaube ich. Es ist das, was ich am besten kann. Durch Vanamee streifen, immer mal wieder einen Auftrag erledigen.«

»Du bist wirklich ein Nomade.« Rena erinnerte sich daran, dass Alix auch so gelebt hatte. Ob Tavian sich nun mit Alena irgendwo niederlassen würde?

»Ich glaube schon. Aber als Sucher hat man eine Art festes Revier ... und es würde mir auch gefallen, vom Nordosten aus zu arbeiten. An der Grenze zwischen Vanamee und Alaak. Weiter weg geht's nicht, fürchte ich. Ohne die Seen könnte ich nicht leben.«

Wieso gerade da? An der Grenze zu Alaak, Renas Heimatprovinz? Wo Wald und Wasser sich trafen, ineinander übergingen? Rena fragte sich, ob er ihr damit etwas sagen wollte und warum er so verlegen wirkte. »Was soll das sein, ein Antrag?«

Tjeris Stimme klang fast entschuldigend. »So was in der Art. Ich kann mir gar nicht mehr vorstellen ohne dich durch die Gegend zu ziehen ...«

»Das ist nur die Macht der Gewohnheit«, neckte ihn Rena. Er hatte sie lange genug zappeln lassen – jetzt war sie dran. »Wenn man so lange zusammen reist …«

»Ach, Blödsinn«, sagte Tjeri und rollte sich herum, sodass er ihr in die Augen sehen konnte. »Ich liebe dich. Ja, verdammt, ich liebe dich! Da hast du's. Das wolltest du doch. Was ist, gehst du mit mir in den Nordosten oder nicht?«

Seine Worte sandten kleine goldene Fühler durch ihre ganze Seele. Dennoch antwortete Rena nicht gleich, nahm sich Zeit, die ganze Sache zu durchdenken. Sie würde ihre Hütte in Relvo aufgeben und aus dem Grasmeer wegziehen müssen. Aber vermitteln und Streit schlichten konnte sie überall, wo Menschen lebten. Es würde spannend sein, die Menschen der Wasser-Gilde besser kennen zu lernen. Und natürlich einen von ihnen ganz besonders.

»Geht klar«, sagte Rena und mehr Worte brauchte es nicht.

Anhang

Liste der wichtigsten Personen

Rena ke Alaak
Achtzehn Winter alt, Erd-Gilde, seit ihrer großen Reise zu allen Gilden eine bekannte Vermittlerin.

Alix ke Tassos
Achtundzwanzig Winter alt, Feuer-Gilde, hart, aber herzlich und sehr wasserscheu.

Tavian ke Tassos
Schwertkämpfer und Dichter, ehemalige rechte Hand des Propheten und inzwischen Alix' schmerzhaft ehrlicher Freund.

Tjeri ke Vanamee
Dreiundzwanzig Winter alt, Wasser-Gilde, Sucher von Beruf, liebt Tiere und Frauen – und wird von ihnen geliebt.

Corvus ke Nerada
Mitglied des Rates für die Luft-Gilde, mag Intrigen und Schuhe.

Ii'ruki (Ruki)
Junger Storchenmensch, fett, schüchtern und ein leidenschaftlicher Flugverweigerer.

Erd-Gilde	*(Provinz Alaak)*
Ennobar	Einer der Hauptvermittler der Regentin, ein auf Daresh sehr beliebter Mann und Renas ehemaliger Mentor in der Felsenburg, ist zur falschen Zeit am falschen Ort.
Falu	Ennobars persönlicher Diener, braucht Alix' Raubtierblick, um seine Höflichkeit zu entdecken.
Kerrik	Ist zwar noch jung, kennt sich aber blendend im Lixantha-Dschungel aus – und für seinen Vater kann er nichts.
Gibra Jal	Volksheld von Daresh, soll in einem vergangenen Jahrhundert viele Wundertaten vollbracht haben.

Feuer-Gilde	*(Provinz Tassos)*
Aron	Ratsmitglied in der Felsenburg, war mit Ennobar befreundet.
Alena	Alix' und Tavians Tochter, muss sich mit einer Amme begnügen, während die Eltern mal wieder ausziehen Daresh zu retten.

Luft-Gilde	*(Provinz Nerada)*
Edoras	Etwas eingeschüchtertes Ratsmitglied in der Felsenburg.
Rowan	Renas Ex-Freund, lebt heute in einem Dorf im Süden von Nerada.
Marja	Renas Helferin im Grasmeer.

Ferolo	Corvus' Onkel, reicher Händler, der Corvus von Nerada aus unterstützt.

Wasser-Gilde	*(Provinz Vanamee)*
Dagua	Weises und lustiges Mitglied des Rates, etwas über fünfzig Winter alt, ehemaliger Reisegefährte von Alix und Rena.
Ujuna	Ratsmitglied in der Felsenburg, ist so schön, dass sie die meisten Menschen leicht überfordert.
Gippie	Jugendfreundin von Tjeri, inzwischen Marktfrau.
Carinja	Gastfreundliche Performancekünstlerin und außerdem Tjeris Oma.
Ulai und Zarek, die Hüter der Heiligen Seen	Sind in ihren weißen Schwimmhäuten auf wichtiger Mission unterwegs.

Gildenlose

Die Regentin	Herrscht gemeinsam mit dem Rat der vier Gilden über Daresh – leider nicht besonders milde.
Die Schwarzen Kutten	Ehemalige Berater der Regentin, wurden geächtet und ins Land jenseits der Sieben Türme verbannt.

Halbmenschen

Cchrlanho	Iltismensch, alter Freund von Rena, lebt mit seinen Welpen bei ihr im Grasmeer.

Cchrapka	Iltismensch von hohem Rang (»Caristan«), den es ins Verlies der Felsenburg verschlagen hat.
Ii'beru	Ennobars Mörder, sonst angeblich ein toller Typ.
Ii'miri	Ii'berus Witwe, fleißig und geschickt, Geschichtenerzählerin.
Ii'kipo	Sippenchef, immer knochentrocken.
Ii'lia	Ii'kipos Partnerin, begeisterte Fliegerin, oft stundenlang auf Warmluftströmen unterwegs.
Ii'hato	Der Künstler der Sippe.
Ii'nino und Ii'yuna	Storchenmenschen im besten Flegelalter.
Der Graue	Tyrannisch-philosophischer Nestvater.
Uu'naq	Krötenmensch, der erst als Retter und dann als Kerkermeister eingespannt wird.
Die Wächter	Natternmenschen, die einen ganz besonderen Ort bewachen.
Der Me'ru	Eine der wichtigsten Persönlichkeiten auf Daresh – den Menschen völlig unbekannt.

Inhalt

I Lixantha

II Seenland

III Der Smaragdgarten

Sara Douglass

Die Glaszauberin

Die Macht der Pyramide 1.
Aus dem australischen Englisch von Andreas Decker. 352 Seiten.
Serie Piper

Über das Land Ashdod breitet sich der Schatten einer gigantischen Pyramide, das Werk machtgieriger Magier und eine Brücke in die Unendlichkeit. Doch noch ist das Bauwerk nicht vollendet. Unter den Sklaven ist die junge Glaskünstlerin Tirzah, die über eine rätselhafte Begabung verfügt: Sie kann das Wispern des Glases im Innern der Pyramide hören. Und es verrät ihr ein grausames Geheimnis. Sobald der Bau vollendet ist, wird ein mächtiger Dämon aus der Unendlichkeit erwachen und Ashdod mit Tod und Zerstörung überrollen …

»Sara Douglass ist die unangefochtene Meisterin der Mythen und schillernden Fantasien.«
Publishers Weekly

05/1870/01/L

Sara Douglass

Der Steinwandler

Die Macht der Pyramide 2.
Aus dem australischen Englisch von Andreas Decker. 336 Seiten.
Serie Piper

Im Wüstenreich Ashdod wird eine gigantische Pyramide gebaut, die skrupellosen Magiern den Weg zur Unendlichkeit weisen soll. Doch als das Werk vollendet wird, erwacht ein grausamer Dämon, der alles Leben in Stein verwandelt. Die junge Tirzah und ihre Verbündeten müssen aus Ashdod fliehen. Doch es gibt kein Entkommen vor dem übermächtigen Zerstörer …
Nach »Die Glaszauberin« beginnt nun der entscheidende Kampf um die Macht der Pyramide!

»Sara Douglass sollte man für ihre vorzüglichen Romane zum Ritter schlagen.«
Bookworm

05/2011/01/R

SERIE PIPER

SERIE PIPER

Tobias O. Meißner

Die dunkle Quelle

Im Zeichen des Mammuts 1.
384 Seiten. Serie Piper

In einer phantastischen Welt zieht ein Geheimbund die Fäden: Im Zeichen des Mammuts haben sich der Rathausschreiber Rodraeg, eine Schmetterlingsfrau und andere illustere Gestalten zusammengefunden, um gegen die Umweltzerstörung in ihrer Welt zu kämpfen. Doch schon beim ersten Einsatz in den berüchtigten Schwarzwachsminen werden die Gefährten in die dunkle Hölle der endlosen Stollen und Gänge verschleppt und müssen sich ihren Widersachern in einem tödlichen Duell stellen … Fantasy, wie sie moderner und spannender nicht sein kann

»Fast überflüssig zu sagen, dass Meißners schriftstellerisches Können überragend ist …«
Frankfurter Allgemeine Zeitung

05/1904/01/L

Tobias O. Meißner

Das Paradies der Schwerter

Roman. 368 Seiten. Serie Piper

Sechzehn Männer reisen durch eine bizarre, apokalyptische Landschaft, einem Turnier entgegen: In verschiedenen Paarungen sollen sie mit eigens gewählten Waffen gegeneinander antreten. Doch auch wenn ein Preisgeld winkt, geht es in Wahrheit nur um Leben und Tod – und darum, die Sensationsgier des Publikums zu befriedigen. Und je weiter das brutale Schauspiel voranschreitet, je mehr Männer unter der sengenden Sonne fallen, desto deutlicher begreifen die Teilnehmer, daß es am Ende vielleicht gar keinen Sieger geben wird …

Mit meisterhafter Sprache webt Shooting-Star Tobias O. Meißner eine fesselnde Mischung aus Thriller und Fantasy.

05/1935/01/R

Jo Walton

Der Clan der Klauen

Ein Drachen-Roman. Aus dem Amerikanischen von Andreas Decker. 384 Seiten. Serie Piper

In einem viktorianischen Zeitalter, einer Welt der Kirchenmänner und Könige, Ränkespiele und Intrigen: Nach dem Tod Agornins gerät die Familie in einen Erbschaftsstreit. Daverak, der mächtigste Magnat der Stadt, hat unrechtmäßig das Vermögen des Verstorbenen an sich gerissen und den Leichnam Agornins verspeist. Dessen Sohn Avan zieht Daverak vor Gericht und beschwört damit ein feuriges Duell herauf, das ihn und seine Familie in Lebensgefahr bringt – denn sie alle sind Drachen, bewehrt mit roten Fängen und Klauen …

Jo Waltons großartiger Roman: ungewöhnlich, farbig und von feinem Humor – ausgezeichnet mit dem World Fantasy Award.

05/1977/01/L

Julia Conrad

Die Drachen

Roman. 512 Seiten. Serie Piper

Einst lebten Menschen und Fabeltiere einträchtig nebeneinander in einer Welt voller Wunder und Magie. Doch dann verkündete ein düsterer Stern den Untergang: Der Sonnengott Phuram stürzte das herrschende Dreigestirn der Drachen in den Abgrund. Doch nun, nach langer Zeit des Schreckens, machen sich neun Auserwählte auf den Weg in die Tote Stadt, um Phurams Taten zu rächen. Und der letzte Angriff der Drachen beginnt … Dieser ungewöhnliche und farbenprächtige Bestseller schickt die faszinierendsten Geschöpfe der Fantasy in ihr größtes Abenteuer.

»Epische High-Fantasy, wie man sie sich wünscht!«
Mr. Fantastik

05/1979/01/R

Fiona Patton

Der Kelch der Flamme

Die Brandon-Saga. Aus dem Amerikanischen von Irene Bonhorst. 352 Seiten. Serie Piper

Einst wurde das Geschlecht der DeMarian mit der Gabe der Lebendigen Flamme gesegnet – oder verflucht, denn wer nicht stark genug ist, sich ihrer Kraft zu stellen, endet im Wahn. Noch herrscht die gnadenlose Melesandra über das Reich Brandon, aber ihr Sohn Demnor, Prinz von Gwyneth, entpuppt sich als Träger der Flamme und droht ihr den Thron streitig zu machen. Demnor ist ein Held voller Widersprüche, ein wagemutiger Ritter, doch Feinde lauern nicht nur auf den Schlachtfeldern, um ihm den Titel des Herrschers streitig zu machen …

»Kraftvoll und vielversprechend.«
Locus

05/1824/01/L

Fiona Patton

Im Zeichen des Feuerwolfs

Die Brandon-Saga 2. Aus dem Amerikanischen von Irene Bonhorst. 320 Seiten. Serie Piper

Als die hartherzige Herrscherin Melesandra von einer Abtrünnigen ermordet wird, droht das Reich Brandon im Chaos zu versinken. Demnor DeMarian, ihr Sohn, wird zum König ausgerufen. Auch er verfügt über die Gabe der Lebendigen Flamme, einer magischen Kraft, die ihrem Träger in Kriegszeiten übernatürliche Kräfte verleiht. Schon bald ist das Land auf diese Macht angewiesen, denn die dunklen Horden rüsten zum Krieg. Doch die Gabe ist Segen und Fluch zugleich – wer sich als zu schwach erweist, endet im Wahn.

»Ein gewaltiges Abenteuer voller Farbenpracht, spektakulärer Magie und mit einem Hauch Romantik.«
Locus

05/1825/01/R

Markolf Hoffmann

Nebelriss

Das Zeitalter der Wandlung 1.
510 Seiten. Serie Piper

Fremdartige Invasoren fallen in die Welt Gharax ein und reißen die magischen Quellen an sich, auf die Kaiser, Götter und Priester ihre Macht gründeten. Ein Bündnis der letzten freien Reiche könnte die Feinde aufhalten, doch zwischen den Ländern herrschen Hass und Intrigen. Fürst Banister wagt eine gefährliche diplomatische Mission. Nur ein junger Zauberlehrling, der über die Macht verfügt, in die bizarre Dimension der Fremden einzutauchen, wird die Welt retten können – doch er fällt dem Feind in die Hände …

Mit diesem Band beginnt der große Zyklus des neuen Shooting-Stars deutscher Fantasy!

05/1803/01/L

Markolf Hoffmann

Flammenbucht

Das Zeitalter der Wandlung 2.
462 Seiten. Serie Piper

Während das Kaiserreich Sithar in Glaubenskriegen und Intrigen versinkt, gerät der Zauberlehrling Laghanos in die Fänge einer unheimlichen Sekte. Gepriesen als der Auserwählte, soll er die magischen Quellen durchschreiten und in den Kampf um die Sphäre ziehen. Schon bald erkennt Laghanos, dass er zum Werkzeug einer uralten Verschwörung wurde. Noch hält sich der Drahtzieher im Hintergrund, doch dann entbrennt der Kampf um den Leuchtturm Fareghi, das legendäre Machtzentrum der Magie …

Die Fortsetzung des neuen großen Fantasy-Epos »Das Zeitalter der Wandlung«

05/1804/01/R